사고와 표현

사고와 표현

인문·사회계열

김명우 · 김소은 · 김영선 · 김혜정 · 박기현 · 안태형
이국환 · 이소연 · 임지아 · 정규식 · 허 정

역락

머리말

오늘날 대학의 교양 교육에서는 '사고와 표현' 교육이 강조되고 있다. 주어진 정보의 핵심을 정확하게 파악해내는 분석적 사고능력, 홍수처럼 범람하는 정보들 속에서 자신에게 필요한 정보를 취사선택하고 이를 자신이 처한 상황 속에서 비판적으로 수용해내는 비판적 사고능력, 전제에서 결론을 오류 없이 추론해내는 논리적 사고능력, 정보를 창의적으로 재구성하고 이를 바탕으로 새로운 것을 생성해내는 창의적 사고능력, 나아가 이러한 사고능력들을 종합적으로 활용하여 직면한 문제 상황을 풀어내는 문제해결능력. 대학생들은 이러한 사고능력을 키울 필요가 있다.

그러나 아무리 참신하고 좋은 사고라 하더라도 그것이 머릿속에서 맴돌다 사라져버린다면 소용없다. 표현되지 않는 것을 존재하지 않는 것으로 취급해버리는 현 사회에서 가치를 인정받기 위해서는 '말'이나 '글'을 통하여 생각을 표현해낼 수 있어야 한다. 이때의 '표현'은 사고를 전달하는 수단에 머물지 않는다. 표현의 과정은 사고와 긴밀하게 상호작용하면서 복잡하게 얽힌 사고를 명료하게 정리하거나 구체화시키고, 사고를 새롭게 생성시키기도 한다.

이러한 '사고와 표현 능력의 함양'을 통해 타인 앞에서 자신을 왜곡 없이 드러낼 수 있다. 그리고 자기 폐쇄적인 삶을 탈피하여 타인과의 원활한 의사소통과정에 적극적으로 참여하고, 소통부족으로 인해 생길 수 있는 타인과의 갈등 역시 해결할 수 있다. 나아가 우리의 삶과 우리가 속한 공동체를 건강하게 변화시키는 능동적인 주체가 될 수도 있다.

바로 이러한 이유들 때문에 대학의 교양교육에서는 사고와 표현능력이 강조되고 있다. 그리고 이것은 종합적인 사고능력과 소통능력을 갖춘 인재상을 갈망하는 지금의 사회가 예비사회인으로서의 대학생들에게 요구하는 능력이기도 하다. <사고와 표현> 강의교재인 이 책은 대학생들에게 이러한 '사고와 표현 능력'을 배양시키기 위한 목적으로 집필되었다.

이 책은 크게 5장으로 구성된다. 1장에서는 사고하기, 2장에서는 표현의 기초, 3장에서는 표현의 절차와 방법, 4장에서는 글쓰기의 실제, 5장에서는 말하기의 실제를 다루었다. 각 절은 다룰 논점을 명료화한 '학습목표', 학습할 내용을 쉽고 구체적으로 풀어낸 '학습내용', 학습내용을 체화·적용·응용할 수 있도록 한 '연습문제'로 구성되었다.

사고능력을 기르는 방법에서부터 출발하여, 보고서·논문 등의 대학 수학능력과 관련된 글쓰기, 이력서·자기소개서·기획서·면접 등의 취업 관련 글쓰기와 말하기, 에세이·비평문 등의 인문학적 소양 함양과 관련된 글쓰기, 다양한 매체를 이용하여 효율적으로 발표하기, 토론과 같은 경쟁적 문제 해결의 장에서 자신을 표현하기에 이르기까지, 집필자들은 인문·사회·예체능계열 대학생들이 숙지해야 할 전반적인 내용들을 책 속에 담아내고자 고심하였다. 집필은 김명우·김소은, 2장은 김영선·이소연, 3장은 박기현, 4장은 안태형·이국환·이소연·임지아·정규식, 5장은 김혜정·허정이 집필하였다.

책으로 만들어지기까지 적지 않은 기간과 수고가 필요했다. 교재 편찬에 참여한 집필자들은 <사고와 표현> 강좌의 방향이 책에 잘 반영될 수 있도록 10여 차례에 걸쳐 깊이 있는 논의를 하였다. 그리고 이 책이 학생들에게 실질적인 도움이 될 수 있도록, 방대한 이론적 설명은 지양하고 워크북에 가깝게 책을 만들고자 하였다. 그리고 오늘날 급변하는 매체환경에 대응하기 위해 새로운 매체를 활용한 표현방법 역시 책 속에 담아내고자 노력했다.

사고, 글쓰기, 말하기에 대한 학생들의 거부감과 두려움을 없애는 데 이 책이 조금이나마 기여했으면 한다. 미진한 부분은 계속 수정해나갈 것이다. 끝으로 어려운 출판환경에도 불구하고 흔쾌히 출판을 맡아주시고, 원고를 좋은 책으로 엮어주신 역락 출판사에 감사드린다.

2013년 2월
집필자 일동

▌머리말

제1장 사고하기

01 사고란

> ☞ 학습목표
> 가. 생각과 언어는 불가분의 관계에 있다는 것을 알 수 있다.
> 나. 생각은 언어를 통해 보다 높은 단계로 발전할 수 있다.

1) 생각, 언어 그리고 의사소통

'생각하는 동물[Homo sapiens]', '생각하는 갈대', '생각한다. 고로 존재한다(Cogito ergo sum)', '생각, 생각, 생각, 생각 좀 하고 살아!'에서 공통으로 들어갈 말은 인간 혹은 자신이다. 이처럼 인간 혹은 자신의 특징을 가장 잘 규정짓는 말은 '생각[사유, 사고]'이다.

지구상의 대부분의 동물들은 본능적인 몸동작, 표정 등으로 단순한 의사소통을 한다. 그렇지만 인간은 다른 동물과는 달리 의사소통 수단으로 언어[말과 글]를 사용한다. 특히 언어 중에서도 글[문자]은 복잡한 의미를 가졌으며, 세계[존재]를 표현한다. 그래서 철학자 하이데거(M. Heidegger)는 "언어는 존재의 집이며 동시에 인간 존재의 거처이다."라고 했던 것이다. 그리고 말이나 글로 표현된 것을 비판할 수도 있기 때문에 인간의 사고는 보다 높은 단계로 발전할 수 있었다.

인간의 생각	→	말과 글	→	보다 높은 단계의 생각
				(분석하기, 논증하기, 비판하기, 표현하기)

이처럼 인간은 생각을 구체적으로 드러내기 위해 구성원간의 의사소통 수단으로 언어를 사용하여 보다 높은 단계의 사고를 한다.

인간은 다른 사람들의 생각을 '읽기'로 배우고, 자신의 생각을 '쓰기'를 통해서 표현한다. 그리고 '말하기'와 '듣기'를 통해 타인과 생각을 교환한다. 그래서 생각[사고]과 언어는 인간이 의사소통을 하기 위해 반드시 필요한 것이다. 게다가 인간은 사회라는 구성체를 만들어 의사소통의 수단으로 언어를 사용하여 구성원과 조화를 이루고자 노력한다. 이 때문에 우리는 인간을 사회적 동물, 정치적 동물, 언어를 사용하는 동물(homo loquens) 등으로 규정하기도 한다.

인간의 생각[사고]과 언어는 아주 밀접한 상호 관련성을 가진 것이다. 왜냐하면 인간의 생각은 어떤 방식으로든 표현되어야 하기 때문이다. 사고[생각]란 생각 '사(思)'자와 생각 '고(考)'자로 이루어진 합성어로서, 이러한 생각(thinking)을 표현하는 도구가 언어이다. 언어란 말씀 '언(言)'자와 말씀 '어(語)'자의 합성어로서 이른바 말과 글을 의미한다. 결국 인간의 생각을 언어로 드러낸 것이 말과 글이다. 그래서 말한다는 것과 글 쓴다는 것은 생각한다는 것을 의미한다. 다시 말해 언어와 생각은 불가분의 관계에 있는 것이다.

우리가 말과 글을 조리 있게 표현하기 위해서는 생각이 논리적이야 한다. 생각이 논리적이지 않으면 그것을 표현한 언어[말과 글]도 논리적일 수 없다. 그래서 우리가 말을 잘하기 위해서 또는 글을 잘 쓰기 위해서는 논리적으로 생각하는 훈련이 필요하다. 일상적인 대화나 토론은 물론 남의 글을 읽고 그 주장에 동조하거나 비판하기 위해서, 또는 자신의 주장을 통해 상대를 설득하기 위해서도 논리 훈련은 반드시 필요하다.

덤+

● **논리의 의미**

논리(論理, 말하기[論]의 이치[理])란 영어 'logic'의 번역이다. 'logic'이란 그리스어 'logos'(마음속에서 생각된 것을 표현하는 말)에서 유래한 것이지만, 일반적으로 '사고의 형식이나 법칙' 혹은 '그것을 연구하는 학문[논리학]'을 의미한다.

물론 표현된 말과 글이 정서와 감정을 표현할 경우 인간의 언어[말과 글]가 반드시 논

리적인 것은 아니다. 예를 들어 내가 낙동강에서 지는 석양을 바라보며 "와! 아름답다"고 할 때 이것은 말하는 나의 '정서'와 '감정'을 표현한 것이다. 또는 엄마가 아이들에게 "애들아 밥 먹어"라고 할 때와 같이 특정한 '행위'를 불러일으키는 표현도 있고, 아버지가 퇴근하여 돌아와 아이들에게 "애들아! 아빠다. 문 열어"라고 할 때와 같이 '명령'하는 언어적 표현도 있다. 이것들은 모두 좁은 의미에서의 언어적 표현이다.

그런데 지금 여기서 문제로 삼는 것은 참, 거짓이 분명한 명제를 포함한 언어이다. 즉 단순히 진술된 문장이 아니라 어떤 주장이 담겨 있고, 그 주장이 참이거나 거짓인 명제로, 언어의 다양한 기능들 중에서도 어떤 주장의 표현과 논증을 구체적 대상으로 삼는다. 이것은 언어의 표현과 그 표현된 것을 논증하는 것을 대상으로 하기 때문에 그 표현된 주장이 사실적으로 표현되었는지, 그 주장이 올바르게 논증되었는지를 비판적으로 검토하는 것을 문제 삼는 것이다. 그래서 언어로 표현된 주장에 대한 비판적 사고(critical thinking)가 필요한 것이다.

01 '이성적 동물', '사고', '명제'를 친구들에게 설명해보자.

학　번 :		학과(부) :
강의시간 :	요일　　　　교시	이　름 :

학 번:		학과(부):	
강의시간:	요일 교시	이 름:	

> ☞ 학습목표
> 가. 분석적인 사고를 길러 비판적으로 언어[말과 글]를 표현할 수 있다.
> 나. 생각을 비판적으로 하기 위한 구성요소 및 평가기준을 배울 수 있다.

1) 비판적 사고의 의미

사고[생각]를 굳이 구분하자면 분석적 사고, 논리적 사고, 종합적 사고, 창의적 사고 등으로 나눌 수 있다. 이런 사고를 포괄하는 아주 넓은 개념이 '비판적 사고'이다. 그러므로 우리들의 모든 사고[생각]와 그 사고를 바탕으로 표현된 언어는 비판적 사고 표현을 위해 필요한 단계이다.

오늘날 우리는 정보사회답게 수많은 말과 글로 배열된 정보의 홍수 속에 살고 있다. 그래서 우리는 그 많은 정보를 받아들일 것인지, 거부할 것인지를 올바르게 판단하는 비판적 능력[사고]을 길러야 한다. 우리들이 비판적 능력 또는 사고를 기르는 이유는 크게는 민주사회의 책임감 있는 성숙한 시민이 되기 위한 것이며, 작게는 대학생으로서 교양과목이나 전공과목을 성공적으로 이수하기 위한 것이기도 하다. 이런 이유에서 비판적 사고를 기르고, 비판적 사고를 바탕으로 말과 글로 표현하는 방법을 훈련하는 '사고와 표현'이라는 과목의 학습은 지성인으로서 갖추어야 할 덕목을 위한 것이라고 할 수 있다.

그런데 우리는 '비판(批判, kritic)'이라고 하면 부정적인 의미로 받아들이기 쉽다. 예컨대 "너는 매사에 왜 그리 비판적이냐!"라고 할 때, 그 말 속에는 남의 말에 토를 달거나 말꼬리를 물고 늘어지거나 불평불만이 많은 것으로 간주하는 것이다. 이처럼 '비판'이라는 말에는 부정적인 이미지가 있는데, 이것은 어떤 주장[말, 글]에 대해 분석하고 종합하여 그 주장이 타당한지 부당한지를 따져 받아들일 것인지 거부할 것인지를 결정하는 일련의 과정이 비판적 사고이기 때문이다.

또한 비판적 사고는 우리들의 감정이나 정서를 배제하려는 측면이 강하기 때문에 이런 부정적인 시각을 가질 수도 있다. 우리들의 감정이나 정서는 어떤 사실을 왜곡시킬 수 있는 동시에 우리들의 비판적 사고를 고무시키는 역할을 한다는 것도 잊어서는 안 된다. 따라서 비난과 비판은 반드시 구별되어야 하는데, 비난은 자신의 '감정'을 담아 어떤 주제나 주장을 부정하는 과거 지향적 사고인 반면, 비판은 냉철한 '이성'을 바탕으로 잘잘못을 따지는 합리적 사고이기 때문이다.

2) 비판적 사고를 위한 준비단계 - 분석적 사고

대화과정에서 남의 주장[말]을 듣고 자신의 생각을 말하거나, 어떤 주장이 담긴 남의 글을 읽고 자신의 생각을 글로 쓰는 것은 언어[말과 글]를 단순히 사용하는 것이 아니라 그 말과 글 속에 담긴 의미를 파악하고 표현하는 것이다. 그런데 이처럼 말[듣기, 말하기]과 글[읽기, 글쓰기]의 의미를 파악하고 표현하기 위해서는 비판적으로 사고하는 능력이 무엇보다 필요하다. 그리고 이러한 비판적 사고를 함양하기 위해서 필요한 것이 바로 분석적 사고이다. 예컨대 남의 말을 듣고 상대의 주장을 파악하거나 남의 글을 읽고 그 주장이나 의미를 파악하는 것은 반드시 그 말이나 글을 분석하는 것으로부터 시작한다는 것이다. 그래서 우리는 분석적으로 사고하는 능력을 길러야 한다. 제시된 글을 제대로 이해하고 파악하기 위해서는 제시된 글이 어떤 구조를 가졌고, 어떤 내용을 포함하고 있는지를 면밀히 분석해야 한다. 또한 우리는 제시된 글 속에 어떤 함축적인 의미가 담겨있고, 글쓴이의 의도가 무엇인지 추리[추론]하여 알아야 한다. 즉 우리는 분석과 추리를 통해 그 글을 비판적으로 평가해야 하는 것이다. 이런 과정을 '분석적 글 읽기' 또는 '분석적 사고'라고 한다. 그리고 분석적 사고를 거쳐 최종적으로 비판적 글 읽기 내지 비판적 사고로 나아가는 것이다. 이런 과정을 도표로 작성하면 다음과 같다.

> 제시된 글을 이해하고 파악하는 단계(분석적 글 읽기 내지 분석적 사고) → 제시된 글의 내용을 평가하는 단계(비판적 글 읽기 내지 비판적 사고)

글의 구조, 내용과 의미, 논의 과정 등을 파악하기 위해서는, 즉 분석적 사고를 위해서는 단어의 의미, 문장과 문장 사이의 관계, 각 문단들의 논리적 흐름의 연결고리를 파악하는 것이 무엇보다 중요하다. 다시 말해 단어의 정확한 의미 이해, 문단을 이루고 있는 문장들 중에서 중심문장과 뒷받침 문장들의 구별, 글을 구성하고 있는 중심문단과 뒷받침 문단들을 구별하여 글의 내용과 의미를 파악하는 것이 중요하다는 것이다. 이것에 대한 자세한 설명은 '제3장 표현의 절차와 방법' 부분에서 다시 설명하겠다.

말이나 제시된 글을 분석적 내지 비판적으로 읽기 위한 가장 효과적인 방법은 '요약하기'(정리하기)이다. 이 단계에서는 아직 글쓴이의 의도를 찾아내거나 평가하지는 않는다. 제시된 글의 내용과 의미를 파악하는 단계이다. 그러므로 제시된 글의 내용을 요약하거나 바꾸어 써 보는 것은 비판적 사고 내지 비판적 글쓰기를 위한 첫 단계이다.

대학생이라면 누구나 강의시간에 교수님의 강의 내용을 요점 정리하거나 요약해 본 경험이 있을 것이다. 그런데 여기서 요점정리와 요약하기는 차이가 있다. 요점정리란 말이나 글의 내용 중에서 가장 핵심적인 부분을 단어나 구절로 간략하게 제시하는 것이다. 반면 요약하기는 글의 핵심부분을 자신의 말이나 문장으로 간략하게 표현하는 것을 말한다.

그런데 남의 말이나 글을 요약할 때는 요약하는 사람의 주장이 담겨서는 안 된다. 요약한 말이나 글은 간결해야 하고 말이나 제시된 글의 내용을 완전하게 포함시켜야 할 뿐 아니라, 주관적인 입장을 배제하고 객관적으로 요약해야 한다. 이제 요약할 때 주의해야 할 사항을 살펴보자.

첫째, 강의 제목이나 제시된 글의 제목에 주목하라.

강의 제목이나 글의 제목은 강의와 글의 전체 주제를 알려주기도 하고, 말하는 이와 글쓴이의 주장이나 입장을 반영하기 때문에 제목에 주의할 필요가 있다.

둘째, 중심 내용 및 뒷받침 내용을 파악하라.

강의 내용이나 제시된 글의 도입, 전개, 마무리 부분에서 가장 중심이 되는 내용을 한두 문장으로 적고, 그 다음으로 문단별 중심 내용을 적어본다. 그리고 중심내용을 뒷받침하는 부수적인 내용을 파악한다.

셋째, 말하는 사람이나 글쓴이의 정보를 사전에 숙지하라.

말하는 이와 글쓴이의 성향·직업·기존의 말과 글을 숙지하면 말하는 이와 글쓴이의 관점을 알 수 있기 때문에 전체 내용을 이해하는 데 도움을 준다.

그리고 글의 요약문을 작성할 때는 먼저 정확한 의미 파악을 위해 제시된 글을 반복해서 읽어보는 것이 좋다. 그런 다음에 각 문단의 핵심내용을 한두 문장으로 요약하여 요점을 파악해야 한다. 그리고 요약문의 초고를 작성하여 제시된 글과 요약문을 비교해 보면 요약이 잘 되었는지 알 수 있다.

3) 비판적으로 사고하기 위한 구성 요소

우리는 어떻게 하면 생각을 논리적으로 할 수 있을까? 글을 읽을 때는 어떻게 하면 글의 내용을 보다 깊이 있게 이해할 수 있을까? 또한 글을 쓸 때는 어떻게 하면 글의 내용을 보다 체계적으로 작성하여 상대를 설득할 수 있으며, 공감을 얻을 수 있을까? 이처럼 글을 읽을 때나 쓸 때, 보다 깊이 있게 이해하기 위해 또는 보다 글을 잘 쓰기 위해서 따져보아야 할 것을 '비판적 사고의 구성요소'라고 한다. 이 사고의 구성요소는 일반적으로 8가지(Richard Paul) 혹은 10가지(Jerld Nosich)로 구분한다.

그러나 모든 글 읽기와 글쓰기에 8가지의 구성요소가 갖추어지는 것은 아니다. 전문적인 학술논문에서는 8가지의 구성요소를 갖춘 글이 많다. 그렇지만 주장을 담은 사설을 제외하고, 사실 보도를 원칙으로 삼는 신문기사는 '정보'의 구성요소를 중심으로 기술된 글이기 때문에 가정, 함축과 귀결, 추리와 결론 등의 구성요소가 빠져 있을 수도 있다. 이처럼 글의 성격에 따라 구성요소는 다르게 나타날 수 있다.

이제 8가지의 비판적 사고를 위한 구성요소에 대해 알아보자.

(1) 목적(purpose)

우리들이 어떤 일을 할 때는 반드시 목적이 있다. 예를 들어 학생 여러분들이 '사고와 표현' 과목을 신청했다면 "학점을 받기 위해서거나 글을 잘 쓰기 위해서 수강한다"는 목적이 있을 것이다. 그리고 여러분들이 분명한 수강의 목적을 가지고 있다면 그 행위도 달라진다. 즉 수강 목적에 따라 학생들의 수업태도가 달라지는 것이다. 그래서 우리들의 행위 목적은 인생살이에서 중요한 역할을 하는 것이다.

우리는 생각을 할 때뿐만 아니라 글을 읽거나 쓸 때도 반드시 목적이 있기 마련이다.

따라서 말이나 글의 목적이 무엇인지를 파악하는 것이 중요하다. 목적은 하나 내지 둘 이상이 될 수도 있다. 말이나 글의 목적은 정보제공이나 사실을 알기 위한 것, 설득을 위한 것 등 다양하다. 그러므로 글을 읽거나 쓸 때 어떤 목적으로 글을 읽고 쓸 것인가를 생각하면 글을 잘 분석하고 비판적으로 읽고 쓸 수 있을 것이다. 이처럼 말이나 글에서 말하는 이와 글쓴이의 주요 목적이 무엇인가를 살펴보는 것이 중요하다.

(2) 현안 문제(question at issue)

무엇을 하고자 하는 목적이 있을 때 그 목적을 이루기 위해 당면한 문제를 해결해야 하듯이, 글을 읽거나 쓸 때도 글의 목적을 '달성하기 위해 해결해야 할 현안문제'가 있기 마련이다. 예를 들어 '사고와 표현'의 강의 목적이 '비판적인 사고를 길러 말하기와 글쓰기를 잘하도록 하기 위한 훈련'이라고 할 때 그 목적에 따른 현안문제는 '수강 학생들이 그 목적을 달성하는 데 도움이 되는 방법은 무엇인가'이다.

따라서 우리가 글을 읽거나 쓸 때는 현안문제가 무엇이고, 또 그 현안문제를 그 사람[글쓴이와 말하는 이]이 어떻게 해결하는지를 잘 살펴야 한다. 그러면 글의 핵심적인 내용도 파악하기 쉬워진다. 이처럼 말과 글에서 다루고 있는 핵심 물음이나 문제가 무엇인가를 파악하는 것이 중요하다.

(3) 개념(concept)

개념이란 '어떤 말이나 단어가 가진 의미'를 말한다. 우리는 어떤 말이나 글이든 반드시 개념을 사용하여 말하거나 서술한다. 따라서 어떤 글을 읽거나 글을 쓸 때 사용되고 있는 개념이나 자신이 표현한 개념에 대해 분명하게 이해해야 한다. 개념을 잘못 이해하거나 잘못 사용하면 글을 읽는 사람에게 혼란을 일으킬 뿐만 아니라, 자신의 주장도 잘못된 방향으로 나아갈 가능성이 높다. 이를 방지하기 위해서는 미리 그 분야에 대한 배경지식을 공부할 필요가 있다.

특히 제시된 글의 중요한 개념을 잘 파악하면 글의 전체 주제나 내용을 이해하는 데 상당한 도움을 준다. 따라서 말이나 글에서 추론이 의존하고 있는 핵심 개념들은 무엇인가, 그리고 말을 하는 사람, 글을 쓴 사람은 그런 개념들을 어떻게 이해하고 있는가를 파악하는 것이 중요하다.

(4) 가정(assumption)

모든 일은 어떤 가정을 전제로 시작한다. 말이나 글도 어떤 배경을 가정으로 삼아 시작한다. 물론 가정이 분명하게 드러나는 경우도 있지만, 암시적으로 표현되는 경우도 있다. 따라서 우리가 분석적 내지 비판적 사고를 하려면 말하는 이나 글쓴이가 어떤 가정을 전제로 진술하고 있는지를 파악하는 것이 중요하다.

나아가 글을 작성하는 자신이 가정하고 있는 전제나 배경지식이 잘못된 것일 경우에는 과감하게 삭제한다는 마음 자세를 갖는 것도 중요하다. 이처럼 우리들이 말을 하거나 글을 전개할 때는 주된 가정이 무엇인가를 파악해야 한다.

(5) 정보(information)

정보란 증거[관찰, 자료, 연구, 유추, 권위 등]로 얻어지는 것을 말한다. 오늘날 우리는 고도로 발달된 정보화시대에 살고 있다. 그러면 우리는 이러한 정보를 어떻게 판단하여 받아들이고 거부할 것인가?

이와 같은 점은 글 읽기와 글쓰기에서도 마찬가지이다. 글에는 주제 또는 문제와 관련된 정보가 있기 마련이다. 따라서 글을 읽을 때 어떤 정보가 제공되고 있는지, 또 그 정보는 신뢰할 수 있는지를 비판적으로 파악해야 한다. 글을 쓸 때도 읽는 사람에게 정확한 정보를 전달하는지, 신뢰할 수 있는 정보를 제공하는지를 면밀히 검토해야 할 것이다.

이처럼 우리는 말이나 글에서 해당문제에 대해 추론하면서 사용하는 가장 중요한 정보가 무엇인가를 파악해야 한다.

(6) 추리와 결론(inference and conclusion)

분석하여 비판적으로 사고한다는 것은 말과 글의 주장 내지 말과 글의 결론을 파악하는 것이다. 논증적인 글에는 반드시 전제(premise)와 결론(conclusion)이 있다. 다시 말해 어떤 가정이나 전제로부터 추리하여 결론에 도달한다. 여기서 추리란 전제로부터 결론에 도달하는 완결된 형태의 사고과정을 말한다. 그리고 논증이란 추리가 언어로 표현된 것을 말하는데, 이러한 논증에서 얻은 결론이 주장이며, 전제는 그 근거 내지 이유를 제시하는 부분이다. 이처럼 어떤 글의 주장을 추리를 통해 알아내는 것, 글의 전체 의미를 파악하는 것은 비판적 사고를 함양하는 데에 중요한 역할을 한다.

> 한국에 주둔하고 있는 2만의 미육군은 전두환 군사 독재 정권을 지원하고 있다. 그들이 철수할 경우 생기는 이익이면 예상되는 미연방 정부 적자폭을 상당히 줄일 수 있다. 나아가 냉전은 10년 전에 종식되었다. 그러므로 지금은 한국에 주둔하는 주한 미군이 철수할 때다.

앞의 세 문장은 마지막의 결론[주장]을 뒷받침하는 근거[전제]이다. 더불어 대부분의 글에서 추리는 '때문에, 이므로, 왜냐하면, 그러므로' 등의 형식으로 표현된다. 이처럼 우리는 말과 글에서 주요 결론은 무엇인가, 그리고 그 결론은 어떤 추론[추리] 과정을 거치는지를 살펴야 한다.

(7) 관점(point of view)

관점이란 어떤 개인이나 집단이 자신이 속한 사회에서 언어, 문화, 교육 등을 통하여 얻게 된 세계를 보는 지평을 말한다. 우리는 어떤 주장을 할 때 대체로 자신의 관점 내지 일정한 틀[범주] 안에서 한다. 따라서 우리가 아무리 객관적이고 공정한 관점을 가진 말과 글이라고 주장하여도 그것은 한계를 가질 수밖에 없다. 이런 이유에서 우리는 자신의 관점을 정확하게 이해하고, 다른 사람과의 의견 차이를 확인해야 한다. 다시 말해 자신의 관점도 어떤 관점에 의존하고 있다는 것을 인정하고, 동일한 문제를 다른 관점에서 바라볼 수 있다는 개방적인 태도를 취해야 한다.

또한 어떤 글을 읽을 경우 글쓴이가 예를 들어 정치적 관점, 경제적 관점, 문화적 관점 등 어떤 관점으로 글을 쓰고 있는지를 염두에 두어야 한다. 이처럼 우리는 말과 글에서 그 사람이 이 문제를 어떤 관점에서 다루고 있는가를 파악하는 것이 중요하다.

(8) 함축과 귀결(implication and consequence)

귀결이란 어떤 주장이 암암리에 의미하고 있는 내용을 말한다. 즉 어떤 주장이 명시적으로 드러난 것이 아닌 함축된 내용을 말한다. 따라서 분석적 내지 비판적으로 사고하기 위해서는 함축적으로 들어 있는 내용까지도 알아차릴 수 있어야 한다. 또한 그럴 때 제시된 말과 글의 내용을 제대로 파악할 수 있다. 이처럼 우리는 제시된 말과 글의 추리과정에서 주요한 함축과 귀결이 무엇인가를 파악해야 한다.

이상으로 8가지의 구성요소에 대해 말하였는데, 이 구성요소들은 별도로 존재하는 것은 아니다. 우리의 신체 각 부분이 서로 밀접한 관계를 가지듯이, 8가지의 구성요소들도 서로 밀접한 관계를 맺으면서 존재한다는 사실을 기억해야 할 것이다.

4) 비판적으로 사고하기 위한 평가기준

앞에서 기술한 8가지의 구성요소는 분석과 비판적인 사고를 위해 고려해야 할 항목들이지만, 이런 구성요소로 '분석된 내용'까지도 평가해야 한다. 내용을 평가하기 위해서는 배경지식이나 전문지식이 필요하지만, 배경지식이나 전문지식 이외에도 일반적인 기준이 필요하다. 우리들이 비판적으로 글을 읽거나 쓸 때 내용이 분명한지, 정확한지, 명료한지, 적절한지, 중요한지, 폭이 넓은지, 논리가 있는지, 공정한지, 충분한지 곰곰이 생각해야 한다. 그리고 내용까지 평가하기 위해서는 다음과 같은 10가지의 평가기준이 필요하다고 전문 학자들은 말한다.

(1) 분명함(clarity)

분명함이란 말이나 제시된 글의 주장이나 내용이 애매하지 않고 분명하다는 것이다. 다시 말해 말이나 글은 나 자신의 생각은 물론 다른 사람에게도 분명하게 표현되어야 하는 것이다. 분명함은 다른 평가 기준[정확성, 명료함, 적절성 등]의 근거가 되기 때문에 매우 중요한 평가 기준이 된다. 어떤 생각을 표현할 때 그것이 불분명하면 진술의 의미를 이해할 수 없을 뿐만 아니라 진술 내용이 정확한지, 명료한지, 중요한지, 깊이가 있는지, 논리가 있는지를 결정할 수 없다.

(2) 정확성(accuracy)

정확성이란 어떤 주장의 내용이 실제의 사실과 부합해야 한다는 것을 말한다. 즉 이것은 어떤 것을 실제로 존재하는 그대로 나타내는 것이다. 그리고 사실과 부합하지 않는다면 그 진술내용은 부적합한 것이다. 예를 들어 '거북은 15년 정도 산다'라고 할 때 그 주장은 분명하지만 정확성을 결여한 것이다. 그래서 우리는 타인의 말과 글이 정확한지, 또 내 생각과 주장이 정확한지를 평가해야 한다.

(3) 명료성(precision)

명료함이란 어떤 주장의 내용을 확실하게 이해하는 데 필요한 세부사항을 제공하는 것이다. 예를 들어 '한국은 부유한 국가이다'라고 할 때 이 주장은 모호한 주장이다. 왜냐하면 이 주장에는 부유한 국가의 기준에 대한 언급이 없기 때문이다. 따라서 이 주장의 경우 '부유한 국가란 국민소득이 3만 불 이상의 국가를 말한다'는 조건을 붙여야만 명료한 문장이 된다.

덤+

● **애매함과 모호함**

애매함은 다의성이다. 이것인지 저것인지 결정할 수 없는 것이다. 반면 모호함이란 정보가 제대로 전달되지 않아 알 수 없는 것이다. 예를 들어 내가 친구와 함께 지하철을 타고 가는 데 맞은편에 앉아 있던 여자가 웃고 있다고 하자. 나를 보고 웃고 있는지, 친구를 보고 웃고 있는지 알 수 없다면 애매한 것이다. 반면 그 여자 좋아서 웃는지, 비웃는지, 원래 웃는 얼굴인지 정보가 없어 알 수 없다면 이것은 모호한 것이다.

---

(4) 적절성(relevance)

생각을 진술한 어떤 주장이 적절하다는 것은 생각과 주장이 물음이나 주제[문제]와 잘 맞는다[관련이 있다]는 말이다. 다시 말해 글의 주장이 글의 목적이나 관점 등과 적절하게 관계를 맺고 있다는 것을 의미한다.

특히 적절성은 주장[결론]과 근거[전제] 사이의 관련성을 따지는 것으로, 근거가 주장을 정당화시켜 주는지를 살펴야 한다.

(5) 중요성(importance)

말과 글이 아무리 적절한 주장을 하고 있다 하더라도 부차적인 내용만을 담고 있다면 문제가 있다. 중요성이란 어떤 주장[주제]에 대해 생각할 때 가장 중요한 사항이나 쟁점에 집중하는 것을 말한다. 다시 말해 주장과 관련한 여러 가지 목적이나 개념 중에서도 가장 중요한 목적이나 개념에 주의하는 것이다.

(6) 깊이(depth)

깊이란 생각과 진술된 글의 내용을 깊이 있게 다룬다는 말이다. 모든 문제는 표면적인 것보다 복잡한 문제를 안고 있기 때문에 그 문제를 다룰 때는 깊이 있게 다루어야 한다. 예를 들어 어떤 사람이 "아동 성범죄자는 모두 사형시켜야 한다"고 주장할 때, 그 주장은 분명하고 명료하고 정확하지만 문제의 본질을 벗어난 피상적 주장이 된다. 왜냐하면 아동 성범죄를 일으킨 정치적, 사회적 배경이나 성범죄자의 심리 등을 고려하지 않았기 때문이다.

(7) 폭넓음(breath)

이 평가 기준은 관점과 관련이 깊다. 즉 분석적이고 비판적으로 사고하기 위해서는 폭넓은 관점의 태도가 필요하다는 것이다. 하나의 관점만을 취하면 폭넓은 사고를 할 수 없다. 따라서 편협하고 근시안적인 생각에서 벗어나 다양한 관점이나 측면에서 진술된 내용을 살펴야 한다.

(8) 논리성(logicalness)

말과 글에서 앞뒤 모순된 내용이 있거나 논지 전개 과정이 달라지면 호응을 얻지 못한다. 논리성이란 진술한 말과 글의 내용이 서로 모순되지 않고 일관성을 유지하는 것을 말한다. 다시 말해 추리를 통해 논리적으로 결론이 도출되는가를 꼼꼼히 조리 있게 따지는 것을 말한다.

(9) 공정성(fairness)

인간은 자기중심적으로 사고하는 경향이 있다. 그래서 중요한 정보를 의도적으로 빠뜨리거나 왜곡시키며, 자신에게 유리한 주장을 객관적인 근거도 없이 자의적으로 기술하기도 한다. 자신의 말이나 글을 통해 상대의 동의를 얻고 설득하려면 생각뿐만 아니라 말과 글의 내용 과정이 공정해야 한다.

(10) 충분성(sufficiency)

어떤 쟁점이 있는 사항에 대해 주장을 할 때는 쟁점과 관련된 필요한 사항을 충분히 고려해야 한다는 것이다. 목적에 맞게 충분하게 추리했는지, 상황에 필요한 모든 사항을 고려했는지를 염두에 두어야 한다. 그렇지 못하면 말과 글의 내용은 불충분한 것이 되고 만다.

앞에서 제시한 8가지 구성요소와 10가지 평가기준이 모든 글 읽기와 글쓰기에 일률적으로 적용되는 것은 아니다. 즉 모든 구성요소와 평가기준을 기계적으로 적용할 수 없다는 것이다. 그것은 글의 주제나 글의 성격에 따라 달라질 수 있다.

또한 비판적 사고의 구성요소와 평가기준은 글 읽기와 글쓰기에서 상호 보완의 관계에 있다. 다만 비판적 글쓰기에서는 구성요소를 앞세우고서 평가 기준을 고려해야 하는 반면, 비판적 글 읽기에서는 평가 기준을 먼저 내세우고서 구성요소를 따져야 한다. 결국 비판적 사고의 구성요소와 평가기준은 동전의 양면과 같다고 할 것이다.

그러면 글 읽기와 글쓰기를 비판적으로 하기 위해서는 어떻게 학습해야 할까? 비판적 사고를 향상시킬 방법에는 어떤 것이 있을까? 이것을 위해서는 논리적[논증적] 훈련이 필요하다.

※ 아래 지문을 읽고 물음에 답해보자.

> 흡연자에게 니코틴 패치와 같은 니코틴 제품을 값싸게 이용할 수 있게 해야 하고, 광고도 많이 해야 하며, 그런 것들을 보건 당국이 승인해주어야 한다. 그렇게 하면 흡연자들이 좀 덜 해로운 이 제품들을 쓰게 될 것으로 보인다.
>
> 연간 암 사망자의 3분 1을 차지하는 폐암의 원인은 담배 안에 들어있는 불순물이다. 반면 담배 안에 들어있는 니코틴은 즐거움이나 자극, 긴장 완화 효과를 준다. 담배 안에 들어 있는 불순물을 완전히 제거할 수 있다고 하더라도, 담배가 잘 팔리는 이상 담배 회사들이 불순물을 완전히 없앨 것으로는 보이지 않는다.
>
> 니코틴은 심장 질환을 야기하는 원인이라고 생각된다. 하지만 담배를 끊어서 생기는 건강상의 이득이 니코틴을 섭취할 때 생기는 위험보다 훨씬 크다. (앤 톰슨, 2007)

01 이 글의 요지는 무엇인가?

....

....

....

....

....

....

02 이 글을 요약해보자.

....

....

....

....

....

03 니코틴 제품을 사용하도록 권장하는 2가지 이유를 기술해보자.

첫째 :

둘째 :

04 이 글의 주장은 무엇이며, 그 주장의 근거는 무엇인지 2-3행으로 요약해보자.

주장 :

근거 :

학 번:		학과(부):
강의시간:	요일 교시	이 름:

※ 다음 글을 읽고 8가지 구성요소를 적용하여 물음에 답하시오.

과학 대 신학

과학과 '신학'의 화해를 역설한 3월 18일 사설에서 당신은 '사람들은 자신의 기원에 관해서도 가능한 한 많은 것을 알고 싶어 한다'라고 말했다. 나도 확실히 그렇기를 바란다. 하지만 '신학'이 이 문제에 관해 유익한 뭔가를 얘기해 줄 수 있다고 생각하는 당신의 근거는 도대체 무엇인가? 과학은 우리의 기원에 관해 다음과 같은 지식을 제공해 준다.

우리는 우주가 언제 시작되었으며, 왜 우주가 대부분 수소로 이루어져 있는지 대략 안다. 우리는 왜 별이 만들어졌으며, 별 내부에서 무슨 일이 일어나서 수소가 다른 원소로 바뀌었고, 그래서 물리 세계에 화학이 탄생하게 되었는지를 안다. 우리는 화학 세계로부터 어떻게 자기 증식하는 분자들의 생성을 통해 생명체가 생겨나는지 그 근본 원리를 알고 있다. 우리는 인간을 포함해 모든 생명체가 어떻게 자기 증식의 원리로터 다윈의 자연 선택을 거쳐 생겨나게 되었는지도 안다.

우리에게 이런 지식을 아주 자세하게 제공해 준 것은 과학이며 과학만이 그런 지식을 제공해 주었다. 이런 모든 물음에 대해 신학은 결정적으로 거짓임이 드러난 견해를 피력해 왔다. 과학을 통해 천연두를 박멸했으며, 이전에는 치명적이었던 대개의 바이러스들에 대해 면역력을 갖게 되었으며, 이전에는 치명적이었던 대개의 박테리아들을 죽일 수 있게 되었다.

신학은 죄의 대가로서의 역병(疫病)이란 얘기만 해왔다. 과학은 언제 특정 혜성이 나타날지 예측할 수 있으며, 나아가 언제 다음 일식이 일어날지도 예측할 수 있다. 과학 덕택에 인간은 달에 발을 내디딜 수 있었고, 화성이나 목성 주위에 탐사 위성을 발사시켰다. 과학은 우리에게 특정 화석의 연대를 알려 줄 수 있으며, 토리노 수의(Turin shroud)가 중세 때의 모조품임을 알려줄 수 있다. 과학을 통해 여러 바이러스의 정확한 DNA 지도를 알게 되었고, 인디펜던트(Independent)의 독자들 생전에 인간 게놈에 대한 DNA 지도도 알게 될 것이다.

'신학'이 누구한테 조금이라도 도움이 될 만한 이야기를 해준 적이 있었는가?

'신학'이 참이지만 하나 마나 하지 않은 이야기를 한 적이 있었는가? 나는 신학자들의 얘기를 들어왔고, 그들 책을 읽었으며, 그들과 논쟁을 해왔다. 나는 신학자들이 조금이라도 쓸모 있는 이야기, 즉 분명하지만 하찮은 것이 아니거나 완전한 거짓이 아닌 무엇을 이야기하는 것을 들어본 적이 없다.

만약 과학자들이 이룬 업적이 내일 싹 사라져버린다면, 의사는 없고 마술사만 있을 테고, 말(馬)보다 더 빠른 교통수단은 없을 것이며, 컴퓨터도 없을 것이고, 인쇄된 책도 없을 것이고, 자급자족농 이상의 농업도 없을 것이다. 그러나 신학자들이 이룬 업적이

내일 싹 사라져버린다면, 조그만 차이라도 알아차릴 사람이 누가 있을까?

과학자들이 이룬 나쁜 성과, 폭탄이나 음파를 이용한 고래잡이 배 등도 작동을 한다. 신학자들이 이룬 성과는 아무런 역할도 하지 않으며, 아무런 영향도 주지 않으며, 아무것도 달성할 수 없고, 심지어 아무런 의미도 갖지 않는다. 당신은 무슨 근거에서 '신학'이 하나의 학문이라고 생각하는 것인가? (최원배, 2007)

—리차드 도킨스 박사가 인디펜던트 편집장에게 보낸 편지, 1993.3.20

01 이 글의 요지를 작성해 보자.

신학은 과학과 같이 존중할 만한 학문이 아니다. 그 근거는 과학은 수많은 성과를 이루었고, 과학의 성과는 대부분 인간에게 이로운 것이다. 반면 신학이 이룬 성과는 현실에 아무런 영향도 미치지 못하며 무의미하다는 것이다.

02 이 글의 목적을 작성해 보자.

03 주장에 대한 가정을 찾아 기술해 보자.

04 어려운 개념을 찾아 설명해 보자.

05 이 글은 어떤 정보를 제공하고 있는가?

....

....

....

....

06 추리를 통해 어떤 결론에 도달했는가?

....

....

....

....

07 필자는 어떤 관점을 가지고 있는가?

....

....

....

....

08 이 글을 작성하게 된 배경은 무엇인가?

이 글은 캠브리지 대학에서 신학과 자연과학에 관한 강의를 개설하기로 한 것을 환영한다는 사설을 반박하기 위해 작성된 것이다.

학 번:	학과(부):
강의시간: 요일 교시	이 름:

학 번:		학과(부):
강의시간: 요일 교시		이 름:

※ 일간지 신문의 사설 하나를 골라 10가지 평가 기준을 적용하여 평가해 보자.

01 분명함
이 글의 표현은 분명한가?

02 정확성
이 글에서 제공한 정보는 정확한가? 또 가정은 신뢰할 수 있는가?

03 명료성
글의 내용을 이해하는 데 세부사항이 제공되고 있는가?

04 적절성
현안문제가 글의 목적과 적절하게 관련하고 있는가? 주장과 근거 사이에 관련성이 있는가?

05 중요성
글쓴이는 가장 중요한 것을 초점에 맞추어 작성하고 있는가?

06 깊이
글쓴이는 현안문제를 깊이 있게 다루고 있는가?

07 폭넓음
자신의 관점 이외에 다른 관점이 있는가?

08 논리성
주장[결론]이 가정이나 정보와 모순되지 않고 논리적으로 도출되고 있는가?
현안문제의 해결점이 제시되고, 추리과정은 충분한가?

09 공정성
중요한 정보를 의도적으로 누락하지는 않았는가?

10 충분성
글의 목적에 맞게 추리하고 있는가? 또 모든 사항을 고려했는가?

학 번:	학과(부):
강의시간: 요일 교시	이 름:

☞ 학습목표
가. 논리적인 훈련을 통해 비판적 사고를 기를 수 있다.
나. 생각을 논리적으로 하기 위한 훈련법인 연역논증과 귀납논증을 배울 수 있다
다. 잘못된 논증, 즉 오류에 대해서 배울 수 있다.

1) 논증의 의미

우리는 앞에서 분석과 비판적인 사고를 위한 8가지의 구성요소와 10가지 평가기준에 대해서 공부했다. 여기서 추론[추리]의 구성요소는 비판적 사고를 위한 가장 중요한 요소이다. 우리들은 어떤 것을 생각[사고]할 때 반드시 어떤 관점에서 어떤 목적을 위해 어떤 물음에 답하려고 하면서 어떤 이유나 정보 또는 가정을 기초로 어떤 함축과 귀결을 갖는 '추리(inference)'를 한다. 결국 어떤 생각을 한다는 것은 그것에 대해 어떤 추리를 한다는 것이다. 다시 말해 생각한다는 것은 추리를 한다는 것이다. 이 추리가 말과 글로 표현된 것을 우리는 '논증(argument)'이라고 부른다. 논증이란 한자로 풀이하면 '말할 논(論)'자와 '증거 증(證)'자를 합쳐 만든 단어로, '근거[이유]를 들어 옳고 그름을 밝힌다'는 뜻이다. 다시 말해 논증이란 '어떤 주장[생각, 행동]이 옳고 그름을 타인에게 설득할 목적으로 제시하는 이유 내지 근거'라고 정의할 수 있다.

이처럼 논증은 어떤 주장과 그 주장에 대한 근거로 이루어져 있다. 다시 말해 논증이란 어떤 주장을 담은 명제와 그 주장의 근거인 명제들로 구성되어 있는 것이다. 여기서 명제란 진리 값을 가진 문장, 즉 참이거나 거짓인 문장을 말한다. 예를 들어 어떤 엄마가 '애들아! 일어나라'고 한다면 이것은 문장[명령문]이지 명제는 아니다. 명제가 되려면 반드시 진리 값을 가져야만 한다. 예컨대 '정민이는 동아대학교 학생이다'라고 하면 참, 거짓의 진리 값을 갖기 때문에 명제가 되는 것이다.

이처럼 논증은 명제들의 집합이라고 할 수 있다. 그러나 명제가 모였다고 해서 모두 논증이 되는 것은 아니다. 명제들의 집합이 특정한 구조를 가질 경우에만 논증이 된다. 여

기서 특정한 구조라는 것은 논증이 주장하는 명제와 그것을 뒷받침하는 근거 명제로 이루어진 구조를 말한다. 여기서 주장하는 명제를 '결론'이라고 하고, 근거를 제시하는 명제를 '전제'라고 부른다. 즉 논증은 전제와 결론으로 이루어진 것이다.

논증=전제들+결론

---

2) 논증을 암시하는 지시어

그렇다면 우리가 어떤 말이나 글을 접할 때 그것이 논증인지를 어떻게 알 수 있을까? 먼저 언어적인 특성을 통해 논증 여부를 판단할 수 있다. 다행히도 글에는 대체로 논증을 나타내는 지시어가 있다. 어떤 문장이 논증을 암시하는 표준 형식은 대체로 전제를 적고 그 다음에 '그러므로' 또는 '∴'를 첨가하여 결론임을 나타낸다.

전제1
전제2
:
∴ (결론)

예를 들면

국문학과 학생은 누구나 언어학 강의를 들어야 한다.
동아는 국문학과를 졸업했다.
(∴, 그러므로) 동아도 언어학 강의를 수강했다.

그렇다고 모든 논증들이 반드시 표준 형식으로 나타나는 것은 아니다. 말이나 글에서 논증이 나타날 때 전제와 결론의 순서가 바뀌거나 전제와 결론이 분명하지 않은 경우도

많다. 따라서 결론을 나타내는 지시어가 없을 경우, 각각의 문장을 살펴서 어떤 한 문장을 위해서 나머지 문장들이 추가 정보를 제시하는 데 동원되고 있다면 그 한 문장을 결론이라고 보면 된다. 하지만 아무리 살펴도 결론을 찾을 수 없다면 그것은 논증이라고 할 수 없다. 그리고 이유를 나타내는 전제[근거]는 2~3개만 있을 필요는 없다. 그 이상일 수도 있고 그 이하일 수도 있다.

덤+

- **대표적인 전제 지시어와 결론 지시어**

  〈전제 지시어〉　　　　　　　　　〈결론 지시어〉

  왜냐하면　　　　　　　　　　　그러므로

  …인 까닭에　　　　　　　　　　그래서

  …인 이유로　　　　　　　　　　…임에 틀림없다

  …이기 때문에　　　　　　　　　따라서

  (만약, 첫째, 둘째)

---

3) 연역논증과 귀납논증

논증은 전제가 결론을 지지하는 방식에 따라 크게 2가지로 나눌 수 있다. 즉 연역논증과 귀납논증이다. 다음 논증을 보자.

〈논증1〉	〈논증2〉
모든 인간은 죽는다.	플라톤이 죽었고, 공자가 죽었고, 노무현도 죽었다.
동아는 인간이다.	그들은 인간이다.
그러므로 동아는 죽는다.	그러므로 모든 인간은 죽는다.

연역논증(deductive argument)은 일반적인 사실[전제]에서 개별적인 사실[결론]을 도출해내는 논증이다. 반면 귀납논증은 개별적인 사실에서 일반적인 사실을 도출해내는 논증이다. 여기서 <논증1>은 연역논증이고, <논증2>는 귀납논증이다. 다시 말해 <논증1>은 '모든 인간은 죽는다.'는 일반적인 사실에서 특정한 개인인 '동아'를 언급하는 논증이기

때문에 연역논증이며, <논증2>는 각각의 개인[플라톤, 공자, 노무현]들이 죽는다는 구체적이고 개별적 사실에서 '모든 인간은 죽는다'는 일반적인 사실을 도출해 냈기 때문에 귀납논증인 것이다. 하지만 위의 논증이 적절하지 않은 경우도 있다는 것에 유의할 필요가 있다.

(1) 연역논증

연역논증이란 전제가 옳다면 결론도 필연적으로 옳은 논증을 말한다. 이것을 타당한 (valid) 논증이라고도 한다. 연역논증의 타당성은 논증을 구성하고 있는 명제의 내용이 아니라 논증이 가지고 있는 '논리적 형식(logical form)'에 의해서 결정된다. 따라서 <논증1>은 '타당한 논증'이다. 반면 전제가 참임에도 불구하고 결론이 거짓일 때 '부당한(invalid)한 논증'이라고 한다. 이 때 전제와 결론의 관계를 '필연성(necessity)'이라고 하는데, 결론의 내용이 전제 속에 암암리에 이미 포함되어 있다. 아래는 논증의 형식을 명제로 나타낸 것이다.

> 모든 사람은 동물이다.
> 모든 동물은 생명체이다.
> 그러므로 모든 사람은 생명체이다.

위의 논증은 형식적으로 타당할 뿐만 아니라 내용적으로도 옳은 논증이다. 형식에 있어서도 내용에 있어서도 옳은 논증을 '건전한(sound) 논증'이라고 하고, 그렇지 못한 경우를 '건전하지 않은(unsound) 논증'이라고 한다.

(2) 귀납논증

먼저 논증식을 보자.

> 지금까지 조사한 결과 모든 코끼리는 죽었다.
> 그러므로 모든 코끼리는 죽는다.

위의 논증은 귀납논증이다. 귀납논증(inductive argument)이란 전제가 옳다고 결론이 반드시 옳다고 할 수 없는 논증이다. 단지 그럴듯하게 지지하는 것이다. 즉 전제들이 모두 참이라는 사실을 통해서 결론도 참일 것이라고 '가능'하는 논증이다. 이 전제와 결론의 관계를 '개연성(probability)'이라고 한다. 왜냐하면 위의 논증에서 알 수 있듯이, 비록 지금까지 조사한 모든 코끼리는 죽었지만, 그렇다고 아직 조사하지 않은 코끼리까지 모두 죽는다고 단정할 수는 없기 때문이다. 이것은 결론이 전제에 들어 있지 않은 새로운 내용을 주장하기 때문인데, 이른바 귀납논증은 결론이 전제에 없는 새로운 내용을 포함하고 있다.

① 귀납논증의 유형

귀납논증의 유형에는 유비논증[유사성을 통한 방법], 귀납적 일반화[일반화를 통한 방법], 반복적 경험을 통한 방법 등이 있다. 여기서는 이 3가지 유형을 중심으로 기술하고자 한다.

㉠ 유비논증

유비논증(argument by analogy)이란 몇 가지 측면에서 서로 유사한 두 가지 이상의 사물이나 대상이 다른 측면에서도 서로 유사할 것이라고 가능하는 논증방식이다. 예를 들어 A라는 사물[대상]에 a, b, c, d, e 등과 같은 특성이 있다는 사실이 알려져 있고, 또 B라는 사물[대상]에 a, b, c, d 등과 같은 특성이 있을 때, B라는 사물도 역시 e라는 특성을 가지고 있을 것이라고 논증하는 것이다. 이것을 표준형식으로 나타내면 다음과 같다.

> A라는 사물은 a, b, c, d 등의 특성을 가지고 있다.
> B라는 사물도 a, b, c, d 등의 특성을 가지고 있다.
> 그런데 A라는 사물은 e의 특질도 가지고 있다.
> 따라서 B라는 사물도 e의 특질을 가지고 있을 것이다.

유비논증은 이처럼 유사한 둘 내지 그 이상의 유형 사례를 비교하여 논증하는 것이다. 또 다른 예를 들어보자.

> 미국 치파와 인디언 추장인 애덤 노드웰이 어제 로마에서 돌발적인 행동으로 관심을 끌었다. 캘리포니아에서 출발한 비행기를 타고 로마에 도착한 노드웰은 부족장을 상징하는 복장을 하고 비행기에서 내리면서 콜럼버스가 과거 아메리카 대륙에서 했던 것과 똑같은 방식인 '발견의 원리에 따라 아메리카 인디언의 이름으로 이탈리아를 소유할 것'이라고 선언했다. 노드웰은 '나는 오늘을 이탈리아 발견의 날'로 선언한다고 했다. 이어 그는 '콜롬버스는 무슨 권리로 이미 수천 년 전부터 사람들이 살아온 아메리카 대륙을 발견했다고 말했는가? 이제 나도 그와 똑같은 권리로 이탈리아에서 와서 당신네 나라를 발견했음을 선언한다.'고 말했다.(앤서니 웨스턴, 2004)

이 주장에는 조금 억지가 있지만, 콜럼버스의 아메리카 대륙 발견과 자신의 이탈리아 발견은 유사하다고 노드웰은 주장한다. 이것 역시 유비논증의 한 예라고 할 수 있다.

ⓛ 귀납적 일반화

귀납적 일반화(inductive generalization)란 동일한 종에 속하는 많은 사물들이 어떤 하나의 특성을 갖는 '사례들'을 충분히 발견함으로써 그 종에 속하는 모든 사물들이 동일한 특성을 가질 것으로 가늠하는 논증방식이다. 예를 들어 A도 a라는 특성을 갖고 B도 a라는 특성을 갖고 C도 a라는 특성을 갖고 D도 a라는 특성을 갖는다는 사실이 밝혀져 있고, A, B, C, D가 모두 S라는 유에 속하는 종들이라는 사실이 밝혀져 있을 경우, 우리는 이것들을 전제로 E, F, G 등 S에 속하는 다른 모든 종들도 a라는 특성을 가질 것이라고 논증할 수 있다.

이러한 귀납적 일반화는 동물을 사용하여 신약 개발을 할 경우[표본]나 기상청에서 일기예보를 할 때 자주 쓰는 논법이다. 위의 표준형식을 논증식으로 표현하면 다음과 같다.

> 백로 A는 희다.
> 백로 B는 희다.
> 백로 C는 희다.
> 백로 D는 희다.
>   :
> 백로 Z는 희다.
> 그러므로 모든 백로는 희다.

또한 이것은 다음과 같은 논증식으로도 표현할 수 있다.

> 백로를 지금까지 1000마리 관찰했더니 모두 흰색이었다.
> 그러므로 모든 백로는 흰색일 것이다.

ⓒ 반복적 경험을 통한 일반화

귀납논증의 또 다른 형식으로 '반복적 경험을 통한 일반화의 방법'이 있다. 이것은 하나의 사실이 다른 하나의 사실에 수반하여 발생한다는 것을 반복적으로 경험함으로써 그 하나의 사실이 항상 그 다른 하나의 사실에 수반하여 발생할 것이라고 가늠하는 논증방식이다. 모든 인과적 일반법칙은 바로 이러한 방법을 통해서 형성된다. 예를 들어 기온이 영하로 내려간다는 사실에 수반하여 얼음이 언다는 사실을 반복적으로 경험함으로써 우리는 "기온이 영하로 내려가면 얼음이 언다."라는 인과법칙을 얻을 수 있다.

지금까지 연역논증과 귀납논증을 나누어 설명했다. 하지만 실제 논증에서는 귀납논증과 연역논증이 뒤섞여 있다는 것을 유의할 필요가 있다. 예를 들어 보자.

> 모든 인간은 죽는다.
> 동아는 인간이다.
> 그러므로 동아는 죽는다.

이것은 분명히 연역논증이다. 하지만 여기서 '모든 인간은 죽는다'는 명제는 귀납논증에 의해 도출된 것이다. 왜냐하면 이 명제는 인간이 죽는다는 수많은 사례들을 일반화함으로써 도출한 것이기 때문이다. 다음 논증을 보자.

> 소크라테스는 죽었다.
> 세종대왕은 죽었다.
> 박정희도 죽었다.
>   :
> 그러므로 모든 인간은 죽는다.

위의 논증은 분명히 귀납논증이다. 하지만 이 귀납논증에도 연역이 숨어 있다. 이처럼 연역논증과 귀납논증은 우리가 생각한 것보다 아주 긴밀한 연결고리를 형성하고 있다.

4) 잘못된 논증

논증을 구성하는 과정에서 우리는 잘못된 논증[그릇된 논증]을 할 수도 있다. 이것을 '오류'라고 한다. 오류는 형식적 오류와 비형식적 오류로 나눈다. 여기서는 비형식적 오류에 대해서만 간략하게 언급하겠다.

(1) 이중지시의 오류[애매어의 오류]

이중지시(amphibology)의 오류는 낱말이나 문장을 애매하게 사용함으로써 발생하는 오류이다. 다음의 이야기를 보자.

> 정민 : 울릉도 여행을 가려고 했는데, 취소했어.
> 명우 : 왜. 갑자기!
> 정민 : 배가 편하지 않았어.

이 문장만으로는 배가 아픈 것인지, 타고 갈 배가 편하지 않은 것인지를 알 수 없다. 물론 오류라고 하기에는 지나친 감이 있지만, 두 가지 이상의 의미를 가진 단어를 사용하면서도 정확한 의사표현을 하지 않은 것은 분명하다.

(2) 강조의 오류

강조의 오류(fallacy of accent)는 문장의 어느 한 부분을 강조함으로써 그 문장의 전체적인 의미를 왜곡시키는 경우에 발생한다. 다음 문장을 보자.

> 선장으로부터 술을 마신다고 핀잔을 받은 선원이 항해일지를 작성하면서 일상 사항을 다 적고 난 후에 "오늘 선장은 술에 취하지 않았다."라고 썼다. 이 항해일지를 읽은 선주는 선장이 항해 중에 자주 술에 취해 있었다고 생각했다.

선주는 선원이 적은 항해일지에서 "오늘 선장은 술에 취하지 않았다."는 말에서 '오늘'을 강조해서 해석함으로써 그 날은 선장이 술에 취하지 않았지만, 다른 날에는 술에 취해 있었다고 생각한 것이다.

(3) 성급한 일반화의 오류

이것은 '하나 내지 둘'을 '전부'로 간주함으로써 발생하는 오류이다. 예컨대 우리나라를 처음 방문한 어떤 외국인 사업가가 공항에서 본 항공회사의 여승무원들과 호텔에서 본 여직원들, 그리고 사업차 방문한 국내회사의 여직원들을 본 후 그들이 모두 키가 크고 예쁘다는 사실에 입각하여 "한국의 모든 여성은 키가 크고 예쁘다."고 한다면 이 외국인은 성급한 일반화의 오류(fallacy of hasty generalization)를 범하고 있는 것이다.

(4) 동정심[연민]에 호소하는 오류

이것은 다른 사람의 동정심을 유발시켜 자신의 주장을 관철하려는 경우에 발생하는 오류이다. 예컨대 기말고사 점수가 좋지 않은 학생이 교수에게 "교수님! 어머니가 병원에 입원하여 시험을 못 쳤습니다. A학점 이상을 못 받으면 장학금을 못 받게 되어 휴학을 해야 합니다. 선처 부탁합니다."라고 하는 것이 그 대표적인 사례이다. 또한 다음과 같은 교통경찰과 운전자 사이의 대화도 마찬가지이다.

> 운전자 : 경찰관님, 한 번 봐주세요.
> 경　　찰 : 신호위반입니다.
> 운전자 : 제발 좀 봐주세요. 이번에 실직해서 힘들어 죽겠습니다.

(5) 위협[힘]에 호소하는 오류

이것은 자신이 가진 힘[위협]으로 상대에게 심리적 불안이나 압박, 공포를 느끼게 하여 자신의 주장을 관철하려는 경우에 발생하는 오류이다. 이 오류는 직장 상사와 부하 직원 사이에 자주 일어난다. '자! 지금 퇴근시간이다. 그렇지만 정시에 퇴근하면 어떻게 되는지 알지!'라고 함으로써 자신의 주장을 관철시키려고 한다면 이것은 '힘에 호소하는 오류'이다.

(6) 〈잘못된〉 권위에 호소하는 오류

이것은 권위가 있다고 인정되는 사람이나 자료에 호소하여 자신의 주장을 관철하려는 경우에 발생하는 오류이다.

> 정민 : 인터넷 뉴스 매체 때문에 향후 10년 안에 일반 신문은 없어질 거야. 며칠 전 100분 토론에서 김세친 의원이 그렇게 말했어.
> 명우 : 그 사람은 정치인이잖아
> 정민 : 그야 그렇지만, 그 분 유명한 사람이야.

(7) 농담에 호소하는 오류

다른 사람의 주장에 대해 논리적으로 반박하지 않고, 아무런 근거 없이 농담거리[웃음거리]로 만듦으로써 자신의 주장을 관철시키는 경우에 발생하는 오류이다. 이것은 특히 공개적인 토론을 할 때 토론에 참여하는 사람들이 종종 범하는 오류이다. 예컨대 자신과 반대되는 의견을 제시한 토론자가 있을 때, 만약 "당신과 같은 대머리 신사에게도 그렇게 훌륭한 의견이 있을 수 있다니 정말 놀라운 일입니다."와 같은 농담으로 시작했을 경우 청중들은 그 농담에 웃음을 터뜨리면서 앞서 상대방이 제기한 의견은 망각하고 자신의 주장만을 기억하게 되는 것이다. 이러한 방식으로 자신의 주장을 관철하는 경우가 농담에 호소하는 논증의 오류이다.

(8) 우물에 독 뿌리기의 오류

이것은 반론이 제기될 수 있는 가능성을 원천적으로 봉쇄함으로써 자신의 주장을 관철하려는 경우에 발생하는 오류이다. 예컨대 "'인간은 타락하였다.'라는 나의 주장에 동의하지 않는 자는 그 자신이 이미 타락하였음을 증명하고 있는 것이다." 또는 "공산주의자 치고 자기가 공산주의자라고 말하는 사람이 있나요."라는 식의 논증은 우물에 독 뿌리기의 오류(poisoning the well)를 범하고 있는 것이다. 또 다른 예를 들어보자.

어느 국회의원이 "이번 국방개혁법을 통과시키는 데 반대하는 분은 좌익세력이거나 빨갱이입니다. 이 국방개혁법은 자주국방을 실현하기 위해 반드시 필요한 법안이기 때문입니다. 이 법안에 반대하는 분, 계십니까?"라고 한다면 반대할 국회의원은 거의 없을 것이다. 이것은 법안을 반대하는 사람을 빨갱이로 못박아버림으로써 반론을 원천적으로 봉쇄하고 있는 것이다.

참고문헌

강태완 외(2001), 토론의 기법, 커뮤니케이션북스
김명우 외(2009), 철학적 리터러시를 연습을 위한 에세이들, 책펴낸열린시.
김희정, 박은진(2004), 비판적 논리를 위한 논리, 아카넷.
김희정, 박은진(2008), 비판적 사고, 아카넷.
송하석 지음(2011), 리더를 위한 논리 훈련, 사피엔스
앤서니 웨스턴 지음, 이보경 역(2004), 논증의 기술, 필맥.
앤 톰슨 지음, 최원배 옮김(2007), 실용적 입문 비판적 사고, 서광사.
M.닐 브라운, 스튜어트 M 킬리 지음, 이명순 옮김(2010), 11가지 질문도구의 비판적 사고 연습, 돈키호테.
오용득(2003), 고전 논리의 형식적 원리, 책펴낸열린시.
한상기(2011), 비판적 사고와 논리, 서광사.

※ 아래 제시문을 읽고 답해 보자.

01 다음 제시문은 귀납논증인가, 연역논증인가?

> 비가 오면 교통사고가 많이 일어난다.
> 오늘 비가 많이 왔다.
> 그러므로 오늘도 교통사고가 많이 일어날 것이다.

02 다음 논증은 타당한 논증인가? 부당한 논증인가?

> 구자철이 최고의 축구선수라면 매 경기마다 골을 넣어야 한다.
> 하지만 구자철은 이번 경기에서 골을 넣지 못했다.
> 그러므로 구자철은 최고의 축구선수라고 할 수 없다.

03 다음 제시문은 귀납논증인가, 연역논증인가?

정민이는 지금 대학에 다니고 있고, 그의 아버지 명우는 80년대에 대학을 다녔다.
현재의 대학생들은 80년대 대학생보다 사회 문제에 관심이 적다.
그러므로 정민이는 명우보다 사회 문제에 관심이 적다.

04 아래의 제시문을 읽고 어떤 오류를 범하고 있는지 말해 보자.

어떤 직능 단체의 회장이 국회의원을 만나 다음과 같이 말했다면 어떤 오류를
범하고 있는가?
"의원님! 이번 정기국회에서 그 법안이 반드시 통과하도록 힘을 써 주십시오.
만약 그렇지 않으면 저희 단체의 회원 10만 명이 다음 국회의원 선거에서 의원
님에 대한 지지를 철회할 것입니다."

타락한 인간은 자기가 타락하지 않았다고 말한다.
그러나 타락한 인간치고 자기가 타락했다고 말하는 인간이 있나요.

대한항공의 여승무원들은 예쁘다. 신라호텔의 여직원들도 예쁘다.
따라서 한국의 모든 여성은 예쁠 것이다.

나는 길을 건널 때 좌우를 돌아보지 않고 건너도 한 번도 사고를 당하지 않았다.
따라서 나는 길을 건너기 전에 좌우를 살필 필요가 없다고 생각한다.

학 번 :		학과(부) :
강의시간 :	요일 교시	이 름 :

학 번:	학과(부):
강의시간:　　　　　요일　　　　교시	이　름:

학 번:	학과(부):
강의시간: 요일 교시	이 름:

1) 창의적 사고의 개념

창의적 사고란 어느 하나의 개념으로 규정할 수 없는 사고 유형이다. 어떤 산출물을 만들어냈느냐, 어떤 과정을 거치면서 문제를 해결했느냐 그리고 개인의 어떤 내적 경험을 바탕으로 결과를 야기했느냐에 따라서 정의가 달라질 수 있기 때문이다. 다시 말해서

얼마나 새롭고 독창적인 산출물인지,

얼마나 곤란한 문제를 잘 해결해 나가는지,

무엇을 · 어떻게 경험했는지

등이 창의적 사고를 정의하는 다양한 준거틀이 될 수 있기 때문에 창의적 사고를 어느 하나의 의미를 가진 것으로 규정하기는 매우 어렵다. 그럼에도 불구하고 창의적 사고는 새롭고 알려지지 않은 것을 낳는 능력이자 한 개인의 내·외적 경험이 문제를 해결하는 방식에 관여한다는 것을 공통으로 한다. 요컨대 한 개인으로 하여금 경험한 사실들을 바탕으로 새로운 문제해결을 가능케 하고 당면한 과제를 해결할 수 있는 적절한 아이디어를 도출해 내도록 하는 것이 바로 창의적 사고이다.

따라서 창의적 사고는 번득이고 예리한 통찰을 바탕으로 새롭고 유용한 아이디어를 산출하면서 문제해결을 가능케 하는 고도의 정신 기능으로 정의해 볼 수 있다.

2) 창의적 사고 과정의 모형

창의적 사고가 이루어지는 과정을 그림으로 살펴보면 아래와 같다. 다양한 개념 정의에도 불구하고 창의적 사고가 문제 상황을 인지하고 이에 대한 해결안을 검출해 내기 위해 여러 자료를 수집하고 해석해 나아가는 과정이라는 측면에서 일치한다. 그리고 최종적으로 산출된 해결안을 바탕으로 현실에 어떻게 적용하면서 발전시켜 나아갈 것인가를 고려할 때 창의적 사고의 본령에 이를 수 있다.

그림 1 창의적 사고 과정의 모형

결국 창의적 사고란 비현실적이고 괴상한 어떤 생각의 유형이 아니라 문제적 상황에 대처하며 해결해 나아가는 현실적 사고 능력인 셈이다. 브레인스토밍, 마인드맵, 스캠퍼 등을 위시로 한 창의적 사고의 다양한 방법들이 이러한 문제 해결에 주력하는 사고의 기법들이다.

3) 비판적 사고와 문제해결 능력으로써의 창의적 사고

21세기 지식·정보화 사회에서는 모든 인간관계들이 복잡해지고 긴밀해지자 문제 해결을 가능케 하는 창의적 사고 능력과 함께 동시에 비판적 사고의 능력을 요구하며 이를 교육의 목표로 삼기에 이른다. 창의적 사고뿐만 아니라 비판적 사고가 요구되는 이유는, 현대 사회 전반의 패러다임이 급속하게 변화하고 발전하고 있기 때문이다. 새로운 상황에 대처하여 문제해결을 가능하게 할 수 있는 인지적 능력과, 방대한 지식과 정보를 암기할 뿐만 아니라 이를 조합하고 재구성을 할 수 있는 해결 능력이 필요해졌기 때문이다.

비판적 사고는(논리적 사고 포함) 지식과 정보를 조합하고 재구성할 수 있게 하는 인지 능력의 핵심이다. 요컨대 논리적이고 심리적 사고의 범주에 속하는 비판적 사고는, 판단 혹은 분석 대상에 대하여 타당성, 정당성 그리고 논리성을 밝히고 의미의 관계 및 본질을 검토하고 살펴보게 할 수 있는 인지 능력이다. 따라서 트집을 잡고 흠을 들추어내는 부정적 성향을 다분히 배양할 수 있음에도 불구하고, 비판적 사고는 사물과 현상을 이해하고 그 의미의 진실성을 살펴보는 고도의 정신 기능이므로 현대사회에 필요할 수밖에 없다.

그리고 이 사고를 통해 이루어진 문제 해결 방식이 새로움을 띠게 될 때, 비로소 창의적 사고에 이를 수 있다. 결국 비판적 사고를 바탕으로 한 합리적인 문제 해결적 사고가 선행될 때 창의적 사고는 가능하게 되는 것이다. 그러므로 명제나 서술을 중심으로 하는 지식의 습득에서 벗어나 문제를 해결하고 과정 및 수행을 중요시하는 비판적 사고의 교육이 이루어져야 창의적 사고가 가능해진다.

비판적 사고를 하기 위해서는 어떤 대상이든지간에 텍스트들이 갖고 있는 의도와 목적, 의미체계, 여러 가치들의 문제, 수용의 맥락들을 살펴보아야 한다.[1] 이처럼 텍스트의 전반적인 체제를 비판적으로 이해를 하면서 문제 영역에 대한 통찰이 이루어져야 산출된 아이디어가 얼마나 문제 해결에 유용하고 적합한지를 판단할 수 있다. 이러한 지점에서 비판적 사고와 창의적 사고가 겹쳐진다. 비판적 사고를 통한 통찰 능력의 배양이 창의적인 문제 해결을 이루게 하는 핵심이 되기 때문이다. 비판적 사고와 창의적 사고는 다음 그림과 같이 개별적으로 혹은 공통적으로 범주화되는 경향이 있다.

비판적 사고					
분석적 사고	추론적 사고	종합적 사고	대안적 사고	발산적 사고	상징적 사고
논리적 사고			창의적 사고		

표 1 **비판적 사고와 창의적 사고**

비판적 사고는 논리적 사고의 범주들―분석적·추론적·종합적 사고―과 창의적 사고의 한 범주―대안적 사고―를 포함한다. 창의적 사고의 기능 중 하나인 대안적 사고가 효율적으로 이루어지기 위해서는 비판적 사고의 행위가 선행되어야 한다는 사실은 더 이상 논의할 필요가 없다. 대안적 사고란 어떤 방안을 대신하는 새로운 방안을 찾는 것을 의미하는데 새로운 방법을 찾아내기 위해서는 기존의 체계에 대한 비판적 사고가 필요하다. 따라서 비판적 사고에서 창의적 사고로 이어지는 과정을 자연스럽게 진행하도록 하자.

---

1) 1장의 2절에 이에 관한 자세한 사항이 있으니 이를 참고할 것.

4) 창의적 사고의 특성

(1) 적극적인 관심을 가져라

창의적 사고는 우선 새로운 사물에 대해 적극적인 관심을 갖는 것에서 비롯된다. 특히 주변에서 일어나는 일이나 현상에 대한 흥미와 관심이 바로 창의적 사고의 시작점이다. 에디슨이나 파브르, 스팀 청소기와 음식물 건조기를 발명해낸 대한민국의 주부 CEO들과 같은 창의적인 사람들은, 대부분 사물에 대한 관찰력과 탐구심이 매우 큰 편이고 호기심 역시 왕성해서 인류에게 유용한 업적물을 창조했다.

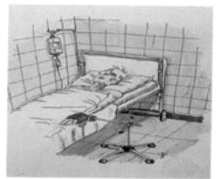

그림 2 출처 : 「미디어 다음 세계엔」, 2007년 3월 5일

창의적인 사고를 하기 위해서는 창의적인 생산물들을 많이 읽어 보고 그 의미를 해독해 내는 데에 주안을 둘 필요가 있다. 특히 호기심을 가진 눈으로 사물을 바라보도록 하자. 앞의 그림처럼 간과하고 지나칠 수 있는 사물을 유심히 살펴봄으로써 창의적인 사고는 시작된다.

그림은 무엇을 표현하고 있을까? 어떤 메시지를 전달하기 위해서 그려진 것일까? 침대 위에 누워있는 사람은 누구일까? 빨간 장갑의 손은 과연 무엇일까? 수많은 저 사람들은 누구일까? 그들은 어디에 있는가? 무엇을 하고 있는가? 이와 같은 여러 질문을 제기하면서 호기심이 발동되었다면 창의적인 사고는 이미 한걸음 진행되고 있는 것이다.

(2) 관계를 파악하라

호기심은 사물 간의 관계를 파악하는 행위로 이어진다. 이 때, 관계없어 보이는 사물들이 결부되어지면서 관계파악이 이루어진다. 이제 그림을 이루고 있는 구성 요소들이 무엇인지, 이들의 관계는 무엇인지 면밀히 살펴보자. 침대, 수액, 누워 있는 사람(노인), 빨간 손장갑, 깃발, 깃발을 든 사람, 절벽, 군중들이 그림을 구성하는 요소들이다. 그렇다면 이들은 서로 어떤 관계를 맺고 연결되고 있는가. 이것이 이 단계에서 깊이 고민해 보아야 할 사안이다.

(3) 관계를 변경하라

사물 간의 관계파악이 이루어지면서 인식하고 있던 관계들이 변경되기 시작한다. 이 경우 관점이 변경됨과 동시에 관계 국면들의 가능성들이 여러 방면으로 펼쳐지면서 확보된다. 이러한 진행 과정 속에서 사고의 전개가 이루어지고 사고는 사고를 낳으면서 새로운 착상의 지점에 도달하기에 이른다.

애초에 전혀 상관없는 각 요소들이 한데 어우러져 통합적인 의미를 형성한다. 요컨대 서로 관계없는 각각의 요소들이 하나의 의미를 구현하기 위해 통합화되고 있다. 그렇다면 그 의미는 무엇일까. 어떤 의미를 구현하기 위해 각 요소들이 관계를 형성하고 있는 것일까.

침대에 누워있는 사람(노인)과 의자에 달려 있는 빨간 장갑의 관계는 무엇일까. 깃발을 들고 있는 사람과 그를 뒤따르는 사람들의 관계는 무엇일까. 깃발 든 사람은 리더인가. 뒤를 따르는 사람들은 리더의 추종자들인가. 이들의 관계는 무엇일까. 이러한 사고의 과정을 통해 서로 관련 없어 보이던 대상들 간의 관계들이 파악되고 변경되기에 이른다.

(4) 착상하라

변경된 관계들을 통해 여러 가지 사고의 조합이 이루어지면 착상의 힘이 생긴다. 분산되고 파편화된 사고들이 하나의 의미를 실현하는 구현체로 형성되면서 창의적 사고가 발생한다. 서로 다른 형태의 아이디어들이 창의적인 의미를 창출함으로써 창의적 사고는 이루어진다.

왜 기계가 노인의 손을 잡고 있는 것일까. 기계 손을 빨간색으로 강조한 이유는 무엇일까. 깃발을 들고 있는 사람은 왜 누워 있을까. 왜 사람들은 그 사람의 등을 밟고 가는가. 이제 사고는 사물 간의 관계가 파악되었으면 착상의 단계로 옮겨 가야 한다. 이 사람 주위에는 아무도 없어 기계 손이 사람 손을 대체한 것일까. 그렇다면 그는 '소외'되고 있는 것일까. 이 그림은 그 의미를 드러내려 한 것일까. 리더는 고난과 시련이 닥치면 추종자들에게 절벽과 절벽을 잇는 다리가 되어야 하는 것일까. 리더는 희생양인가. 이 그림은 그 의미를 드러내려 한 것일까.

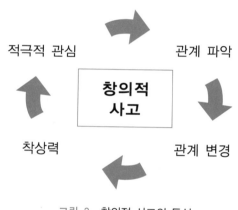

그림 3 창의적 사고의 특성

'소외'문제, '리더의 조건. 이러한 의미를 전달하려 했던 것이 그림의 의도였을까. 이와 같은 사고의 착상을 통해 이제 창의적 사고가 구현된다. 창의적 사고는 관계 변경을 통한 관계 가능성에 만족하지 않고 계속해서 사고해 나갈 때 사고 내부의 여러 측면에서 새로운 상념을 전개시킬 수 있게 한다.

마지막으로 이 그림의 제목이 무엇일까를 생각해 보며 제목 붙이기를 해보자.

한편 관계들의 변경에서 착상에 이를 때 모든 사물들은 '낯설게하기'가 된다. '낯설게

하기'란 창의적 사고를 이루어내는 중요한 사고 원리로써 기존의 익숙한 관념에서 탈피하여 낯익은 것들의 새로운 측면을 이끌어 내는 것을 뜻한다. 모든 문학·예술을 포함하여 창의적인 산출물들은 이 낯설게하기를 통해 만들어진다. 그리고 낯설게하기화되는 과정에서 은유적 사고가 작동한다는 것을 주지해 볼 필요가 있다.

은유란 A와 B의 유사성을 바탕으로 성립하는 수사적 장치이자 사고의 기법인데, 이것이 바탕이 된 다양한 대상들을 살펴보고 활동하면 창의적인 사고를 형성하는 데에 도움이 될 수 있다. 가령 시는 은유의 보고이므로 많은 시를 읽어 내거나 창작해 보는 기회를 가진다면 창의성을 기를 수 있을 것이다.

덤+

사물을 낯설게 읽으라 ☞ 그리고 낯설게하기 하라

3) 창의적 사고의 방법

창의성이란 사물이 가지고 있는 기본 성질과 사물이 이루어진 기본 원리를 알고 이용해 다른 무엇인가를 만들어내는 원리를 바탕으로 한다. 그리고 이러한 창의성을 갖고 있는 사람을 창재(創才)라 하는데, 창의성은 우연히 생겨나지 않기 때문에 일상의 생활 속에서 의식적으로 생각의 연습을 통해 노력할 필요가 있다.

물론 때로는 꿈속에서, 때로는 화장실에서 풀리지 않던 문제가 불현듯 떠올라 한 가닥의 실마리를 포착하는 경우도 더러는 있다. 그러나 이러한 갑작스러운 깨달음의 기회를 얻는 것 역시 해결되지 않는 문제에 대해 얼마만큼 고민을 하고 심사숙고했는가에 따라 결과가 달라진다는 사실을 깊이 생각해 볼 필요가 있다. 물론 이 때 생각과 경험에 제한을 두지 말고 자유롭게 생각을 되풀이하며 생각의 자발적 기회를 가지도록 해야 한다. 그 생각이 때로는 괴상하고 비상적일지라도 아울러 문제를 확장시켜 나가면서 문제를 하위화시켜 나갈 필요가 있다.

(1) 브레인스토밍(brain storming)

브레인스토밍이란 '두뇌 폭풍'을 의미한다. 어떤 문제가 있으면 그 문제를 해결하기 위해 머리에서 폭풍이 몰아치듯 생각을 많이 내놓게 하는 방법이다. 기업의 물품을 개발하기 위해 구성원들이 함께 모여 여러 아이디어를 회의하는 과정에서 유래한 집단 발상법으로 한 주제에 대하여 생각의 끊김없이 연상되어 가는 것을 모두 사고하여 나가는 방법이다.

브레인스토밍의 절차 과정을 살펴보면 다음과 같다.

> ① 단독, 혹은 6~12명의 구성원으로 한다
> ② 논제를 제시하고 이에 대한 자유발상을 한다
>   예 : 대머리에게 샴푸를 파는 방법
> ③ 대략 10분 정도의 시간을 준다
> ④ 지도 그리기 형태로 한다
> ⑤ 필요하다고 생각하는 낱말에 동그라미하고, 활용할 것을 미리 표식한다

브레인스토밍은 집단발상법이자 양을 통해 질을 확보하는 방법이니만큼 여러 구성원들이 한데 모여 진행할 필요가 있다. 그리고 논의할 주제는 하나로 초점을 맞추고 구체적이고 명확한 논제를 중심으로 아이디어를 내놓도록 하자. 게다가 정해진 논제의 실물이 제시되면 더욱 좋다. 가령 어떤 제품에 대한 포장 문제가 사안으로 떠올랐을 경우 실제품과 포장 재료를 공개하여 보고 만지는 과정을 경험해 보도록 하자.

그리고 나서 아이디어를 창출해 내는 데에 시간을 엄격히 배정하여 아이디어를 속출시킨 후 분산되어 있는 아이디어를 분류화하면 된다. 이 때 아이디어들은 유사한 속성을 갖고 있는 것끼리 분류해 나가면서 일관성 있는 기준을 가지고 지도그리기를 하도록 하자.

요컨대 글제나 대상이 주어지면 자유로운 연상을 통한 발상을 하되, 맥락이 유사한 것들을 중심으로 이어져야 한다는 점이다. 어느 정도의 공통적인 맥락과 속성을 지닌 일련의 연상들이 이루어져야 지도그리기가 가능해진다.

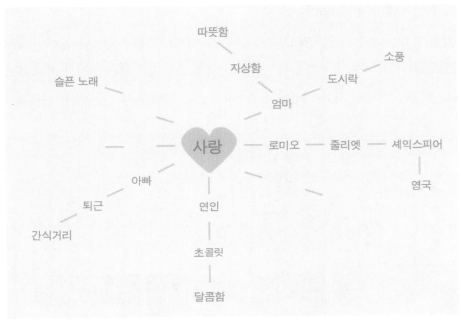

그림 4 브레인스토밍의 사례

가령 위의 사례를 살펴보면 주제는 '사랑'이다. '사랑'을 연상하면 떠오르는 낱말들이 지도그리기되어 있는데 애초에 연상의 과정 속에서 낱말들은 분류화되지 않고 산만하게 분산되어 있었다.

> 엄마, 연인, 도시락, 초콜릿, 아빠, 퇴근, 간식거리, 소풍, 따뜻함
> 자상함, 슬픈 노래, 로미오, 줄리엣, 셰익스피어…

이처럼 분산되어 있는 단어들을 유사한 것끼리 분류해 나가면서 위와 같은 지도그리기²⁾가 가능해진다. '사랑'이라는 주제 하에 아빠, 엄마, 연인, 로미오라는 주가지가 설정되

고 이에 따른 하위가지들의 연상이 계속 이어진 것이다.

브레인스토밍은 산만하고 분산된 생각들을 한데 모아 분류하고 구조화하여 사고의 질서를 체계화하는 방법이므로 창의적인 아이디어를 창출해 내기 위해 유용하다.

(2) 마인드맵 (mind map)

마인드맵이란 글을 쓰기에 앞서서 '마음 속에 지도를 그리는' 방법이다. 마인드맵은 방사 사고 혹은 복사 사고라 한다. 마인드맵은 브레인 스토밍과 달리 시각적 기호, 도상, 그림 등을 이용하여 연상 사고를 하는 방법이다. 마인드맵의 순서 및 요령은 다음과 같다.

> ① 주제와 관련한 단어를 나열한다
> ② 비슷한 유형의 단어들을 한데 묶어 분류한다
> ③ 대표성있는 주제어를 정한다
> ④ 주가지와 부가지를 하위화한다
> ⑤ 단어를 대신할 이미지를 넣는다

그림 5 학생들이 작성한 마인드맵

이러한 절차 과정에 맞추어 수필을 쓰기 위해 마인드맵을 활용해서 주제, 주제문을 작성하고 주제에 따라 연상되는 낱말들을 기록하도록 했다. 다음 사례들은 실제로 동아대학교 학생들이 '가을'이란 주제를 바탕으로 만든 마인드맵이다. '가을'하면 연상되는 관련 자료들을 모두 가지고 오도록 하자 학생들은 어린 시절의 가족, 친구 그리고 자신의 사진

---

2) 이는 마인드맵의 작성 절차와 유사하다. 단, 마인드맵은 시각화하는 데에 주력한다는 사실을 주지할 필요가 있다.

들이나 여러 에피소드가 담긴 이미지나 실물 재료들을 가지고 마인드맵을 진행하였다. 입체적인 그림과 사진을 그리거나 붙이면서 학생들은 시각적으로 다양하게 마인드맵을 구성하여 수필을 쓰기 위한 기초 작업을 완성하였다.

동일한 주제 하에 조별 중심으로 여러 주제와 주제문이 작성되었고 이를 토대로 한 수필쓰기는 편지글, 기행문 그리고 사소설과 같은 형식을 바탕으로 다양하게 진행되었다. '친구와의 추억 여행'(태권도학과 변 ○○ 학생), '부모님이 오시지 않은 운동회, '가을 운동회'(고고미술사학과 김/장 ○○ 학생), '경주 답사'(철학과 허 ○○ 학생), '내일로 여행'(경영학과 안 ○○ 학생) 등의 이야기들이 바로 다채롭게 작성된 즐겁고 재미있는 글들이다. 다음은 마인드맵을 토대로 작성한 한 학생의 글이다.

> 가을하면 뭐가 떠오를지 생각했다. 가을은 뭔가 모르게 쓸쓸하고 외롭다. 그래서 정한 주제가 고독이다. (중략) 우리는 외롭고 쓸쓸함을 무엇으로 달랠 수 있을까? 지금 내가 외롭고 쓸쓸하다. 그래서 나는 자주 노래를 듣는다. 애절하고 잔잔한 발라드를 자주 들으면서 생각하다 보면 조금 괜찮아진다. 노래 속의 가사가 너무 가슴에 와닿고 모두 내 얘기 같을 때도 있고 감성에 젖어 눈물을 흘릴 때도 있다
>
> —학생글

이 학생이 속한 조는 '가을'을 연상하여 '혼자일 수밖에 없는 고독'을 주제로 삼았는데 이 학생은 특히 철학적이면서도 본래적인 인간의 감정을 글 속에서 잘 표현하였다. 외롭고 쓸쓸한 마음에 애절한 노래를 들으며 마음을 달래고 위로하는 자연스러운 감정이 느껴지는데, 활동량이 많은 학업에 열중하고 있는 학생에게도 섬세하고 여린 감정의 면면이 엿보이는 것이 흥미롭고 아름답다.

> 내가 초등학생 시절이던 시절, 삼촌과 이모부, 우리 아빠까지 나서서 수확하던 감은 시골 바닥에 주저앉은 작은 우리들에게 직접 전해지는 것이 아니라 할아버지의 삐뚤한 글씨로 내 이름이 적힌 상자 속에 담겨 택배로 배달되어 왔다. ○○○이 아니라 ○○△이라고 잘못 적힌 상자를 받아들고 나서도 나는 나대로 고등학생이라, 엄마는 엄마대로 먹고 살기 바빠 찾아가보지 못한 할아버지가 쓰러지신 것은 그로부터 며칠이 지나고서부터였다. 떠들썩하게 추수 준비를

하던 그날에 할아버지는 아무도 없는 집에서 쓰러지셔서 다신 내 이름을 불러주지 못하셨다. 할아버지가 쓰러지신 충격으로 같이 건강이 나빠지신 할머니는 그때 찾아보지 못한 나를 그 해 겨울, 영정 사진 속으로 맞이하셨다. (중략) 큰 집에 계시는 할머니에게는 더 했다… 설날 때 찾아 간 어린 내가 할머니께 절을 하는 것을 무척이나 좋아하셨는데 나는 등이 튀어나온 할머니가 무섭다는 이유로 그 앞에서 엉엉 울어 버렸다. 결국 할머니는 넓은 아파트에서 단 일 평 남짓, 옷장과 담요만 있는 할머니의 방으로 돌아가셔야 했다. (중략) 우리 속에서 나타나는 결핍된 가족애는 나에게도, 우리에게도 무엇이 중요하고 무엇을 지켜야 하는지 잊게 한다. 이제 나는 매년 명절마다 귀찮다는 이유로 찾아가지 않았던 할아버지의 요양원을, 할머니가 계시지 않은 큰 집을 찾아가려 한다. 나에게서부터 잃어버린 가족애를 채워 넣으면 내 주위가, 더 나아가 우리 사회가 우리의 가족애를 다시 한 번 찾을 수 있지 않을까 생각한다.

―학생글

이 글은 실제 자신의 경험담을 진솔하게 써내려가고 있는 글이다. 이 조의 경우 '가을'을 연상하여 '결핍된 가족애'를 주제로 선정하였다. 특히 할아버지와 할머니가 갖는 외로움과 결핍된 가족애에 초점을 맞추어 생각을 전개하고 완성해 나갔다.

위 학생의 글은 문장의 표현력도 좋지만 솔직하게 자신이 체험했던 이야기를 펼쳐나

그림 6 학생들이 작성한 마인드맵

가고 있는 것이 호소력 있게 들린다. 자신의 내면에 귀를 기울여 스스로에 대한 성찰적 자세까지 보여주고 있는 점이 감동적이다. 따라서 학생 내면에서 나오는 울림은 우리 모두에게 진정성 있게 다가온다.

다음 글은 '여행'이라는 주제 하에 마인드맵을 진행해 나간 것에 대한 감상이 중심인 글이다.

나는 추억을 항상 간직하고 슬플 때는 친구들과 여행가서 즐거웠던 기억을 떠올리곤 한다. 여행을 주제로 다시 마인드맵을 적어 나갔다. 활발한 우리 조는 다양한 단어들이 나왔다. 등산,

바비큐, 파티, 술, 친구, 가족 등이 나왔다. 등산 → 단풍 → 사진촬영 이렇게 마인드맵이 형성 되었다. (중략) 마인드맵을 적으니깐 가을이라는 주제로 어떤 주제를 이끌어낼까 하는 고민 없이 주제를 이끌어 낼 수 있었다. 단어들을 계속해서 연상해 나가니깐 쉽게 생각이 났다. 마인드맵은 여러 가지를 생각해 볼 수 있게 해줘서 정말 좋은 방법인 것 같다. 마인드맵을 하면서 내가 가장 좋아하는 여행도 생각해 볼 수 있었고 여행의 의미를 다른 친구들의 생각도 알 수 있게 되어서 정말 흥미로웠다.

－학생글

실제 마인드맵 수업을 진행하면서 마인드맵이 갖고 있는 효율성을 알게 되었다는 학생의 이야기는 수업을 진행하는 선생에게 보람을 느끼게 한다. 고마운 글이다.

(3) 스캠퍼(SCAMPER)

스캠퍼는 체크리스트를 이용하는 방법이다. 어느 외국의 기업에서 제품이 갖고 있는 기존의 속성이나 모습을 변화시켜 개선을 하기 위해 고안한 방법으로, 특히 브레인스토밍을 보완하여 만들어진 사고 기법이다. 브레인스토밍이 사고의 제약없이 다양한 아이디어들을 도출해 내는데 비해, 스캠퍼는 사고의 영역을 일정하게 제시하면서 다소 구체적인 아이디어를 창출할 수 있도록 유도한다.

이 기법의 이름은 대치하기(Substitution), 결합하기(Combine), 적용하기(Adapt), 수정하기(Modify), 확대하기(Magnify), 축소하기(Minify), 다르게 활용하기(Put to other uses), 제거하기(Eliminate), 거꾸로 하기(Reverse), 재정리하기(Rearrange)의 첫머리 글자를 따서 만들어졌다. 스캠퍼(SCAMPER)의 과정은 다음과 같다.

① 개선할 제품이나 문제를 확인하기
② 문제에 SCAMPER 질문을 적용하여 새로운 아이디어를 얻어내기
③ 최상의 아이디어를 결정하기

위와 같이 문제점을 확인하고 검토한 후 각 항목별로 구체적인 핵심 질문 7개를 중심

으로 리스트를 작성해 나가는 것이 스캠퍼이다. 그동안 스캠퍼는 많은 유용한 아이디어를 창출하여 사람들에게 유용할 만한 물건들을 만들었다.

① 대치하기

대치하기란 기존의 사물, 용도, 방법 등을 다른 것으로 대체할 방안을 생각하는 방법이다. 이 때 'A 대신 B를 쓰면 어떨까?' 혹은 '개선을 하기 위해 무엇을 대체할 수 있는가?'와 같은 질문을 제시한다.

> 잘 깨지는 유리컵 → 종이컵/ 플라스틱컵, 휘발유 사용 차 → LPG 사용 차
> 헤드폰 → 이어폰, 전기 에너지 → 태양 에너지, 스케이트 → 롤러 브레이드

● '대치하기'로 이루어진 것이거나 만들 수 있는 것에는 무엇이 있을까요?

② 결합하기

결합하기란 두 가지 또는 그 이상의 것들을 결합, 혼합해서 새로운 것을 생각하는 방법이다. 이 때 'A와 B를 결합하면 어떨까?' 혹은 '무엇과 무엇을 과연 엮을 수 있을까?'와 같은 질문을 제시한다.

> 야채 + 빵 + 고기 → 햄버거, 껌 + 아이스크림 → 알껌바,
> 시계 + 라디오 → 시계 겸용 라디오, 지우개 + 연필 → 지우개 연필

● '결합하기'로 이루어지거나 만들 수 있는 것에는 무엇이 있을까요?

③ 적용하기

적용하기는 어떤 형태나 원리, 방법을 다른 분야의 조건이나 목적에 맞도록 적용할 수 있을까를 생각하는 방법이다. 이 때 'A를 B에만 쓰는 것이 아니라 C에 쓰면 어떨까?' 혹은 '무엇을 바꾸거나 교환할 것인가?'와 같은 질문을 제시한다.

> 장미가시 덩굴을 적용한 철조망, 산에 적용한 산악용 자전거, 겨울철에 적용한 스노우체인, 바퀴 달린 신발, 산우엉 가시를 적용한 매직테이프

● '적용하기'로 이루어진 것이나 만들 수 있는 것에는 무엇이 있을까요?

....

....

④ 수정하기, 확대하기, 축소하기

수정하기는 기존의 상품이나 아이디어에 색, 모양, 의미 등을 조금 수정해서 변화를 주는 방법이고 확대하기는 크거나 넓게, 무겁게 그리고 축소하기는 작거나 가볍게, 늦게, 가늘게 축소해서 새로운 것을 생산하거나 변화시키는 방법이다. 이 때 'A안의 a를 변화시키면 어떨까?' 혹은 '지금과 다른 방식으로 하면 어떤 결과가 나올까?', '확대하거나 축소하면 어떨까?'와 같은 질문을 제시한다.

> 형태를 변경한 납작한 전구, 향기나는 크레용, 향기나는 볼펜 - 수정하기
> 대형 TV, 빅버거, 대형 찐빵 - 확대하기
> 초소형 카메라, 초소형 휴대폰, 접는 우산, 접는 지휘봉 - 축소하기

● '수정·확대·축소하기'로 이루어진 것이나 만들 수 있는 것에는 무엇이 있을까요?

....

....

⑤ 다르게 활용하기

다르게 활용하기는 어떤 사물이나 아이디어를 다른 방법으로 활용하는 방법이다. 이 때 'A를 B에만 쓰는 것이 아니라 다른 용도에 사용하는 것은 어떨까?' 혹은 '기존 제품으로 적용할 수 있는 새로운 시장은 무엇일까'와 같은 질문을 제시한다.

> 폐기된 기차와 배, 비행기를 활용한 카페나 레스토랑, 폐교를 활용한 전시회장이나 개인 서재, 종이를 이용한 사물함, 살균램프

● '다르게 활용하기'로 이루어진 것이나 만들 수 있는 것에는 무엇이 있을까요?

⑥ 제거하기

제거하기는 사물의 어떤 부분을 삭제해서 새로운 것이나 더 발전된 아이디어를 창출하는 방법이다. 이 때 'A를 구성하는 a, b, c 중 무엇인가를 빼면 어떨까?'와 같은 질문을 제시한다.

> 카페인을 제거한 커피, 무선 전화기, 오픈 카, 터치스크린, 손잡이 없는 문 무가당 과일 주스, 추를 없앤 시계, 세 칸짜리 회전문

● '제거하기'로 이루어진 것이나 만들 수 있는 것에는 무엇이 있을까요?

⑦ 거꾸로 하기, 재정리하기

거꾸로 하기는 앞과 뒤, 왼쪽과 오른쪽, 안과 밖, 위와 아래, 원인과 결과 등 형태, 순서, 방법, 아이디어를 거꾸로 뒤집어서 새로운 것을 떠올리는 방법이고 재정리하기는 형

식, 순서, 구성을 바꾸어서 새로운 상품이나 문제 해결의 아이디어를 얻는 방법이다. 이 때 '순서를 바꾸거나 뒤집어 볼 것은 있는가?' 혹은 'AB를 BA로 바꾸어 보면 어떨까?'와 같은 질문을 제시한다.

> 여름에 겨울 상품 세일하기, 고객이 상품을 디자인하기, 양면옷 – 거꾸로 하기
> 7시에 출근해서 4시에 퇴근하기, 재택근무하기, 다섯 발가락 양말 —재정리하기

- '거꾸로 하기 혹은 재정리하기'로 이루어진 것이나 만들 수 있는 것에는 무엇이 있을까요?

....

....

이러한 스캠퍼 리스트를 작성하는 연습을 하고 난 뒤 한 주제를 설정해서 각 항목별 리스트를 작성해 보는 것도 흥미롭다. 가령 '볼펜'이나 '이어폰'과 같은 대상에 대해 7가지 항목별 질문을 제시하면서 창의적 아이디어를 창출하여 새로운 것을 만들어 본다. '이어폰'을 예로 들면 다음과 같다.

- 결합하기 : 딱딱한 이어폰 본체를 부드러운 고무 소재나 형상기억 소재로 대체하기
- 용도변경하기 : 보청기나 마이크로 사용하기
- 제거하기 : 선을 제거하여 무선 이어폰 사용하기
- 축소하기 : 귓 속에 쏙 넣을 수 있도록 소형화하기

스캠퍼를 보다 심화시켜 아이디어를 도출해 낼 수 있다. 항목별로 핵심질문 리스트를 작성하여 학생들에게 나눠주고 질문에 대한 답을 구하도록 수업을 진행해 보자.

- 대치하기 : 효를 대체할 만한 현대 사상은 없을까?
- 축소하기 : 효의 범위를 줄일 수 없을까?
- 제거하기 : 효를 실천하지 않는다면 어떻게 될까?
- 확대하기 : 부모처럼 효도를 할 수 있는 대상은 주변에 없을까?

또한 가요나 시 혹은 시조 등의 내용을 개사하거나(수정하기) 패러디하여 아이디어를 도출해 내는 방법도 스캠퍼를 응용한 방법 중 하나이다. 다음은 실제로 수업 시간에 학생들이 스캠퍼를 이용해 개사한 패러디 랩 가사이다.

❶ 이쁜이로 갈라 못난이로 갈라 얼굴도 똑같고 병원만 달라 이러지 말라는 모두의 바램 성형중독 빠진지 오래야 코리아 이게 무슨 꼴이야 아이고 골이야 안했단 말 맨날 하는 말 세상남자들 I am sorry야 다 뻥이야 수술해봤자 속은 그대로 돈을 부어봤자 뻔할 뻔자 백날 백번 얼굴 고치더라도 내면은 같게 변하는거 봤냐 그냥 생긴 그대로 살자고 내버려두라고 그 열정과 수고 다른 곳에 쏟아내 끄집어내 외모 뭐 있나 그거 외모지상주의라고

－경영학과 ○조 학생들

❷ 등록금 학교 등록금 비싸 학생은 학점에 스펙에 알바 취업에 이제는 등록금 까지 다 싹싹 다 신경 써 아이구 대학생 이게 무슨 꼴이야 아이구 골이야 허구 헌날 맨날 하는 말 학생 여러분 등록금 반값 야 다 뻥이야 우리부모님 허리 빠지게 밤까지 일해도 뻔할 뻔자 백날 백번 자식 밑구멍으로 들어가 봤자 끝없이 더 높이 오른 대학 등록금 한국의 더럽게 높은 그 교육열 덕분 사교육비 노예 하 또 이제는 대학 등록금 우리 부모님들 허리 끊어지네

－경영학과 ○조 학생들

❸ A로 갈라 F로 갈라 시험은 똑같고 사람만 많아 어렵지 말라는 모두의 바램 말짱 꽝 빛바랜지 오래야 재수강 이게 무슨 꼴이야 아이구 골이야 허구헌날 맨날 하는 말 학생 여러분 난이도 쉬워요 다 뻥이야 출석해봤자 공부해봤자 컨닝해봤자 뻔할 뻔자 몇 날 며칠 눈에 핏대 서도록 밤샘해봤자 잘 치는 거 봤냐 그냥 교수님 어렵게 내라고 내버려두고 그 노력과 수고 쌓여있던 피로 다 풀어버려 아님 병 된다 그냥 우리만이라도 잠들자고

－경영학과 ○조 학생들

❹ 남포에 갈까 서면에 갈까 놀이는 똑같고 사람만 달라 이러지 말자는 우리의 다짐 말짱 꽝 힘 달린지 오래야 어구야 이제 무슨 꼴이야 아이구 골이야 허구한 날 맨날 먹는 술 학생 여러분 I don't Know 다 똑같아 고민해봤자 머리 아프고 짜증내어봤자 뻔할 뻔자 백날 백번 귀에 못 박히도록 얘기해봤자 변하는 거 봤냐 그냥 우린 이러고 살자고 내버려두고 그 고뇌와 방황 쌓여있던 분노 다 끄집어내 아님 병 된다 그거 우리끼리라도 술 먹자고

－경영학과 ○조 학생들

앞의 노래들은 가수 싸이가 부른 '환희' 노래에서 후크송에 해당하는 랩 부분을 패러디한 것들이다. 후크송 가사의 글자 수에 맞추어 학교 문제에서 사회 문제에 이르기까지 가능한 것들을 조별로 만들도록 한다. 우선 학생들이 가장 관심있고 문제로 생각하는 것

들에 대해 논의를 하게 한 후 개사하도록 한다.

힘들어하며 어렵게 접근했던 학생들이 만들어낸 가사들이 훌륭한 문제의식들을 담고 있다. 1, 2, 3은 외모지상주의, 등록금 문제, 성적 문제 등에 대한 문제제기를 하고 있고 더 나아가 4에서는 대학생으로서 바람직하지 않은 모습에 대해 자기 비판적 태도를 드러내고 있다. 이 외에도 다양하고 재미있는 문제적 의식을 보여준 가사들이 있다. 여기서 주의할 점은 학생들에게 낯선 노래들 보다는 익숙한 노래들을 대상으로 개사를 유도하는 것이 훨씬 용이하다는 것이다. 마지막으로 개사된 노래들을 조별로 부르게 하면서 수업 활동을 진행하면 좋다.

(4) PMI

PMI는 플러스, 마이너스 사고 방법이다. 어떤 문제에 대하여 긍정적인 면과 부정적인 면을 생각해 본 후 이익이 되는 점을 찾아내는 방법이다.

- **PMI의 순서 및 요령**

  Plus(좋은 점)되는 부분을 먼저 생각하고 다음에 Minus(나쁜 점)되는 부분을 생각한다. 마지막으로 Interesting(흥미 혹은 이익이 되는 점)되는 점을 생각한다. 이러한 플러스식 사고법은 자신감과 희망을 주는 데에 비해, 마이너스식 사고법은 주변의 것들에 대해 고마움과 신중함을 길러 준다.(정기철, 2001)

- **플러스식 사고법**

  내가 부자가 된다면…

  내가 유명한 스타가 된다면…

  멋진 집을 갖는다면…

- **마이너스식 사고법**

  내일 전쟁이 일어나 모두 죽는다면…

  내가 불치의 병에 걸린다면…

  내가 갑자기 소인이 된다면…

과 같이 사고하며 말하기나 글쓰기를 진행하면 된다. 그리고 나서 대상에 대한 좋은 점과 문제점을 살펴보고 나서 문제가 일어난 원인 그리고 이에 대한 해결 방안을 모색하는 것을 중점적으로 다루면 된다. 다음과 같은 그림 형태로 좋은 점, 문제점, 원인, 해결방안을 도표화하여 아이디어를 창출해 보자.

그림 7 PMI의 사례

위의 사례를 가지고 **PMI**를 생각해 보자. 요즘 많은 사람들이 게임을 하고 있다. 물론 여기서 말하는 게임은 인터넷에서 주로 행해지는 온라인 게임을 의미한다. 게임은 많은 사람들이 좋아하는 데에도 불구하고 사회적 파장을 일으키며 문제를 일으키고 있다. 이러한 게임의 폐해를 해결하기 위해서 **PMI**에 근거한 사고의 과정이 필요하다.

우선 게임의 좋은 점을 이야기해 보도록 한다. 재미있다, 신이 난다, 시간 가는 줄 모른다, 스트레스 해소가 된다 등등의 사고가 연상될 것이다. 좋은 점이 열거 되었으면 이어서 문제점을 지적해 본다. 게임은 중독화된다, 다른 일을 할 수 없게 만든다, 과도한 시간에 치중한 결과 병을 얻는다, 돈을 낭비한다 등등. 그런데 이러한 문제점이 있는 데도 불구하고 왜 게임을 하는 것일까? 게임에 중독되는 원인은 무엇일까?

이 부분이 **PMI** 사고 과정에서 중요하다. 아마도 중독될 만큼 게임을 재미있게 만들었을 것이다. 문제는 지나치게 상업성이 추구된 나머지 게임의 윤리나 도덕성이 배제되었을 것이다. 게다가 게임에 몰두하는 게이머의 상태도 문제가 될 것이다. 현실 조절 능력을 상실한 게이머 자신이 문제인 경우가 많기 때문이다.

게임 중독 때문에 일상생활은 물론 삶을 온전하게 유지할 수 없는 사람들이 비일비재한 것이 현실이다. 계속 방치하면 더욱 심각한 사회적 문제를 일으킬 수 있으므로 이를 근본적으로 해결해야 한다. 어떻게 하면 그 문제를 해결할 수 있을까? 그 방안에는 무엇이 있을까? 이 문제를 **PMI**를 바탕으로 정리해 보자. 그리고 이 과정 속에서 개요작성이 가능해진다.

<개 요>

서론 : 현실 감각을 상쇄하는 게임의 문제
본론 :

　　　　1. 게임의 좋은 점
　　　　2. 게임의　문제점
　　　　3. 게임의 문제점에 대한 원인
　　　　4. 게임의 문제점에 대한 해결방안

결론 :

이상과 같이 PMI는 기본적인 개요 작성을 하는 데에 용이하다. 아울러 논술글을 쓰기 위한 논리적 사고를 이루어가는 데에 이 방법은 수월하게 활용될 수 있다.

다음 사례들은 수업 시간에 시인 이육사의 시를 읽고 이육사 일대기를 담은 영상물을 보고 나서 쓴 감상글이다. '내가 만약 일제강점기에 태어났더라면…'이라는 주제 하에 학생들은 각각의 PMI 형식의 글을 작성하였다. 주제가 포괄적이고 애매모호해서 플러스식 혹은 마이너스식의 글을 작성하라고 요구하지 않은 상태에서 학생들에게 자유롭게 사고하면서 글을 쓰도록 유도하였다.

❶ 내가 일제 강점기에 태어났더라면 이육사와 같이 행동했을 것 같다. 나의 성격은 이육사와 같이 충동적이고 불의를 보면 잘 넘어가지 못하는 성격이기 때문에 이육사와 같이 행동했을 것이다.

─학생글

❷ 내가 일제 강점기에 태어났더라면 시인 이육사 선생님처럼 목숨을 바쳐서라도 한국의 자존심과 자부심을 가지고 지켜냈을 것이다. 왜냐하면 대한민국이라는 나라에서 태어나 자기 조국에 부끄럼 없고 자부심과 자존심으로 나라를 지켜내야 하기 때문이다. 우리나라를 지켜낸 일제강점기 사람들에게 감사함과 나라에 대한 충성을 다했다는 것에 대한 뿌듯함을 느꼈다.

─학생글

❸ 내가 만약 일제 강점기에 태어났더라면 일본의 눈에 띄지 않고 조용히 살았을 것 같다.

─학생글

❹ 내가 만약 일제 강점기에 태어났다면 처음에 한 두 번쯤은 독립운동을 했지만 한 번 데이고 나면 조용히 살 것 같다.

—학생글

학생들은 1, 2에서 보는 것처럼 플러스식 사고를 드러내는 경우와 3, 4와 같이 마이너스식 사고를 드러내는 경우로 대별된다. 이육사처럼 일제에 저항하고 독립운동을 하겠다는 의지를 보여준 학생들과 의지는 있지만 자신이 없다는 솔직한 생각을 드러낸 학생들이 많다. 그러나 자신은 없지만 이육사를 비롯해 독립운동에 헌신한 분들에 대한 경의를 드러낸 것이 공통적이다. 한편 5에서처럼 수업을 계기로 자신을 성찰하며 되돌아보는 학생들도 있다.

❺ 이때까지 살아가며 국가를 위해 헌신을 하거나 해야지, 라는 마음을 가져 본 적이 없다… 그러나 우리나라가 이렇게 커져 가기 전에 우리의 조상님들이 이렇게 노력을 열심히 해서 만들었다는 걸 보며 내 자신이 한심스럽기도 하고 후회스럽기도 했다.

—학생글

PMI는 생각의 상승과 하강을 바탕으로 자신이 누구인지를 성찰하고 살펴보게 하는 중요한 사고 기법의 역할을 하였다.

(5) 발문 만들기

질문 생성을 하는 사고 방법이다. 질문은 모르는 것이나 의심나는 것에 대해 물어 답을 구하는 것인 데 비해, 발문은 이미 알고 있는 사실에 대해 되물으며 답을 구하는 방법이다. 두 가지 모두 물음의 형식을 빌어 답을 구해나간다는 점에서는 공통적이지만, 학습의 대상(텍스트)을 미리 설정해 놓은 상황에서 물음과 대답을 진행해 나가는 것은 발문에 가까우니만큼 이 점을 구분할 필요가 있다.

발문을 잘 하기 위해서는 평소에 질문을 하는 습관을 가질 필요가 있다. 질문하기는 흔한 주변의 일상사들에 대한 통찰과 호기심을 갖는 데에서 시작된다. 그러므로 쉽게 간과해 버리기 쉬운 사소한 것들에 대해 의심을 갖고 질문을 해보기 시작하자. '저건 무엇이지?', '왜 저렇게 생겼지?', '왜 저렇게 움직이지?' 등등. 이러한 질문을 연속적으로 하다 보면 점차로 사고의 확대와 시각의 전환이 이루어질 것이다. 그리고 이러한 질문하기의 과정 속에서 발문하기는 가능해진다.

발문을 하기 위한 대상(텍스트)은 독서물이든, 영상물이든 혹은 주변의 사소한 어떤 것이든 간에 그 범위는 매우 다양하다. 소설이든, 영화이든, 무엇이든 간에 구체적인 질문의 대상(텍스트)을 상정해 놓고 의미를 탐색해 하면서 발문하는 습성을 길러보자. 그러한 과정 속에서 사고가 확대되고 창의력이 증대될 수 있다.

발문하기는 다음과 같은 방식으로 유도하면 좋다. 우선, 대상과 관련한 내용을 이해하는 것에서부터 사고를 확대하는 형태로 나아가야 한다. 이해를 위한 질문 그 자체로만 끝나버리면 사고의 확장을 이룰 수 없기 때문이다. 사고의 확대라는 것은 이해의 차원에서 창조의 차원으로 사고가 나아가는 것을 의미한다. 따라서 대상(텍스트)에 대한 이해를 넘어서는 창의적 사고의 행위가 이루어질 때 사고는 확대될 수 있다.

그러나 이에 머무르지 않고 발문하기가 '나'를 변화시키는 형태로 나아갈 때 진정한 발문하기의 본령에 도달할 수 있다. 발문의 본질과 목적은 질문과 대답의 과정을 통해 '나'를 이해하고 변화시키는 데에 있기 때문이다.

가령 미야자키 하야오의 애니메이션 영화 '센과 치히로의 행방불명'을 가지고 발문을 할 경우 먼저 내용에 대한 이해를 하는 질문부터 시작해야 한다. 그런데 이 질문의 과정에서 필요한 사고는 바로 논리적·비판적 사고이다. 텍스트에 대한 분석과 이해를 중심으로 한 비판적 사고가 '센은 누구인가? 치히로는 누구인가? 센과 치히로는 같은 사람인가, 다른 사람인가? 왜 이름이 두 개인가? 누가 주인공인가?' 등등의 질문을 가능케 하기 때문이다.

그리고 이러한 질문을 하기 위해서 전체적인 스토리가 어떻게 진행되는지부터 살펴봐야 한다. '이 영화의 스토리는 어떻게 진행되고 있는가?' 시작－중간－끝 형태의 구조에 맞추어 간략하게 스토리를 요약할 때 가능하면 각 단계별로 한 문장 위주의 스토리를 작성하는 것이 좋다. 이 때 문장은 가급적이면 '주어 + 목적어 + 서술어' 형태의 기본 구조를 갖추도록 한다.

그림 8 센과 치히로의 행방불명

스토리를 살펴보다 보면 앞뒤 진행된 과정의 이유들이 밝혀진다. 알아보니 동일 인물이었다. 그렇다면 '왜 이름이 두 개인 건가?'. 그것이 의미하는 바는 무엇일까. '센이 된 치히로는 왜 이름을 찾으려 한 것일까?'. 그렇다면 '이름을 찾는 것이 의미하는 것은 무엇일까?', 이러한 질문을 탐색해 나가다 보면 영화에 대한 이해는 물론 영화가 전달하고자 하는 의미가 밝혀진다. 그리고 이 질문들은 현실의 삶을 살고 있는 '나'에게로 환원된다.

실제 '나의 이름은 무엇인가?', '나에게 있어서 이름은 어떤 의미를 띠고 있는가?', '나는 잘 살고 있는가?', 그리고 '나는 어떻게 살아가야 하는 것인가? 등등에 대한 자기 탐색의 질문들. 결국 발문하기는 대상(텍스트)을 중심으로 질문자와 응답자 간에 자신을 이해하고 변화시키는 과정을 경험하면서 자신을 성찰하는 계기를 마련해준다. 이것이 발문하기가 도달하고자 하는 본령이다.

다음은 실제로 동아대학교 학생들이 발문한 사례들이다. 다양한 형태의 발문들이 이루어졌는데 의외로 심오한 의미를 탐색하려 하는 발문들이 많아 흥미롭다. 스티븐 스필버그 감독이 만든 영화 <쉰들러 리스트>의 핵심 장면들을 보여 주고 나서 발문과 함께 발문을 하게 된 이유를 동시에 작성하도록 시도했다. 학생들 대부분이 다양한 질문들을 하게 된 각각의 이유를 쓰는 항목에서 나온 대답은 '궁금해서'와 '이해가 되질 않아서'이다. 우선 내용을 이해하기 위한 질문들을 살펴보면 다음과 같다.

- 왜 어린 아이들을 트럭에 태워 싣고 갔는가?
- 수용소에 있는 여자들이 피를 짜내어 자신들의 입술과 볼에 바른 이유는?
- 샤워실로 위장한 가스실에 여자들을 집어 놓고 왜 진짜로 물을 뿌려주었는가?

―학생글

그런데 이처럼 내용 이해에 대한 질문은 한층 더 나아가 숨겨진 의미를 찾으려 하는 발문으로 이어진다.

- 아이들은 어디로 갔고 무슨 일이 일어났는가?
- 숨어 있던 아이들은 결국 어떻게 되었을까?
- 일 할 수 있는 사람과 일 할 수 없는 사람을 나누었는데 일 못하는 사람은 어떻게 되었을까?

―학생글

게다가 자신의 생각을 다른 학생들과 공유하고자 하는 발문도 이루어진다.

- 아이들이 똥줏간에 빠졌을 때 보는 심정은 어땠을까?

―학생글

이 발문을 한 학생은 살기 위해 똥통에 빠진 어린 아이를 보고 다른 학생들은 어떻게 생각했는지를 발문의 이유로 작성했다. 아마도 이 장면을 가장 인상 깊게 보고 나서 감정의 공유를 하고 싶은 마음이 든 듯하다.

그리고 도덕성의 문제를 궁금해 하는 발문들도 이어진다.

- 유대인을 학살하려는 말을 듣고 왜 그대로 따랐나요?
- 왜 유대인을 학살했을까?
- 유대인 학살은 왜 일어났는가?
- 여자들을 샤워실에 왜 가두어 놓았는가? 왜 그렇게 고통스러워하게 죽이는가?

―학생글

무차별하게 학살을 당하는 유대인들에 대한 동정심과 보편적인 인간에 대한 심성에서 나온 발문이라 여겨진다. 이러한 질문들은 결국 영화를 만든 동기와 나를 성찰하는 발문으로 이어진다.

- 이 영화는 왜 만들었을까?
- 만약 나한테 그런 일이 생긴다면 상황 대처를 어떻게 하겠는가?

－학생글

　　학생들의 발문은 대상에 대한 이해를 묻는 질문에서 '나'를 발견하고 성찰하는 질문으로 이어지기까지 한다. 발문과 발문에 대한 이유를 함께 논의해가면서 학생들은 대상을 인지하고 자신을 인식하기에 이른다. '발문하기'는 자신을 일깨우며 창의적인 사고를 이르게 하는 데에 용이한 방법이다.

덤+

내용 이해 질문 → '나'를 변화시키는 질문으로

참고문헌

건국대학교 글쓰기연구회 (2006), 글쓰기의 기술, 파미르
김승종(2006), 창의적 발상과 문화콘텐츠 작법, 글누림.
김영정(2002), 창의성과 비판적 사고, 한국인지과학회.
로버트 피셔(2011), 노희정 역, 사고하는 방법, 인간과 사랑.
마이클 미칼코(2003), 박종안 역, 창의적 자유인, 푸른솔.
박정하(2012), 대학 글쓰기의 의의와 실상, 두루내, 3-4월호
밥 파이크, 김선종 역(2004), 창의적 교수법, 김영사.
임선하(1993), 창의성에의 초대, 교보문고
전경원(2006), 창의성 교육의 이론과 실제, 창지사.
정기철(2001), 인성교육과 국어교육, 역락.
주상윤(2007), 창의적 발상의 원리와 기법, UUP.
허병두(1996), 글쓰기 열 두 마당, 고려원 미디어.

01 다음 그림을 보고 스토리를 작성해 보자. 그리고 제목을 붙여 보자.

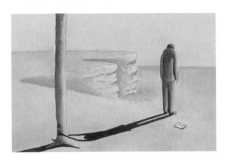

....

....

02 다음 괄호 안에 앞 말과 뒷 말을 연결해 주는 연상단어(유사성)를 작성해 보자.

❶ 호떡은 (   )   아이스크림이다

❷ 인생은 앞으로 나아가는 (   )이다

❸ 군고구마는   (   ) 케익이다

03 다음은 이육사의 시 '절정'의 한 부분이다. 이 시가 창작되었을 당시 상황과 배경을 생
   각하면서 밑줄 친 시어 '무지개'의 의미를 살펴보고 시에 대한 느낌을 기술해 보자.

> 매운 계절의 채찍에 갈겨
> 마침내 북방으로 휩쓸려 오다
> 　　(중략)
> 이러매 눈 감아 생각해 볼밖에
> 겨울은 강철로 된 **무지갠**가 보다

☞ '무지개'는 어떤 의미와 의미가 결합되어 의미를 형성하였을까?

....

....

....

....

04 브레인스토밍을 활용하여 토론을 위한 주제(아이디어)를 결정해 보자.

05 다음의 글을 완성하기 위해 이루어진 브레인스토밍의 과정을 지도그리기 해보자.

산업이 고도로 발달하면서 과거의 낭만적인 비가 요사이에는 산성비라는 것으로 바뀌었다. 과거에는 어머니께서 비를 맞으면 감기 걸리니까 맞지 말라고 하셨는데, 지금은 산성비가 해로우니까 맞지 말라고 하시는 것에서 한 번 더 실감한다.
내 친구는 우스갯소리로 산성비를 맞으면 집에서 머리 감을 때 알칼리성 이온 음료를 사서 그것을 물에 풀어서 머리 감는다는 얘기까지 한다. 그저께 학원에서 오는데, 비가 너무 많이 와서 이제 지하철에서 내리면은 집까지 비를 맞아야 하겠구나 생각했는데 아버지께서 나를 기다려 주신 것이 너무나 고맙다. 사실 그 때 아버지가 안 오셨다면 가방 안의 책은 모두 다 젖어서 다 못쓰게 되었을 거다. 과거에 비를 맞으면서 길을 걷다가 갑자기 산성이라는 생각이 나를 비가 내리지 않은 곳을 찾아 다니게 했다. 나도 머리가 빠지는 것은 싫다.

─허병두의 『글쓰기 마당』 중에서

06 조별 활동을 하기에 앞서 학급 학생들에게 조와 조원들을 소개(성별, 나이, 취미, 특기 등등)하는 마인드맵을 작성해 보자.

07 마인드맵을 활용하여 아래와 같이 일기를 작성해 보자.

08 '나의 인생의 로드맵'을 마인드맵을 활용하여 작성해 보자.

09 자신이 좋아하는 노래 가사의 한 소절을 적어보자.(스캠퍼-수정하기)

10 위의 노래 가사를 바꾸어서 불러보자.

11 다음은 김사장이 A 회사를 운영하다가 사업과 경영에 위기를 맞이하게 된 여러 상황이다. 김사장이 회사에 불어 닥친 시련을 극복하기 위해서 어떻게 문제를 극복하고 아이디어를 창출해야 할 것인지를 스캠퍼를 활용해서 작성하도록 해보자.

> ❶ B 회사가 무기력한 사업 파트너임이 증명됐다. 김사장의 지분이 다른 사람에게 넘어 갈 수 있는 것이 걱정이다.
> ❷ 김사장은 다른 수입원을 개발할 필요가 있다.
> ❸ 김사장은 금융 사업에서 새로운 변화를 모색했지만 아이디어가 부족했다.
> ❹ 고객들이 여러 금융 콘텐츠 서비스에 대한 개발을 원했다.

12 한 편의 영화나 영상물을 감상하고 난 후 발문을 작성하도록 해보자.

13 당대에 문제가 되고 있는 여러 사안들에 대해 PMI 방법을 활용하여 해결방안을 제시해 보자.

14 '학교에 시험이 없어진다면'이라는 사안에 대해 PMI를 바탕으로 해결해 보자.

15 '나의 삶'이 어떻게 이루어지고 있는지 발문을 한 후, PMI로 해결방안을 제시해 보자.

학 번:		학과(부):
강의시간:	요일 교시	이 름:

학 번 :		학과(부) :
강의시간 : 　　　요일　　　교시		이 름 :

제2장 표현의 기초

01 쓰기의 기초

> ☞ 학습목표
> 가. 한글 맞춤법·표준어 규정에 따른 바른 어휘를 쓸 수 있다.
> 나. 올바른 띄어쓰기를 함으로써 의미를 정확하게 전달할 수 있다.
> 다. 하나의 감정이나 생각을 명확하게 드러내는 바른 문장을 쓸 수 있다.

흔히 좋은 글의 요건으로 첫째, 창의성 있는 충실한 내용 둘째, 통일성을 갖춘 체계적 구성 셋째, 정확하고 명료한 표현을 꼽는다. 이 가운데 세 번째 요건인 정확하고 명료한 표현은 글쓰기에서 가장 기본적인 사항이라 할 수 있다. 아무리 참신한 내용에 잘 짜인 글이라 하더라도 표현에 있어 오류가 발견된다면, 자신이 힘들여 쓴 글에 대해 좋은 평가를 받을 수 없을 것이다. 이런 점에서 바른 어휘 쓰기, 띄어쓰기, 바른 문장 표현법을 정확히 익힘으로써 글쓰기의 기초를 튼튼히 다져놓는 노력이 필요하다.

1) 바른 어휘 쓰기

만약 우리말을 적는 통일된 방식이 없다면 어떻게 될까? 아마도 사람마다 글을 표기하는 방식이 서로 달라서 우리의 문자 생활은 큰 혼란에 빠질 것이다. 이에 우리는 국어를 올바로 표기하기 위한 사회적 약속으로 '한글 맞춤법'(문교부 고시 제88-1호, 1988)과 '표준어 규정'(문교부 고시 제88-2호, 1988) 등을 정해 놓고 이 규범을 따르기로 한 것이다.

그런데 일부 사람들은 맞춤법이 매우 중요하다고 말은 하면서도 일상에서 그들이 사용하는 언어 행태는 그렇지 않은 것 같다. 뜻만 통하면 되지 맞춤법 한두 개 틀린 게 뭐가 문제냐는 식의 항변을 하기도 하고 간판, TV자막 등에서의 오류를 저지르는 것은 물론 일부러 문법을 파기하는 등의 행동을 서슴지 않고 있다. 맞춤법이 얼마나 중요한지 온라인 게시판에 떠 있는 '오빠에게 두근두근 문자'라는 제목의 스마트폰 캡처 사진을 보자.

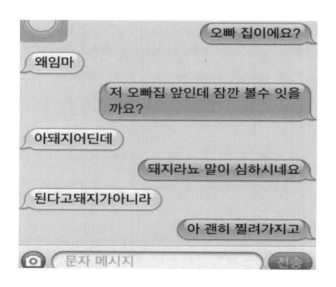

사진 가운데 '있을까요?'로 적어야 할 것을 '잇을까요?'로 썼고, 더군다나 "아돼지어던데"에서 '되지'로 써야 할 말을 '돼지'로 표기해 큰 오해를 낳은 것이다. 또한 남성은 문자 대화에서 띄어쓰기를 아예 무시해버려 이해하기도 힘들다.

그러면 여러분의 한글 맞춤법 실력은 어느 정도 되는지 다음 진단 문제를 풀어 보자.

[맞춤법 기초 진단 문제]
① 이런 상황에 그런 말이 나오니? 너 정말 (어의없다 / 어이없다).
② 나는 어젯밤에 하늘을 (나는 / 날으는) 꿈을 꾸었다.
③ 나는 감기 몸살이 다 (낫았다 / 나았다).
④ 오늘이 (몇 일 / 며칠)이지?
⑤ 화장실 청소는 내가 (할계 / 할게).
⑥ 철수는 저명한 과학자가 (돼서 / 되서) 국내로 돌아왔다.
⑦ 우리 대학 졸업생들의 (취업률 / 취업율)이 높을 것으로 예상된다.

⑧ 오늘은 (왠지 / 웬지) 기분이 상쾌하구나.
⑨ (등교길 / 등굣길)에 초등학교 때 단짝 친구를 만났다.
⑩ 대학에 와서 우리는 (금세 / 금새) 친해졌다.

여러분은 이 진단 문제를 풀어보고 몇 개나 맞혔는지 궁금한데, 혹시 많이 틀렸다고 해도 실망할 필요는 없다. 지금부터 이런 문제들을 학습하고 차근차근 익히면 될 테니까. 그래도 글을 쓸 때, 어떻게 적는 것이 올바른지 자신이 없다면 항상 국어사전을 찾아 정확하게 표기하는 습관을 들여야 한다. 이런 습관이 일단 몸에 배면 우리말 바로쓰기에 대한 공포는 사라질 것이다.

앞서 우리말을 바르게 쓰기 위한 규정으로 한글 맞춤법 등이 있다고 했는데, 여기서는 이들 규정의 내용이 매우 방대하기 때문에 다 다룰 수는 없다. 다만 이들 규정의 기본 원리를 바탕으로 중요하지만 흔히 잘못 쓰거나, 혼동하기 쉬운 사례 위주로 익히기로 한다.

덤+

● **한글 맞춤법 기본 원리와 표준어 사정 원칙**

(1) '한글 맞춤법'의 기본 원리
제1항 한글 맞춤법은 **표준어**를 **소리 나는 대로** 적되, **어법에 맞도록** 함을 원칙으로 한다.
① 표준어 : 표준어를 맞춤법 규정의 대상으로 삼는다.
② 소리대로 : 표준어를 사용하는 사람들이 발음하는 현실 소리를 적는다.
　　　예) 학교, 하늘, 오빠, 가다
③ 어법에 맞도록 ┌ 원형을 밝혀 적는다.
　　　　　　　　│　　　예) 흙을, 흙도, 흙만, 굵다, 어떻든
　　　　　　　　└ 원형을 밝힐 수 없을 땐 소리 적기로 조화되게 한다.
　　　　　　　　　　예) 덥고 / 더워, 웃음 / 우습다, 묻 / 무덤

(2) '표준어' 사정 원칙
제1항 표준어는 **교양 있는 사람**들이 두루 쓰는 **현대 서울말**로 정함을 원칙으로 한다.
① 사회적 기준 : 교양 있는 사람들이 쓰는 말
② 시대적 기준 : 현재 쓰고 있는 말
③ 지역적 기준 : 서울 지역에서 쓰는 말

☞ '한글 맞춤법'을 비롯한 국어 어문 규정의 전문은 국립국어원 인터넷 홈페이지(http://www.korean.go.kr)를 참조하면 자세히 알 수 있다.

(1) 된소리의 바뀜 적기

된소리는 발음 기관에 강한 긴장을 일으켜 나는 소리다. 우리말에서 된소리는 'ㄲ', 'ㄸ', 'ㅃ', 'ㅆ', 'ㅉ'의 형태로 나타나는데, 이 경우 된소리가 난다고 모두 된소리로 적는 것은 아니다.

① 눈썹 / 눈꼽(×)

> **눈썹** 하나 까딱 안 하는 저 독한 꼴 좀 보게.
> 네 눈에 붙어있는 **눈곱**이나 떼고 말해라.

ⓐ 눈썹 : '눈두덩 위에 나는 짧은 털'이란 뜻의 말로, 이는 '한 단어 안의 모음 사이나 유성자음(ㄴ,ㄹ,ㅁ,ㅇ) 뒤에서 나는 첫소리를 된소리(경음)로 적는다'는 규정에 따라 된소리로 표기한 것이다.

　　　예) 오빠, 소쩍새, 잔뜩, 살짝, 담뿍, 등쌀

ⓑ 눈곱 : 이 말은 된소리 [눈꼽]으로 발음되지만 '눈＋곱'으로 이루어진 합성어이므로, 각각의 원형을 밝혀 예사소리(평음)로 적는다.

　　　예) 눈살, 등불, 손등

② 싹둑 / 똑닥(×)

> 우리 누나 긴 머리 **싹둑**! 가을이라 심경의 변화가 생겼나.
> '**똑딱똑딱**' 시계 소리 때문에 잠을 잘 수가 있어야지.

ⓐ 싹둑 : 'ㄱ'이나 'ㅂ' 받침 뒤에서 나는 된소리는 예사소리로 적는다. 이는 'ㄱ, ㅂ'의 영향을 받아 뒷소리가 된소리로 나기 때문이다. 따라서 '싹둑, 법석' 따위와 같은 말은 '싹뚝, 법썩'으로 적지 않는다.

　　　예) 국수, 깍두기, 딱지, 색시, 갑자기, 몹시

ⓑ 똑딱 : '똑딱'이나 '쓸쓸하다'와 같은 말은 'ㄱ'이나 'ㅂ' 받침 뒤에서 나는 소리이

지만 된소리 [딱]이나 [쓸]로 적는다. 이는 한 단어 안에서 같은 음절이나 비슷한 음절이 겹쳐나는 경우에 같은 글자로 적는다는 규정에 따른 것이다.

　　예) 똑똑, 딱딱, 쌕쌕, 싹싹하다, 쓱싹쓱싹, 쌉쌀하다, 짭짤하다

(2) 두음법칙 적용 단어의 적기

국어에는 단어의 첫머리에서 특정한 소리를 꺼려 다른 소리로 발음되는 두음법칙 현상이 있다. 이런 현상은 고유어에서는 거의 발견되지 않고 주로 한자어에서 나타난다.

① 연도 / 년도

> 우리나라의 **회계 연도**는 1월 1일부터 시작된다.
> **신년도** 사업계획 짜느라 눈코 뜰 새가 없었어.

㉠ **연도** : 사무나 회계, 결산 따위의 처리를 위하여 편의상 구분한 일 년 동안의 기간을 뜻하는 명사이다.

　　예) 졸업 연도, 설립 연도, 1차 연도, 2차 연도, 가입 연월일, 연 3회

㉡ **년도** : 해(年)를 뜻하는 말 뒤에 쓰어 일정한 기간 단위로서의 그 해를 뜻하는 의존 명사이다.

　　예) 2012년도 예산안, 2012학년도 졸업식, 대망의 2000년대

② 출산률(×) / 인상률

> **출산율**을 높일 수 있는 어떤 묘책이 없을까?
> 대학 등록금 **인상률**을 4.7% 이내로 억제키로 했다는군.

㉠ **율·열** : 한자어의 모음이나 'ㄴ' 받침 명사 뒤에 쓴다.

　　예) 비율, 실패율, 백분율, 환율, 선율 / 치열, 우열, 선열, 균열, 분열

㉡ **률·렬** : 그 외의 경우(즉, 모음이나 'ㄴ' 받침 이외)와 외래어 다음에 적는다.

　　예) 출석률, 취업률, 상승률, 법률, 슛률(shoot率) / 열렬, 행렬, 병렬

③ 생산량 / 독자난(×)

> 올해 우리나라 쌀 **생산량**이 얼마나 되는지 궁금해.
> 아줌마, 그 억울한 사연을 **독자란**에 투고해 보세요.

  ㉠ 량(量)·란(欄) : 앞의 말이 한자어일 때 적는다.

      예) 작업량, 노동량 / 독자란, 광고란, 답란

  ㉡ 양·난 : 앞의 말이 고유어나 외래어일 경우에 쓴다.

      예) 구름양, 칼슘양 / 어린이난, 펜팔난, 칼럼난

(3) 어미 구별하여 적기

어간에 붙어 문법적 기능을 하는 어미는 다양한 형태의 모습을 보이므로, 경우에 맞게
잘 구별해 써야 한다.

① -오 / -요

> 어서 오십시**오** 따님이 참 예쁘**오** 아니, 이게 뉘시**오**
> 어서 오세**요** 밥을 먹어**요** 이것은 책이**요**, 저것은 연필이다.

  ㉠ -오 : 문장을 끝맺는 종결어미 역할을 하므로 생략하면 문장이 성립되지 않는다.
  ㉡ -요 : 문장 끝에 붙어 존대의 뜻을 나타내는 조사로 생략해도 된다. 또한 이 말은
      '이고'와 같은 뜻을 가진 연결어미로도 쓰인다.

② -던지 / -든지 / -는지

> 네가 울면서 전화했을 때 얼마나 놀랐**던지** 몰라.
> 학교에 가**든지** 말**든지** 네 마음대로 해라.
> 무엇이 틀렸**는지** 우리 답을 맞춰 보자.

  ㉠ 던지 : '-던지'는 지난 일을 회상하여 막연하게 의심을 나타내는 연결어미나, 지난

일을 회상하며 감탄조로 이르는 종결어미로 쓰인다. 한편 '-더'와 결합하여 지난 일을 말하는 형식으로는 '-더구나, -더군, -더냐, -더라, -던, -던가, -던걸, -던고, -던데, -던들' 등이 있다.

　예) 네가 살던 곳은 어디니? 왜 그리 춥던지. 얼마나 울었던지 눈이 부었다.

ⓛ 든지 : 어느 것이 선택되어도 차이가 없는 둘 이상의 일을 나열한다는 뜻을 나타내는 보조사나, 어떤 것이 선택돼도 상관없음의 뜻을 나타내는 연결어미로 쓴다. 이때의 '든지'는 '든'으로 쓸 수 있다.

　예) 밥이든(지) 떡이든(지) 마음대로 먹어라. 자든(지) 공부하든(지).

ⓒ 는지 : 막연한 의문을 나타내는 연결어미나 종결어미로 쓰인다. 반면 '-ㄹ(는)지'는 어떤 일의 실현 가능성에 대한 의문을 나타내는 연결어미나 종결어미로 쓰인다.

　예) 바람이 얼마나 세게 부는지 가로수들이 넘어졌다. 고향에 다녀오셨는지. 무엇부터 해야 할지 막막하다. 그 사람이 과연 올는지.

③ -므로 / -ㅁ으로(써)

> 너는 부지런하므로 이담에 꼭 성공할 거야.
> 국내외 여행을 자주 함으로써 많은 경험을 할 수 있었어.

㉠ 하므로 : '-하'(어간) +'-므로'(어미) 의 구조이다. 어미 '-므로'는 '이유, 까닭'의 뜻을 나타낸다.

　예) 철수는 매일 열심히 공부하므로 시험에 합격할 것이다.

㉡ 함으로(써) : '-함'(명사형) +'-으로써'(조사)의 구조로 '-하는 것으로써'란 뜻이다. '수단, 방법'을 나타내는 조사 '-으로'는 그 뜻을 강조할 경우에 조사 '써'를 덧붙여 쓸 수 있다.

　예) 수지는 언제나 성실함으로 주위의 신망을 얻었다.
　　　영수는 열심히 공부함으로써 부모님의 기대에 부응했다.

④ -이에요(이어요) / -예요(여요) / 아니예요(×)

> 아주머니, 제 셋째 동생이에요(이어요).
> 동아대 다니는 제 남자 친구예요(여요).

　㉠ 이에요(이어요) : '이에요'와 '이어요'는 복수표준어로서 서술격조사 '이다'의 어간
　　　　　　　　　　뒤에 종결어미 '-에요'와 '-어요'가 붙은 말이다. 이 말은 받침이
　　　　　　　　　　있는 단어 뒤나, 받침 있는 인명 뒤에 붙여 쓴다.
　　　　　　　　　예) 저는 학생이에요(이어요). 우리 집이에요(이어요).
　　　　　　　　　　　제가 영철 +이(접미사) +이에요(이어요) → 영철이에요(여요).
　㉡ 예요(여요) : 이 말은 받침 없는 단어 뒤나, 받침 없는 인명 뒤에 붙여 쓴다.
　　　　　　　　　예) 지금 몇 시예요(여요). 어디예요(여요). 제가 김민수예요(여요).
　㉢ 아니에요 : 형용사 '아니다'의 활용형으로 어간 '아니-'에 어미로 '-에요', '-어요'
　　　　　　　가 붙은 꼴이다.
　　　　　　　　예) 아니 +에요 → 아니에요/아녜요. 아니 +어요 → 아니어요/아녀요.

⑤ -데 / -대

> 어제 결혼식장에서 보니 신부가 참 예쁘데.
> 올 봄에 갑순이와 삼돌이가 결혼한대(했대).

　㉠ -데 : 과거에 직접 경험한 내용임을 표시하거나, 직접적인 추정을 하는 경우에 쓴다.
　　　　　'-더라, -던가'의 뜻도 가진다.
　　　　　　예) 꽤 키가 크데. 앨범을 보니 옛날에는 참 예뻤겠데. 밖에 누가 왔데?
　㉡ -대 : 다른 사람의 말을 전달할 때 쓰는데, '-다고 해'가 줄어서 된 말이다. '이다'
　　　　　뒤에서는 '-대'가 '-래'로도 바뀐다.
　　　　　　예) 민수가 내달에 군대 간대. 철수가 동아리 회장이래.

⑥ -ㄹ께(×) / -ㄹ까

> 수업 마치는 대로 바로 집으로 **갈게.**
> 애들아, 우리 이제 버스 타러 **갈까?**

㉠ -ㄹ게 : '르' 뒤에 오는 '-(으)ㄹ걸, -(으)ㄹ수록, -올시다'와 같은 어미들은 된소리
　　로 발음되지만 예사소리로 적는다.
　　　예) 아마 도착했<u>을걸,</u>　보면 볼<u>수록,</u>　아니올<u>시다.</u>

㉡ -ㄹ까 : 의문의 뜻을 나타내는 '-(을)ㄹ꼬, -(을)ㄹ쏘냐'와 같은 어미들은 된소리로
　　쓴다.
　　　예) 어찌 <u>살꼬?,</u>　내가 <u>갈쏘냐?</u>

(4) 용언의 활용형 적기

　용언의 활용에서 어간에 어미가 붙는 양상이 규칙적일 때도 있고, 불규칙적일 때도 있기 때문에 경우를 잘 따져서 표기해야 한다.

① **가까와(×) / 도와**

> 시험이 **가까워**오니 도서관에 좌석이 꽉 차는군.
> 시민 여러분, 무엇을 **도와** 드릴까요?

㉠ **가까워** : '고맙다, 괴롭다, 외롭다, 안타깝다' 등과 같은 ㅂ불규칙 용언에 모음 어미
　　가 연결될 경우 어간 말음의 'ㅂ'이 'ㅗ/ㅜ'로 바뀌어 '-와/-워'로 될 때에
　　는 모음조화의 적용을 받지 않고 모두 '-워'로 적는다.
　　　예) 고맙다 : 고맙고　고맙지　<u>고마워</u>　고마우니　고마운
　　　　　외롭다 : 외롭고　외롭지　<u>외로워</u>　외로우니　외로운

㉡ **도와** : 똑같은 ㅂ불규칙 용언이지만 '돕다(助), 곱다(麗)'와 같은 단음절 어간에 어
　　미 '-아'가 결합되어 '와'로 소리 나는 것은 '-와'로 적는다.

예) 돕다 : 돕고 돕지 <u>도와</u> 도우니 도운

　　곱다 : 곱고 곱지 <u>고와</u> 고우니 고운

② 담가 / 치뤄(×)

> 어머니는 김치를 맛있게 **담가** 딸에게 보냈다.
> 이번 기말고사는 정말 잘 **치러**야 할 텐데.

ⓐ **담가** : 김치, 술, 젓갈 따위를 만들 때, 익거나 삭게 하려고 재료를 버무려 그릇에 넣는 것을 '담그다'라고 한다. 그런데 우리말에서 용언의 어간 '으'는 모음 어미를 만날 때 'ㅡ탈락현상'이 일어난다. 이런 경우 앞 음절에 따라서 어미 '아/어'가 결정되므로 '담그 + 아 > 담가'가 된다.

　　예) 대문을 꼭 <u>잠가</u>라. → 잠그 + 아 > 잠가

ⓑ **치러** : 이 말 역시 'ㅡ탈락현상'이 일어나는 용언이다. 따라서 앞 음절에 따라 어미 '아/어'가 결정되므로 '치르 + 어 > 치러'가 된다.

　　예) 편의점에 <u>들러</u> 복권을 샀다. → 들르 + 어 > 들러

③ 날으는(×) / 나르는

> 나는 하늘을 **나는** 꿈을 자주 꿔요.
> 짐을 **나르는** 노동자들의 이마에는 땀이 흘렀다.

ⓐ **나는** : '날다, 갈다, 거칠다, 낯설다, 놀다, 살다, 녹슬다' 등과 같이 용언 어간에 'ㄹ' 받침을 가진 말들은 '-ㄴ, -ㄹ(관형사형 어미), -ㅂ, -ㅅ, -오' 앞에서 'ㄹ' 받침이 탈락한다. 이 말들은 규칙성을 지니므로 규칙용언으로 분류한다.

　　예) 날다 ; 날 + 는 → <u>나는</u>, 나니, 날, 납니다, 나시다, 나오

　　　　낯설다 ; 낯설 + ㄴ → <u>낯선</u>, 낯서니, 낯섭니다, 낯서오

ⓑ **나르는** : 물건을 옮기다, 운반하다.

　　예) <u>나르는</u>, 나르니, 나르고

(5) 접미사가 붙은 말의 적기

접미사가 첨가된 파생어를 적는 방법은 형태 표기와 발음 표기 두 가지가 있다. 글을 쓸 때는 두 가지 가운데 어떤 방법으로 적을 것인가를 잘 따져야 한다.

① 깨끗이 / 꾸준히

> 민수야, 외출 뒤에는 반드시 손을 **깨끗이** 씻어라.
> 네 인생 목표를 향해 **꾸준히** 정진하렴.

ㄱ 부사화 접미사 '-이'로 적는 경우
- '하다'가 붙는 어근의 ㅅ받침 뒤
  예) 깨끗이, 깍듯이, 따뜻이, 반듯이, 느긋이, 버젓이, 산뜻이, 빠듯이
- ㅂ불규칙 용언의 어간 뒤
  예) 새로이, 가벼이, 기꺼이, 너그러이, 외로이, 즐거이, 가까이, 고이
- 첩어 명사 뒤
  예) 간간이, 겹겹이, 알알이, 일일이, 집집이, 틈틈이, 곳곳이, 번번이

ㄴ 부사화 접미사 '-히'로 적는 경우
- 일반적으로 '하다'가 붙을 수 있는 어근 뒤
  예) 각별히, 솔직히, 꼼꼼히, 쓸쓸히, 정확히, 당당히, 고요히
- 발음이 [히]로만 나는 것
  예) 급히, 극히, 딱히, 속히, 족히, 특히, 엄격히, 간곡히, 똑똑히

② 베풂 / 있슴(×)

> 삶에 있어서 나눔과 '**베풂**'은 매우 소중한 가치야.
> 이사철이 되니 '셋방 **있음**' 광고가 많이 붙었구나.

ㄱ 베풂 : 우리말에서 파생 명사나 명사형을 만드는 경우 용언에 접미사나 어미로 '-ㅁ'
과 '-음'을 덧붙인다. 이때 'ㄹ' 뒤나 모음 뒤에는 'ㅁ'을 붙이고, 'ㄹ'을 제

외한 자음 뒤에는 '음'을 붙인다.

　예) 만듦, 둥긂, 삶, 앎, 좲/봄, 잠/믿음, 엮음, 죽음, 걸음

ⓛ 있음 : 이 말은 자음으로 끝난 어간 '있-'에 명사형 어미 '-(으)ㅁ'이 결합된 것이
　　　　므로 '있음'이 옳다. 전에 쓰던 '있읍니다, 먹읍니다'의 '-읍니다'를 현행 맞
　　　　춤법에서 종결어미 '-습니다'로 적기로 한 사실에 유추하여 '있슴'으로 적
　　　　는 경우가 많지만 이는 잘못이다.

　예) 없음, 갔음, 먹음, 웃음

③ 토박이 / 나이배기 / 코빼기

> 우리 집은 5대째 내려오는 부산 **토박이**야.
> 고생에 찌든 저 얼굴 좀 봐라. 제법 **나이배기**로 보이지 않니.
> 수지는 요즘 무슨 일을 하고 다니는지 통 **코빼기**도 안 보여.

㉠ 토박이 : '그 땅에서 나서 오래도록 살아오는 사람'이란 뜻으로, 이때 접미사 '-박
　　　　이'는 무엇이 박혀 있는 사람, 짐승, 사물 등을 나타낸다.

　예) 덧니박이, 점박이, 외눈박이, 토박이, 오이소박이, 차돌박이

ⓛ 나이배기 : '겉보기보다 나이가 많아 보임'이란 뜻으로, 이때 접미사 '-배기'는 그
　　　　에 걸맞은 나이를 먹은 아이, 어떤 것이 꽉 차 있음, 어떤 명사 뒤에 붙
　　　　어 '그런 물건'이란 뜻을 더한다.

　예) 세 살배기, 나이배기, 알배기, 진짜배기, 공짜배기, 대짜배기

㉢ 코빼기 : '코'를 속되게 이르는 말로, 이때 '-빼기'는 앞말에 붙어 그런 특성이 있
　　　　는 사람이나 사물을 뜻하거나, 속된 것을 이르는 접미사이다.

　예) 이마빼기, 대갈빼기, 억척빼기, 고들빼기

(6) 접두사가 붙은 말의 적기

아래 예시한 단어들은 표준어 선정 때 발음의 변화와 관련하여 여러 가지 형태가 쓰이
던 것을 통일해서 적는 규정에 따른 것이다.

① 수놈 / 수컷 / 숫양

> 정말 좋은 강아지군요. **수놈**이에요, 암놈이에요?
> 너 매미는 **수컷**만 운다는 사실을 알고 있니?
> 검은 **숫양** 한 마리가 우리를 뚫고 달아났다는구나.

㉠ **수-** : 암/수 구별이 있는 말의 수컷을 이르는 접두사는 '수-'로 통일해 적는다.

　　　예) 수꿩, 수나사, 수사돈, 수소, 수은행나무, 수곰, 수고래, 수고양이

㉡ **수(암)컷** : '수(암)-' 접두사 다음에 거센소리로 발음될 경우에는 거센소리를 인정
　　　한다.

　　　예) 수(암)퇘지, 수(암)캉아지, 수(암)탉, 수(암)평아리, 수(암)탕나귀

㉢ **숫-** : 다음 단어는 발음상 사잇소리 현상이 일어나기 때문에 '숫-'으로 표기한다.

　　　예) 숫양, 숫염소, 숫쥐

② 윗사람 / 웃어른 / 위층

> "나도 잘 몰라요, **윗사람**의 지시니깐." 이 형사가 말했다.
> 술은 **웃어른**을 모시고 배우는 게 좋단다.
> 우리 집 **위층**에는 신혼부부가 세 들어 살고 있다.

㉠ **윗** : 위와 아래의 대립이 있는 단어에 통일성을 기하기 위해 쓴다. 이 말은 명사
　　　'위'에 사이시옷이 결합된 것으로 해석하여 '윗-'을 기본으로 삼은 것이다.

　　　예) 윗넓이, 윗변, 윗배, 윗니, 윗입술, 윗도리

㉡ **웃** : 위와 아래의 대립이 없는 단어는 '웃-'으로 적는다는 규정에 따른 예이다.

　　　예) 웃돈, 웃국, 웃기, 웃옷(겉옷)

㉢ **위** : 된소리나 거센소리 앞에서는 사이시옷을 쓰지 않기 때문에 '위-'로 적는다.

　　　예) 위쪽, 위채, 위치마, 위턱, 위팔, 위짝

(7) 사이시옷 적기

두 말이 어울려 합성 명사를 이룰 때 뒷말의 첫소리가 된소리로 나는 등 그 중간에 발음의 변화가 생기는 수가 있는데, 이런 현상을 글의 적기에 반영한 것이다.

① 전세집(×) / 전세방

> **전셋집**이 경매에 넘어 갔다는데, 어떻게 하면 좋지.
> 지하 **전세방**에서 살림을 시작한 지 10년 만에 집을 장만했다.

⊙ 사이시옷 받쳐 적을 때

조 건	고유어 +고유어	한자어 +고유어
뒷말 첫소리가 된소리로 발음될 때	나룻배, 나뭇가지, 바닷가, 뱃길, 찻집, 햇볕	전셋집, 텃세, 탯줄, 찻잔, 등굣길, 아랫방, 흥밋거리
뒷말 첫소리가 'ㄴ, ㅁ' 앞에서 'ㄴ'소리 덧날 때	아랫니, 콧노래, 잇몸, 뱃머리, 빗물	제삿날, 양칫물, 툇마루, 곗날, 수돗물
뒷말 첫소리가 모음 앞에서 'ㄴ, ㄴ'소리 덧날 때	깻잎, 나뭇잎, 베갯잇, 뒷일, 두렛일	예삿일, 사삿일, 가욋일, 훗일

ⓛ 사이시옷 받쳐 적지 않을 때

- '한자어+한자어'로 된 합성어인 경우

  예) 초점, 외과, 내과, 대가, 도수

  다만, 예외로 다음 6개의 한자어는 사이시옷을 받쳐 적는다.

  예) 곳간(庫間), 찻간(車間), 툇간(退間), 셋방(貰房), 횟수(回數), 숫자(數字)

- 사이시옷 적을 때와 같은 음운현상이 없을 경우

  예) 머리말, 머리글, 인사말, 나무다리

- 된소리, 거센소리로 시작하는 뒷말 앞에서

  예) 위쪽, 위칸, 뒤쪽, 뒤편, 쥐뿔, 뒤풀이

- 외래어와 고유어의 결합일 경우

  예) 핑크빛, 커피값, 피자집

② 젓가락 / 숟가락

> 영수야, 라면 한 **젓가락**만 먹자.
> 이 도령은 밥을 몇 **숟가락** 뜨다가 상을 물렸다.

　㉠ **젓가락** : 이 말은 '저(箸)'와 '가락'이 결합할 때 '가락'이 [까락]과 같이 된소리로
　　　　　　나므로, 사이시옷을 받치어 '젓가락'으로 적은 것이다. 즉 합성어 형성과
　　　　　　정에 사이시옷이 첨가된 것인데 저(명사) +ㅅ(사잇소리) +가락(명사) →
　　　　　　젓가락(합성 명사)으로 분석된다.
　　　　　　　예) 물렛가락, 국숫가락
　㉡ **숟가락** : 이 말은 끝소리가 'ㄹ'인 말과 딴 말이 어울릴 적에 'ㄹ' 소리가 'ㄷ' 소리
　　　　　　로 나는 것(호전현상)은 'ㄷ'으로 적는다는 규정에 따라 표기한 것이다.
　　　　　　　예) 섯달 > 섣달, 바느질고리 > 반짇고리, 이틀날 > 이튿날

(8) 준말의 적기

　준말이란 단어의 일부분이 줄어들거나, 몇 개의 형태소가 결합할 때 일부분이 짧게
줄어드는 것을 말한다. 준말은 주로 축약되어 성립되는데, 질서 없이 아무렇게나 줄어드
는 것은 아니다.

① **되라 / 돼라**

> 할머니께서는 착한 사람이 **되라**고 말씀하셨다. (간접명령 ; 되 +(으)라)
> 우리 사회에 꼭 필요한 사람이 **돼라**. (직접명령 ; 되 +어라>돼라)

　㉠ **되** : 이 말은 동사 '되다'의 어간이므로 '되 +어, 어야, 어라, 었다 / 고, 지, 면서'
　　　　처럼 다양한 어미와 결합할 수 있다.
　　　　　예) 안 <u>되나요</u>.　열심히 하면 <u>되지</u>.
　㉡ **돼** : '되어'의 준말. 따라서 '되-' 어간에 모음 어미가 붙은 형태인 '되어, 되어야,

되어라, 되었다' 등은 '돼, 돼야, 돼라, 됐다'가 된다. 이는 '어간의 끝모음 'ㅚ'에 '-어-, -었-'이 어울려 'ㅙ, ㅙ'으로 될 적에는 준 대로 적을 수 있다'는 규정을 적용한 것이다.

　　예) 제발 사람 좀 <u>돼라</u>.　　잘 <u>돼야</u> 할 텐데.　　이제 <u>됐다</u>.

② 간편치 / 넉넉치(×)

> 이 우산은 접을 수 없어 휴대하기가 **간편치** 않아.
> 여비가 **넉넉지** 않으실 텐데 돈을 좀 드릴까요?

ㄱ 간편치 : 기본형이 '-하다'로 끝나는 단어가 다른 말과 어울려 줄 적에, 접미사 '하' 앞의 음운이 유성음(모음과 ㄴ,ㄹ,ㅁ,ㅇ)이면 '하'에서 'ㅏ'만 탈락하고 남은 'ㅎ'이 다음 음절의 첫소리와 축약되기 때문에 거센소리로 표기한다.

　　예) 적절하지 > 적절치, 무심치, 만만치, 흔치, 사임하고자 > 사임코자

ㄴ 넉넉지 : 기본형이 '-하다'로 끝나는 단어와 '-지'가 결합한 말이 줄어들 때에, 무성음 (ㄴ,ㄹ,ㅁ,ㅇ을 제외한 자음) 받침 뒤에서는 '하'가 통째로 탈락한다. 이런 경우는 준 대로 적는다.

　　예) 거북하지 > 거북지, 깨끗지, 익숙지, 넉넉지, 생각하건대 > 생각건대

(9) 기타 혼동되는 어휘 적기

① 신출내기 / 아지랭이(×)

> 이제 갓 입학한 **신출내기**가 뭘 제대로 알겠니?
> 봄이 오니 **아지랑이**가 아물거리는구나.

ㄱ 신출내기 : '초보자'란 뜻을 가진 이 단어는 'ㅣ'모음 역행동화 현상이 일어난 말은 원칙적으로 표준어로 인정하지 않되, 다만 몇몇의 단어들은 'ㅣ'모음 역행동화가 적용된 형태를 표준어로 삼는다는 규정에 따른 예이다.

예) 풋내기, 냄비, 꼬챙이, 빨갱이, 나부랭이, 조무래기, 동댕이치다

ⓛ 아지랑이 : 'ㅣ'모음 역행동화 현상이 일어나지 않은 형태를 표준어로 삼은 예이다.

예) 아기, 호랑이, 가랑이, 곰팡이, 보자기, 지팡이, 오라비, 창피하다

② 몇 월 / 며칠

> 영호야, 오늘이 **몇 월** 며칠이지?
> 독감에 걸려 **며칠** 동안 꿈쩍도 못 했는걸.

㉠ **몇 월** : '몇 년'과 '몇 월'은 합성어가 아니라서 '몇년', '몇월'로 붙여서 적을 수는 없다. 다만, 발음할 때 몇 년 > 면년(음절 끝소리규칙) > 면년(자음동화), 몇 월 > 면월(음절 끝소리규칙) > 며뒐(연음법칙)이 되어 '둘 이상의 단어가 어울릴 적에 원형을 밝혀 적는다'는 규정에 따라 각각의 형태를 살려 표기한다.

예) 몇 원, 몇 호, 몇 날, 몇 항

ⓛ **며칠** : '며칠'을 '몇 + 일'에서 온 말이라고 본다면 [며딜]로 소리가 나야 하지만, 몇일 > 몇닐(ㄴ첨가) > 면닐(음절 끝소리규칙) > 면닐(자음동화)이 된다. 이는 이 말의 어원이 '몇 + 일'의 구성이 아님을 나타낸다. 그런데 사람들은 현실적으로 [며칠]로 발음하기 때문에 어원을 밝힐 수 없는 것으로 간주해, 소리 나는 대로 '며칠'로 적는다.

(10) 기타 틀리기 쉽거나, 구별해 써야 할 어휘

알맞은 / 알맞는(×)	내로라 / 내노라(×)	나무꾼 / 나뭇군(×)
해님 / 햇님(×)	하려고 / 할려고(×)	설렘 / 설레임(×)
바람(望) / 바램(×)	예스런 / 옛스런(×)	널찍하다 / 넓직하다(×)
오랜만에 / 오랫만에(×)	올바르다 / 옳바르다(×)	연거푸 / 연거퍼(×)
끼어들기 / 끼여들기(×)	늘그막 / 늙으막(×)	뺏다 / 뺐다(×)
(게) 섰거라 / 섯거라(×)	주근깨 / 죽은깨(×)	샅바 / 삿바(×)

단출하다 / 단촐하다(×)	아귀찜 / 아구찜(×)	육개장 / 육계장(×)
앳되다 / 앳띠다(×)	메밀국수 / 모밀국수(×)	통틀다 / 통털다(×)
빈털터리 / 빈털털이(×)	메스껍다 / 메시껍다(×)	사글세 / 삭월세(×)
디뎠다 / 딛었다(×)	사귀어 / 사겨(×)	곱빼기 / 곱배기(×)

금세 / 금새	결재 / 결제	껍데기 / 껍질
두껍다 / 두텁다	안 / 않	있다가 / 이따가
부치다 / 붙이다	벌이다 / 벌리다	늘이다 / 늘리다
맞추다 / 맞히다	띠다 / 띄다	어떡해 / 어떻게
다르다 / 틀리다	빌다 / 빌리다	-로서 / -로써
-장이 / -쟁이	왠지 / 웬	너머 / 넘어
반듯이 / 반드시	개발 / 계발	안치다 / 앉히다
좇다 / 쫓다	개펄 / 갯벌	걷잡다 / 겉잡다
곤욕 / 곤혹	못하다 / 못 하다	장본인 / 주인공
지양 / 지향	한참 / 한창	홀몸 / 홑몸

덤+ 주요 외래어 표기 용례

깁스	Gips	카페	café	내비게이션	navigation
논픽션	nonfiction	난센스	nonsense	데뷔	début
도넛	doughnut	디지털	digital	리포트	report
레크리에이션	recreation	로열티	royalty	리더십	leadership
로터리	rotary	마니아	mania	바비큐	barbecue
뷔페	buffet	배터리	battery	소시지	sausage
스티로폼	styrofoam	심포지엄	symposium	알코올	alcohol
액세서리	accessory	워크숍	workshop	악센트	accent
재즈	jazz	초콜릿	chocolate	커피숍	coffee shop
파이팅	fighting	프러포즈	propose	휘슬	whistle

2) 띄어쓰기

띄어쓰기는 글의 의미를 효과적으로 파악하는 데 도움을 주는 것은 물론, 시각적인 효과를 높여 독서의 효율을 높일 수 있는 중요한 구실을 한다. 하지만 외국인뿐 아니라 우리말을 모국어로 사용하는 사람들도 「한글 맞춤법」 규정 중에서 가장 까다롭다고 여기고, 실제 많이 틀리는 부분이 바로 띄어쓰기이다.

그러면 다음 문장들에 대해 띄어쓰기를 해 보자.

---

① 나는요즘내일이없다. →
② 아기다리고기다리던개강이다. →
③ 아버지가방안에있다. →
④ 장비가마를탄다. →
⑤ 원룸-몸만들어오세요. →

여러분은 어떻게 띄어쓰기를 했는지 궁금하다. 띄어쓰기를 정확하게 하지 않으면 많은 의미 차이가 생긴다는 사실을 확인했을 것이다. 또 약간 헷갈리는 부분도 있었을 것이다. 이렇게 띄어쓰기가 어려운 것은 예외적인 경우가 많아서 예측하기가 어렵기 때문이기도 하다. 따라서 띄어쓰기를 잘할 수 있는 방법은 평소 국어사전을 자주 찾거나, 글을 읽을 때 관심을 기울여 관찰하는 습관을 들이는 것이다.

한글 띄어쓰기 원리는 '문장의 각 단어는 띄어 씀을 원칙으로 한다'(총론 제2항)고 규정돼 있다. 여기서 띄어쓰기의 기본 단위는 최소 자립어인 '단어'라는 점을 분명히 하고 있다. 그렇다면 '띄어 씀을 원칙으로 한다'는 무슨 뜻일까. 이는 명사나 동사, 형용사처럼 실질적 개념을 가진 자립어는 자연스럽게 띄어서 쓰되, 조사나 어미, 접사처럼 다른 말과 함께 해야만 기능을 발휘하는 의존적인 말들은 붙여 쓰는 것도 허용한다는 의미로 해석할 수 있다.

이런 원리에 따라 붙여 써야 하는 경우, 띄어 써야 하는 경우, 조건을 따져야 하는 경우, 붙여 쓰나 띄어 쓰나 다 허용되는 경우로 나누어 생각해 볼 수 있다.

(1) 붙여 써야 하는 경우

① 조사

조사는 하나의 단어로 취급하지만 자립성을 갖지 않아 다른 말에 붙여 쓴다.

　㉠ 조사는 앞말에 붙여 쓴다.
　　　예) 부산<u>까지</u>, 꽃<u>처럼</u>, 너<u>더러</u>, 오늘<u>따라</u>, 학생<u>이다</u>, 돈<u>보다</u>, 신통하<u>군그래</u>
　㉡ 조사가 겹치는 경우 다 붙여 쓴다.
　　　예) 학교<u>에서만이라도</u>, 집<u>에서처럼만</u>, 여기<u>까지이다</u>, 너<u>마저도</u>
　㉢ 어미 뒤에 붙는 조사도 붙여 쓴다.
　　　예) 먹으면서<u>까지도</u>, 사과하기<u>는커녕</u>, "간다"<u>라고</u>, 갈게<u>요</u>

- **주요 조사 목록** : 그려, (ㄴ)들, (ㄴ)커녕, 깨나, 나마, 더러, 마따나, 이나마, 라야만, 마는, 로부터, 으로서, 으로써,　마다, 만큼, 밖에, 야말로, 에다가, 에서부터, 이시여, 조차, 치고, 한테, (ㄴ)즉슨

② 어미와 접사

어미는 어간과 어울려 한 단어가 되기 때문에 앞말에 붙여 쓰고, 접사는 하나의 독립된 단어가 아니기 때문에 어근에 붙여 쓴다.

　㉠ 어미는 어간에 붙여 쓴다.
　　　예) 좋<u>고말고</u>, 하<u>자마자</u>, 없<u>을망정</u>, 할<u>수록</u>, 고생할<u>지언정</u>
　㉡ 접두사는 뒷말에 붙여 쓴다.
　　　예) <u>애</u>호박, <u>햇</u>곡식, <u>들</u>볶다, <u>시</u>퍼렇다, <u>깔</u>보다, <u>엿</u>듣다, <u>신</u>세대, <u>헛</u>소문, <u>맨</u>손, <u>날</u>고기, <u>대(大)</u>보름, <u>대</u>기자, <u>대</u>성공 / <u>대(對)</u>국민 사과문, 대북 전략 / <u>제(第)</u>1장, <u>제</u>3 실습실, <u>제</u>2차 세계 대전
　㉢ 접미사는 앞말에 붙여 쓴다.

예) 자연스럽다, 학생답다, 꿈틀거리다, 내일쯤, 100원어치, 견습생, 얼마짜리
　　용서하다, 착하다 / 걱정되다, 못되다, 참되다 / 멋지다, 추워지다, 그늘지다 /
　　오염시키다, 저지시키다 / 버림받다, 오해받다 / 봉변당하다, 약탈당하다

③ 성(姓)과 이름, 성과 호

성과 이름, 성과 호, 문중 등은 습관적으로 하나의 단위로 인식하기 때문에 붙여 쓴다.
　예) 홍길동, 김유신, 이퇴계, 이충무공, 최씨 문중, 의유당 김씨

　㉠ 다만, 호칭어 관직명 등은 띄어 쓴다.
　　　예) 채영신 씨, 최치원 선생, 강 군, 김 형, 박동식 박사, 퇴계 이황, 충무공 이순신
　　　　장군
　㉡ 성이 두 음절 이상이거나, 부모 두 성을 쓰는 경우에 띄어 쓰는 것도 허용한다.
　　　예) 남궁억/남궁 억, 독고준/독고 준, 황보윤/황보 윤, 김이 윤호

(2) 띄어 써야 하는 경우

① 의존 명사

의존 명사는 하나의 단어로 보아 앞말에 띄어 쓴다.
　예) 수지가 떠난 지 오래다. 아는 것이 힘이다. 나도 할 수 있다. 네가 뜻한 바를 모
　　르겠다. 먹을 만큼 먹어라. / 말할 나위 없이. 오로지 최선을 다할 따름이다. 때
　　는 오게 마련이다. 모두 너 때문이야. 내 나름대로는 열심히 했다.

다만, 다음과 같은 의존 명사는 관행으로 붙여 쓴다.

　㉠ 것 : 그것, 이것, 저것, 날것, 들것, 탈것
　㉡ 번 : 저번, 이번, 요번, 지난번, 먼젓번
　㉢ 이 : 그이, 젊은이, 늙은이, 어린이, 지은이

ㄹ 쪽 : 왼쪽, 오른쪽, 양쪽, 아래쪽, 위쪽, 동쪽, 서쪽, 남쪽

ㅁ 편 : 이편, 저편, 왼편, 오른편, 반대편, 맞은편

- **주요 의존 명사 목록** : 가량, 것, 김, 나위, 대로, 등, 듯, 딴, 리, 만큼, 분, 바, 밖, 바람, 참, 양, 노릇, 터, 즈음, 줄, 뿐, 적, 뻔, 체, 채, 만, 때문, 마련, 깐, 셈, 무렵, 이, 턱, 측, 판, 통, 편

② 단위 명사

단위를 나타내는 의존 명사는 그 앞의 수관형사와 띄어 쓴다.

예) 책 한 권, 차 한 대, 토끼 한 마리, 옷 한 벌, 한 살, 조기 한 손, 버선 한 죽, 커피 한 잔, 운동화 한 켤레, 북어 한 쾌, 연필 한 자루, 금 서 돈

ㄱ 다만, 단위 명사가 숫자나 순서와 어울릴 땐 붙여 쓰는 것도 허용한다.
- 숫자와 어울릴 경우
  예) 10 개/10개(○), 101 동 205 호/101동 205호(○), 9 월 11 일/9월 11일(○)
- 순서와 어울릴 경우
  예) 제삼 장/제삼장(○), 일 학년/일학년(○), 제1 어학실습실/제1어학실습실(○), 두 시 삼십 분 오 초/두시 삼십분 오초(○)

ㄴ 단위성 의존 명사 '번'의 띄어쓰기
- 횟수를 나타내거나 '되풀이해서'의 뜻일 때는 띄어 쓴다.
  예) 한 번, 두 번, 여러 번, 다음 번 / 꼭 한 번, 다시 한 번
- 막연하게 '한 차례', '일단'의 뜻을 나타내는 '한번'은 복합어이므로 붙여 쓴다.
  예) 우리 집에 한번 놀러 와. 집에 한번 다녀가라고 해라.

③ 관형사

관형사는 독립된 단어이므로 뒷말에 띄어 쓴다.

예) 각 가정, 그 사람, 근 열흘, 단 하루, 만 20세, 매 순간, 맨 처음, 몇 사람, 뭇 사

람, <u>웬</u> 소리, <u>전</u> 장병, <u>첫</u> 작품, <u>총</u> 인원, <u>본</u> 사건, <u>별별</u> 음식, <u>긴긴</u> 밤

④ 수(數) 표현의 말

수를 나타내는 말은 전체가 하나의 단어이지만 구별하기 쉽게 '만(萬)' 단위로 띄어 쓴다.

　예) 십이억 삼천사백오십육만 칠천팔백구십팔, 12억 3456만 7898

　ㄱ 다만, 금액을 적을 때는 변조 등을 방지하기 위해 붙여 쓰는 게 관례다.

　　예) 금액 ; 일금 오십삼만육천칠백팔십원정 ／ 돈 ; 이천삼백사십만오천원임
　ㄴ 숫자와 함께 쓰이는 '여', '몇', '수'는 숫자에 붙여 쓴다.

　　예) 10여 년, 20여 일 / 몇십 년, 몇백 명 / 수십 년, 수백 명, 수만 개

⑤ 이어주거나 열거하는 말

두 말을 이어주거나, 열거할 때 쓰는 말은 띄어 쓴다.

　예) 국장 겸 과장,　열 <u>내지</u> 스물,　청군 대 백군,　이사장 및 이사들
　　책상 걸상 <u>등</u>이 있다.　사과 배 귤 <u>등등</u>,　사과 배 <u>등속</u>,　부산 광주 <u>등지</u>

(3) 조건을 따져야 하는 경우

다음과 같은 말들은 형태는 같지만 문장 안에서의 기능을 고려해 띄어 쓰거나, 붙여 쓰기를 해야 한다.

① 조사인지 의존 명사인지

　ㄱ 뿐

- 체언 뒤에서 '다만, 오직'의 뜻으로 한정을 나타낼 때<조사>

　예) 너 하나뿐이다.　합격의 지름길은 실력뿐이다.
- 용언의 관형사형 뒤에서 '따름'의 뜻을 나타낼 때<의존 명사>

　예) 단지 피곤할 뿐이다.　수지는 울기만 할 뿐 아무 말이 없었다.

ⓛ 대로

- 체언 뒤에 붙어서 '달라짐 없이'란 뜻을 나타낼 때<조사>

  예) 너는 너대로 나는 나대로 갈 길 가자.   법대로 해라.

- 용언의 관형사형 뒤에서 '그와 같이'란 뜻을 나타낼 때<의존 명사>

  예) 아는 대로 쓰시오.   예상했던 대로 문제가 어려웠다.

ⓒ 만큼

- 체언 뒤에 붙어서 '그런 정도로'의 뜻을 나타낼 때<조사>

  예) 나도 너만큼 할 수 있다.   하늘만큼 땅만큼

- 용언의 관형사형 뒤에서 '그런 정도로', '실컷'의 뜻을 나타낼 때<의존 명사>

  예) 노력한 만큼 얻는다.   먹을 만큼 먹어라.

ⓔ 만

- 체언에 붙어 한정, 비교의 뜻을 나타낼 때<조사>

  예) 하나만 알고, 둘은 모른다.   너만 못하다.

- 경과한 시간을 나타낼 때<의존 명사>

  예) 이게 얼마 만인가.   고향을 떠난 지 3년 만에 돌아왔다.

② 의존 명사인지 어미인지

㉠ 지

- 경과한 시간을 나타낼 때<의존 명사>

  예) 그를 만난 지도 한 달이 지났다.   학교에 간 지 반나절 만에 돌아왔다.

- 막연한 의문을 나타낼 때<어미>

  예) 자취방이 큰지 작은지 모르겠다.   술을 마셨는지 정신이 없더라.

㉡ 데

- '장소, 경우, 일, 것'의 뜻을 나타낼 때<의존 명사>

  예) 아이들이 놀 데가 없다.   머리가 아픈 데 먹는 약이다.

  그를 설득하는 데 며칠이 걸렸다.   문제는 부채가 급증한다는 데 있다.

- '그런데'의 뜻으로 사실을 미리 말하거나, 상황을 언급할 때<어미>

  예) 키는 큰데 몸이 허약하다. 할머니가 너를 부르시던데.

ⓒ 듯(이)

- 용언의 관형형 어미 아래서 쓰일 때<의존 명사>

  예) 동지 섣달 꽃 본 <u>듯이</u>, 민수는 합격 소식을 듣고 뛸 듯이 기뻐했다.

- 어간 뒤에 붙어서 앞의 내용과 거의 같음을 나타낼 때<어미>

  예) 구름에 달 가<u>듯이</u>, 식은 죽 먹<u>듯</u>, 철수는 뛰<u>듯이</u> 걸어갔다.

ⓔ 바

- 어떤 일이나 방법, 형편 따위를 나타낼 때<의존 명사>

  예) 네가 느낀 <u>바</u>를 말해라. 너무 기뻐서 어찌할 <u>바</u>를 몰랐다.

- 뒤의 절에서 어떤 사실을 말하기 위해, 과거 상황을 제시할 때<어미>

  예) 서류를 검토한<u>바</u> 몇 가지 미비점이 발견됐다.

     금강산에 가 본<u>바</u> 과연 절경이더군.

ⓜ 망정

- 괜찮아진 상태나 잘된 일이라는 뜻으로 쓰일 때<의존 명사>

  예) 내가 옆에 있었으니까 <u>망정</u>이지 하마터면 큰일 날 뻔했어.

- 앞의 사실을 인정하고 뒤에 그것과 대립되는 사실을 이어 말할 때<어미>

  예) 없이 살<u>망정</u> 구걸은 하지 않았다. 산골에 살<u>망정</u> 세상 물정은 잘 안다.

③ 의존 명사인지 접미사인지

ⓐ 간

- 거리나 관계를 뜻할 때<의존 명사>

  예) 서울 부산 <u>간</u> 열차, 부모 자식 <u>간</u>에도 예의를 지켜야 한다.

- '동안'의 뜻이거나, 관계를 나타내지만 굳은 말일 때<접미사>

  예) 사흘<u>간</u>, 십여 년<u>간</u>, 대학 4년<u>간</u>의 학업을 통해

     부부간, 사제간, 동기간, 남녀간, 고부간, 상호간, 피차간, 다소간

ⓒ 들

- '그런 따위', '그 밖의 것이 또 있음'의 뜻을 나타낼 때<의존 명사>

예) 쌀, 보리, 콩, 조, 기장 들을 오곡이라 한다.

여름철 과일에는 수박, 참외, 복숭아, 자두 들이 있다.

- 한 단어에 결합하여 복수를 나타낼 때<접미사>

예) 학생들, 여성들, 사람들, 나무들, 짐승들

(4) 붙여 쓰나, 띄어 쓰나 다 허용되는 경우

띄어 쓰는 것을 원칙으로 하되, 편의상 붙여 쓰는 것도 허용되는 경우이다.

① 단음절로 된 단어가 연이어 나타날 때

단음절어가 연이어 나올 때 통어적인 면에서 문제가 없다면 붙여 쓸 수 있다.

예) 그 때 그 곳/그때 그곳(○), 좀 더 큰 것/좀더 큰것(○), 한 잔 술/한잔 술(○),

꽤 큰 집/꽤 큰집(○)/꽤큰 집(×)

② 보조 용언

본용언과 보조 용언은 띄어 씀을 원칙으로 하되, 경우에 따라 붙여 쓸 수 있다. 여기서 말하는 보조 용언은 '-아/-어' 뒤에 연결되는 것과, 의존 명사에 '-하다'나 '-싶다'가 붙어서 된 것을 가리킨다.

예) 불이 꺼져 <u>간다</u> / <u>꺼져간다</u>. 어머니를 도와 <u>드린다</u> / <u>도와드린다</u>. 비가 올 <u>듯하다</u> / <u>올듯하다</u>. 그 일은 할 <u>만하다</u> / <u>할만하다</u>. 일이 될 <u>성싶다</u> / <u>될성싶다</u>. 잘 아는 <u>척 한다</u> / <u>아는척한다</u>.

ⓐ 보조 용언으로 다루는 '-어지다', '-어하다'는 언제나 붙여 쓰는 것만 가능하다.

예) 이루어지다, 만들어지다, 예뻐하다, 미안해하다, 행복해하다

ⓑ 다만, 다음과 같은 경우는 붙여 쓰는 것이 허용되지 않는다.

- '-아/-어' 뒤에 '서'가 줄어진 형식인 경우 → 띄어 씀

예) 고기를 잡아(서) 본다(잡아본다×). 사과를 깎아(서) 드린다(깎아드린다×).

- 의존 명사 뒤에 조사가 붙는 경우 → 띄어 씀

    예) 아는 체를 한다(아는체를한다×).   비가 올 듯도 하다(올듯도하다×).

- 앞 단어가 합성 동사인 경우 → 띄어 씀

    예) 밀어내 버렸다(밀어내버렸다×).   잡아매 둔다(잡아매둔다×)

③ 전문 용어나, 성명 이외의 고유 명사

예) 만성 골수성 백혈병/만성골수성백혈병(○), 청소년 보호법/청소년보호법(○)

동아 대학교 취업 정보실/동아대학교 취업정보실(○)

3) 바른 문장 쓰기

문장(sentence)은 우리의 감정이나 생각을 완결된 내용으로 표현하는 최소의 언어 단위이다. 문장 하나하나가 모여서 하나의 완성된 글을 이루게 된다. 이때 내용이 충실해야 함은 말할 것도 없거니와, 바른 문장 표현은 글의 기본이 된다. 문장을 바르게 쓰지 못하면 글의 내용을 제대로 드러낼 수 없게 되고, 결국 글쓴이의 생각을 정확하게 전달할 수 없기 때문이다.

그렇다면 바른 문장이란 어떤 것일까. 이 물음에 대한 대다수 사람들의 대답은 의외로 간단하다. 쉽게 이해되는 문장이라는 것이다. 한 번 읽어서 어휘, 어법, 표현 면에서 금방 이해할 수 있는 문장인 셈이다. 따라서 바른 문장이 갖춰야 할 조건은 어법을 잘 지켜 정확해야 하고, 의미 해석이 명료하며, 구조가 간결해야 한다는 점을 꼽을 수 있다.

이제 잘못된 유형의 문장 분석을 통해 바른 문장 쓰는 법을 하나하나 익힌다.

(1) 정확한 문장 쓰기

정확한 문장을 쓰기 위해서는 문법성과 적절성이라는 두 가지 요소를 고려해야 한다. 문법성이란 문장 성분의 결합 과정에서 어긋나는 점은 없는가 하는 것이며, 적절성은 표현의도가 잘 드러나고 있는가 하는 문제다. 이런 점에서 문장 필수 성분의 기능과 호응관계 등을 잘 따져서 써야만 정확한 문장이 된다.

① 문장의 필수 성분을 함부로 생략해선 안 된다

> ㉠ 법학전문대학원(로스쿨) 입학 기준을 살펴보면 우선 ∧ 전공과는 무관
> 하게 4년제 정규 대학교를 졸업해야 한다.
> ㉡ 수지는 자신이 이기적인 줄 알면서도 남에게는 ∧ 듣기 싫어한다.
> ㉢ 신은 인간을 사랑하기도 하지만, ∧ 시련의 고통을 주기도 한다.

우리말의 여러 특징 가운데 하나는 주어의 생략이 비교적 자유롭다는 것이다. 그러나 상황을 고려하지 않은 문장 성분의 생략은 문맥의 흐름을 손상시켜 의미 전달에 장애가 된다는 점을 유의하자. 예문㉠에서는 누가 졸업해야 하는지 주체가 생략돼 있다. 내용으로 미루어 로스쿨 입학을 희망하는 '지원자들은'이란 주어를 넣어야 자연스러운 문장이 된다. ㉡예문에서는 목적어가 생략되어 전체적으로 어색하다. 따라서 '남에게는' 뒤에 '그런 말을'과 같은 목적어를 넣어주면 된다. ㉢예문은 서술어 '주다'와 호응하는 부사어가 생략되어 어색한 문장이 되었다. 그러므로 부사어 '인간에게'를 첨가해 '신은 인간을 사랑하기도 하지만, 때로는 인간에게 시련의 고통을 주기도 한다'로 고치면 매끄러운 문장이 된다.

② 문장 성분들이 서로 호응하는지 확인한다

> ㉠ <u>중요한 것</u>은 개인과 사회는 서로 균형을 <u>이루어야 한다</u>.
> ㉡ 그림을 멋있게 <u>보이려면</u> 검푸른 초록 나무는 꼭 있어야 합니다.
> ㉢ 사람은 <u>모름지기</u> 열심히 <u>공부한다</u>.
> ㉣ 나는 <u>꾸준히</u> 젊은 사람 못지않은 봉사활동에 <u>매진하였다</u>.

한 문장 안에서 특정한 말 뒤에는 특정한 말만이 와야 하는 제약적 쓰임을 문장 호응이라고 한다. ㉠예문의 주어 '중요한 것'과 서술어 '이루어야 한다'의 호응이 어색하므로 '이루어야 한다는 것이다'로 고치는 게 적당하다. 참고로 '관형어 +주어(은/는)' 구문의 특정한 서술어 형태는 '−는 것이다, −는 사실이다, −는 점이다'와 호응한다. 예문㉡에서는 서술어 '보이다'가 '그림을'을 목적어로 선택하고 있는데 '보이다'는 '보다'의 피동사이므

로 '그림을'을 '그림이'로 바꿔야 자연스럽다. ⓒ예문에서 부사 '모름지기'는 '−해야 한다'와 호응하므로 서술어를 '공부해야 한다'로 수정하는 게 적당하다. 이처럼 부사어에는 구조상 특정한 표현 형태하고만 호응하는 서술어의 제약이 따르는 것이 많다. 예문ⓐ은 수식어와 피수식어가 멀리 떨어져 있어 수식하는 범위가 모호해진 경우다. 부사어 '꾸준히'가 '젊은'을 수식하는 것처럼 보여 어색하므로 '꾸준히'를 서술어 '매진하였다' 앞으로 옮겨야 이해하기 쉬운 문장이 된다.

③ 조사, 어미는 올바로 사용해야 한다

> ㉠ 정부는 독도 영유권 문제에 대하여 <u>일본에게</u> 강력히 항의하였다.
> ㉡ 국가 <u>경쟁력의 토대 중의</u> 하나는 기술력이다.
> ㉢ 오늘은 나들이하기에 <u>알맞는</u> 날씨다.

조사와 어미는 교착어(첨가어)로 분류되는 우리말의 문법적 특징을 잘 보여준다. 그러나 이 말들이 갖는 특성을 잘못 이해하고 글을 쓰는 경우가 의외로 많다. 예문㉠에서 조사 '에게'는 사람·동물과 같은 유정 명사 다음에, 조사 '에'는 무생물이나 단체 등과 같은 무정 명사에 붙는다. 따라서 '일본에 강력히 항의하였다'로 고쳐야 한다. ㉡예문에서는 조사 '의'를 연속 사용해 어색해진 경우이므로 둘 중 하나를 바꿔 중복 사용하지 않는다. 따라서 '토대 중의'를 '토대를 이루는 것 가운데'로 고치는 게 적당하다. 예문㉢에서 형용사는 본질적으로 시간적인 움직임과 무관하므로 과거와 현재의 구분을 나타내는 표현은 불필요하다. 따라서 '알맞다'는 형용사이므로 '알맞는'을 '알맞은'으로 고쳐야 맞다. 이처럼 활용형뿐만 아니라 문장의 종결 표현, 시제, 접속 등이 어미들에 의해 표현되는 만큼 이들의 사용에는 주의를 기울여야 한다.

(2) 명료한 문장 쓰기

전달하려는 내용이 분명히 드러나야 좋은 문장이다. 이를 위해 적합한 단어를 사용했는지, 문장 성분들이 논리적으로 연결되었는지, 의미가 모호하지는 않은지 등을 고려해야 한다.

① 문장 내용에 적합한 단어를 써야 한다

> ㉠ 우리들의 <u>피로 회복</u>에는 충분한 휴식이 최고야.
> ㉡ 손님 여러분! 먹다 남은 <u>쓰레기</u>는 꼭 가지고 차에서 내리시기 바랍니다.
> ㉢ 유럽 발 금융 위기의 영향으로 세계 경제 상황이 <u>굉장히</u> 나쁘다.

약국이나 편의점에 가면 피로를 풀 수 있는 음료수나 간에 좋다는 '피로 회복제'를 판다. 관행으로 쓰는 말이지만 잘못된 것이다. '회복'이 되찾는다는 뜻이니 예문㉠의 '피로 회복'은 '피로를 되찾는다'는 의미가 된다. 따라서 피로를 풀어 없앤다는 의미의 '피로 해소'나 잃어버린 기운을 되찾는다는 뜻의 '원기 회복'이 더 적합한 단어다. 예문㉡에서도 손님이 '쓰레기'를 먹은 것이 아니므로 '쓰레기'를 '음식물'로 고쳐야 자연스러운 문장이 된다. ㉢예문에서도 '굉장히'라는 말은 '아주 크고 훌륭하거나 대단하게'란 뜻을 가진 단어이므로 규모가 작고 변변치 못한 부정적 상황과는 어울리지 않는다. 따라서 '아주'나 '매우'와 같은 말로 바꿔 '경제 상황이 매우 나쁘다' 수정하면 더 자연스럽다.

② 문장 성분이 잘 연결되었는지 확인한다

> ㉠ <u>학문 연구와 교양을 쌓는 데는</u> 독서가 최선의 방법이다.
> ㉡ 경기 내용 면에서 <u>불확실한 패스웍과 조직력이 뛰어나지 못하다.</u>
> ㉢ 방학이 시작되자마자 농촌 봉사활동의 사전준비로 바쁜 나날을 <u>보냈으며</u>, 생생한 삶의 현장에서의 체험도 잊을 수 없다.

예문㉠은 두 개 이상의 문장을 하나로 이을 때, 두 문장의 구조가 통일된 의미를 가지면서도 문법적으로 대등한 관계가 되도록 해야 한다는 조응 규칙을 위반한 경우다. 따라서 '학문 연구와'를 '학문을 연구하고'로 고쳐야 한다. ㉡예문에서도 명사구와 서술부가 연결되어 동일 범주의 접속 원리가 지켜지지 않았다. 그러므로 '패스웍이 불확실하고'로 고치는 게 적당하다. 또한 문장들을 연결시킬 때는 이들의 논리적·인과적 관계에 따른 접속어의 다양한 쓰임새를 정확히 알고 써야 한다. 그래야만 문장 의미를 제대로 드러낼 수 있다. ㉢예문은 두 절의 관계가 논리적으로 맞지 않아 생기는 문제다. '농촌 봉사활동을 위한 사전 준비와 현장 체험을 잊을 수 없다'는 뜻이므로 접속 어미 '-으며'는 논리상 맞지 않다. 따라서 '첨가'를 나타내는 접속어 구문 '-뿐만 아니라 -도'를 활용해 '방학이 시작되자마자 농촌 봉사활동을 준비하느라고 바쁜 나날을 보낸 것뿐만 아니라, 봉사활동을 하는 동안 생생한 삶의 현장을 체험한 것도 잊을 수 없다'로 고치는 게 자연스럽다.

③ 중의성(ambiguity)을 띤 문장은 아닌지 여부를 확인한다

> ㉠ 농촌 총각과 섬 처녀는 결혼하기 어렵다.
> ㉡ 엔진은 소음을 내면서 정지하는 자동차에서 분리되었다.
> ㉢ 아름다운 새들의 노래 소리가 들려온다.
> ㉣ 순이는 손에 커플링을 끼고 있는데, 그것을 감추려고 한다.

예문㉠은 접속 조사 '와/과'로 묶이는 병렬 구문의 모호성 때문에 두 가지 해석이 가능한 경우이다. 단순히 단어 접속에 의한 구조로 본다면 '농촌 총각과 섬 처녀는 결혼하여 부부가 되기 어렵다'의 뜻이고, 문장 접속으로 본다면 '농촌 총각도 결혼하기 어렵고, 섬 처녀도 결혼하기 어렵다'는 의미가 된다. ㉡예문은 소음을 일으킨 주체가 엔진인지 자동차인지 불분명하다. 따라서 '엔진이 소음을 내면서 분리되었다'고 해석할 수도 있고, '자동차가 소음을 내면서 정지했다'고 해석할 수도 있는 문장이다. ㉢예문은 수식어 '아름다운'이 '새'를 꾸미는지 '노래 소리'를 꾸미는지가 분명하지 않아 모호하다. 즉 '새들의 아름다운 노래 소리가 들려온다'와 '아름다운 새들이 부르는 노래 소리가 들려온다'처럼 두 가지 해석이 가능하다. 이런 중의성을 해소하기 위해서는 어순을 바꾸거나 반점(,)을 사용하면 된다. 예문㉣도 '그것'이 '커플링'을 가리키는지 '커플링을 끼고 있는 사실'을 가리키는지 불분명한 중의성을 띠고 있다.

(3) 간결한 문장 쓰기

모호한 문장 종결이나 군더더기 표현은 독자를 지루하게 만든다. 우리말은 중요 의미 정보의 초점이 서술어에 있기 때문에 정확한 문장 종결 표현이 필요하다. 무엇보다 장황하고 긴 문장보다는 간결체의 짧은 문장이 이해하기도 쉽고 오랫동안 기억에 남는다. 따라서 한 문장 안에는 한 가지 내용만을 담는 게 좋다. 복잡한 내용을 전달하기 위해 다소 긴 문장을 쓸 경우에도 200자 원고지 기준으로 3줄(60자)을 넘지 않도록 한다.

① 같은 의미의 어휘를 중복 사용하지 않는다

> ㉠ 올림픽에서 한국 축구의 동메달 획득은 <u>미리 예견된</u> 것이었다.
> ㉡ 학생회 기구 개편 안건은 <u>과반수 이상</u>의 찬성표를 얻었다.
> ㉢ <u>자유</u>란, 다른 사람에게 구속을 받지 않는 <u>상태가 자유이다.</u>

예문㉠에서 '예견(豫見)'의 '豫'는 '미리'라는 뜻을 가지고 있으므로 의미가 중복된 표현이다. 따라서 '미리'라는 말을 빼고 그냥 '예견된 것이었다'로 수정하면 된다. 마찬가지로 예문㉡에서 '과반수'의 '과(過)'와 '이상'이 중복된 말이므로 '과반수의 찬성표를 얻었다'로 고치면 된다. ㉢예문에서는 '자유'라는 단어를 반복해 사용함으로써 어색한 문장이 되었다. 이럴 경우 중복되는 단어를 다른 말로 바꾸면 되는데, 여기서는 서술부 '상태가 자유이다'를 '상태를 말한다'로 고치면 자연스럽다. 이처럼 한 문장 안에 같은 단어나 구절이 반복되면 읽기 불편하고 지루하므로 피하는 게 좋다.

- **중복 표현의 예** : 방학 기간 동안, 뼛골, 처갓집, 옥상 위, 꿈 해몽, 가까운 근방, 남은 여생, 이름난 명산, 낙엽이 떨어지다, 쓰이는 용도, 따뜻한 온정, 대관령 고개, 푸른 창공, 날조된 조작극, 서로 상충, 청천 하늘, 실내 체육관, 같은 동포, 새 신랑

② 모호한 문장 종결 표현은 쓰지 않는다

> ㉠ 학과 선배들과 좋은 관계를 유지하는 것도 <u>중요한 것 같다.</u>
> ㉡ 이 책이 젊은 독자들에게 좋은 지침서가 되기를 <u>바라마지 않는다.</u>
> ㉢ 정치인들의 대국민 사과에 대해 진정성을 <u>의심하지 않을 수 없다.</u>

우리말에는 '-인 것 같다, -처럼 보인다, -라고 본다, -이 아닐까 싶다, -라고 여겨진

다, -라고 생각한다, -일 것이다, -마지 않는다, -하지 않을 수 없다'처럼 자기 확신이 없거나 불확실한 상황을 표현하는 종결어미가 많다. 이런 표현들은 신선함이나 독창성이 없어 독자들이 식상해하므로 간단명료하게 쓰는 습관을 들이자. 예문㉠은 자신의 주관적 심정이나 판단을 표현할 때 적절하지 않기 때문에 그냥 '~ 중요하다'로 고치면 된다. 예문 ㉡, ㉢도 각각 '~ 바란다', '~ 의심하게 된다'로 수정하면 이해하기 쉽다.

③ 우리말답지 않은 표현은 쓰지 않는다

> ㉠ 방학 때 총력을 경주하여 브라운 톤에 포커스를 맞춘 조각 작품을 완성했다.
> ㉡ 일이 잘 진행되어지고 있다. / 한 곳으로 힘을 결집시켜야 한다.
> ㉢ 인간관계에서 믿음의 중요성은 아무리 강조해도 지나치지 않다.
> ㉣ 우리는 청소년들에 대하여 많은 관심을 기울이고 있다.

예문㉠은 어려운 한자어와 외래어를 과도하게 사용해 국적 불명의 문장이 된 경우다. '총력을 경주하여'는 '온 힘을 다해'로 고치면 무난하고, '브라운 톤에 포커스를 맞춘'은 '갈색 계통에 중점을 둔'으로 고치면 자연스럽다. 가능하면 우리말로 표현하는 습관을 들이자. 또 우리말이 능동문 중심의 언어인데도 피동 표현으로 쓴다거나, '-하다'가 붙는 일부 타동사(결집하다, 소개하다, 가동하다, 교육하다 등)에 쓸데없이 '-시키다'를 붙여 사동 표현으로 나타내는 예를 자주 본다. 이런 표현은 행위의 주체가 잘 드러나지 않아 뜻이 모호해지고 글의 힘이 떨어진다. ㉡예문에서 '진행되어지고'는 이중피동을 썼는데 그냥 '진행되고'로 고치면 자연스럽다. '결집시켜야 한다'는 '결집해야 한다'로 간결하게 표현하면 된다. 예문㉢, ㉣은 외국어 번역투의 표현이다. 외국어의 서술 방식을 그대로 옮긴 '-에 있어서, -에 다름 아니다, -에 값한다, -에 가름한다' 따위는 일본어의 영향을 받은 표현이다. 영어식 표현도 자주 보게 되는데 '-이 요구된다, -에도 불구하고, -를 갖는다, 아무리 -해도 지나치지 않다' 등과 같은 상투적 구문은 쓰지 않는 게 좋다. ㉢예문에서 '아무리 강조해도 지나치지 않다'는 '두말할 필요(나위)도 없다'로 수정하면 무난하고, ㉣예문은 '청소년들에게 많은 관심을 두고 있다'로 고치면 자연스러운 문장이 된다.

참고문헌

국립국어원(2010), 바른국어생활－국어문화학교 교재.
국어작문교재편찬위(2009), 사고와 표현, 충남대출판부.
김경훤 외(2012), 창의적 사고 소통의 글쓰기, 성균관대출판부.
김영선 외(2007), 글쓰기, 동아대출판부.
김영선(2008), 국어정서법, 세종출판사.
정재영(2009), 국어실용문법, 에듀넷.
한림대 우리글상담소(2011), 대학생을 위한 글쓰기 강의, 박이정.

01 간판, TV자막, 신문 등에서 잘못 쓴 말을 찾아 바르게 고쳐 보자.

발견 장소	발견 일시	잘못 쓴 말	고친 말

02 다음 문장의 괄호 안에서 바르게 표기한 말을 골라 보자.
❶ 삼돌이는 장인어른에게 (넙죽 / 넙쭉) 절을 했다.
❷ 오늘따라 하늘에 (구름양 / 구름량)이 유난히 적다.
❸ 이 자료는 부산시의 인구 분포를 (년도별로 / 연도별로) 조사한 것이다.
❹ 이 음료는 (간 / 갈은) 토마토로 만들었다.
❺ 아버지는 경운기에 배추를 가득 (싣고 / 실고) 읍내로 나가셨다.
❻ 입장권이 필요하신 분은 안내원에게 (문의하십시오 / 문의하십시요).
❼ 집을 나서기 전에 현관문을 꼭 (잠가라 / 잠궈라).
❽ 수지는 성격이 (까다로와서 / 까다로워서) 친구가 별로 없다.
❾ (윗어른 / 웃어른)은 윗목에 앉아 계신다.
❿ 오늘 (뒤풀이 / 뒷풀이)는 어디서 할까?

03 다음 문장에서 맞춤법이 잘못된 것을 바로 고쳐 보자.
❶ 우리는 곧 산 넘어에 있는 마을로 가야 한다.
☞ ....

❷ 오늘 이 자리를 빌어 심심한 감사의 말씀을 드립니다.
☞ ....

❸ 우리 대학은 어제부터 중간고사를 치뤘다.
☞ ....

❹ 부모님의 바램은 내가 빨리 취업하는 것이다.

☞

---

❺ 그 자리는 경노석이니 앉지 마세요.

☞

---

❻ BIFF 개막식에는 국내외의 내노라하는 스타들이 많이 참석한다.

☞

---

❼ 예전에 갑돌이와 갑순이가 서로 사겼대.

☞

---

❽ 나는 네가 야구장에 가던지 말던지 상관하지 않겠다.

☞

---

❾ 할 말이 있으면 서슴치 말고 하세요.

☞

---

❿ 민수야, 이렇게 늦게 오면 어떻해?

☞

---

04 다음 문장에서 띄어 쓸 곳을 띔표(∨)로 표시하자.

❶ 영희뿐만아니라철수도뛸듯이기뻐했다.
❷ 지금은때를기다리는수밖에없다.
❸ 일이이렇게된데에는너에게도책임이있다.
❹ 수지는사과는커녕오히려화를냈다.
❺ 쉬운일일거라생각한게오산이야.
❻ 할머니가우리곁을떠난지3년됐다.
❼ 너는너대로그때그곳에서본대로들은대로정직하게말해야한다.
❽ 띄어쓰기는붙여쓰고붙여쓰기는띄어쓴다.
❾ 울산에가려면한시간내지두시간이걸린다.
❿ 모두들구경만할뿐누구하나거드는이가없었다.

05 다음 예문을 정확하고 자연스러운 문장이 되도록 고쳐 보자.

❶ 원자력은 발전 비용이 적게 들고 수명이 길며, 지구 온난화의 원인이 되는 탄산가스의 배출이 없다.

☞

---

❷ 나는 건강관리를 위해 주중에는 헬스를, 주말에는 금정산을 오른다.

☞

❸ 이 열차에는 안내원이 없으므로 여러분께서는 유의하시기 바랍니다.

☞

❹ 내가 살고 있는 동네는 예전에는 농촌이었던 곳이었다.

☞

❺ 롯데는 승리의 축배를 터뜨렸다.

☞

❻ 최신 스마트폰의 가격이 고가이기 때문에 중학생 아들의 입학선물로 준비하기에는 적 잖은 부담이 따랐다.

☞

❼ 부정 선거를 막기 위하여 미리 대책이 마련되어져야 한다.

☞

❽ 때 늦은 눈이 내리는 날, 안경 낀 키가 보통인 한 남자가 걸어가고 있었다.

☞

❾ 손쉽게 분해가능토록 되어 있으며 내부 청소 시 편리합니다.

☞

❿ 긴 문장을 대하다 보니 독자들은 주체 못할 호흡으로 숨이 가빠지거니와 여러 정보를 한꺼번에 접함으로써 종국에는 무슨 이야기를 읽었는지조차 헷갈리게 되어 독자들을 끌어 모아도 시원찮은 판국에 오히려 글의 긴장감을 떨어뜨리고 있으니 완성도로 따지자면 낙제점에 가까운 글이다.

☞

학 번:		학과(부) :
강의시간:	요일 교시	이 름:

소통 능력이 중시되고 있는 시대이다. 말 잘 하는 사람이 성공한다는 목소리가 높고 또 한편에서는 잘 듣는 사람이 성공한다고 말한다. 소통이라는 것은 한 사람만의 일방적인 행위가 아니므로 잘 듣고 잘 말하는 데 답이 있는 것은 사실이다. 그런데 소통 능력을 단순히 성공을 위해 필요한 능력으로 한정 지워서는 안 된다. 소통의 진정한 목적은 나와 너를 알고 더불어 사는 사회를 만들기 위한 것이다. 따라서 먼저 인간에게 말하기는 어떤 의미가 있는지, 듣기는 얼마나 중요한 것인지에 대해서 생각해보아야 할 것이다.

1) 말이란 무엇인가

말은 생각에서 나왔고, 생각은 삶에서 나왔다는 이오덕 선생님의 말, 언어는 존재의 집이라는 하이데거의 말처럼 말이라는 것은 그 사람의 존재, 삶을 그대로 담고 있다. 따라서 다양한 강연을 듣고 관련 서적을 읽으며 말하고 듣는 기술을 익히는 것만으로 소통 능력을 키우는 데에는 한계가 있다. 아무리 화려한 기교를 가지고 유창하게 말을 하더라도 그것이 말하는 사람의 삶과 일치되지 않는다면 그 말의 진정성은 의심스러울 수밖에 없다. 또한 그럴듯하고 매끄러운 말이더라도 진심이 들어있지 않다면 그 말은 공허하게 들릴 수밖에 없다.

듣는 것도 마찬가지이다. 조용히 듣고만 있다고 해서 잘 듣는 것은 아니다. 듣는 행위도 마음을 내어주는 행위이다. 형식적 듣기로는 제대로 들을 수 없다. 진심으로 상대의 말에 공감하거나 이해하며 수용해야 진정한 듣기가 되기 때문이다. 이 역시 그 사람의 삶의 태도가 작용하는 문제이지 기술이 우선인 것은 아니다.

그러므로 우리는 말하기나 듣기의 기술을 배우기 이전에 사람에게 말이라는 것이 무엇인가, 어떻게 진실한 말은 생겨나는 것이며, 진실하게 듣는 것이 가능해지는가를 먼저 생각해야 할 것이다. 다음 예문을 통해 표면으로 나타나는 말의 깊은 심연에 대해 생각해 보자.

바다 위에 떨어진 햇살은 물결을 황금비늘처럼 세운다. 빛살의 파편들은 끊임없이 해안으로 우주의 신비를 실어 나른다. 그 물비늘은 삶을 설레게 한다. 허나 우리는 그 아래 얼마나 깊은 심연이 있는지 아는 걸까. 그 반짝임은 심연에서 걸어 나온 파문과 진동이다. 심연은 얼마나 먼데서 얼마나 먼 시간을 흘러온 것일까. (중략)

일상도 그렇다. 우리가 누리는 삶의 표면, 그 순간순간은 실지 영혼의 거대한 심연에서 비롯된다. 세태가 워낙 거칠어서 우리는 진정한 삶의 근원을 감지하지 못한다. 우리는 심연을 잃어버린 시대를 산다. 심연이 없이도 어디든 흘러갈 수 있다고 함부로 믿어버리고 마는 것이다. 입은 우리 심연의 출구이다. 말은 영혼의 심연에서 길어 올리는 물비늘이며, 언어현실은 심연을 그대로 보여주는 게 아닐까. 하여 말의 현장은 시대를 들여다보는 현미경이 된다. 가는 데마다 함부로 된 말들, 거친 말들, 거짓의 말들, 매끄러운 말들이 난무한다. 표피적이며 속도적인 목소리들이 사방에 넘치지만, 거기엔 진실도 진실에 대한 의지도 없다. 어떤 다양함을 내세워도 이는 소통이 되지 못하고, 사회는 우울하다.

(중략) 물질이 들어가지만 정신이 나오는 입. 거기에 우리의 미래가 달려있지 않을까. 우리에게 심연이 있다는 건 결국 인간은 영성적인 존재라는 말과 같다. 입은 정신이 나오는 곳인 것이다. 하나님이 천지를 말씀으로 창조하신 걸 보면 말은 곧 생명이고 숨결이다. 인류의 장구한 역사는 입으로 전해졌다. 따뜻한 목소리들로 전해져온 아름다운 전설과 신화들, 인류는 말을 통한 상상력으로 문명을 건설해온 것이다.

옛말에 천사와 악마의 차이는 그 외양에 있는 것이 아니라, 그 말에 있다고 하였다. 입술의 언어가 우리를 괴물이 되게 하거나 인간이 되게 한다. 한 마디로 우리를 인간답게 하는 것은 입술의 언어에 있다. 모든 말은 현재성을 가지고 우리를 표현한다. 입과 입속의 말은 그만큼 모든 삶과 정신의 척도인 것이다. 그래서 우리 몸에서 혀는 가장 길들이기 어려운 부분이었고, 선지자들도 입에 파수꾼을 세워달라고 하지 않았던가.

―김수우, 「입의 문화, 말의 심연」(함석헌평화포럼, 2011. 9. 14)

말이 '모든 삶과 정신의 척도'라는 말은 우리가 함부로 하는 말을 되돌아보게 한다. 글은 최종 제출 전에 여러 차례 수정할 수 있지만 말은 그렇지 않다. 말은 한 번 입에서 떨어지면 되돌릴 수 없는 성질을 가졌다. 한 번 입에서 떨어진 말은 그의 특유한 창조적인 힘을 발휘한다.(이규호, 2005) 그 창조적 힘은 긍정적 파장을 가지고 오기도 하지만 어떤 상황을 파국으로 몰고 가기도 한다. 그러므로 말은 더 신중히 해야 하는 것이다. 연설이나 발표는 여러 번 연습 후 말하는 것이 가능해 실수를 덜 하게 되겠지만 그때마저도 우연히 언어습관은 드러날 수 있다. 인식하지도 못하는 사이에 툭 튀어나와버리는 말, 이 말에서 말하는 사람의 무의식이 드러나기도 하고 생활 태도, 그 사람의 성격이나 인생이 드러나기도 한다. 잘 만들어온 관계가 한 마디 말 때문에 금이 가기 시작하는 경우는 허다하다. 말에 진심을 담는 일은 그래서 중요하고 이것은 그 사람의 삶이 바르게 서야만 가능해지는 것이다.

그런 의미에서 말을 잘 하기 위해서는 우선 자신을 돌아볼 필요가 있다. 다른 사람과의 소통을 위해서는 자신과의 소통이 먼저 이루어져야 할 것이다. 자신과 자신의 생각을 잘 알아야 남의 생각을 이해하고 받아들이거나 반박할 수도 있는 것이다. 사람들마다 자신이 생각하는 자기의 모습이 있고, 다른 사람이 보는, 스스로는 몰랐던 자신의 모습이 있다. 다른 사람들이 나에 대해 하는 말을 전적으로 수용해야 하는 건 아니지만 거부만 한다면 소통은 이루어지지 않을 것이다. 그런 의미에서 자기 성찰은 중요하다.

일기 쓰기는 자신을 돌아보는 가장 좋

그림 1 생각지도 못한 사이에 말은 일파만파로 번져 나가기도 한다. 영화 〈올드보이〉의 강렬한 장면들을 통해 볼 수 있듯이 혀끝을 잘못 놀리는 것으로 여러 사람의 인생을 파국으로 몰고 갈 수도 있다.

은 방법이다. 하지만 골방에 틀어박혀 '나'에 대해 생각하는 것만으로 자기 성찰이 이루어지는 것은 아니다. 여러 사람 및 여러 상황과 부딪히는 과정 속에서, 또 사회에서 일어나는 일들에 관심을 가지면서 자신도 몰랐던 새로운 자기의 모습을 발견하게 되기 때문이다. 도저히 이해할 수 없었던 일을 자신이 겪음으로써 이해하게 되는 경우도 많다. 이처럼 사람은 다양한 사람과 사건을 경험하고 자신의 생각과 입장을 정리하고 수정하면서 스스로를 알아가게 된다. 이것은 인생 전체를 통해 진행되는 과정이긴 하지만 이번 기회를 통해 자기 자신에 대해 한번 성찰해보자.

2) 소통과 듣기의 중요성

대화하고 싶은 상대에 대해 묻는다면 대부분의 사람들이 '내 말을 잘 들어주고 공감하는 사람'이라고 대답할 것이다. 강사나 연사는 잘 듣고 반응하는 청중을 원할 것이며, 대다수 국민들은 잘 듣는 지도자를 원할 것이다. 듣기 능력은 인간관계 및 사회생활에서 이토록 중요한데 그동안 우리 사회에서는 말하기에 비해 듣기는 크게 중요시하지 않았다. 제대로 듣지 않고 제대로 말한다는 것은 있을 수 없는 일이며, 제대로 듣지 않으면서 소통한다는 것은 더욱 어불성설이다. 다음 사례는 제대로 듣지 않아서 우리가 흔히 하는 실수이기도 하다.

건성건성 듣는 대화 상대자에게는 마음을 터놓을 수 없고, 결국 그들의 관계는 더 깊이 발전하지 못하며 심지어는 서로에 대해 부정적 감정을 가지게 된다. 일을 함에 있어서도 제대로 듣지 않는 사람에게는 신뢰를 갖지 못하게 되기 때문에 함께 원활하게 업무를 진행할 수가 없다. 대충 듣는 청중 앞에서 연사는 자신이 가진 역량을 다 발휘할 수 없으므로 청중은 좋은 정보를 얻어가지 못하게 된다. 또는 아무리 좋은 내용의 강연을 했더라도 불성실하게 들은 청중은 시간 낭비만 한 격이 된다. 반대로 청중의 소리를 듣지 않는 연사는 자기가 하고 싶은 말만 하게 되고 청중의 호응을 얻지 못하는 것도 듣기에 실패한 예다. 사회 구성원의 소리를 듣지 않는 지도자는 더 말할 것도 없다.

주디 브라운넬은 듣기의 중요성에 대해 강조하며 효율적인 커뮤니케이션을 위해서는 20%는 말하기에, 80%는 듣기에 에너지를 쏟을 필요가 있다고 하였다. (주디 브라운넬, 2007) 아메리카 인디언들은 침묵과 듣기를 통해서만 육신의 눈이 아니라 '영적인 눈'으로 보는 것에 도달할 수 있다고 말한다. 그들은 자연의 존재들과 자신의 내면의 이야기에 귀를 기울이는 것을 통해 다른 존재를 이해하고 생명을 공경하는 우주적 삶을 실천한다. 인디언의 침묵과 듣기는 사람들과의 관계를 넘어 자연, 우주와의 관계 및 소통을 가능하게 한다.

현대 사회에서는 너무나 많은 통로를 통해 너무도 많은 말들이 쏟아져 나오고 있다. 그러나 제대로 경청하는 사람은 드물다. 자연의 소리는 고사하고 자기 자신이나 가까운 가족, 친구의 소리도 제대로 듣지 못하고 있다. 그러나 들어야 할 말은 꼭 들어야만 한다. 경청은 힘이 세다. 작게는 나에게 유용한 정보를 주고 일을 효율적으로 할 수 있게 하며, 나아가 인간관계를 깊이 있게 유지하게 해주며 삶을 확장시킨다. 경청은 때로 어떤 사람의 상처를 치유할 수 있고 더 크게는 그 삶을 구제할 수도 있다. 다음 글을 통해 가장 큰 경청의 힘을 만나보자.

교통사고를 당하고 이 주 후, 나는 제퍼슨 대학병원의 중환자실에 누워 있었다. 그때 나는 내 인생이 끝났다고 생각했다. 전신마비로는 살고 싶지가 않았다. 아니, 전신마비로도 살아갈 수가 있는지 정말 모를 때였다. 물론 나에겐 아내와 두 아이가 있었고, 직업도 계속 가질 수 있을 것 같았다. 사람들은 나를 둘러싸고 날 사랑한다고, 나는 살아야 할 가치가 충분히 있는 사람이라고 말해주었다. 하지만 내겐 그 말들이 들리지 않았다. 전신마비인 내게 무슨 미래가 있단 말인가. 차라리 죽음을 택하는 게 나을 것 같았다.

(중략) 시간이 얼마나 흘렀을까. 인기척이 느껴졌다. 내 병상 옆 의자에 누가 앉아 있는 것 같았다. (중략) 문득 여자의 부드러운 목소리가 들려왔다.

"간호사에게 들었는데요, 혹시 심리치료 하시는 의사분이세요?"

나는 그렇다고 대답했다. 그랬더니 그럼 말씀 좀 드려도 되겠느냐고 물었다.

한밤중의 중환자실은 숨소리도 들리지 않을 만큼 고요했다. 그녀는 속삭이는 목소리로 말했다. 한 남자를 너무나 사랑했다고, 그런데 그만 그가 떠나가 버렸다고, 사랑하는 사람을 잃고 나니 참을 수 없는 외로움이 엄습했다고, 도무지 견딜 수 없는 고통이었다고, 급기야 스스로 생을 마감할까 하는 강한 충동에 휩싸였다고 말이다. 그런데 그 순간, 그런 자신에게 소스라치게 놀라 겁이 났다고 했다.

그 말을 듣고 있는 나 자신이 그녀만큼이나 죽고 싶은 심정이라는 걸 그녀는 알 리가 없었다. 난 그녀의 고통을 뼈저리게 느낄 수 있었다. 듣는 내내 깊은 연민으로 가슴이 아팠다.

(중략) 그녀의 얘기에 귀기울이다보니, 나도 모르는 사이에 내 고통이 느껴지지 않는 거였다. 비관적인 내 처지도 잊을 수 있었다. 사고 이후 처음 있는 일이었다. 그때 나는 오로지 그녀의 고통에 집중했고, 그녀만을 걱정하고 있었다.

(중략) 그날 밤 대화를 마칠 즈음, 난 그녀에게 심리치료사 한 분을 소개해주었다. 그녀가 떠난 뒤, 나는 내가 그녀에게 도움이 되었다는 걸 깨달았다. 그리고 그 순간 나는 전신마비로도 살아갈 수 있으리라는 것을 깨달았다. 사랑을 잃고 절망에 빠진 낮은 목소리가 내게 들려주었다. 아직도 내가 세상에 쓸모 있는 존재라고 말이다.

나를 아는 모든 사람들이 내게 살아야 할 가치가 충분하다며 용기를 내라고 설득했다. 하지만 정작 내게 그 깨달음을 준 사람은, 내게 절실하게 도움을 요청한 낯선 사람이었다.

그날 밤, 그녀와 나는 서로를 살려낸 것이다.

—대니얼 고틀립, 『샘에게 보내는 편지』(2006)

듣는 사람은 공감하며 경청함으로써 말하는 사람의 자존감을 높여주고 그 사람의 가치를 인정하게 된다. 이러한 경청은 대화 상대자를 치유할 수 있고 또 그 행위를 통해 자신을 치유할 수도 있다. 제대로 듣는 사람은 말하는 사람의 표면적 언어만 듣는 것이 아니라 그의 숨겨진 마음까지도 듣는다. 이러한 깊이 듣기는 꺼져가는 생명을 살려낼 수도 있는 힘을 지니고 있다.

설명을 듣는 것이나 토론에서 경청하는 것도 말하는 사람과 듣는 사람 모두를 이롭게 한다. 강의나 강연 등에서 좋은 청자는 잘 듣는 것만으로도 연사의 역량을 끌어올릴 수 있다. 나아가 적절한 질문을 함으로써 더 높은 수준의 정보를 획득할 수 있으며 이는 연사를 발전시키기도 한다. 토론에서의 경청은 상대의 견해를 정확히 파악하고 그 허점을 짚어낼 수 있게 함으로써 자신과 상대를 함께 발전시킨다.

사람들은 모두 자신만의 성장배경 및 생활환경, 입장과 가치관, 욕구 등을 가지고 있기 때문에 자신에게 맞는 것이 더 잘 들리는 경향이 있다. 따라서 상대적으로 그렇지 않은 것은 들리지 않는다. 그것은 자연스러운 일이다. 그렇기 때문에 잘 듣기 위해서는 나의 상황이나 여러 가지 선입견들을 내려놓고 들어야겠다는 마음을 먼저 먹어야 한다. 꼭 들어야만 하는 강좌이거나 이야기라면 동기부여를 하며 관심을 갖는 것부터가 우선되어야 할 것이다.

3) 말하기와 듣기의 방법

(1) 말하기 방법

말하기에 있어 시각적 요소, 청각적 요소를 포함한 '비언어적 표현'은 듣는 사람에게 절대적인 영향을 미친다. 정작 말의 내용은 7% 정도의 영향만을 미친다는 연구결과가 있다. 내용이 조리 있고 어법에 맞아야 하며, 주장하는 바가 있다면 그에 타당한 근거를 마련하는 것이 중요하다. 그러나 이 모든 것이 갖추어져도 말하는 방법에 문제가 있다면 그 내용이 효과적으로 전달되지 못한다. 따라서 말해야 할 내용이 생성되었다면 그 다음에는 어떻게 전달할 것인가에 치중해야 한다. 여기서는 내용 이외의 비언어적 표현에 관한 기술을 익히도록 하자.

① 마음가짐

먼저 말하기 상황에 대해 인식하고, 그 상황에 맞게 내가 알고 있는 것에 한해서는 최선을 다해 말하겠다는 마음가짐이 가장 중요하다. 능력 밖의 대단한 것을 보여주겠다는 생각으로 스스로에게 부담감을 주거나 대화 상대자나 청중을 지나치게 의식한다면 오히려 말하기가 더욱 힘들어질 수 있다. 대화나 설득, 발표 등 어떤 말하기에 있어서도 진심, 진정을 담을 때 듣는 사람을 감동시킬 수 있다는 것을 명심하자.

② 음성적 요소

상대방이 알아들을 수 있도록 또렷하게 발음하고 말하기 상황에 따라 목소리 크기를 조절한다. 적절하게 속도를 조절한다. 너무 빠르면 청자가 따라오기가 어렵고 너무 느리면 지루해하거나 화자가 자신 없는 주제에 대해 말한다고 느낀다. 말하는 내용에 따라 어조, 억양, 세기를 달리하며 감정을 담으면 내용을 실감나게 전할 수 있다.

③ 자세와 몸짓

말하는 사람의 경직된 자세는 보는 사람으로 하여금 긴장감과 불편함을 느끼게 한다. 반면 지나치게 느슨한 자세는 불쾌감을 불러일으킬 수도 있다. 어느 쪽이든 청자는 상대의 말에 집중할 수가 없게 된다. 또한 강의나 발표의 경우 연사가 전혀 동작이 없거나 한 곳에 고정되어 이야기를 한다면 청중들은 쉽게 지루해진다. 따라서 말하는 사람은 편안하지만 바른 자세로 먼저 신뢰감을 주어야 한다. 그리고 내용에 맞는 적절한 몸짓을 섞어가며 말하면 내용을 효과적으로 전달할 수 있다. 몸짓언어에는 손동작, 머리동작, 어깨동작 등이 포함된다. 하지만 잦은 위치 이동이나 지나친 몸짓은 상대방을 정신없게 만들어서 역효과를 낼 수 있다. 복장도 말하기 상황에 적절한 것이 좋다.

④ 표정

우호적이며 안정되고 자연스러운 표정을 짓되 내용에 맞게 표정을 변화시켜야 할 것이다. 예를 들어 슬픈 내용을 말하면서 미소를 띤다면 말하는 사람의 가치관이나 진정성이 의심받을 것이다.

⑤ 시선처리

눈길은 항상 듣는 사람을 향해야 한다. 그러나 너무 오랜 시간동안 상대의 눈을 계속 들여다보는 것은 공격행위로 느껴질 수 있다. 3~4초 정도의 시간이 지나면 청자의 주변부로 시선을 잠시 돌렸다가 다시 눈을 맞춘다. 듣는 사람이 다수라면 골고루 시선을 주되 산만하지 않게 시선을 옮겨야 한다. 한 사람과 눈을 맞추는 시간이 어느 정도 지나면 다음 사람에게로 시선을 옮긴다. 청자가 다수인데 한 두 사람에게만 눈길을 준다면 나머지 청자들은 소외감을 느끼게 된다. 시선을 주며 청자의 반응에 따라 말의 완급을 조절하는 것도 요령이다.

⑥ 침묵의 활용

말을 시작하기 전의 침묵은 청자를 집중하게 한다. 말하는 사이사이 2초 정도의 침묵은 듣는 사람이 이해할 시간을 주고 산만해진 주의를 다시 *끄*는 효과를 준다. 중요한 말을 하기 전에 잠시 침묵하면 그 말이 강조가 된다.

(2) 듣기 방법

① 마음가짐

사람은 누구나 자신의 상황에 맞게, 또 자신에게 유리하게 들으려는 경향이 있다. 따라서 먼저 잘 듣겠다는 마음가짐을 갖고 선입관을 버리고 열린 마음으로 들으려고 노력한다. 말하는 사람의 생김새나 외모를 먼저 살피지 않고 그 사람이 말할 내용에 집중하겠다는 생각으로 진지하게 들을 준비를 한다.

② 자세 및 태도

자연스럽게 상체를 약간 앞으로 숙이고 이야기를 들으면 관심 있다는 신호로 받아들여진다. 뒤로 너무 기대앉거나 팔짱을 끼고 있으면 이야기에 별 흥미가 없다는 뜻으로 받아들여지기도 한다.

③ 시선처리

시선은 말하는 사람을 향한다. 대화의 경우 듣는 사람도 3~4초 정도 말하는 사람에게 눈길을 주다가 잠시 시선을 피했다가 다시 눈길을 준다. 강연의 경우에는 계속해서 연사를 보는 것이 좋다. 말하는 사람에게 눈을 맞추지 않는 행동은 이야기 내용에 관심이 없다는 뜻으로, 심하게는 말하는 사람 자체에 흥미 없다는 뜻으로 간주될 수 있다.

④ 반응하기

무표정, 무응답은 화자를 불안하게 하고 말하고자 하는 의욕을 상실시키는 반응이다. 반대로 말하는 사람과 시선을 맞추며 미소를 짓는 것은 개방적이고 우호적인 태도를 보여준다. 또한 적절히 고개를 끄덕이는 것은 상대방의 말에 집중하고 있다는 표시이다. 강연의 경우 이러한 반응들을 통해 연사에게 활력을 주고 질 높은 강의를 들을 수 있게 되는 경우가 많다. 대화의 경우 화자의 말을 반복하며 질문하거나(예 : 놀이 공원에 갔었다고?) 맞장구를 치는 것, 격려하는 것도 적극적 의미의 경청이다. 설명이 더 필요한 부분에 대해 질문하는 것도 좋은 반응방법이다. 그러나 말하는 중간에 말을 끊거나 질문하지 않는다.

⑤ 공감하기

지레 짐작하지 말고 화자의 말은 끝까지 듣는다. 비언어적 표현, 즉 표정, 몸짓 등을 잘 살피면 말하는 사람의 말하지 않는 감정까지도 듣는 것이 가능하다. 상대방의 입장이 되어 이해하고 공감하되 필요에 따라 객관적 거리는 유지한다. 경우에 따라 무조건 긍정하지는 않는다.

참고문헌

서정록(2007), 잃어버린 지혜 듣기, 샘터.
유정아(2009), 유정아의 서울대 말하기 강의, 문학동네.
유혜숙, 이민호, 방민화(2005), 움직이는 말하기, 집문당.
이규호(2005), 언어철학, 연세대학교 출판부.
주디 브라운넬, 이시훈 · 한주리 옮김(2007), 듣기 — 태도, 원리 그리고 기술, 커뮤니케이션북스

01 나 자신의 말하기 습관과 듣기 습관을 점검하는 짧은 글을 써보자. 필요하다면 가까운 친구나 가족들에게 나의 언어 습관에 대해 조언을 구해보자.

02 친구의 고민을 잘 듣고, 그 고민에 공감하며 내가 해줄 수 있는 말에 대해 생각해보자. 내 고민도 친구에게 이야기해보고 친구의 의견을 들어보자. 상대방과 나의 대화 태도와 표현 방법을 평가해보고 서로의 평가를 비교해보자. (활동지 활용)

▌대화 상대자 평가　　　　　　　　　　대화 상대자 이름 : ＿＿＿＿＿＿＿＿＿＿＿

평가 항목		그렇다	그렇지 않다	판단 근거
대화태도	·상대방을 존중하고 배려하는가? ·겸손한 자세로 말하는가? ·경청하며 듣는가? ·긍정적이고 객관적인 태도를 유지하는가?			
표현방식	·분명하고 솔직하게 자기표현을 하는가? ·자세가 바른가? ·눈을 적절히 맞추는가? ·발음이 또렷한가? ·말의 속도는 적절한가? ·몸짓과 표정이 자연스러운가? ·말한 내용에 맞게 반응하는가?			

▌나 자신 평가　　　　　　　　　　　　본인 이름 : ＿＿＿＿＿＿＿＿＿＿＿

평가 항목		그렇다	그렇지 않다	판단 근거
대화태도	·상대방을 존중하고 배려했는가? ·겸손한 자세로 말했는가? ·경청하며 들었는가? ·긍정적이고 객관적인 태도를 유지했는가?			
표현방식	·분명하고 솔직하게 자기표현을 했는가? ·자세를 바르게 하였는가? ·눈을 적절히 맞추었는가? ·발음을 또렷하게 하였는가? ·말의 속도를 적절히 하였는가? ·몸짓과 표정을 자연스럽게 하였는가? ·말한 내용에 맞게 반응했는가?			

제3장 표현의 절차와 방법

01 표현절차

> ☞ 학습목표
> 가. 표현의 각 단계를 이해할 수 있다.
> 나. 주제의 개념을 이해하고, 올바른 주제문을 작성할 수 있다.
> 다. 구성의 개념을 이해하고, 개요를 만들 수 있다.

우리가 일상적으로 수행하는 모든 일에 계획과 절차가 있듯이 글을 쓰거나 말을 할 때도 일정한 계획과 절차가 필요하다. 많은 사람들이 글쓰기와 말하기에 어려움을 겪는 가장 큰 이유도 이 과정을 제대로 거치지 않기 때문이다. 말하기와 글쓰기는 반드시 철저한 계획과 준비 속에 이루어져야 하며, 완성된 이후에는 처음 계획한 대로 표현이 이루어졌는지 점검해야한다. 일반적으로 글쓰기뿐만 아니라 말하기 역시 미리 작성된 원고를 바탕으로 이루어지므로, 여기서는 글쓰기를 중심으로 표현의 절차를 살펴보도록 하겠다.

표현의 절차는 크게 <계획단계−집필단계−수정단계>의 3단계로 나누어지며, 이 과정은 직접 글을 쓰거나 말을 하는 행위 자체뿐만 아니라 한 편의 글과 말을 구상하고 재료를 수집하거나, 준비된 글을 고치고 다른 사람들과 논의하는 행위까지를 모두 포함한다. 준비 과정과 후속 과정이 모두 표현 절차에 포함되는 것이다. 각각의 큰 단계는 그 아래에 다시 작은 하위 절차들을 포함한다. 따라서 각 절차가 반드시 순차적으로 진행될 필요는 없으며, 상황에 따라 순서가 바뀌거나 피드백을 통해 거꾸로 돌아갈 수도 있다. 표현이 이루어진 후에도 점검과 반성을 통해 문제점이 발견된다면 첫 단계부터 다시 그 표현을 점검하고 수정해야 하는 것이다.

1) 계획단계

(1) 주제 정하기

① 주제를 어떻게 정할 것인가?

계획단계에서 가장 중요한 일은 주제를 정하는 일이다. 주제란 글에서 중심을 이루는 사상이나 내용, 혹은 가장 핵심이 되는 부분이자, 글의 내용 전체를 대표하는 것이라 할 수 있다. 주제는 글 전체에 통일성과 일관성을 부여하는 역할을 한다. 글의 통일성과 일관성이란 저절로 얻어지는 것이 아니라 한 편의 글을 이루는 여러 가지 요소들이 연관성과 질서를 가지고 결합될 때 얻어질 수 있다. 주제가 분명하게 정해지면 머릿속에 떠오르는 여러 가지 생각이나 수집한 자료들 중에 필요한 것을 선택하고, 배열, 구성하는 일이 훨씬 쉽게 이루어진다.

덤+

● **주제 설정시 주의사항**

❶ 구체성 : 주제는 다루는 내용의 범위가 좁고 구체적이어야 한다
❷ 명료성 : 애매하지 않고, 내용이 분명하고 명쾌한 것이어야 한다.
❸ 통일성 : 한편의 글은 하나의 주제로 그 내용이 모아져야 한다. 하나의 글에 두 개 이상의 주제가 있어서는 안 된다.
❹ 타당성 : 독자가 납득하고 받아들일 수 있는 건전하고 타당한 것이어야 한다.

---

② 주제문 작성

주제는 가능한 한 범위가 좁고, 쉽고, 참신하고, 재미있어야 한다. 그래야만 좋은 글로 연결될 수 있다. 특히 글에서 자신이 말하고자 하는 바가 지나치게 포괄적이거나 막연해서는 안 된다. 주제는 항상 구체적이고 명료해야 한다. 그리고 이를 위해서 주제를 정리된

문장 형태인 '주제문'으로 적어보는 것이 필요하다. 주제문은 필자의 의견이나 태도를 밝힌 하나의 완결된 명제이다. 주제를 분명한 문장 형태로 작성해 놓으면 글이 원래의 주제에서 벗어나 엉뚱한 방향으로 흘러가는 것을 막고, 글쓴이의 의도를 분명하게 드러내는 데 도움이 된다.

덤+

● **주제문 작성의 일반 원리**

❶ 주어와 서술어가 분명하게 드러나는 하나의 완결된 문장으로 진술되어야 한다.
　　예) 잘못된 음주문화에 대하여(X)
❷ 글쓰는 사람의 관점이나 생각이 구체적으로 드러나야 한다.
❸ 의문문이나 비유적 표현이 아닌 분명하고 직접적인 표현으로 나타나야 한다.
　　예) 젊음이란 무엇인가?(X), 젊음은 인생의 여름이다.(X)
❹ 가급적 독창적인 견해나 관점이 드러나도록 진술되어야 한다.

---

(2) 글감 찾기

주제가 결정되었다고 해서 곧바로 글쓰기에 들어가기는 힘들다. 아무리 좋은 주제를 정했다고 하더라도 주제만 직접적으로 제시해서는 독자들의 관심을 끌기 어렵다. 주제를 효과적으로 드러내기 위해 한 편의 글에는 여러 가지 글감들을 이용하게 되는데, 이것을 제재라고도 한다. 적당한 글감은 독자들의 흥미를 끌고 주제를 분명하게 부각시킨다. 이는 대학에서 쓰게 되는 여러 가지 글에서도 마찬가지이다. 주제에 어울리는 적절하고, 참신한 글감을 찾거나 선택하지 못하면 추상적인 일반론에 머물거나 진부한 글이 되기 쉽다.

그렇다면 좋은 글감은 어떻게 찾아야 할까? 글감은 아래와 같이 글 쓰는 사람의 경험이나 배경지식 등을 모아서 활용할 수도 있고, 책이나 논문, 보고서, 인터넷 등의 외부자료를 이용할 수도 있다.

① 생각 모으기

글감은 항상 밖에 있는 것만은 아니다. 글을 쓰기 위해 가장 먼저 할 일은 스스로 글감을 만들어보거나 자신이 이미 가지고 있는 글감을 찾아보는 것이다. 이를 위해 사용할 수 있는 방법 중 가장 잘 알려진 것은 브레인스토밍(Brain storming)과 마인드맵(Mind map)이다. 브레인스토밍은 창의적인 사고를 하기 위해 많이 쓰이는 자유연상법으로 <생각 열기>라고도 할 수 있다. 사람들의 무의식 속에 잠재되어 있는 모든 아이디어를 쏟아내는 방법으로, 아이디어를 교환하는 과정에서 사고 작용이 활성화되어 평상시에 생각할 수 없었던 다양한 관점이나 생각을 떠올릴 수 있는 장점이 있다. 브레인스토밍은 보통 여러 사람의 참여로 이루어지지만 혼자서도 가능하다. 이때는 주제와 관련해서 떠오르는 생각을 자유롭게 적어나가면 된다. 중요한 것은 고정관념을 벗어나 경직된 사고의 틀을 깨는 것이다.

브레인스토밍이 <생각 열기>라면 마인드맵은 <생각의 지도 그리기>라고 할 수 있다. 어떤 주제에 대해서 떠오르는 아이디어를 핵심단어나 색, 이미지 등을 이용해 종이에 표현하는 쉽고 간단한 기법으로 종합적인 두뇌 사고법이다. 이 방법은 여러 가지 아이디어를 즉각적으로 떠올리는 것이 가능할 뿐만 아니라 한 장의 종이에 많은 양의 정보를 적고, 분류하는 것도 가능하다. 특히 마인드맵을 이용하여 생각을 정리하다보면 자연스럽게 글의 윤곽을 잡을 수 있게 된다. 또 글에 부족한 부분을 쉽게 파악할 수 있으므로 주제를 드러내기 위해 어떤 글감을 더 찾아보아야 할지도 알 수 있다. 브레인스토밍과 마인드맵을 하기 위한 상세한 절차와 과정은 1장에서 이미 다루었으므로 그 부분을 참고하기 바란다.

② 외부 자료의 이용

글을 쓸 때 자신이 가지고 있는 경험과 지식만 이용해야 한다고 생각하는 사람들이 있다. 그러나 글을 쓸 때는 자신의 경험과 지식 외에도 상당 부분 외부 자료에 의존하는 것이 보통이며, 대학에서 쓰는 글에서는 그 비중이 더욱 크다. 교과목과 글의 종류에 따라서는 아예 자료의 수집과 정리만을 목적으로 삼는 경우도 있다.

글쓰기를 어려워하는 사람들의 특징 중 하나가 글을 쓰기 전에 충분한 자료를 찾아보지 않는 것이다. 자료만 충분하다면 뛰어난 글은 아니더라도 기본적인 글은 누구나 쓸 수 있다.

수집하는 자료의 양은 일단 많을수록 좋다. 주제에 대해 다양한 관점을 보여줄 수 있는 여러 가지 자료를 확보할수록 좋은 글을 쓸 가능성 또한 높아지기 때문이다. 다만 외부 자료를 글에 이용할 때는 반드시 출처를 밝히는 것을 잊지 말아야 한다. 글에 이용할 수 있는 외부자료의 종류를 몇 가지 들어보면 다음과 같다.

㉠ 전문가의 도움 받기

자료조사에서 가장 빠르고 확실한 방법은 전문가의 도움을 받는 것이다. 전문가는 해당 분야에 대한 자세한 지식과 정보를 가지고 있으므로 그를 통해 오랜 기간 쌓인 노하우도 얻을 수도 있다.

㉡ 인터넷 자료 이용

인터넷을 이용한 자료 수집은 각종 포털 사이트나 검색엔진에서 찾아지는 기초 자료부터 학술논문이나 데이터베이스 원문 등의 다양한 자료를 손쉽게 구할 수 있기 때문에 최근 가장 많이 쓰이는 방법이다. 특히 해당 분야의 전문 학술사이트나 신문, 잡지 등의 기사문, 통계자료 등을 확보하기 위해서는 반드시 거쳐야 하는 과정이기도 하다. 하지만 이렇게 편리한 인터넷 자료 이용에도 단점은 있다. 인터넷 자료는 쉽게 얻을 수 있지만 자료의 질적 수준에 편차가 크며, 신뢰성이 떨어지는 경우가 많다. 특히 인터넷에 떠도는 자료 중 출처가 불분명한 자료들을 함부로 글에 사용하는 것은 매우 위험하다.

덤+

● **참고할만한 인터넷 사이트**

동아대학교 중앙도서관	http://dalis.donga.ac.kr
국립중앙도서관	http://www.nl.go.kr
국회도서관	http://www.nanet.go.kr
한국연구정보서비스	http://www.riss.kr
DBPIA	http://www.dbpia.co.kr
교보문고 스콜라	http://scholar.dkyobobook.co.kr
한국학술정보	http://kiss.kstudy.com
국가과학기술정보센터	http://www.ndsl.kr

ⓒ 도서관 이용

대학생의 입장에서 외부 자료를 찾는 가장 좋은 방법은 도서관을 이용하는 것이다. 도서관을 이용하면 책과 논문 같은 수많은 문헌자료를 직접 이용할 수 있으며, 만약 도서관에 자료가 없는 경우에도 문헌복사나 상호대차 등의 서비스를 통해 자료를 입수할 수 있도록 도와준다. 또 실물 자료 외에도 대학이나 각종 도서관의 홈페이지를 거치면 각종 학술지에 실린 학술논문들이나 영역별 전문 사이트들에서 제공하는 자료 및 구하기 힘든 해외 자료들도 구할 수 있는 경우가 많다. 심지어는 일반인들에게 유료로 제공하는 자료들도 대학도서관에서는 계약을 통해 학생들에게 무료로 제공하는 경우가 많으므로 반드시 도서관을 먼저 이용하도록 한다.

ⓔ 설문조사

해당 주제에 대해 보다 객관적이고, 실증적인 자료를 얻기 위해서는 직접 설문조사를 실시할 수도 있다. 이 때 중요한 것은 사전에 조사 대상에 대한 정보를 충분히 수집해서 조사의 효율성을 높이는 것이다. 설문조사를 위해서는 조사목적, 조사 항목, 조사 지역, 조사 대상, 조사자, 결과 분석 방법, 조사 결과의 적용 방법 등을 조사 이전에 미리 검토해야 한다.

ⓜ 실험 및 관찰

인문·사회계열이 아닌 이공계열의 글쓰기에서는 실험 및 관찰 자료가 많이 이용된다. 실험 자료를 이용할 때 가장 중요한 것은 실험 조건의 통제와 정확한 기록이다. 특히 실험 관찰 기록표나 실험 보고서 등은 그 자체가 중요한 자료이므로 정확히 기록하고, 보관해야 한다.

(3) 구성하기

구성이란 글을 펼쳐나가는 방법을 정하는 과정이다. 주제와의 관련성이나 중요도에 따라 글감을 어떻게 배치할 것인지, 또 말하고자 하는 바를 어떤 순서와 표현 방법을 이용해 드러낼 것인지를 정해야 한다.

구성하기의 첫 단계는 보통 머릿속에서 이루어진다. 그러나 이렇게 머릿속에 떠오른 생각은 체계적이지 못하거나 시간이 지나면 잊기 마련이다. 따라서 구성에 대한 생각을 기록하고, 정리해 놓는다면 글을 쓰는 과정에 큰 도움을 얻을 수 있을 것인데, 이때 필요한 것이 바로 개요이다.

① 개요 작성하기

개요 작성은 계획 단계에서 가장 중요한 부분이라고 할 수 있다. 개요를 작성하는 것은 흔히 건축에서 설계도를 작성하는 것에 비견되는데, 한 편의 글을 어떤 구성으로 어떻게 전개해나갈까를 일목요연하게 정리한 것이다. 개요는 필자나 주제에 따라 다양하게 나타날 수 있으며, 작성 방법에 따라서 크게 '화제개요'와 '문장개요'로 나눌 수 있다. 화제개요란 주요 논점, 종속 논점, 상세 항목 등을 간단한 핵심 어구만으로 나타내는 것이고, 문장개요란 "대학 교육에도 실용성은 중요하다."와 같이 완결된 문장으로 나타내는 것이다. 문장개요는 화제개요에 비해 자세하지만 작성 시간이 많이 걸린다.

〈화제개요〉

- 제목 : 스팸 메일 차단 대책
- 주제문 : 스팸 메일을 다각도로 차단해야 한다.
- 개요
  1. 화제 제시－스팸 메일의 실태
  2. 스팸 메일의 유통 원인
     1) 통신업자의 상술
     2) 개인 정보 유출
  3. 스팸 메일 차단 대책
     1) 정부적 차원
     2) 통신업체의 차원
     3) 개인적 노력
  4. 맺음말

개요 작성에서 가장 중요한 것은 제시된 각 항목 사이에 유기적 관련성이 있어야 한다는 것이다. 이밖에도 개요를 작성할 때 유의해야 할 점은 다음과 같다.

● **개요 작성시 유의사항**

❶ 상위 항목과 하위 항목의 관계가 선명하게 드러나도록 작성한다.
❷ 각 항목에 사용되는 부호와 배열 순서를 통일한다.
❸ 전체가 균형성과 완전성을 가지도록 배열한다.
❹ 글의 주제에서 벗어나지 않도록 작성한다.
❺ 주제가 뚜렷하게 드러나도록 작성한다.

② 1차 개요 작성

개요는 한 번에 완성되는 것이 아니다. 많은 경우 글을 쓰는 사람의 생각이 정리될 때마다 개요도 달라진다. 개요는 1차 작성 후 글을 완성할 때까지 고정되어 있기보다 글쓰기의 각 단계에 걸쳐서 계속적으로 수정, 보완되는 것이 좋다. 대개 1차 개요는 주제를 뒷받침할 수 있는 개별적 사실이나 글감들을 나열하는 방식으로 구성되고, 2차 개요는 이들을 묶어내고, 항목간의 관계 및 표현을 다듬는다.

〈1차 개요〉

주제문 : 머리를 염색하는 것은 개성을 표현하는 올바른 방식이 아니다.

● 머리 염색이 유행하고 있다.
  －친구들 사이에서 유행하는 머리 염색
  －미용실의 광고
  －연예인들의 헤어스타일

● 머리 염색의 문제점은 무엇인가?
  －자기 얼굴과 잘 어울리지 않는 경우가 많다.
  －염색을 하면 모발이 손상된다.
  －연예인들의 헤어스타일을 따라하는 것은 상업적 전략에 말려들 우려가 있다.

● 개성의 의미는 무엇인가?
  －개성의 사전적 의미
  －친구들이 말하는 개성의 의미
  －헤어스타일을 따라하는 것은 개성을 따라하는 것인가?
  －개성은 외모에서 나오는 것이 아니다.

---

③ 2차 개요

1차 개요가 작성되면 이를 활용하여, 더 정리된 형식의 2차 개요를 작성한다. 이때는 각 항목들의 관계에 유의해야 한다. 상위단계와 하위단계들이 서로 적절히 어울릴 수 있도록 작성해야 하며, 각 내용을 체계적으로 분류해서 항목에 담길 내용을 명확하게 정리해야 한다. 2차 개요를 작성하는 일은 1차 개요에서 제시한 내용들을 위계화하고, 분류하여 글 속에서 사용될 장과 절로 구분하는 작업이라고도 할 수 있다. 또 각 항목의 내용을 다듬고, 항목의 제목이나 표현 등도 명확하게 다듬는 것이 좋다.

〈2차 개요〉

주제문 : 머리를 염색하는 것은 개성을 표현하는 올바른 방식이 아니다.

1. 서론
2. 머리 염색과 개성의 관계
 1) 개성의 정의
 2) 머리 염색을 통한 개성 표현 사례
　① 같은 학과 친구들
　② 연예인들의 헤어스타일
 3) 머리 염색의 문제점
　① 건강에 대한 악영향
　② 상업적 목적에 이용당함
3. 진정한 개성의 의미와 복제화된 개성의 문제점
4. 결론

---

2) 집필단계

주제를 정하고 자료에 대한 분석과 정리가 끝나면 본격적인 글쓰기에 들어가게 된다. 개요에 따라 마련된 글감들을 배치하고, 살을 붙여 가면서 한 편의 글을 완성해 나가는 것이다. 여기서 중요한 것은 자신의 생각과 주장을 설득력 있고, 조리 있게 펼쳐나가는 것이다. 아무리 좋은 글감을 이용하고, 많은 분량을 작성하더라도 그것들을 적절하게 풀어놓지 못한다면 좋은 글이 될 수 없다.

(1) 문장과 단락

글은 기본적으로 하나의 문장이 아닌 여러 개의 문장으로 이루어진다. 정확히 말하면 몇 개의 낱말이 모여서 하나의 통일된 의미를 지닌 문장을 이루고, 또 몇 개의 문장이 결합하여 단락을 이루며, 이 단락들이 서로 유기적으로 연결되는 순차적인 과정을 거쳐서 한 편의 글이 완성된다. 즉 '문장—단락—글'의 단계로 발전해 나가는 것이다.

이 중 단락은 글의 기본단위로 각 문장을 논리적이고 체계적으로 연결하고, 배열하여 하나의 명확한 생각의 덩어리를 구성한 것이다. 글을 쓸 때 단락을 나누는 이유는 하나의 생각을 매듭짓고 다른 단위의 생각들과 구분지어 주기 위해서이다. 이렇게 단락을 구분지어 주면 독자 입장에서도 글쓴이의 생각을 보다 쉽고 분명하게 이해할 수 있게 된다.

단락은 내용단위로 형성되며, 글의 종류와 특성에 따라 그 형식은 조금씩 다를 수 있다. 그러나 일반적으로 다음과 같은 구조를 지닌다.

① 단락의 구조

한 편의 글이 표현하고자 하는 전체적인 내용이 주제라면 각 단락의 주제는 소주제라고 불린다. 단락의 성격에 따라 차이가 있지만 소주제는 보다 구체적이고 분명할 것이 요구된다. 단락은 소주제를 중심으로 이를 뒷받침하는 문장들이 함께 모여서 만들어진다. 뒷받침 문장은 소주제를 구체적으로 증명하거나 설명, 논증하기 위한 것이다.

이야기는 우리 삶 속에서 끊임없이 움직이면서 에너지를 전달한다. 그 에너지는 말 그대로 '힘'이다. 이야기 속에는 '힘'이 있다.(소주제 문장) 사람의 마음을 움직이게 하는 방법에는 여러 가지가 있지만 그것이 두려움이든 감동이든, 어쨌든 힘이 바탕이 되어야 한다. 여러분은 언젠가 읽었던 수많은 고전이나 스토리들 속에서 '감동적인 이야기'로 자신의 마음을 전달하고 상대방의 감성에 호소하는 것을 본 적이 있을 것이다. 심지어는 이야기 한 편으로 죽음에서 자신을 구해내는 경우도 있다. 우리가 잘 알고 있는 '아라비안 나이트'. 천일 동안 매일 들려주었던 이야기를 묶은 이 아라비안 나이트의 주인공인 '셰에라자드'는 이야기의 힘을 빌려 죽음을 면한 대표적인 인물이라 할 수 있다.(뒷받침 문장)

② 소주제문 위치에 따른 단락의 형식

단락은 외형적으로는 보통 들여쓰기로 구별하며, 각 단락의 핵심주제는 소주제문의 형태로 표현된다. 좋은 글을 쓰기 위해서는 단락 내에서 소주제문과 뒷받침 문장들의 어울림에 대한 고려도 필요하다. 소주제문의 위치에 따라 단락은 두괄식, 미괄식, 양괄식으로 나뉠 수 있다.

㉠ 두괄식

단락의 중심적인 내용이 단락의 첫머리에 먼저 제시되기 때문에 글을 쓰는 초점이 뚜렷해져서 내용이 엉뚱한 방향으로 벗어나거나 산만해질 우려가 적고, 독자가 그 단락의 초점을 파악하고 내용을 이해하는 데 매우 유리하다.

> 비판적 사고력은 우리의 삶과 밀접하게 관련이 되어 있다. 만약 지하철을 타고 가는데 미국의 9.11 테러 같은 돌발 사태가 발생했다고 가정해보자. 이때 우리는 어떤 행동을 할 수 있을까? 상황이 주는 두려움 때문에 공황 상태에 빠질 수도 있고, 우왕좌왕하며 아무 생각 없이 다른 사람들이 하는 대로 따라갈 수도 있을 것이다. 이러한 행동은 무비판적으로 사고하는 사람들의 전형적인 모습이다. 비상구가 어디에 있는지 침착하게 확인하고, 어떻게 행동해야 안전하게 대피할 수 있을지 타당한 근거를 가지고 판단하는 것이 생존 확률을 높일 수 있는 지름길일 것이다.

㉡ 미괄식

뒷받침 문장으로 단락이 시작되기 때문에 독자의 흥미를 지속적으로 유지할 수 있다는 장점이 있다. 그러나 자칫하면 글이 엉뚱한 내용으로 전개될 가능성도 있어서 주의가 필요하다.

> TV에서 자주 보던 광고 중에 '몸이 천 냥이면 간이 구백 냥'이라는 문구가 있다. 또 이 문구를 이용해 '내 몸이 천 냥이면 눈이 구백 냥'이라는 영양제 선전문구도 있었는데, 인체의 오감 중 시각을 담다하는 눈의 건강관리는 아무리 강조해도 지나치지 않다. 특히 끊임없이 그리고 오랜 시간을 학교에서 또 가정에서 TV나 책, 모니터 등을 바라보는 대학생들의 경우는 더 말할 나위가 없다. 눈이 침침하면 자연히 공부나 일의 능률도 떨어질 것이고, 자칫 병이라도 나면 심각한 결과를 초래할 수 있다. 요즈음에는 대부분 청소년 시절부터 안경을 쓰고 있는 현실을 감안할 때 눈 관리는 대학생들의 건강관리에서 가장 중요한 일 중 하나라고 말할 수 있다.

ⓒ 양괄식

뒷받침 문장이 많아서 논의가 초점에서 벗어날 우려가 있거나 소주제문을 강조하여 독자에게 보다 뚜렷하게 각인시키고 싶을 때 사용하는 방식이다. 앞뒤의 소주제문이 완전히 똑같으면 단조롭게 되므로 의미를 훼손시키지 않는 범위 내에서 약간의 변형을 가하는 것이 좋다.

사람은 누구나 가치를 사랑한다. 가치 곧 진선미를 향해서 우리 마음은 움직이게 마련이다. 아름다운 것, 착한 것 그리고 참된 것을 발견하였을 때에 우리의 마음은 본성적으로 끌리고 세차게 움직인다. 아름다운 꽃이나 그림을 보고 기뻐하지 않은 사람은 드물며, 착한 어린이의 순진한 행동을 보거나 남을 위해서 희생을 하는 이들을 대하고 흐뭇한 마음을 가지지 않는 이는 거의 없다. 누구나 모든 일에서 거짓보다는 참다운 것을 천성적으로 좋아하고, 특히 탐구심이 강한 이들은 진리를 향해서 자기도 모르게 마음이 움직이고 그것을 위해서 자기를 오롯이 바치는 일조차 있다. 이처럼 사람은 진선미의 가치를 발견하였을 때 그것을 본성적으로 사랑하는 마음을 가지게 된다.

덤+

● **단락이 갖추어야할 기타 조건**

하나의 단락에는 여러 개의 문장이 포함된다. 각각의 문장들이 어울려 단락 내에서 주제를 효과적으로 드러내기 위해서는 문장의 위치 외에도 다음의 조건들이 지켜져야 한다.

❶ 통일성

한 편의 글은 다양한 요소들을 사용하면서도 전체가 하나의 내용을 가진 것으로 파악되게 해야 한다. 글의 주제는 한가지여야 하며, 글에 사용되는 모든 내용은 주제를 잘 뒷받침하는 것이어야 한다. 각 단락의 소주제 역시 반드시 글 전체의 주제와 직결되는 것을 선택해야 하며, 각 단락을 뒷받침하는 문장은 단락 소주제와 직결되는 내용을 선택해야 한다.

❷ 일관성

글에 사용되는 모든 내용은 앞뒤의 내용이 주제를 잘 뒷받침할 수 있도록 논리적으로 연결되어야 한다. 글 전체의 주제를 뒷받침해주는 여러 개의 단락과 그것에 속하는 소주제들이 있어야 하며, 이들이 바른 순서로 배열되어야 한다.

❸ 긴밀성

글에 사용된 부분들이 긴밀하게 연결되는 것을 말한다. 한 편의 글을 이루는 문장들은 서로 긴밀하게 연결되어야 하며, 각 단락들 역시 유기적으로 연결되어야 한다. 그러기 위해서는 단락의 앞뒤 관계가 논리적인 흐름을 지니도록 배치해야 하고, 접속어나 연결어미, 반복되는 단어 등을 적절히 사용하여 단락들의 관계를 명확히 해야 한다.

(2) 단락의 전개 방법

한 편의 글은 각각의 내용을 담고 있는 여러 개의 단락으로 이루어진다. 이들을 연결시켜 한 편의 글을 이루는 구성 방법에는 자연의 질서, 논리적 순서, 단계, 내용의 중요도 등에 따른 방법이 있다.

① 자연의 질서에 따른 구성

㉠ 시간적 순서에 따르는 구성

사건 발생의 시간적 순서에 따라 내용을 배열하는 방식이다. 대체로 '발생－진행－결말'로 전개된다. 이 방법은 주제가 선명하게 전달되기 어렵고, 독자를 집중시키는 힘이 약한 결점이 있어서 논리적 증명이나 설득을 필요로 하는 글에서는 잘 쓰이지는 않는다.

㉡ 공간적 순서에 따르는 구성

일정한 공간적 순서에 따라 배열하는 방식이다. 보통은 '근경－원경, 부분－전체, 좌－우'의 순서에 따라 전개한다. 이 방법은 어떤 공간 속에 존재하는 부분들의 분포, 형태, 체계 등을 기술하는 데 적합하다.

　　예) 자신이 생활하는 방의 구조를 설명하는 글

② 단계식 구성

우리가 일반적으로 접하는 3단 구성, 4단 구성, 5단 구성 등의 구성법을 이용해 글의 내용을 단계적으로 연결하는 방법을 말한다.

3단구성	4단구성	5단구성
서론(도입)	기(도입)	주의 환기 문제 제기
본론(전개)	승(전개) 전(발전)	문제의 해결(전개) 해결법 제시(구체화)
결론(정리)	결(정리)	결론(요약, 정리)

③ 논리적 순서에 따른 구성

글에 사용되는 글감들 사이의 내적인 인과 관계, 혹은 논리적 선후 관계에 따라 내용을 배열하는 것이다. 주제나 결론을 글의 처음이나 마지막 또는 처음과 마지막에 배열한다. 배열 위치에 따라 두괄식 구성, 미괄식 구성, 양괄식 구성 등이 있다.

④ 글감의 중요도에 따른 구성

글감들 사이의 논리적 관계보다는 글감 자체가 지닌 가치나 독자의 관심도 같은 것을 중요하게 고려한 구성이다. 중요성이 낮은 데서부터 높은 데로 글을 펼쳐 나가거나, 중요성이 높은 데서 낮은 데로 글을 펼쳐 갈 수도 있다. 보통 한 편의 글에서 내용 전체가 이러한 구성을 가지는 경우는 드물고, 부분적으로 취하는 경우가 많다.

3) 수정단계

집필단계가 끝나면 글을 천천히 여러 번 읽으면서 다듬는 과정을 거쳐야 한다. 수정의 순서는 구성에서부터 단락, 문장, 단어 순서로 거꾸로 살펴가는 것이 좋다. 자신의 글을 스스로 수정할 경우 잘못된 부분이나 부자연스러운 부분을 찾지 못하는 경우가 많으므로 가급적이면 다른 사람의 도움을 받도록 한다. 자신이 깨닫지 못한 상투적인 표현이나 습관적인 실수까지 발견할 수 있기 때문이다. 글쓰기는 단선적인 행위가 아니라 끊임없이 뒤돌아보고 다듬는 다시 쓰기의 과정임을 잊지 말자.

수정을 할 때는 글을 쓴 직후에 곧바로 하는 것보다 어느 정도 시간적 여유를 갖고 하는 것이 글과 객관적 거리를 유지하는 데 도움이 된다. 또 컴퓨터로 작성된 글은 화면상에서 검토하기보다 종이에 실제로 프린트해서 소리 내어 읽어보도록 한다. 글의 호흡과 리듬이 적절한지도 쉽게 알 수 있기 때문이다.

덤+

● **수정의 기본 방법**

❶ 삭제 : 불필요한 부분이나 군더더기는 분량에 관계없이 과감하게 삭제한다.
❷ 첨가 : 내용이 부족하거나 예시가 부족한 경우를 살펴 내용을 더 첨가한다.
❸ 재구성 : 단락의 배치 순서, 단어나 문장의 연결을 살펴 글의 흐름을 바로 잡는다.

※ 수지는 기말과제를 작성하기 위해 아래와 같이 개요를 작성하였다. 그러나 개요를 다 만든 후에 과제 작성과 관련된 자료를 두 가지 더 찾았다.
아래의 〈개요〉와 〈자료1, 2〉를 읽고, 다음 질문에 답해보자.

〈개요〉

제목 : 과학 기술자의 책임과 권리
1. 서론 : 과학 기술의 사회적 영향력에 대한 인식
2. 본론
   1) 과학 기술자의 책임
      (1) 과학 기술 측면 : 과학 기술 개발을 위한 지속적인 노력
      (2) 윤리 측면 : 사회 윤리 의식의 실천
   2) 과학 기술자의 권리
      (1) 연구의 자율성을 보장받을 권리
      (2) 비윤리적인 연구 수행을 거부할 권리
      (3)_____
3. 결론 : 과학 기술자의 책임 인식과 권리 확보의 중요성

〈자료1〉

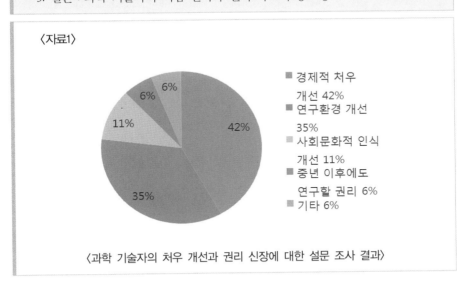

경제적 처우 개선 42%
연구환경 개선 35%
사회문화적 인식 개선 11%
중년 이후에도 연구할 권리 6%
기타 6%

〈과학 기술자의 처우 개선과 권리 신장에 대한 설문 조사 결과〉

〈자료2〉

○○전자 연구소에서 폭발사고가 발생했다.

지난 10일 오후 3시쯤 부산시 사하구에 위치한 ○○전자 연구소에서 폭발사고가 발생했다. 이 폭발로 연구소에서 실험 중이던 연구원 김○○ 씨와 이○○ 씨가 가벼운 부상을 입어 인근 병원에서 치료 중이며, 실험기계와 집기류 등이 불에 타 8000만원 상당(소방서 추산)의 재산 피해가 났다. 폭발 당시 연구실에는 실험 중 폭발을 막기 위한 안전장치가 예산상의 문제로 갖추어져 있지 않았던 것으로 밝혀졌다.

목격자 안 모(25) 씨는 "사무실에서 근무하던 도중 갑자기 '뻥'소리가 들려 달려와 보니 연구실에서 연기가 피어오르고 있었다."고 말했다. 경찰과 소방당국은 정확한 사고 원인을 조사하고 있다.

○○ 연구소에서 일어난 실험실 폭발 사고는 우리나라 과학 기술자들이 얼마나 열악한 환경에서 연구하고 있는지 잘 보여 준 사례이다. 연구소의 연구원을 대상으로 조사한 결과, 응답자의 약 40%가 실험실에서 안전사고를 경험한 적이 있다고 답변했다.

－한겨레 신문

01 〈자료 1〉의 설문 조사 결과를 바탕으로 추측할 수 있는 내용은 무엇인지 적어보자.

02 〈자료 2〉의 기사 내용의 핵심은 무엇인지 적어보자.

03 위의 자료를 바탕으로 개요를 수정하여 본론 2)-(3)에 새로운 내용을 추가하고자 한다. 그 내용을 적어보자.

학 번:	학과(부):
강의시간: 요일 교시	이 름:

학 번:	학과(부) :
강의시간: 요일 교시	이 름:

> ☞ 학습목표
> 가. 설명과 논증을 구분하고, 차이점을 이해할 수 있다.
> 나. 묘사와 서사를 구분하고, 차이점을 이해할 수 있다.
> 나. 주제와 글감에 어울리는 표현 방법을 선택해 적용할 수 있다.

글을 쓰는 사람은 읽는 사람이 쉽게 받아들일 수 있는 효과적인 표현 방법을 사용하도록 노력해야 한다. 아무리 좋은 내용이라도 받아들이는 사람이 그것을 제대로 이해할 수 없다면 실패한 글이 되고 만다. 표현방법은 크게 설명, 논증, 묘사, 서사의 네 가지 유형으로 나누어 볼 수 있다. 우리가 글을 쓸 때는 주제와 내용, 독자와의 관계를 고려해서 이 네 가지 방식을 적절히 선택하여 쓰게 된다. 여기서는 이 네 가지 방식이 각각 어떠한 특징을 가지고 있는지 살펴보고, 실제 글쓰기에 이용할 때 주의해야 할 점을 살펴보도록 한다.

1) 설명

설명이란 지식이나 정보의 전달을 목적으로 하는 표현방법이다. 사물의 본질을 규명하거나 그 실재성을 드러내 밝히는 형식으로 시비 혹은 진위 판단의 근거를 마련해주기도 한다. 보통은 단어의 의미·용어의 정의·과학적 원리·사건의 경위·사회적 혹은 경제적 현상의 원인과 결과에 대한 설명 등을 말하지만 넓게는 사물이나 경치 혹은 인물에 대한 묘사, 자기 자신의 견해나 입장에 대한 해명까지를 모두 포함하기도 한다. 설명에는 정의 또는 일반적인 서술, 비교나 대조 등의 방법을 사용한다. 구체적인 실례를 제시하여 이해를 돕기도 하며, 객관적이고 사실적인 쓰기 능력을 필요로 한다.

(1) 지정

설명의 방법 가운데 가장 단순한 것이면서 가장 널리 사용되는 보편적인 기술방법이다. 비교적 형태가 분명한 것, 추상적이기보다 구체적인 것을 설명하는 데 유용하다. 실제,

양, 질, 행위, 공간, 시간, 상황 등과 관련하여 나타난다.

　　예) 이제현은 고려조 인물로 충렬왕 27년에 나이 15세의 어린 몸으로 성균시(成均試)에
　　　　장원하고, 대과에 합격했다.

(2) 정의

논의의 대상을 보편적인 것으로 하기 위해 사용되는 소주제나 용어 또는 기호의 의미
를 확실하게 규정한 문자나 식을 말한다. 정의에는 공식적 정의와 확장적 정의가 있다.

① 공식적 정의

정의되는 항(피정의항)과 정의하는 항(정의항)으로 이루어진다. 이때 정의 받는 부분을
피정의항이라 하고, 정의하는 부분을 정의항이라고 한다. 정의를 만들 때는 먼저 피정의항
을 포함하는 보다 큰 범위인 유개념(類概念)이 무엇인지를 파악하고, 두 번째로 유개념 안
에서 피정의항만이 갖는 특징을 찾아내어 밝힌다. 이때 피정의항이 갖는 특징을 종차(種差)
라고 한다.

피정의항	정의항
사람은 종개념	생각하는　동물이다. 　종차　　　유개념

② 확장적 정의

정의항이 복잡하고, 전문적이어서 간단한 공식적 정의만으로 설명할 수 없을 때 확장
적 정의를 사용한다. 공식적 정의는 그것 자체로는 한 편이 글이나 단락을 이루기 힘들고,
다른 설명법과 어울려 사용된다. 그러나 확장적 정의는 대개 그 자체로 하나의 단락을 이
루는 경우가 많다.

문화는 영어의 culture를 번역한 것으로, 영어의 culture, 독어의 Kultur, 불어의 culture 등은 모두 라틴어의 cultus에서 유래된 것이다. cultus란 원래 밭을 갈아 경작한다는 의미를 지닌 것으로, 다시 말하면 자연에 노동을 가하여 수확한다는 의미이다. 이것이 협의적으로 해석되어 자연 상태로부터 가치를 상승시킨다, 가치를 창조한다는 의미를 갖게 되고, 더 나아가서 교양이나 세련의 의미를 갖게 되었다.

(중략)

타일러의 정의에서와 같이 문화는 지식·신앙·예술·도덕·법률·관습 등 가능한 인간 행위에 관한 모든 것을 포함한다. 위슬러(Wissler)는 이를 요약하여 문화란 여러 사람들의 생활방식(the mode of life of this and that people)이라 하고, 린턴(linton)은 더욱 간략하게 생활 양식(way of life)이 곧 문화라고 하였다. 즉, 문화는 인간 행위의 포괄적인 개념인 것이다.

―이광규, 『문화인류학노트』(1996)

(3) 예시

예를 들어 설명하는 방식으로 구체적이고 특수한 사실을 들어 일반적이거나 추상적인 개념을 설명하는 방식이다. 주로 남의 말이나 저서에서 인용하거나 자신의 체험 등을 예로 들어 설명한다. 예시를 사용할 때 주의할 점은 너무 자주 사용하면 글을 산만하게 할 우려가 있다는 것이다. 또 글 쓰는 이만 알고 있는 내용 같은 특수하고 개별적인 것을 예로 제시해서도 안 된다.

계유정란으로 조카인 단종의 왕위를 빼앗은 수양대군, 즉 세조의 딸과 그에게 목숨을 잃은 김종서의 아들이 나누는 애절한 사랑 이야기, 조선판 로미오와 줄리엣이라 할 이 사랑이 최근 화제가 되고 있다. 바로 최근 인기를 끌고 있는 드라마 '공주의 남자' 이야기이다. 그동안 계유정란을 소재로 한 드라마나 영화 등은 주로 세조와 단종에 초점을 맞추어 왔다. 이처럼 2세들의 사랑을 주제로 다룬 것은 처음이다. 역사와 허구를 적절히 섞어가며 전개되는 극적인 사랑 이야기에 시청자들은 눈을 떼지 못한다. 이미 시청률이 18%를 넘나들고 있다니, 상당한 인기라 할 수 있다. 세조의 딸과 김종서의 아들이 연인이라니, 참으로 기막힌 설정이 아닐 수 없다. 그렇다면 드라마의 제작진은 어떻게 이런 이야기를 만들어 낼 수 있었을까? 그 답은 예로부터 전해오던 전통 문화, 그 중에서도 이야기 즉 설화에서 찾을 수 있다. 강원도 지역에서 구전되는 설화 속에서는 세조의 딸과 김종서의 아들이 부부의 연을 맺고 함께 살아왔다. 그 옛날 이야기를 즐기던 민중들의 상상력이 오늘날 우리에게 큰 흥미와 감동을 더해주는 것이다. 이것이 바로 전통의 현대적 스토리텔링(storytelling)이며, 지역문화의 재창조로 시대와 매체를 넘나드는 이야기의 힘이다.

―박기현, 「전통문화가 가진 힘」(2011)

(4) 비교와 대조

둘 또는 그 이상의 대상에서 비슷한 점을 찾아 설명하는 것을 비교라고 하고, 그 차이점을 드러내어 설명의 효과를 높이는 것을 대조라고 한다. 비교와 대조는 구분하기 어려운 경우도 있지만 대상을 설명할 때 어떤 목적으로 사용하는가에 따라 달라진다.

> 나비의 더듬이는 가늘고 길며 끝이 뭉툭한 반면, 나방의 수컷은 두껍고 털이 많으며, 암컷은 가늘고 길며 끝이 뭉툭하지 않다. 나방의 몸통은 두껍고 털이 많은 반면 나비는 가늘고 부드럽다. 나방은 앞날개와 뒷날개가 연결되어 있는 반면, 나비는 나뉘어 있다. 애벌레에서 번데기로 변태할 때, 나방은 번데기 둘레를 둥근 고치로 보호하는 반면, 나비는 딱딱한 번데기 껍질을 이용한다.
>
> —〈나비〉, 위키백과

덤+

● **비교나 대조의 방법을 사용할 때 주의할 점**

❶ 비교 대상들은 서로 비교할 수 있는 것이어야 한다. (동일한 속성이 전제되어야 함)
❷ 비교의 기준은 필자의 의도에 부합되는 것이어야 한다.
❸ 유사점과 차이점을 구체적으로 제시해야 하며, 비교 대상 중 한 가지는 잘 알려진 것이 좋다.

(5) 구분과 분류

구분과 분류는 여러 가지 대상을 일정한 기준에 따라 나누거나 묶어 대상들 사이의 관계나 각 대상이 전체에서 차지하는 위치를 드러내는 기술방식을 말한다.

어떤 무리들의 공통적인 특성을 기준으로 전체를 작은 부분으로 나누어 설명하는 것은 구분이라 하고, 하위개념에 속하는 여러 개체의 공통점을 추상화하여 더 큰 갈래로 묶어서 설명하는 방식은 분류라고 한다. 분류는 비교적 규모가 큰 대상이나 개념을 이해시키기 위해 많이 사용하는 방법이다.

① 구분 : 곤충의 몸체는 딱딱한 외골격으로 싸여 있으며, 머리·가슴·배의 세 부분으로 나뉜다.

② 분류 : 곤충류는 날개가 없는 원시적인 무시아강(無翅亞綱)과 유시아강(有翅亞綱)으로 나누며, 무시아강은 4목(目)으로 나눈다. 또 유시아강은 어릴 때에 날개의 싹이 보이는데, 불완전변태를 하는 외시류(外翅類)와 유충이 성충과는 전혀 달라 완전변태를 하는 내시류로 나눈다.

2) 논증

논증이란 글쓴이가 자신의 주장과 생각을 논리적으로 입증하여 독자를 이해시키고 설득하는 방식이다. 아직 명백하지 않은 사실이나 원칙에 대하여 그 진실 여부를 논리적으로 증명하기 위해 이를 입증할 만한 이유나 근거를 제시하여 기술한다. 논증적 글쓰기를 제대로 하려면 비판적 사고력이 필요하다. 무엇인가를 주장하기 위해서는 필연적으로 그와 연관되는 다른 하나, 혹은 그 이상의 주장들이 옳지 않다는 비판정신을 가져야 한다.

논증적 글쓰기는 자신의 주장을 명제의 형태로 설정하는 것에서 시작된다. 명제란 어떤 사실 혹은 문제에 대한 의견이나 신념, 판단, 주장 등을 단일한 언어적 표현으로 나타낸 것이다. 그리고 명제의 타당성이나 진실성을 입증하기 위해 구체적으로 제시하는 논리적 근거를 논거라고 한다.

> 남북한의 통일은 남북한 모두가 가장 절실히 원하는 시대적 요청이지만 꼭 서두를 필요는 없다. 모든 일은 지나치게 서두르면 반드시 부작용이 생긴다. 따라서 우리는 통일에 관한 논의를 여기서 잠시 멈추고 국내 문제에 집중해야 할 필요가 있다.

위의 글에서 앞부분은 통일을 시대적 요청이라 주장하고 있다. 그러나 뒤에서는 "서두르면 반드시 부작용이 생긴다."는 부적절한 논거를 바탕으로 통일에 관한 논의를 멈추자는 모순된 주장을 하고 있다. 논증의 과정에서 올바른 논거의 사용은 명제의 당위성을 입증하는 근거가 된다는 점에서 매우 중요하며, 실제 논증 과정의 대부분을 차지한다.

논증을 이용한 글쓰기의 과정을 추론이라고도 하는데, 논거와 논거 사이의 관계를 명백히 드러내 주면서 말이나 글에서 결론을 이끌어내는 과정을 말한다. 이때 자료와 결과를 어떻게 연결하여 배열할 것인가에 따라서 논증과정은 몇 가지로 나눌 수 있다. 이 중 글쓰기에서 일반적으로 가장 많이 사용되는 방법은 귀납논증과 연역논증이다. 이외에도 논증적 글쓰기를 위해 알아야할 비판적 사고와 관련된 내용은 다양하다. 그러나 자세한 설명은 1장에서 이미 다루었으므로 그 부분을 참고하기 바란다.

(1) 귀납논증을 이용한 글쓰기

귀납논증은 어떤 개별적이고 구체적인 사례들을 검토하고, 분석하여 전체에 적용시킬 수 있는 보편적이고 일반적인 원리를 추론해 내는 방법이다. 귀납논증의 본질적 속성은 만약 어떤 논증에서 근거들이 모두 참이면, 결론도 참이라는 것이 가능성이 높을 뿐 확실한 것은 아니라는 점이다. 근거는 결론을 그럴듯한 것으로 만들어줄 뿐이다. 따라서 귀납논증에서는 결론을 뒷받침하는 근거가 많을수록 결론이 상대방에게 받아들여질 수 있는 확률이 높아진다고 할 수 있다. 귀납논증의 결론은 근거들에서 말하고 있는 내용보다 더 많은 것을 말하는 속성이 있다. 그래서 귀납논증의 결론은 반드시 참은 아니지만 근거에 제시되지 않은 내용까지 말해줌으로써 우리의 인식을 넓혀줄 수 있다는 장점을 갖는다.

현대사회에서는 여러 가지 스포츠 종목이 인기를 얻고 있다. 특히 그 중에서도 구기 종목의 인기는 대단하며, 막대한 규모의 산업으로 성장할 정도이다. 대학생들에게도 구기 종목의 인기는 매우 높다. 대학의 교정을 거닐어 보면 캠퍼스 곳곳에서 구기 종목을 즐기는 학생들을 목격할 수 있다. 최근 한 단체에서는 우리나라 대학생 1000명을 대상으로 가장 좋아하는 구기 종목을 묻는 설문조사를 실시한 적이 있다. 그 결과 축구 425명, 배구 148명, 농구 165명, 핸드볼 30명, 야구 230명이 나왔다. 이 설문조사 결과를 보면 우리나라 대학생이 가장 좋아하는 구기 종목은 축구라고 할 수 있다.

(2) 연역논증을 이용한 글쓰기

연역논증은 이미 알고 있는 하나 또는 둘 이상의 명제를 제시한 뒤, 그것을 바탕으로 명확히 규정된 논리적 형식에 근거해 새로운 명제를 결론으로 이끌어내는 방법이다. 잘 알려진 삼단논법이 대표적인 연역논증이다. 귀납논증과 달리 연역논증은 결론이 전제로부터 필연적으로 나오기 때문에 전제 속에 포함되지 않은 것은 결론은 이끌어 낼 수 없다.

이렇게 본다면 연역논증을 이용해 글을 쓸 때는 결론에서 말하고 있는 정보나 내용이 모두 앞서 제시한 근거 속에 이미 들어있거나 적어도 숨어 있어야 한다고 할 수 있다. 또 연역논증은 그 형식이 추론의 타당성을 결정한다. 연역논증의 타당성을 밝히는 일은 형식의 타당성을 밝히는 일이라고도 할 수 있다.

> 우리 마음속에 '상상력과 오성의 조화롭고 자유로운 유희'를 유발하는 대상은 아름답다. 하지만 사물이 아름다운 건 어떤 목적에 부합하기 때문이 아니다. 가령 한 자루의 칼은 잘 드느냐 안 드느냐에 관계없이 아름다울 수 있다. 아름다움은 이처럼 사용 '목적'과 관계없이 우리에게 만족감을 준다. 미가 존재하는 목적이 있다면, 단 하나 우리 마음에 상상력과 오성의 조화를 불러일으키기 위해 존재한다는 거다. 칸트는 이를 역설적으로 '목적 없는 합목적성'이라 불렀다. 미에는 목적이 없다. 다만 우리 마음에 들기 위해 존재할 뿐이다.
>
> —진중권, 『미학 오디세이 1』(1994)

3) 묘사

묘사는 대상을 감각적으로 느끼는 그대로 그리는 것이다. 대상의 모양, 색깔, 향기, 감촉, 소리, 맛 등을 재현하는 기술 방법이다. 묘사는 대상이 가지고 있는 특징을 독자에게 인상적으로 전달하는 것을 목표로 한다. 따라서 대상을 얼마나 잘 이해시키느냐가 아니라 얼마나 실감나고 생생하게 대상에 대한 인상을 독자에게 전달하느냐가 중요하다.

묘사는 대상의 지배적인 인상을 중심으로 각각의 부분들이 그것과 맺고 있는 관계를 드러냄으로써 전체적으로 통일감을 줄 수 있도록 이루어져야 한다. 대상의 본질을 드러내는 데 중요한 것과 생략되어도 좋을 것을 판단하는 과정이 필요한 것이다. 이러한 과정이 적절히 이루어진 묘사는 모든 부분을 세세히 다루지 않더라도 독자에게 대상을 직접 체험하는 듯한 인상을 줄 수 있다. 따라서 묘사에서 중요한 것은 단순한 표현 능력과 기법의 문제를 넘어선 대상에 대한 인식, 태도, 가치관과 그것을 바라보는 글쓴이의 관점이다.

> 태수는 다시 말이 없다. 형보는 귀밑까지 째진 입에 담배 꽂은 상아 빨주리를 옆으로 물고 누워 태수의 숙인 이마를 곰곰이 올려다본다. 그의 퀭하니 광채 있는 눈은 크기도 간장 종지 한 개만큼씩은 하다. 이 사람을 목간통에서 보면 더욱 기괴하다. 고릴라의 뒷다린 듯 싶게 오금이 굽고 발끝이 밖으로 벌어진 두 다리 위에, 그놈 등뒤로 혹이 달린 짧은 동체(胴體)가 붙어 있고, 다시 그 위로 모가지는 있는 둥 마는 둥, 중대가리로 박박 깎은 박통 만한 큰 머리가 괴상한 얼굴을 해 가지고는 올라앉은 양은, 하릴없이 세계 풍속 사진 같은 데 있는 아메리카 인디언의 토템이다.
>
> ─채만식 『탁류』

4) 서사

서사는 사건이 진행되어 가는 과정을 다루는 표현방법이다. 특히 서사문에서는 행위나 사건의 내용과 그것이 전개되는 시간적 과정과 완결되고 통일된 의미가 강조된다. 서사에서는 행위의 주체와 대상, 내용과 목적, 행위가 전개되는 구체적인 시간과 장소 등이 명확하게 밝혀져야 한다. 흔히 신문기사 작성과 관련해서 6하 원칙이라 부르는 '누가, 언제, 어디서, 무엇을, 왜, 어떻게'의 여섯 가지가 서사의 필요 요건이라고 할 수 있다. 이 요소들은 시간적 순서에 따라 조직될 수도 있고, 인과관계에 따라 조직될 수도 있는데, 주의해야 할 것은 어떤 방식으로 조직되든 각 요소들 사이의 관계가 명확하게 드러나야 한다는 것이다. 서사에서는 사건을 다룰 때 한 가지 사건만을 다루기보다 여러 사건을 순차적인 연속으로 묶어서 다루는 경우가 많다. 여러 개의 사건이 하나의 큰 사건이 되는 셈이다. 뭉뚱그려지는 여러 개의 사건들은 시간적으로 이어져 있을 뿐 아니라 논리 및 의미의 측면에서도 서로 밀접한 관계로 맺어져야 한다. 다시 말해 서사문을 쓸 때는 제시되는 여러 사건들이 모두 주제를 부각시키는 데 도움이 되도록 해야 한다. 개별적인 사건 그 자체로는 흥미롭더라도 전체적인 주제에 방해가 되거나 혼란을 유발하는 것이라면 과감하게 배제하는 것도 필요하다. 서사문의 예에는 역사적 사건의 전개 과정을 그린 글이나 소설 같은 문학 작품에서부터 신문기사까지 사건의 전개 과정을 기술한 것은 모두 속한다고 볼 수 있다.

> 27일 오후 2시3분께 부산 도시철도 1호선 대티역에 하단에서 진입하던 전동차 위 전차선과 연결부위에서 불이 나면서 열차가 정지하는 사고가 발생했다.

이 불로 승객 김모(37)씨 등 32명이 연기를 흡입해 인근 병원으로 옮겨졌으며 불이 나자 소방 펌프차 10대와 탱크 5대, 구조차 7대, 구급차 12대, 기타 차량 11대 등과 소방대원과 경찰 165명이 출동해 20여 분만에 진화했다. 당시 승강장에 있던 승객들 대부분은 재빨리 대피해 피해를 면했으나 객차 내 있던 연기흡입 환자가 더 늘어날 것으로 예상되며 이 화재 여파로 현재 도시철도 1호선 양방향 운행이 중단된 상태다. 현재 환자들은 모두 연기흡입으로 10명이 부산대학병원 이송됐으며 8명이 위생병원, 7명이 하나병원, 7명이 고신대병원에 이송돼 치료를 받고 있으며 사고 당시 안내방송이 없어 승객들은 큰 혼란을 겪은 것으로 파악됐다. 한편 이날 화재현장에 있다가 동아대병원으로 이송된 배모(74)씨는 "오후 2시를 조금 넘긴 시간 대티역에 도착한 열차의 문이 열리는 순간 '쾅'하는 소리가 2~3번 들린 후 열차가 흔들리면서 열차 앞쪽에서 불길이 치솟는 것을 보았다"고 말했다. 그는 또 "반대편 열차는 손님을 하차시킨 후 급하게 문을 닫고 출발하는 것을 보았으며 역사 내가 정전되면서 급하게 빠져나오다 계단 근처에 아주머니 한 명이 쓰러져 있는 등 역사를 빠져나가려는 사람들로 아수라장이었다"고 증언했다.

　　　　　　　　　　　　　　　　　－〈부산 도시철도 1호선 대티역 화재…'쾅'소리 후 불길〉, 뉴시스, (2012. 8. 27)

참고문헌

안말숙 외(2010), 글쓰기와 의사소통, 새문사.
윤호병(2008), 효과적인 글쓰기 이론과 실제, 국학자료원.
정희모·이재성(2006), 글쓰기의 전략, 들녘.
앤서니 웨스턴/이보경 옮김(2004), 논증의 기술, 필맥.
토마스D.코웰스키 외 /김병욱 외 옮김(2002), 단락 어떻게 읽고 쓸 것인가, 예림기획.

01 다음에 제시된 각 항목들을 설명의 방법 중 한 가지를 이용해 표현해보자.

> ❶ 헐리웃 영화에 나타나는 인종주의
> ❷ TV 프로그램의 선정성
> ❸ 눈과 카메라의 구조와 작동원리

02 소설이나 수필 작품 중 한 편을 골라 묘사가 잘 이루어진 부분을 써보고, 그 이유를 말해보자.

학 번:	학과(부):
강의시간: 요일 교시	이 름:

학 번:	학과(부):
강의시간: 요일 교시	이 름:

제4장 글쓰기의 실제

01 이력서와 자기소개서 쓰기

☞ 학습목표
가. 이력서와 자기소개서가 필요한 이유를 이해할 수 있다.
나. 이력서와 자기소개서의 일반적인 형식과 구성 내용을 이해할 수 있다.
다. 이력서와 자기소개서를 교재에 제시된 소정의 양식에 맞게 작성할 수 있다.

1) 이력서

(1) 이력서의 개념 및 필요성

이력서는 취업이나 입학 시 제출하는 필수서류 중 하나이다. 이력서는 인사권자가 지원자의 정보를 얻는 1차적인 자료이다. 인사권자는 이력서에 기술되어 있는 지원자의 나이, 교육 수준, 경력, 특기 사항, 자격증, 외국어 수준 등을 고려하여 지원자의 자질과 능력을 판단하여 채용·입학 여부를 결정한다. 따라서 지원자는 자신에 관한 정보를 정확하고 솔직하게 작성하여야 한다.

기업이나 학교에 따라 정해진 양식을 요구하기도 하지만, 대부분은 특정한 양식을 요구하지 않는다. 자신이 지원하고자 하는 곳의 이력서 양식을 확인하여 그에 맞는 내용을 작성하면 된다. 만약 자신이 지원하고자 하는 곳에서 정해진 양식을 요구하지 않으면 기존에 있는 이력서 양식에 의거하여 작성하면 된다.

특정한 양식이 있든지 없든지 간에 이력서 내용을 미리 기재해 놓으면 훗날 이력서 작성 시 큰 도움이 된다. 이력서에는 지원자의 신상 정보를 상세히 기록해야 하는데, 매번 작성할 때마다 정보를 확인해야 하는 번거로움을 피할 수 있기 때문이다. 입학일, 졸업일, 수상일, 수상 기관, 자격증 번호, 자격증 취득일, 학위번호 등을 미리 정확하게 기재해 놓으면 실제 이력서를 작성할 때 시간을 효율적으로 사용할 수 있다. 따라서 대학 신입생이라고 하더라도 이력서를 미리 써 보는 것이 훗날 취업이나 진학 시 이력서를 쓰는데 도움이 된다.

(2) 이력서 작성요령

이력서에는 이름, 생년월일, 주소, 연락처 등이 기본 정보로 들어간다. 그리고 가족 관계, 학력 및 경력 사항 등이 수반된다. 이력서에 기재하는 모든 정보는 공문서의 내용과 일치해야 한다. 불가피하게 실재 거주하는 주소지와 주민등록상의 주소지가 다르다고 하더라도, 이력서에는 공문서인 주민등록상의 주소지를 기재해야 한다. 학력 및 경력 사항의 경우에도 기간과 발령청 등이 증명서류에 나와 있는 내용과 동일한지 여러 번 확인해야 한다. 이력서를 급하게 작성하다 보면 간혹 졸업증명서에 나와 있는 졸업일자와 다른 날짜를 이력서에 기재하는 수가 있다. 이력서는 시간을 충분히 가지고 작성하고 기재한 정보가 정확한지 여러 번 검토해야 한다.

이력서에는 지원자의 사진을 부착하도록 되어 있다. 사진은 이력서의 얼굴이라고 할 수 있다. 3개월 이내에 찍은 최근 사진을 첨부하되 포토샵 등으로 과도하게 수정한 것은 피해야 한다. 지나치게 보정을 하거나 화려하게 치장하고 찍은 사진은 실제 면접 시 다른 사람으로 오해받을 수 있기에 깔끔하고 차분한 인상을 줄 수 있는 사진을 붙이는 것이 좋다.

01 아래의 양식에 맞추어 자신의 이력서를 작성해 보자.

〈사진〉	이름		영문		한문	
	주민번호				나이	
	휴대폰		전화번호			
	E – mail		SNS			
	주소					

학력사항 (최종학력 : ○○대학교(4년) 졸업)			
재학기간	학교명 및 전공	학점	구분

활동사항			
기간	활동 내용	활동구분	기관 및 장소

어학			
언어	시험	점수	기관

교육/연수		
기간	과정명	기관

수상내역		
기간	상세 내용	기관

자격증			
취득일	자격증/ 면허증	등급	발행처

병역		
복무기간	군별/ 계급/ 병과	미필사유

가족사항				
관계	성명	연령	직업	직위

위에 기재한 사항은 사실과 틀림이 없습니다.

20 년 월 일

성 명 :　　　　　(인)

2) 자기소개서

(1) 자기소개서의 개념 및 필요성

자기소개서는 자신을 알리는 글이다. 자기소개서는 거의 모든 회사나 단체에서 이력서, 입사지원서와 함께 제출을 요구한다. 전형 과정에서도 중요한 자료로 취급한다. 입사지원서와 이력서가 개인을 개괄적으로 파악하는 기초 자료로 쓰이는 데 비해, 자기소개서는 구체적이고 내면적인 측면을 파악하는 자료로 사용된다.

자기소개서의 내용을 바탕으로 지원한 사람이 적합한 인물인지를 효율적으로 판단할 수 있다. 아울러 일정한 형식에 맞게 내용을 선정하고 배열하여 수준 높은 자기소개서를 쓸 수 있는 '작문 능력'은 곧 그 사람의 인지적 능력을 드러내어 주는 것으로 판단할 수 있다. 자기소개서를 기관이나 단체의 요구 조건에 맞게 쓸 수 있다는 것은 높은 수준의 문제해결 능력을 지니고 있음을 보여주는 것이기 때문이다.

(2) 자기소개서 작성 요령

자기소개서는 자기만의 특성을 자연스레 드러낼 수 있다는 점에서 이력서나 입사지원서와는 차이가 있으며, 이런 특성 때문에 중요한 의미를 지닌다. 그러므로 자기소개서는 개성이 돋보이게 작성하는 것이 좋다.

① 성장과정

자기소개서의 성장과정에는 언제, 어디서 태어났는지로 시작하는 경우가 대부분이다. 여기에 어린 시절의 기억들을 추가하게 되는데, 그냥 기억나는 내용들을 단순히 나열하기보다는 어린 시절과 학창 시절에 있었던 많은 일들 중에서 그 당시의 나의 모습, 성격, 가정 환경, 학교 생활 등을 중심으로 구체적으로 작성하는 것이 좋다.

> ● 나쁜 예
>
> 1993년 5월 18일 부산에서 아버지와 자애로우신 어머니 밑에서 1남 1녀 중 첫째로 태어나서 자랐습니다. 저희 집은 가훈이 '정직, 근면'이었습니다. 때문에 저는 누구 못지않게 정직하고 근

면하다고 자부합니다. 또한 장남으로서 책임감도 강한 편입니다. 98년에 ○○초등학교를 입학했고, 중학교, 고등학교 모두 부산에서 다녔으며, 현재까지 살아오고 있습니다.

> **● 좋은 예**
>
> <아버지께서는 제자들과 일촌입니다.>
> '여보, 휴대폰 통화료가 100,000원이 뭐예요? 혹시, 당신 여자 생겼어요?'
> 어머니께서는 웃으시며 아버지에게 핀잔을 주십니다. 친구들이나 제자들에게 좋은 일이 생기거나 혹은 나쁜 일이 생기면 연락을 하지 않고는 그냥 넘기지 못하시는 아버지이십니다.
> 최근에는 아버지께서도 페이스북과 카카오스토리를 만드시겠다며, 저에게 묻고, 또 물으십니다. '요새 학생들은 이것으로 의사소통한다더라. 학생들을 가르치는 내가 뒤떨어져서야 되겠니!' 하시며 말입니다. 그런 아버지의 영향을 받아서인지, 저 또한 대인관계 중요성을 자연스럽게 깨우쳤습니다.

② 성격의 장점과 단점

'적극적', '긍정적', '명랑', '활발' 등과 같이 생활기록부 담임 의견란에 흔히 쓰이는 말처럼 추상적이고 천편일률적인 단어는 신뢰성이 없다. 자신의 성격을 언급할 때는 교우 관계, 가족 관계 등을 중심으로 구체적으로 표현하는 것이 좋다. 그리고 단점이 있을 때는 무조건 안 쓰는 것보다 개선의 의지를 곁들여 표현하는 것이 솔직하고 발전적인 이미지를 심어줄 수 있어 효과적이다.

> **● 나쁜 예**
>
> 저는 타인에 대한 배려심이 많고, 의리가 있으며, 성실하다는 말을 많이 듣습니다. 학창시절에는 개근을 했으며, 아르바이트 중에도 단 한 번의 결근 없이 근무하여 좋은 평가를 듣기도 했습니다. 또, 제가 해야 한다고 느끼는 일은 무슨 일이 있어도 마무리를 짓는 다부진 면도 있습니다. 다만, 남의 부탁을 잘 거절하지 못한다거나, 한 가지 일에 열중하다보면 주변을 두루두루 살피지 못하는 면이 있어서 고치려고 노력 중입니다.
>
> **● 좋은 예**
>
> <활동적, 적극적 그리고 다방면 관심, 영업에는 적격>
> 영업활동에 있어 가장 필요한 것 중의 하나는 '고객의 입장에서' 생각하는 것입니다. 그리고

그 상품과는 별도로 자신의 고객에게 다가갈 수 있는 다양한 방법을 가지고 있어야 한다고 생각합니다. 그러나 모든 분야와 상품에 관심을 갖고 있는 사람은 많지 않은 편입니다.

저는 주위 사람들로부터 '팔방미인'이라는 말을 들을 정도로 다양한 취미와 특기 그리고 관심사를 가지고 있습니다. 농구, 배구를 포함한 각종 스포츠와 스키, 등산 등의 레저 활동과 더불어 바둑, 기타, 피아노 연주, 비디오 게임, 요리 등이 제 취미이자 특기입니다. 무슨 일이든 한번 빠져 들면 끝장을 보는 성격이라 취미로 시작한 것들 대부분이 특기가 되었습니다.

이러한 다양한 분야에 대한 관심사 덕분에 처음 만난 사람과도 자연스런 대화를 이끌어갈 수 있는 남다른 재주를 갖고 있습니다. 활동적이고 적극적인 데다 솔직하고 소탈한 성격 덕분에 대인관계도 원만한 편이며 한번 만든 인연을 계속 이어나가기 위해 노력하는 편입니다.

③ 입사 지원 동기

입사 지원 동기를 작성할 때에는 지원한 업체에 대해서 최소한의 정보라도 수집하는 것이 좋다. 지원 업체의 정보는 전화를 직접 걸어 물어보거나, 인터넷을 통해 수집할 수 있다. 지원하는 업체가 무슨 일을 하고, 어떻게 수익을 얻는 회사인지를 파악해야 내가 왜 이 업체에 들어가고 싶은지가 분명해지고, 입사하기 위해 어떤 준비와 노력을 해왔는지를 구체적으로 작성할 수 있다.

● 나쁜 예

귀사에서 경력과 경험을 쌓아 인정받고 필요한 재원으로 성장하고 싶습니다. 또한 나의 능력을 키워줄 수 있을 거 같아서입니다. 그만큼의 노력과 각오도 되어있습니다. 비록 지금은 자격증 하나 없지만 회사를 위해 나를 위해 자격증을 취득하는 결과를 얻을 것입니다.

● 좋은 예

<학생의 입장을 고려하는 '눈높이'>
제가 이 회사를 지원하게 된 동기는 그 회사의 문구인 '눈높이'가 제 마음에 들었기 때문입니다. 눈높이 대교는 우리나라 교육시장에서 아이들의 눈높이에 맞게 제품을 만들어 소비자에게 감동을 주고 만족을 주는 회사입니다. 비슷한 회사로는 '빨간펜'이라는 회사가 있는데, '빨간펜'이라는 이미지는 시험점수가 나쁜 학생에게는 왠지 거부감을 주는 회사이름이라 발전가능성이 없다고 제 나름대로 생각하게 되었습니다. 학생들의 입장을 고려한 회사 문구 '눈높이' 대교가 나아갈 방향을 제시하는 것이고 이는 제가 생각하는 바와 같습니다. 그래서 저는 '눈높이 대교'에 지원하게 되었습니다.

④ 장래 희망 및 포부

자신의 장래 희망을 막연하게 '열심히' 또는 '꾸준히' 등의 말로 표현하기보다는 가급적이면 지원한 회사에 입사를 했다는 가정 하에서 기술하면 회사와의 유대감이 잘 형성되어 장래 희망 및 포부를 작성하기 쉽다. 장래희망은 대학의 전공과 입사 지원동기 등과 함께 일관성을 유지하는 것이 좋으며, 입사 후의 목표와 자기 계발을 위해 어떠한 계획이나 각오로 일에 임할 것인지를 구체적으로 적는 것이 좋다.

● 나쁜 예

앞으로 여러 가지 어려운 일을 만나게 될 것이며, 망설이거나 당황하는 일은 많겠지만 하려는 의지와 노력만 있다면 무슨 일이건 못할 리 없다는 자신감을 가지고 있습니다. 또한 주어진 상황에서 최선을 다하는 자세로 생활할 것이며 능력에 따라 평가받는 직장인으로서 회사를 자아실현의 장으로 가꾸고 싶습니다. 또한 생활하며 부족하다고 느끼는 부분은 조직을 위해서 늘 배우고 탐구하는 자세로 보충해 나갈 것입니다.

● 좋은 예

<프로를 꿈꾸는 호텔리어>

우리나라의 정치, 경제, 문화 흐름의 중심지로 변화와 발전을 거듭해 온 귀사의 사훈처럼 최상의 서비스를 제공하는 최고의 인재로 최선의 경영을 해나가는 데 이바지하고 싶습니다. 호텔리어의 최우선 과제는 항상 고객의 요구와 기대가 완벽하게 충족되어 다시 방문하고 싶게 만드는 것이라고 생각합니다. 그러기 위해서 고객의 눈높이에 맞춘 서비스 정신과 차별화된 서비스를 제공할 수 있는 프로페셔널리즘이 필요하다고 생각합니다. 이 점을 깊이 새기고 귀사가 추구하는 서비스 정신을 바탕으로 고객에게 최고의 만족감을 선사하기 위해 늘 노력할 것입니다.

---

(3) 자기소개서에서 지켜야 할 6가지 'OO성'

① 간결성

문장은 간단명료하게 작성해야 한다. 또한 해야 할 이야기는 다 하되 너무 길게 늘어놓아서는 안 되며, '그리고, 그리하여, 그러므로, 또한' 등의 접속사가 너무 많이 들어가지 않도록 유의해서 써야 한다. 분량이 정해져 있는 경우라면 그것에 따르도록 하고, 분량이 정해지지 않았다면 2백자 원고지 6매 정도, A4용지로는 1장~2장 정도가 적당하다. 간결성을 갖추기 위해서는 필요한 자리에 필요한 만큼의 말만 쓰는 것이 요령이다. 말이 많으면 전달하고자 하는 내용의 취지를 흐리게 할 수 있으니 주의해야 한다.

② 진실성

자신의 주장을 펼 때는 그것이 합리적이고 보편적인 내용인지 냉정하게 살필 필요가 있다. 남에게 보이기 위해서 거짓된 내용을 담아서는 안 되며, 자신을 지나치게 미화시켜서도 안 된다. 자칫하면 면접과정에서 심도 있게 질문을 받아 자신의 거짓이 드러날 수 있기 때문이다. 가능한 한 솔직하게 자신을 표현하는 것이 무난하다. 이야기를 극적으로 전개하기 위해 진실성을 벗어나서는 안 된다.

③ 구체성

지나친 수식어의 사용으로 그 글의 목적이 흐려진다든지, 초점 없는 빗나간 얘기 등을 끌어와서는 안 된다. 서술에 있어서 추상적인 단정만 있고 구체적인 내용이 빠진 글이라든지, '어떻게'는 있으나 '무엇이'가 없는 문장이 되어서는 안 된다.

④ 참신성

유행처럼 많이 쓰이는 말이나 고답적이고 상투적인 표현은 되도록 피하는 것이 좋다. 자기소개서에 참신성이나 독창적인 표현을 요구하는 것은 무리일지도 모른다. 하지만 적어도 남들이 흔하게 사용하는 표현, 유행처럼 사용되어 이미 식상한 문구들은 되도록이면 사용을 피하는 것이 좋다.

⑤ 명료성

명료성은 좋은 문장이 갖추어야 할 조건인 '선명한 뜻'을 말한다. 여기서 선명한 뜻이란 문어적인 글에서 의미를 감추어서 '상징법이나 은유법'으로 우회적인 표현을 하는 것과 반대되는 개념이 아니다. '정확한 표현'이나 '손에 잡힐 것 같은 묘사'를 가리킨다. 글의 의미를 명확하게 전달하지 못하는 데에는 여러 이유가 있지만 대체로 추상적이거나 애매한 표현을 사용하거나 문장의 수식관계가 모호한 경우가 많으므로, 자신이 표현하고자 하는 내용이 제대로 전달될 수 있도록 문장을 작성해야 한다.

⑥ 객관성

자기소개서는 자기의 이야기를 하는 것이지만 남을 염두에 두고 쓰는 글이다. 따라서 자신이 좋아하는 소재나 단어에 얽매이지 말고 타인과의 의사소통이 가능한 어휘나 소재를 선택해야 한다. 또한 자신의 주장을 피력함에 있어서 주관적이고 배타적인 시각이나 표현은 삼가고 상식적인 선에서 거부감 없는 내용이 되어야 좋은 자기소개서가 될 수 있다.

덤+

● **부정적인 단어는 긍정적인 단어로 바꾸자!!**
❶ 고집이 세다 ⇨ 주장을 관철하는 능력이 뛰어나다
❷ 성격이 급하다 ⇨ 결단력이 있다
❸ 귀가 얇다 ⇨ 타인의 의견을 잘 반영한다
❹ 다혈질이다 ⇨ 카리스마가 강하다
❺ 욕심이 많다 ⇨ 의욕이 넘친다
❻ 부탁을 거절하지 못한다 ⇨ 타인에게 호의적이다

---

(4) 자기소개서 예

아래에 제시된 자기소개서는 대학 1학년 학생이 자신이 지원하고자 하는 기업의 사원 채용 양식에 맞추어 작성한 자기소개서이다. 제시된 자기소개서를 읽어 본 후 잘된 부분과 보완할 부분을 이야기해 보자.

● **지원 회사 : ○○제약**

1. 지원동기

이미 20XX년 1월 새로운 비전인 VIVA 20XX를 선포하면서 인력의 혁신, 프로세스의 혁신, 제품의 혁신을 위한 세부 전략을 수립하고 시행하고 있고 혁신이 없이는 급변하는 세계적인 환경에서 경쟁우위를 점할 수 없는 상황에서 ○○제약은 미래를 대비하여 끊임없는 도전과 혁신을 하는 회사입니다. 이를 바탕으로 궁극의 목적인 '인류 건강에 공헌'을 영속적으로 실천하는 기업경영에 매료되었습니다. 그리고 ○○제약의 건강관련 보충제처럼 운동하는 사람을 위해서나 또한 노인들을 위해서 더 나아가 국민들을 위해서 약을 만들어 보는 것이 제 오랜 꿈이었기에 이 회사에 지원하게 되었습니다.

2. 성장과정

'책임감과 독립심이 강한 아이'

성장하는 동안 "~해라" 이런 말은 들어본 적이 없습니다. 매일 같이 우직하게 불평불만 없이 성실히 일을 하시는 자랑스러운 아버지와 저를 어릴 때부터 뒷바라지 해주신 어머니께서는 강요에 의해서가 아니라 필요에 의해 스스로 깨우쳐서 하기를 바라셨습니다. 언제나 자식의 입장에 서서 먼저 생각하고 존중해 주셨으며, 제가 하고자 하는 일의 적극적인 후원자가 되어 주셨고, 힘든 일이 있을 때는 든든한 버팀목이 되어 주셨습니다. 그런 부모님의 교육방식 속에서 저는 일찍이 책임감과 독립심을 기를 수 있었습니다. 어릴 때부터 과학이라는 과목을 좋아했는데, 직관에 의존하는 일보다는 객관적인 근거와 자료를 바탕으로 명확한 결론을 도출하는 과목의 특성이 정말 좋았습니다. 그리고 과학 중에서도 화학분야에 관심이 많아서 대학에서는 의약생명공학을 전공하였습니다. 고교생활 이후 저는 친구들과 달리 재수를 경험하게 되었습니다. 재수를 통해 세상을 보는 시야가 한층 더 달라진 것 같아 힘들었지만 좋은 제 인생 경험 중의 하나였다고 생각합니다. 또한 대인관계에 있어서는 처음 본 사람에 대해 약간의 낯가림이 있었지만 학창시절에 학급의 임원으로서 일하고 반을 대표하고 사람들과 즐기는 운동을 같이 함으로써 활동적인 면을 많이 키우기 위해 노력하고 있습니다.

3. 성격 및 인생관(성격의 장단점 및 자신의 신념이나 생활신조를 기술하세요.)

어릴 적부터 자유로운 생활 속에서 성장해서 그런지 스스로 자신이 해야 되는 일을 찾아서 할 수 있는 자립심과 더불어 스스로 한 일에 대해서는 그 책임을 절대 남에게 전가하지 않고 스스로 해결할 수 있는 책임감 있는 성격을 지니고 있습니다. 이 외에도 학창시절에서도 무슨 일이 있어도 절대 지각 한번 하지 않을 정도로 성실함에 있어서는 누구보다도 자신합니다. 반면에 남의 일도 자신의 일처럼 적극적으로 돕게 되는 경우에 제가 해야 될 일을 미처 처리하지 못하는 경우들이 있어 단점 아닌 단점입니다. 그래서 나의 상황을 정확히 파악한 후에 도와주어야 될 상황에 적절히 대처해 나갈 수 있는 판단력으로 문제를 해결하려고 노력하고 있습니다. '주어진 일에 최선을 다하자.' 는 저의 신념이자 세상을 살아가는 데 있어 삶의 원동력이 되어 주고 있는 인생관입니다. 이에 한번 시작한 일에 대해서는 절대 포기하지 않는 끈기로 저에게 주어진 기회를 놓치지 않고 실천해 나가고 있습니다. 물론, 일처리를 해 나가는 데 있어 때로는 지치고 힘든 순간도 있으나 항상 저의 문구를 되새기며 끝까지 포기하지 않고 실천해 나가고 있습니다. 따라서 이러한 노력은 앞으로 업무를 처리해 나가는 과정에서는 추진력으로 발휘되어 업무의 효율성을 높일 수 있는 저만의 장점이 될 수 있다고 자신합니다.

4. 입사 후 포부

'지금보다는 미래가 더 기대되는 직원이 되도록 최선을 다하겠습니다.'

저는 의약생명공학을 전공하며 기본적인 제약연구 지식을 쌓았습니다. 또한 저의 행동의지는 회사의 유기적인 하부구조로 어울리며 핵심역량을 만들어 낼 수 있을 것이라 믿습니다. 회사의 향후 십 년을 통해 업계를 대표하는 브랜드로 발돋움 할 수 있게 노력할 것입니다. 또한 고객만족을 충분히 연구하여 값싼 제품만이 고객이 원하는 것의 전부가 아니라는 것을 기업문화로 자리 잡도록 노력하겠습니다. 회사를 위해서 일하고 있다는 믿음과 희망을 줄 것입니다. 10년 후, 10년 전의 꿈을 그대로 지켜 연구하는 업무에 있어 중심에 설 것입니다.

덤+

● **기업에서 요구하는 자기소개서 항목**

❶ ○○은행
① 성장과정 [1300 Bytes]
② 성격의 장단점 [1300 Bytes]
③ 열정을 쏟아 몰입한 경험 [1300 Bytes]
④ 성공 또는 실패 경험 [1300 Bytes]
⑤ 지원동기 [1300 Bytes]
⑥ 입사 후 계획 (미래 비전 등) [1300 Bytes]

❷ ○○약품
① 본인의 성장과정 및 생활신조에 대해 서술하십시오. (500자 이내)
② 자신의 장점을 활용하여 성취를 이룬 사례와 단점으로 실패한 사례, 그리고 이 두 가지 경험을 통해 얻은 것들에 대하여 서술하십시오. (500자 이내)
③ 자신에게 영향력을 미친 단체나 모임에서 수행했던 역할과 그로 인해 느낀 점을 서술하십시오. (500자 이내)
④ 입사지원 동기와 본인이 지원한 직무에 가장 적합한 인재라고 생각하는 이유에 대해 서술 하십시오. (학업, 경험, 관심분야 기반) (500자 이내)
⑤ 10년 후의 목표와 그 목표를 달성하는 데 있어서 '○○약품'은 어떤 의미인지 서술하 십시오. (500자 이내)

❸ ○○전자
① 자신이 가진 열정에 대하여 [1000 ～ 2000 Bytes]
② 본인이 이룬 가장 큰 성취에 대하여 [1000 ～ 2000 Bytes]
③ 본인의 가장 큰 실패 경험에 대하여 [1000 ～ 2000 Bytes]
④ 본인의 역량에 관하여(지원 분야 관련 전문지식) [1000 ～ 2000 Bytes]
⑤ 본인의 성격에 관하여(본인의 약점/장점에 대하여) [1000 ～ 2000 Bytes]
⑥ 본인의 10년 후 계획에 대하여 [1000 ～ 2000 Bytes]

참고문헌

강현화 외(2004), 창의적 사고와 효과적 표현, 경희대출판부.
김승종 외(2012), 창의 사고와 표현, 한올.
문병용(2009), 이력서 자기소개서 상식 사전, 길벗.
배채진 외(2008), 사고와 표현, 서현사.
손언영(2007), 자기소개서 이력서 쓰기, 랜덤하우스코리아.
신길자(2011), 뽑히는 자기소개서, 서울문화사.
임병욱(2012), 자기소개서 미리 써보기, 올드앤뉴.
한종구 외(2011), 사고와 표현, 한올.
한철우 외(2003), 사고와 표현, 교학사.

01 다음에 제시한 자기소개서를 읽고 부족한 부분을 이야기해보자.

○○전자 자기소개서

❶ 자기소개(400자 이내) – 자신이 회사에 필요한 사람임을 보일 수 있도록 자신에 대해 좀 더 자세히 적어 주십시오.

☞ 저는 ○○전자가 추구하는 인재상인 창의적 인재와 도전적 인재에 적합한 인재라고 생각합니다. 그리고 저는 이 회사에 필요한 사람이라고 믿어 의심치 않습니다. 저는 어려서부터 모험을 좋아하여 길도 정해진 길이 아닌 새로운 길을 찾아보고 생각을 해도 다른 관점으로 한번 더 생각하였습니다. 그 결과 길도 잃어보고 그랬지만 모험하는 것에 대한 두려움은 없었던 것 같습니다.

❷ 장점(200자 이내) – 직무수행과 관련하여 자신의 장점을 말씀해 주십시오.

☞ 저는 제가 해야 할 일은 꼭 하는 편입니다. 비록 조금 여유를 부리다가 나중에 급해서 서두를 때도 있지만 할 일은 알아서 합니다. 그래서 초등학교 때부터 방학숙제를 잘해서 상도 받고 그랬습니다.

❸ 보완점(200자 이내) – 직무수행과 관련하여 자신의 보완점을 말씀해 주십시오.

☞ 쓸데없는 여유가 많아 해야 할 일을 조금 빠듯하게 완료하는 경향이 있습니다.

❹ 지원동기 및 포부(500자 이내) – 자신의 지원동기 및 포부에 대해 말씀해 주십시오.

☞ 한국하면 ○○이라는 큰 기업에서 제 열정과 능력을 펼쳐보고 싶습니다. 단지 유명해서 지원하는 것이 아니라 ○○전자의 인재상과 회사가 추구하는 목표가 마음에 들어서 같이 이루어보고 싶습니다.

02 다음 상황 중에서 하나를 선택하여 자기소개서를 써보자.

> ─동아리에 가입하기 위하여 쓰는 자기소개서
> ─회사나 연구소 등에 취업하기 위해 쓰는 자기소개서
> ─이 강의에서 처음 만난 학우들에게 자신을 알리기 위한 자기소개서

자기소개서

성 장 과 정

성격의 장·단점

입사지원동기

장래희망 및 포부

학 번:		학과(부):
강의시간:	요일 교시	이 름:

논문과 보고서에 대한 학습과 이해는 대학생이라면 필수적으로 알아야 할 요소이다. 논문은 깊이 있는 학문 활동에서 중요한 부분을 차지한다. 보고서 역시 학습 활동의 결과물로 대학생들이 가장 많이 쓰게 되는 학술적 글쓰기의 하나이다. 그러므로 논문과 보고서는 비교적 엄격한 형식과 내용이 요구된다. 특히 최근에는 논문 표절이 심각한 사회적 문제로 대두되고 있는 실정이므로 이 장에서는 논문과 보고서에 대한 개념, 일반적 조건과 내용적 조건, 표절과 인용의 문제 등을 중심으로 학습하도록 한다. 논문과 보고서는 형식과 내용 등에서 계열별, 전공별로 차이가 있지만 여기서는 인문사회계열 중심의 논문 및 보고서 쓰기에 대해 학습하기로 한다.

1) 논문과 보고서란?

논문이란 자신의 주장과 의견을 일정한 형식에 맞춰 논증해 가는 학술적 글쓰기의 한 유형이다. 주로 전공 분야에 대한 깊이 있는 학문 활동의 결과를 형식적 요건에 맞게 구성하여 새로운 주장이나 의견을 제시하는 것이 논문의 목적이다. 그러므로 논문에서 제시되는 논거가 타당해야 하며 글의 전개도 체계적이며 또한 그 결과가 창의적이어야 한다는 특징이 있다.

보고서란 특정 사안에 대한 사실과 정보를 정리하여 다른 사람에게 보고하는 글이다. 학생들의 학습 활동에 관한 보고서를 '리포트(report)'라고 하는데, 대학의 많은 강의에서 수업과 연관되는 영역에 대한 심화 및 보충 학습을 위하여 요구하기도 한다. 각 계열은 세부학문의 특성에 따른 관련 자료를 검토하여 자신의 시각에 맞게 정리한 보고서를 요구하는 것이 일반적이다. 그러므로 보고서의 특징과 작성의 유의점을 익혀두는 것은 아주 중요하다.

2) 논문과 보고서를 쓰는 이유

대학생이라면 누구나 자신의 전공이나 관심분야에 대한 학문적 깊이를 담은 논문이나 보고서를 작성할 필요가 있다. 많은 대학생들이 보고서를 통해 강의시간에 배운 지식을 확장하거나 심도 있게 접근하여 지식을 쌓고 비판적 관점을 확보하기도 한다.

기존 연구(이준호, 2004)에 의하면 약 45%의 대학생들이 한 학기에 작성하는 보고서의 수가 3~4번이며, 35%의 대학생들이 5번 이상인 것으로 나타났다. 이를 대학생활 전체로 환산하면, 45%의 학생들이 4년 동안 약 24~32번을 작성하며, 35%의 학생들이 40번 이상을 작성한다는 결과가 산출된다. 또한 80번 이상 작성한다는 학생들의 비율도 약 5%정도이므로 대학생에게 보고서의 비중이 얼마나 중요한지 잘 알 수 있다. 물론 이는 대략적인 수치이므로 학교, 계열, 전공, 학년, 수강과목 등에 따라 비율이나 횟수 등에서 차이가 있겠지만 대학생에게 보고서 작성이 얼마나 중요한 영역인지를 잘 나타낸다고 하겠다.

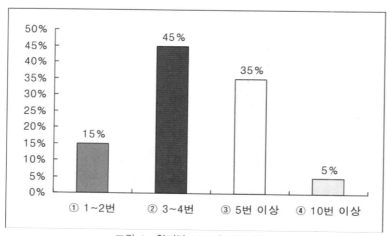

그림 1 학기당 보고서 작성 횟수

그렇다면 논문이나 보고서를 작성하는 이유는 무엇일까? 그 이유는 논문과 보고서에서 조금의 차이는 있겠지만 대략 아래의 내용과 같은 이유로 작성한다고 할 수 있다.

- **학문적 업적과 성과** : 자신이 연구한 학문적 업적과 성과를 발표하기 위해서 필요하다.
- **조사와 연구 능력** : 학생들 스스로가 어떠한 사안에 대하여 조사하고 그것을 바탕으로 하는 학문적 연구 능력을 기르기 위해서 필요하다.
- **지식과 비판적 사고** : 강의와 관련된 지식을 쌓고 학문에 대한 비판적 시각을 기르기 위해서 필요하다.
- **논리적 표현** : 어떤 문제나 사안에 대하여 분석적으로 사고하고 나아가 자신의 견해를 논리적으로 전개할 수 있는 능력을 기르기 위해서 필요하다.
- **학업평가** : 학생의 학업 능력을 평가하기 위해서 필요하다.

3) 논문과 보고서의 유형

논문이나 보고서의 유형을 특정하게 한정할 수는 없지만 대략 아래의 표와 같이 구분할 수 있다. 논문의 경우, 제출하는 시기에 따라 학기말논문과 졸업논문으로 구분할 수 있으며 성격에 따라 학위논문과 일반학술논문으로 구분할 수 있다. 보고서의 경우, 성격에 따라 요약 보고서, 분석 보고서, 결과 보고서, 연구·기획 보고서 등으로 구분할 수 있다.

논문	보고서
(1) 학기말논문 (2) 졸업논문 (3) 학위논문 (4) 일반학술논문	(1) 지정한 책 또는 논문 내용 요약 (2) 이론의 적용 및 분석 (3) 실험, 관찰, 조사, 답사 결과 보고 (4) 연구 기획서

4) 논문과 보고서의 기본 조건

(1) 일반적 조건

① 제출 기일 준수

논문이나 보고서를 지정된 날짜에 제출하는 것은 학생으로서 당연한 의무이다. 논문이나 보고서의 형식 및 내용의 우열을 떠나 제출 기한을 넘긴 경우에는 결코 좋은 평가를 받기 어렵다. 그러므로 기한에 맞게 미리 준비해서 제때 제출하는 것이 중요하다. 만약,

제출 기한을 지키지 못하면 평가에 불이익을 당하거나 아예 제출하지 못할 수도 있음을 명심해야 한다.

② 형식 준수

논문과 보고서에서 일반적으로 요구되는 형식적 요건은 논제(제목), 개요(목차), 본문, 그리고 주석 및 참고문헌 등이다. 이들은 학술적 글쓰기에서 빠질 수 없는 형식적 요소들이므로 반드시 구비하는 것이 좋다. 특히 보고서의 경우, 표지에 제목과 수강 과목, 담당 교수, 제출자의 소속과 학번, 학년, 이름, 제출 일자 등이 들어간다. 개요(목차)는 보통 들어가는 말(서론), 본론, 맺는말(결론), 참고문헌(부록)으로 구성되며, 본론은 필요에 따라 두세 개의 장으로 세분할 수 있다. 이에 관한 구체적인 내용은 아래에서 설명할 것이다.

(2) 내용적 조건

① 표절, NO

최근 표절로 인한 사회적 문제가 빈번하게 발생하고 있다. 문학, 음악, 미술 등에서도 이 문제가 심각하지만 특히 논문 및 보고서와 같은 학술적 글쓰기에서의 표절도 예외가 아니다. 많은 대학생들이 논문이나 보고서를 작성할 때, 인터넷에 게시된 글이나 다른 사람의 저작물(책, 논문, 보고서, 신문기사 등)을 자신의 논문이나 보고서에 활용하면서도 아무런 표시를 하지 않는 경우가 너무나 많다. 표절은 다른 사람의 독창적인 업적을 훔치는 것으로 학문 세계에서는 가장 비윤리적인 행위로 취급된다. 학생이 주어진 과제에 대해 나름대로 자료를 조사하고 보고서를 작성하였더라도 인용 표시 없이 참고 자료를 그대로 옮겨 적는다면 이 역시 표절 행위에 해당한다. 자료의 내용을 인용할 필요가 있을 때는 반드시 주석을 달아 인용했다는 것을 표시해야 한다. 표절과 인용의 차이, 주석 및 참고문헌 작성 요령은 뒤에서 설명한다.

② 자료의 객관성

논문과 보고서의 생명은 정확함이다. 사실관계에 위배되는 자료, 지나치게 오래된 자료, 너무나 주관적인 자료, 종교적·정치적으로 편향된 자료 등은 논문이나 보고서와 같은 학술적 글쓰기에서는 자료로 사용하지 말아야 할 것들이다. 객관적인 자료를 바탕으로 자신의 주장이나 의견을 논리적이면서 설득적으로 제시해야 하는 것이 학술적 글쓰기의 핵심이므로 자료 자체가 객관적이지 않으면 훌륭한 글이 되기 어렵다.

③ 내용의 논리성 및 체계성

논문이나 보고서와 같은 학술적인 글쓰기의 가치는 글의 내용이 얼마나 논리적이며 체계적이냐에 달려있다고 할 수 있다. 사실과 의견, 주장과 논거 등을 적절히 구분하면서 글을 전개해야 하며 글 전체가 서론, 본론, 결론과 같이 비교적 체계적으로 구성되어야 한다.

④ 주장의 창의성

모든 글은 항상 새로움을 추구해야 한다. 어떤 글이든 기존에 있는 것을 그대로 반복한다면 그것은 의미 없는 글이다. 논문이나 보고서 역시 마찬가지이다. 기존에 제시된 주장이나 의견들과 동일한 내용이 전개된다면 그것은 학문적 가치가 없는 글이다. 그러므로 논문이나 보고서에서는 기존의 것과 차별화되는 독창적이고 창의적인 주장이나 의견을 제시할 수 있도록 해야 한다.

5) 논문과 보고서 작성의 실제

(1) 절차적 차원

논문과 보고서 작성의 일반적인 순서가 공식적으로 정해져 있는 것은 아니다. 또한 논문과 보고서 사이에도 작성 순서의 차이가 있다. 여기에서는 대학생으로서 알아야 할 가장 일반적인 수준의 논문과 보고서의 작성 순서를 간략하게 설명하고자 한다.

그림 2　논문과 보고서 작성 과정

일반적으로 위의 그림에서 '주제선정, 자료수집, 개요작성'을 계획단계, '집필'을 집필단계, '퇴고'를 수정단계라고 하는데 이러한 단계에 대해서는 우리 교재 '제3장 표현의 절차와 방법'에서 구체적으로 설명하고 있으므로 참고하면 좋다.

특히 주제선정 과정에서는 '가주제'(최상위 주제, 광범위한 주제)를 '참주제'(최하위 주제, 한정된 주제)로 전환하는 과정이 필요하다. 이를 '주제 영역 좁히기'라고 하는데 논문이나 보고서 작성에서 이 과정은 반드시 거쳐야 할 중요한 단계이다.

또한 자료 수집은 일반적으로 도서관에 비치되어 있는 전문적인 학술 서적이나 논문 등을 활용하는 것이 바람직하다. 최근에는 다양한 자료들이 인터넷에 전자문서로 저장되어 있어 누구나 편리하게 자료를 활용할 수 있다. 그러므로 인터넷을 통해 전문적이고 공신력 있는 기관의 홈페이지에 접속하여 필요한 정보를 검색한 후 자료를 수집하면 된다. 전문적인 학술지나 잡지에 실린 글들은 대개 검증된 것들이어서 보고서나 논문 작성 시 유용하게 참고할 수 있다. 개요작성, 집필, 퇴고 등에 관한 상세한 설명은 우리 교재 '제3장 표현의 절차와 방법'을 참고하기 바란다.

(2) 형식적 차원

앞서 제시한 논문이나 보고서 작성의 절차를 잘 따랐다면 이제 다음과 같은 방식으로 논문이나 보고서의 형식을 갖출 필요가 있다. 우선, 표지를 구성해야 한다. 표지에는 보고서의 제목, 강의명칭, 담당교수, 제출자의 성명과 학번 및 소속, 제출일 등의 내용을 정확히 기재해야 한다. 그 다음에는 개요(목차)가 있어야 한다. 논문이나 보고서의 전반적인 내용이 잘 드러나도록 목차를 제시하는 것이 좋다. 목차가 복잡하거나 내용이 많을 때는 목차에 구체적인 쪽수가 드러나도록 작성하는 것이 좋다.

본문은 서론, 본론, 결론 등으로 구분하여 각각의 내용을 체계적으로 기술하는 것이 좋다. 특히 서론 부분에서는 글을 쓰는 이유나 필요성, 기존논의 검토, 글의 전개방향 등이 적절하게 제시되는 것이 좋은데 기존논의 검토에서는 참고자료를 활용하여, 해당 주제와 관련된 기존 논의의 내용을 요약적으로 제시하는 것이 좋다. 이럴 경우 반드시 주석을 처리하여 인용을 해야 한다. 본론의 경우 목차에 제시된 항목에 따라 내용을 논리적이면서 체계적으로 기술해 나가야 한다. 결론에서는 글의 전체적인 내용을 요약한 후, 주제를 다시 한번 강조하는 것이 좋으며 또한 자신의 글이 지닌 한계나 문제점, 앞으로의 과제 등을 제시하는 것이 좋다.

그림 3 논문과 보고서의 구조

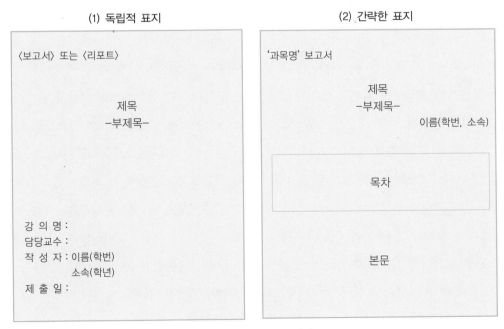

그림 4 표지 작성 사례

마지막으로 참고문헌의 경우, 자신의 논문이나 보고서를 작성하는 데 도움을 받은 자료들을 참고문헌 작성지침에 따라 정확하게 기재해야 한다. 이에 대해서는 다음 절인 '표절과 인용'에서 구체적으로 다룰 것이다.

표지 작성은 그림 4를 참고하여 올바른 표지를 작성할 수 있도록 하는 것이 좋다. 표지의 경우, 독립적인 표지를 작성하느냐 목차와 본문 내용이 함께 있는 표지를 작성하느냐에 따라 그림 4처럼 두 가지 유형으로 구분할 수 있다.

6) 표절과 인용

최근 표절로 인한 사회적 문제가 빈번하게 발생하면서 표절에 대한 관심이 고조되고 있다. 표절의 문제는 학문적 활동을 주로 하는 대학생들이 반드시 숙지하고 있어야 할 중요한 영역이다.

(1) 표절과 인용의 차이

표절과 인용의 차이는 주석의 유무에 있다. 표절(剽竊)은 '타인의 아이디어, 연구내용·결과 등을 정당한 승인 또는 인용 없이 도용하는 행위'를 말한다. 반면 누구의 글을 참고했는가를 일정한 형식을 갖추어서 정확하게 밝혀주면 인용(引用)이 된다.

논문이나 보고서는 타인의 글이나 생각을 자신의 그것과 상호적으로 교섭시키는 과정을 통해서 완성된다. 사실 완벽하게 새로운 보고서나 논문은 없다고 할 수 있으므로 타인의 글을 전혀 참고하지 않는 논문이나 보고서는 있을 수 없다. 그렇기 때문에 남의 글을 참고했다면 그것을 일정한 형식에 맞게 표시해야 하는 의무가 있다. 이 과정에서 바로 '연구윤리'의 문제가 발생하는 것이다. 다시 말해, 연구자에게는 연구를 함에 있어 일정한 규칙을 준수해야 하는 윤리적 의무가 따른다고 할 수 있는데, 이를 위반하면 타인의 권리, 즉 '지적재산권'을 침해하는 것으로 연구윤리를 위배하는 행위가 되는 것이다. 그렇기 때문에 논문이나 보고서를 작성하는 대학생들은 표절과 인용을 철저히 구분하여 타인의 지적재산권을 침해하지 않고 연구윤리를 잘 준수하는 자세로 글쓰기를 수행해야 한다.

〈연구윤리 확보를 위한 지침〉

과학기술부훈령 제236호

제1조(목적) 이 지침은 국가연구개발사업의 관리 등에 관한 규정 제19조의2에 의하여 국가연구개발사업을 추진·관리하거나 수행하는 기관들에게 연구부정행위를 방지하고 <u>연구윤리를 확보하는 데 필요한 역할과 책임에 관하여 기본적인 원칙과 방향을 제시함을 목적으로</u> 한다.

제4조(연구부정행위의 범위) ① 이 지침에서 제시하는 연구부정행위(이하 "부정행위"라 한다)는 연구개발과제의 제안, 연구개발의 수행, 연구개발결과의 보고 및 발표 등에서 행하여진 위조·변조·표절·부당한 논문저자 표시 행위 등을 말하며 다음 각 호와 같다.

1. "위조"는 존재하지 않는 데이터 또는 연구결과 등을 허위로 만들어 내는 행위를 말한다.
2. "변조"는 연구 재료·장비·과정 등을 인위적으로 조작하거나 데이터를 임의로 변형·삭제함으로써 연구 내용 또는 결과를 왜곡하는 행위를 말한다.
3. <u>"표절"이라 함은 타인의 아이디어, 연구내용·결과 등을 정당한 승인 또는 인용 없이 도용하는 행위를 말한다.</u>
4. "부당한 논문저자 표시"는 연구내용 또는 결과에 대하여 과학적·기술적 공헌 또는 기여를 한 사람에게 정당한 이유 없이 논문저자 자격을 부여하지 않거나, 과학적·기술적 공헌 또는 기여를 하지 않은 자에게 감사의 표시 또는 예우 등을 이유로 논문저자 자격을 부여하는 행위를 말한다.
5. 본인 또는 타인의 부정행위의 의혹에 대한 조사를 고의로 방해하거나 제보자에게 위해를 가하는 행위
6. 과학기술계에서 통상적으로 용인되는 범위를 심각하게 벗어난 행위 등

② 연구기관은 제1항의 규정에 의한 부정행위 외에도 자체적으로 조사 또는 예방이 필요하다고 판단되는 부정행위를 제7조제1항제1호의 내용에 포함시킬 수 있다.

(2) 표절의 범위와 기준

2008년 2월 교육인적자원부에서 마련한 논문표절 가이드라인 모형에 따르면, 여섯 단어 이상의 연쇄 표현이 일치하는 경우, 생각의 단위가 되는 명제 또는 데이터가 동일하거나 본질적으로 유사한 경우, 다른 사람의 창작물을 자신의 것처럼 이용하는 경우 등을 표절로 규정하고 있다.

어떤 글이 다른 글을 표절했다고 판명하는 것은 다음과 같은 기준에 따른다. 의도하지

않은 실수에 의한 행동이라도 아래 기준에 해당하면 표절이라는 범죄가 성립된다.

       ㉠ 구성 표절 : 출처와 다른 단어, 표현을 썼더라도 글의 구조, 전개 방식을 본뜨면서 출처
               를 밝히지 않으면 표절.
       ㉡ 내용 표절 : 부분 혹은 전체 내용을 자신의 글처럼 가져온 경우.
       ㉢ 요약 표절 : 전체 내용을 요약해서 표절한 경우.
       ㉣ 문장 표절 : 6개 이상의 단어가 연속적으로 나열되는 경우.
       ㉤ 단어 표절 : 출처를 밝히고 원 저자의 주장을 요약하는 축약문을 썼더라도 다른 사람이
               독창적으로 사용한 용어(표현 일부)를 빌려올 경우 인용부호가 없으면 표절.

(3) 인용 및 참고 문헌

표절이 아닌 인용을 하기 위해서는 주석이나 참고문헌과 같은 방식으로 정해진 규정에 의거하여 글을 완성하면 된다. 주석이나 참고문헌을 기재하는 방식은 책이나 논문, 대학이나 학회마다 조금씩 다를 수 있으므로 각각의 정해진 규정에 의거하여 정확히 기재하는 것이 중요하다.

① 주석

주석은 성격에 따라 본문의 내용을 보충하는 내용주와 본문에서 인용한 글의 출처를 밝히는 인용주로 나눌 수 있다. 인용주를 다는 것은 무엇보다 다른 사람의 글을 정당하게 사용했음을 표시하는 행위이다. 만약 주석을 달지 않고 남의 글을 함부로 도용하면 지적 재산권을 침해하게 되어 법적 책임을 지게 될 수 있다.

또한 주석은 논지 전개의 흐름을 방해하거나, 독자의 흥미를 지속시키기 어려운 부수적인 내용들(기술적인 논의, 부수적인 비판, 추론 자료, 부대 설명, 참고 자료, 도표 등)을 처리하는 역할을 한다. 본문에 꼭 들어가야 할 정도로 중요하지는 않지만 독자가 논지를 이해하는 데에 좀 더 참고할 만한 내용들을 기술한 주석을 내용주라고 한다.

주석은 그것의 위치에 따라 내주(內註), 각주(脚註), 미주(尾註) 등으로 나누어진다. 내주는 글의 본문 가운데 주석이 위치하는 것을 말하고, 각주는 본문 쪽 밑에 주석이 위치한 것을 말하고, 미주는 모든 주석이 본문의 뒤에 달리는 것을 말한다. 내주와 각주의 기개 방식을 제시하면 다음과 같다.

⍥ 내주(內註) 기재 방식

한국 사회의 저출산 문제는 심각한 수준이다. 출산율을 기준으로 할 때, 세계적으로도 최하위 수준이다. 그렇다면 한국 사회에서 저출산이 발생하게 된 구체적인 원인은 무엇일까? 이에 대해 이몽룡은 보육 및 육아 시설 부족, 사교육비 부담 등(이몽룡 2009 : 34)을 주요 원인으로 분석하였고 성춘향은 여성들의 사회진출 증가, 비혼남녀의 증가 등(성춘향 2010 : 104)을 주요 원인으로 분석하였다.

⍦ 각주(脚註) 기재 방식

한국 사회의 저출산 문제는 심각한 수준이다. 출산율을 기준으로 할 때, 세계적으로도 최하위 수준이다. 그렇다면 한국 사회에서 저출산이 발생하게 된 구체적인 원인은 무엇일까? 이에 대해 이몽룡은 보육 및 육아 시설 부족, 사교육비 부담 등[1]을 주요 원인으로 분석하였고 성춘향은 여성들의 사회진출 증가, 비혼남녀의 증가 등[2]을 주요 원인으로 분석하였다.

───────────

1) 이몽룡(2009), 한국사회의 저출산, 한국출판사, 34.
2) 성춘향(2010), 저출산의 원인에 대한 고찰, 한국사회문제연구 37집, 한국사회문제학회, 104.

주석을 기재하는 방식은 책이나 논문, 학교나 학회마다 조금씩 다를 수 있다. 아래에 제시한 주석 기재 방식은 동아대학교 학위논문 작성지침에 따른 것이니 논문과 보고서 작성 시 참고하기를 바란다.

◎ 단행본

저자(연도), 논저, 발행지 : 출판사, 인용 면수.

예) 홍길동(2012), 조선시대의 신분제, 서울 : 서얼출판사, 104.

◎ 학술지 논문

저자(연도), 논문, 학술지 권호수, 학회, 인용 면수.

예) 홍길동(2012), 율도국을 찾아서, 한국학보 35권, 한국학회, 320.

◎ 이미 한 번 달았던 자료의 주석 달기

· 바로 앞의 자료를 또 인용할 경우

> 위의 책(위의 논문), 인용면수.

예) 위의 책, 34.

· 한 번 건너뛴 자료를 또 인용할 경우

> 저자명, 앞의 책(앞의 논문), 인용면수.

예) 홍길동, 앞의 책, 55.

② 참고 문헌

참고문헌은 논문 및 보고서를 작성함에 있어 참고 자료로 삼은 문서나 자료를 의미한다. 하나의 글이 완성될 때까지는 다양한 자료들의 도움이 뒷받침된다. 그러므로 글을 완성하는 데 도움을 받은 자료들의 서지사항을 정확하게 기록하여 그것을 참고하였다는 점을 명확히 밝힐 필요가 있는 것이다.

또한 참고문헌은 자신이 작성한 논문이나 보고서에 직간접적으로 도움을 준 글에 대하여 감사의 뜻을 밝힘과 동시에 자신의 글을 읽는 사람들이 좀 더 폭넓게 공부하고자 할 경우 참고할 수 있도록 안내해준다는 의미에서 글쓰기의 중요한 부분이라 할 수 있다. 일반적으로 참고문헌은 논문이나 보고서의 가장 마지막에 작성한다. 기재 방식은 다양하나, 같은 글에서는 하나의 방식으로 통일해야 한다. 참고문헌 기재 방식은 쪽수를 제외하면 주석을 기재하는 방식과 유사하다.

◎ 단행본

> 저자(연도), 논저, 발행지 : 출판사.

예) 홍길동(2012), 조선시대의 신분제, 서울 : 서얼출판사.

◎ 학술지 논문

저자(연도), 논문, 학술지 권호수, 학회.

예) 홍길동(2012), 율도국을 찾아서, 한국학보 35권, 한국학회.

위와 같이, 참고문헌은 쪽수를 기입하지 않는 것 외에는 주석 기재 방식과 동일하다. 그리고 참고문헌을 제시할 때는 국내외 자료를 구분하여 저자의 이름을 기준으로 국내의 경우에는 '가나다'순으로 국외의 경우에는 '알파벳'순으로 정렬하는 것이 일반적이다.

〈참고문헌〉
1) 김철수(1994a), 표본조사에 관하여, 교육통계 2호, 한국통계학회.
2) 김철수(1994b), 사회적 행동과 학습, 서울 : 교육출판사.
3) 주보사(편)(1996), 학교종합법전, 서울 : 주보사.
4) 홍길동(2012), 율도국을 찾아서, 한국학보 35권, 한국학회.
5) 홍길동(2012), 조선시대의 신분제, 서울 : 서얼출판사.
6) 홍길동(2012), 조선시대의 서얼에 관한 연구, 한국대학교 사회학과 석사학위논문.
7) Fisher, A.(1990). A note on determination of order, *Ann. Statist.*, Vol.37, No.3, 137-146.
8) Fisher, R. A. & Yates, F.(1988). Survey of the Experiments (10th ed.), New York : John Wiley Inc.
9) Getzels, Jacob W.(1973). Theory and research on the leadership, in *Lesdership*, ed. Cunningham, L. L., & Gerpart, W. J., Itasca, IL : F. E. Peacock, Publisher Inc., 40-41.

참고문헌

김영선 외(2006), 글쓰기, 동아대학교 출판부.
안말숙 외(2010), 글쓰기와 의사소통, 새문사.
이준호(2004), 대학 수학 목적의 쓰기 교육을 위한 교수요목 설계, 고려대학교 교육대학원 한국어교육전공.
장미영 외(2010), 생각을 요리하는 글쓰기, 글누림.
정희모 외(2008), 대학 글쓰기, 삼인.

01 표절로 인한 사회적 문제에 대하여 토론해보자.

02 인터넷을 통한 자료 수집 방법을 활동으로 익혀보자.

03 다음에 제시된 예시를 각주의 형식에 맞게 작성해보자.

❶ 2002년에 한국관광학회에서 발행한 한국여행 34권의 '제주도 올레길 여행의 특징'이라는 논문의 34쪽 내용을 인용하였다. 이 논문은 김철수가 발표한 것이다.

❷ 한국대학교 한국학과 박사학위논문인 '저출산고령화 사회의 극복 방안'의 130쪽에서 132쪽의 내용을 인용하였다. 이 논문은 김철수가 2010년에 발표한 것이다.

❸ 서론에서 인용한 1)의 논문 203쪽 내용을 본론에서 다시 인용하였다.

04 다음의 각주에서 오류를 지적하고 바르게 수정해보자.

❶ 한국사회문제연구 35권, 한국사회문제학회, 2012, 김철수, 20쪽, 아동 성폭력 방지 연구.

❷ 통섭, 한국출판사, 에드워드 윌슨 지음, 30~34쪽, 2011, 최재천 옮김.

학 번:	학과(부):
강의시간: 요일 교시	이 름:

학 번:		학과(부):
강의시간:	요일 교시	이 름:

┌───
☞ 학습목표
　가. 기획서가 필요한 이유를 이해할 수 있다.
　나. 기획서의 특징과 구성, 작성 요령 등을 이해할 수 있다.
　다. 기획서를 작성한 후 발표할 수 있다.
└───

1) 기획서의 개념과 유형

기획서(企劃書)란 지금까지 회사에서 도입되지 않았던 새로운 제도, 업무개선을 위한 제안, 신제품의 개발 및 판매를 위한 마케팅 계획, 인사 및 총무에 관한 개선책 등 기업에서 일어날 수 있는 다양한 일들에 대하여 구체적으로 계획을 수립하여 제출하는 문서이다.

기획서를 쓸 때는 기획자가 현재 기획하는 일에 대하여 완벽히 이해하고 있으며, 현재 기획한 일에 적임자라는 것이 분명하게 드러나야 한다. 수행할 일련의 과정, 시간 계획도 기획서를 쓸 때는 분명히 명시해야 한다. 기획서가 보통의 제안서와 다른 점은 추구하는 목표에 있다. 예를 들어 연구 제안서의 궁극적인 목표는 과학 기술 영역에서 미해결된 문제를 풀거나 깊게 이해하려는 데에 있는 반면, 기획서의 목표는 경제적 이득을 줄 어떤 기획을 수행하는 것이며 그렇게 하기 위해 자금을 조달하는 것이다. 일반적으로 기업에서 작성하는 기획서는 내용에 따라 다음과 같은 유형으로 나눌 수 있다.

- **개선형 기획서** : 업무 시스템의 개선이나 업무 환경 개선의 내용을 다룬 기획서
- **개발형 기획서** : 신규 사업의 기획이나 업무의 확대와 관련된 내용을 다룬 기획서
- **영업형 기획서** : 영업 판매의 확대와 영업 판매 전략을 다룬 기획서
- **상품형 기획서** : 상품의 기획을 다룬 기획서

덤+

- **계획과 제안**
  ❶ 계획 – 매년 반복되어 세워지는 것으로 큰 틀을 새롭게 생각할 필요가 없다.
  ❷ 제안 – 새로운 의견을 제출하는 것으로 새로운 의견, 새로운 방법이 제시되어야 하며 기획의 출발점이다.

2) 기획서 작성 요령과 구성 요소

기획서 양식은 정해진 것이 없다. 하지만, 정해진 양식이 없다고 마음대로 작성해서는 안 된다. 일반적으로 기획서를 작성할 때는 간결하고 이해하기 쉽도록 작성해야 한다. 그리고 기획서는 대상이 누구인가에 따라 그 구성이나 내용을 달리해야 한다. 예를 들어 정부에 제출하는 기획서나 엔지니어링관련 기획서 등은 간략하게 만들어서는 안 된다. 그리고 투자유치나 사업제안 등의 경우에는 핵심적이고 체계적인 기획서를 만들어야 할 것이다. 또한 기획서는 읽는 사람으로 하여금 자신이 보고 있는 기획서를 선택하면 목표를 완벽하게 수행할 수 있을 것이라는 확신을 심어주어야 한다.

기획서를 작성할 때 가장 효과적인 방법은 문제점을 제시하고, 그 문제점으로 인해 발생한 현황을 밝힌 후, 그 문제점에 대한 우선순위가 포함된 해결방안을 제시하는 것이다. 기획서 작성 시 고려해야 할 점에 대해 간략하게 정리하면 다음과 같다.

(1) 기획서 작성 요령

기획서를 작성할 때 다음과 같은 부분을 주의하여 작성하도록 한다.

① 한눈에 결론 및 전체내용을 알 수 있도록 한두 장 정도의 요약본을 만든다.
② 기획서의 본질에 꼭 필요한 핵심적인 사항만을 표현한다.
③ 도표나 차트, 그림 등은 한눈에 볼 수 있도록 시각화한다.
④ 분류를 체계적으로 하고 적절한 여백을 설정하여 여유가 있는 레이아웃으로 한다.
⑤ 제목은 제안하려는 기획서의 주제를 간결하면서도 정확하게 나타내면 된다.
⑥ 부제는 기획서의 주제를 더욱 명확하게 밝혀주고 상대로 하여금 흥미를 유발할 수 있도록 정한다.
⑦ 표지만으로 대충의 내용을 알 수 있도록 한다.
⑧ 머리말을 통하여 기획의 목적과 의의를 명확하게 표현한다.
⑨ 목차를 통하여 전체내용을 이해할 수 있도록 한다.
⑩ 도표나 그림은 될 수 있는 대로 관련된 설명과 함께 같은 페이지에 게재한다.
⑪ 문장은 가능한 한 간결하고 명료하게 작성하도록 한다.
⑫ 중요한 부분은 밑줄을 긋거나 글씨 모양을 바꾸는 등 두드러지게 표현한다.

(2) 기획서의 구성 요소

기획서의 양식이 정해진 것이 없는 것처럼 기획서의 구성 요소도 정해진 것이 없다. 다만 작성하는 목적에 따라 다음과 같은 요소들로 주로 구성된다. 그러므로 기획서의 작성 목적, 상황 등을 고려하여 적절한 구성 요소를 선택하여 기획서를 작성하는 것이 효율적이다.

① 보고가 목적인 경우 : 목적, 보고 내용, 결론 등
② 제안이 목적인 경우 : 보고 내용, 결론, 제안 등
③ 전략 수립이 목적인 경우 : 목적, 현상 분석, 과제, 전략 제시, 일정, 예산, 효과 등

덥+

● **기획서 작성 포인트**

❶ 무엇을 할지 정한다.

기획서에는 정해진 양식은 없지만, 회사에 따라서는 관행적으로 사용하는 양식이 있다. 회사마다 기획서의 양식에는 차이가 있지만 '무엇을 위해 무엇을 하는가'를 정하는 것은 동일하다. '무엇을 위해'는 목표이고, '무엇을 하는가'는 구체적인 방법 혹은 실행 사항이다. 이 두 요소를 어떻게 관련시켜 작성할 것인가가 기획서의 핵심이 된다. '무엇을 위해 무엇을 할 것인가'의 핵심이 정해지면 다음으로 구체적이고 세부적인 실행 방법과 순서를 정하면 된다.

❷ 어떤 성과가 기대되는지를 나타낸다.

기획서는 목표와 구체적 전략을 제시하는 것만으로는 불충분할 경우가 있다. 이럴 경우에는 기대 효과를 제시하여, 그 기획서를 채택할 경우 어떤 성과를 얻을 수 있는지를 제시하면 효과적이다.

---

3) 기획서 작성 단계

기획서 작성 활동은 '분석'과 '전략'으로 나눌 수 있다. '분석'은 기획서 작성을 위한 조사 활동과 조사한 내용을 분석하는 활동을 의미한다. '전략'은 분석을 통하여 도출된 내용의 실행 방안을 도출하는 활동을 의미한다. 그렇기 때문에 거의 모든 기획서는 '분석'과 '전략'이라는 큰 틀 속에서 작성된다.

기획서는 작성 목적, 처한 상황, 개인의 경험과 역량에 따라 다르게 표현될 수 있기 때문에 정형화하기 어려우나 일반적으로 다음과 같은 단계를 거쳐 작성된다.

1단계 : 기획 내용 파악 및 작성 방향 설정

기획 내용 파악이란 한 마디로 기획자가 무엇을 기획할지에 대한 기획의 목표와 내용을 확인하는 것이다. 좋은 기획서 작성을 위해서는 기획 내용을 정확히 파악하고 여러 각도에서 문제점을 검토해야 한다.

기획 내용 및 문제점이 파악되었으면 내용과 문제점에 따라 기획서 작성의 큰 방향을 결정해야 한다. 기획서 작성의 방향은 기획의 내용과 문제점을 중심으로 결정되나, 기획서를 받아보는 쪽이 어떠한 문제 의식을 가지고 있는지에 따라 결정되기도 한다. 특히, 기획서 작성의 방향 결정은 기획서의 큰 그림을 그리는 것이기 때문에 기획자는 가급적 넓은 시야로 기획의 내용 전개를 검토해야 한다.

일반적으로 기획서 작성의 방향은 광고 기획서인가? 디자인 기획서인가? 경영 기획서인가? 컨설팅 기획서인가? 마케팅 세일즈 기획서인가? 등으로 결정되며, 작성 방향 결정에 따라 각기 다른 접근법으로 기획서를 작성해야 한다.

2단계 : 정보 조사 및 정보 분석

기획 내용을 파악하고 작성 방향을 정했다면 다음 단계로 기획서의 자세한 기획 내용을 파악할 수 있도록 관련 정보를 조사하고 분석해야 한다.

정보 조사는 일차적으로 보편적이고 포괄적인 자료를 시작으로 점차 자세하고 세밀한 자료를 찾는 방식으로 진행하는 것이 좋다. 처음부터 너무 자세한 자료를 찾다 보면 기획의 시야가 좁아질 수 있기 때문이다. 따라서 기획서 작성을 위한 정보 조사는 '시장, 트렌드'와 같은 큰 덩어리 자료로 시작하여 '해당 업체의 최근 동향, 유사업체 현황, 소비자의 특성'과 같은 세부적인 자료로 조사하는 것이 유리하다.

정보가 어느 정도 취합이 되었으면 기획자는 수집한 정보를 두 가지 형태로 분석하도록 한다. 하나는 수집한 자료를 일반적이며 포괄적인 관점에서 분석하는 것이고, 다른 하나는 세부적이고 연계성이 높은 관점에서 분석하는 것이다. 이러한 자료 분석 방법을 사용하면 분석된 두 자료를 통해 새로운 아이디어가 도출되기도 한다.

3단계 : 기획 콘셉트 도출

정보 조사와 분석이 완료되었으면 기획자는 처음에 생각하지 못했던 새로운 자료와 아이디어를 가질 수 있게 된다. 이 때 처음에 기획자가 생각했던 방향과 분석을 마치고 난 후의 방향이 다르다면, 그 이유를 찾아내고 거기에 대한 근거를 스스로에게 제시할 수 있어야 한다. 이러한 과정을 마치고 나면 분석 자료를 토대로 기획의 콘셉트를 설정해야 한다.

기획의 콘셉트를 설정할 때에는 분석 자료와의 연계성과 기획의 채택 여부를 결정짓는 사람들의 특성을 고려해야 한다. 만일 기획의 채택 여부를 결정짓는 사람들을 고려하지 않은 채, 분석 자료에만 의존한다면 기획서의 채택 가능성이 줄어드는 경우가 있기 때문이다. 그 외에 다음과 같은 사항을 주의해야 한다.

- 콘셉트의 타겟은 누구이며 무엇을 위한 콘셉트인가?
- 분석 자료를 토대로 가장 핵심적인 내용을 콘셉트로 도출하였는가?
- 콘셉트가 너무 장황하지 않고 명확하며 구체적으로 제시되었는가?

4단계 : 기획서 초안 작성하기

기획서의 콘셉트가 결정되었으면 이제 기획서 초안을 작성할 단계이다. 기획서는 한 번에 완벽하게 작성하려 하지 말고, 빠른 시간 내에 일차적인 초안을 작성하는 것이 기획서 작성에 대한 부담을 줄일 수 있어 효과적이다. 작성된 초안을 바탕으로 수정과 보완작업을 되풀이해가며 기획서의 완성도를 높이도록 한다.

5단계 : 전체적인 구성 재검토 및 정리

기획서의 초안이 완성되었으면 이제부터는 기획서 내용 전개의 완성도를 높여야 한다. 기획의 내용을 다듬는 과정에서는 기획 내용이 자연스럽게 전개되었는지에 대해서 신경을 써야 한다. 반복적으로 기획서의 앞뒤 내용 전개를 확인하여 자연스럽고 부드럽게 전개되도록 다듬는다.

그 외에 기획서의 내용 및 구성 재검토 시에 중점적으로 살펴봐야 할 부분은 다음과 같다.

- 오자, 비표준어, 이상한 문장은 없는가?
- 기획을 설명하는 데 부족하거나 빠뜨린 자료는 없는가?
- 각 섹션 및 장별 중점 사항들이 잘 표현되어 있는가?
- 인용한 자료에는 출처 표시가 되어 있는가?
- 읽는 사람의 관점에서 볼 때 내용은 쉽게 전달되는가?

6단계 : 기획서 최종 점검 및 보완, 수정

작성된 기획서의 전체적인 내용을 살펴보고 수정사항이 있는지 최종적으로 확인해야 한다. 수정, 보완 작업은 많이 할수록 기획서의 완성도가 높아진다는 것을 잊지 말자.

덤+

● 기획서의 시각적 효과를 높이기 위한 재편집 방법

❶ 이미지를 활용한다.

장문으로 작성된 문장은 단문으로 고치는 것이 좋다. 하지만 단문으로 줄이기 어려운 경우에는 그 문장의 핵심 키워드를 이미지를 사용하여 그림으로 표현하는 방법을 사용한다. 이미지는 문장을 쉽게 이해하도록 하는 힘이 있기 때문이다.

❷ 밑줄을 긋고 고딕체를 사용하는 등 강조 기법을 활용한다.

기획서를 읽는 사람들은 바쁜 사람들이다. 빠른 시간 내에 기획서의 핵심 키워드가 전달될 수 있도록 중요한 문장이나 키워드에 밑줄 또는 고딕체 등을 활용하면 기획서를 읽는 사람이 쉽게 핵심을 파악할 수 있다.

---

4) 기획서의 예시

다음 기획서를 읽어보고 기획서 작성자가 말하고자 g208

하는 기획서의 내용이 무엇인지, 수정할 부분이 있다면 어떤 부분을 어떻게 고치면 좋을지 생각해보자.

유통관리사 자격 취득 지원제도 수정안

유통관리사 자격 취득 지원제도는 우리 기업의 주요 고객인 대형 할인 마트에서 이 자격을 중시하는 경향이 커지고 있다는 점에서 앞으로도 계속 진행할 필요가 있다. 하지만 현재 시행하고 있는 지원제도는 불합리한 점이 많아 개선할 필요가 있다.

1. 유통관리사 자격증 취득 지원제도 현황 및 문제점

현행 제도 하에서는 유통관리사 자격취득 조건인 사전시험 합격률이 저조하다. 비용 대 효과 측면에서 보면 개선의 여지가 크며, 제도 재평가가 필요하다.

- 대한상공회의소에서 1급, 2급, 3급으로 나누어 자격시험을 실시하여 유통관리사 자격증을 주고 있다. 1급은 유통분야에서 7년 이상의 실무경력이 있는 자, 유통관리사 2급 자격을 취득한 후 5년 이상의 실무경력이 있는 자, 경영지도사 자격을 취득한 자로서 실무경력이 3년 이상인 자가 응시할 수 있으며 2·3급은 응시 자격에 제한이 없다.
- 당사의 유통관리사 자격취득 지원제도는 전 사원을 대상으로 시행된다. 응모한 희망자 중에 기획부의 면접을 거쳐 연간 10명을 선정, 시험 접수비 및 학원 수강비로 각각 300만 원을 지급하고 있다.
- 이 제도의 실적을 살펴보면 지원자 총 10명 중 유통관리사 자격취득자는 6명으로, 지원자 10명 중 2명은 필기 시험에서 떨어졌고, 2명은 실기 시험에서 떨어졌다. 하지만 사내 면접만 합격하면 자격증 취득 유무에 관계없이 300만원이 지급된다. (첨부자료1 참고)

2. 유통관리사 자격취득 지원제도의 타당성

유통관리사 자격의 유무는 경쟁의 중요한 요소로 떠오르고 있다. 따라서 실적 향상에 필요한 인재 확보 차원에서 유통관리사 자격취득 지원제도는 앞으로도 지속되어야 한다고 판단한다.

- 유통관리사 자격 현황을 보면, 당사의 주 고객인 대형 할인 마트에서 판매 담당자의 자격 보유 여부를 발주조건으로 삼는 경우가 많아, 경쟁사들도 유통관리사 자격취득을 서두르고 있다. 이런 와중에 올해 3월에는 자격증 보유자를 해당 자리에 배치하지 못해 입찰 경쟁에 참여하지 못한 사태도 발생했다.
- 당사는 인재육성을 바탕으로 경쟁력을 확보하여 경쟁업체보다 우위에서 영업을 할 수 있도록 유통관리사 자격취득을 지원한다는 방침을 굳게 지키고 있다.
- 상공부가 1984년부터 회사형 연쇄화(連鎖化) 사업자는 5명 이상, 가맹점형 연쇄화 사업자는 3명 이상의 유통관리사를 확보해야 한다고 규정·권장하고 있다. 인재육성의 방침에 비추어 유통관리사 자격취득이 점점 중요해지고 있어 회사 차원의 지원을 계속 유지할 필요가 있다고 판단된다.

3. 제도 개선 방침

앞으로는 현행 지원제도가 자격증 취득에 직접적인 지원이 되도록 수정하고, 자격증을 보유한 사원이 업무에 효과적 배치되도록 제도를 개선한다.

- 공정한 경쟁을 통해 사내 구성원의 실력을 향상시키고, 지원비용이 헛되이 사용되는 것을 방지하기 위해 사내 면접 제도를 폐지한다.
- 사내 면접에 합격한 자에게 지원하던 지원금은 유통관리사 자격증을 취득한 사원에게 지급하도록 한다. 지원액은 현 시점에서는 확대하지 않고 현행대로 1인당 300만 원을 지급하는 원칙을 유지한다. (첨부자료2 참고)
- 유통관리사 자격이 업무에 효과적으로 활용되도록 자격증 소지자를 고객 관련 프로젝트를 시행하는 부서에 우선 배치하도록 한다.

다음은 대학 1학년 학생이 수업 시간에 발표한 기획서의 슬라이드이다. 작성된 기획서는 슬라이드를 작성하여 프레젠테이션을 하는 경우가 일반적이다. 그래서 슬라이드의 작성에도 유념해야 한다. 다음의 슬라이드를 보면서 발표자가 전달하고자 하는 내용이 무엇인지 파악해 보자. 그리고 기획서의 내용 중 잘된 부분과 부족한 부분을 이야기해 보자.

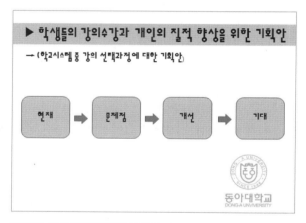

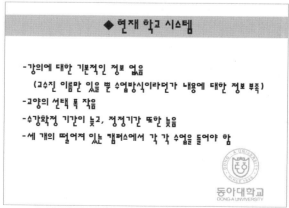

▶ 현 방식의 문제점

- 기본적인 정보의 부족으로 개인에게 맞는 수업 찾기가 어려움
- 원치 않는 강의수강
- 단순히 학점 채우기 위해 수업들을 듣고, 듣고 싶은 수업보다는 학점 잘 받을 수 있는 수업위주로 듣게 됨
- 늦은 정정 및 확정 기간 때문에 한 개의 수업으로 인해 전체적으로 수강을 정정하여야 함
  또, 뒤늦게 바꾸게 되기에 앞서 한 수업을 들을 수 없음
- 캠퍼스 간의 강의 시간을 맞추기 어려움

동아대학교
DONG-A UNIVERSITY

▶ 개선 방안

- 재학생들 간의 커뮤니티를 만들어 강의, 교수진에 대한 정보 교환을 가능하게 함
- 수강확정 기한을 최대한 늦춰 제 선택의 시간과 가능성을 늘리기
- 같은 과목의 다양한 교수진을 통해 원하는 교수와 수업 방식을 선택하게 함
- 교수 위주가 아닌 수강생 위주의 수업시간 선정

동아대학교
DONG-A UNIVERSITY

▶ 기대 효과

- 학점 위주가 아닌 흥미로운, 배우고 싶은 수업을 통해 진짜 교양을 쌓을 수 있음
- 대학생활의 만족도가 향상되어 교수진과 학생간의 상호작용을 통해서 더 나은 방향으로 성장해 나갈 수 있음
- 시간표를 보다 개인에게 맞추어 수업을 빠지는 일이 없게 되고 태도 또한 향상될 수 있음
- 대학 자체의 위상이 높아질 수 있음
- 관심 있는 주제와 과제를 통해 수업참여도가 높아질 수 있음
- 정말 필요로한 수업을 통해 개인적인 발전에 크게 이루고 사회에 나가는 데에도 큰 도움이 될 수 있음

동아대학교
DONG-A UNIVERSITY

● **기획서 작성 시 유의사항**

❶ 기획서는 간결한 것이 좋다.

❷ 기획서는 어려운 것이라고 생각할 필요가 없다.

❸ 기획서는 서술식으로 작성하지 않는다.

❹ 강조 기호는 많이 사용하지 않는다.

❺ 신선한 제목과 목차를 사용한다.

참고문헌

강현화 외(2004), 창의적 사고와 효과적 표현, 경희대출판부.
김승종 외(2012), 창의 사고와 표현, 한올.
김용우(2011), 한 페이지 보고서 기획서, 대림북스
배채진 외(2008), 사고와 표현, 서현사.
신형기 외(2006), 모든 사람을 위한 과학 글쓰기, 사이언스북스
윤영돈(2008), 기획서 제안서 쓰기, 랜덤하우스코리아.
정영석(2005), 처음 시작하는 기획서 작성법, 해바라기.
토미타 신지 저, 양영철 옮김(2010), 기획서 작성법, 삼양미디어.
한종구 외(2011), 사고와 표현, 한올.
한철우 외(2003), 사고와 표현, 교학사.
나카오 아키오 저, 나상억, 김원종 옮김(2003), 기획서 잘 쓰는 법, 21세기북스
패트릭 G. 라일리 저, 안진환 옮김(2002), 강력하고 간결한 한 장의 기획서, 을유문화사.
호시노 하루요시 저, 이성현 옮김(2005), 한번만 읽으면 끝나는 기획서, 미래지식.

01 현재 수강하는 수업의 학생 참여를 높이기 위한 방안에 대하여 기획서를 작성할 계획이
다. 기획안의 개요를 작성하고 구성요소를 설정한 후, 이를 구체적으로 확대하여 기획안
을 작성해보자.

02 우리 학교 환경 개선 방안에 대하여 구성요소를 설정하고, 기획안을 작성해보자.

학 번:	학과(부):
강의시간:　　　요일　　　교시	이 름:

학 번:	학과(부):
강의시간: 요일 교시	이 름:

현대 사회를 흔히 'IT산업사회'라고 한다. 정보 통신 기술의 발달로 IT산업은 눈부시게 성장했으며, IT산업의 핵심 영역 중의 하나인 인터넷(internet)은 현대인의 삶에 엄청난 영향을 주고 있다. 우리는 일상에서 컴퓨터나 스마트폰을 통해 다양한 정보를 수집하고 그것을 다시 여러 사람들과 공유하며 새로운 정보를 재생산하기도 한다.

이러한 과정에서 우리는, 사이버 공간인 온라인(on-line) 상의 다양한 글을 접하게 되고 그것을 매개로 자신의 생각을 덧붙여 다른 사람과 소통하면서 살아간다. 그러므로 우리는 이제, 인터넷 상의 읽기와 쓰기가 일상인 시대를 살고 있는 것이다.

따라서 이 장에서는 인터넷 글쓰기의 특징, 종류 등을 학습하여 올바른 인터넷 글쓰기를 수행할 수 있도록 배우고, 각자의 개성에 맞는 글을 작성하여 바람직한 인터넷 문화를 조성할 수 있도록 학습한다.

1) 새로운 글쓰기의 탄생

전통적인 글쓰기는 펜으로 종이에 글을 쓰는 방식이었다. 기술의 발달로 타자기와 같은 도구가 발명되어 (글)자판이 펜의 기능을 대신할 때까지만 해도 전통적인 글쓰기 방식의 기본적인 틀은 어느 정도 유지되었다. 그러나 컴퓨터가 등장하고 인터넷이 활성화되면서 글쓰기의 방식에도 커다란 변화가 생겼다. 종이대신 전자 스크린에 글을 써서 그것을 바로 온라인에서 게시하여 공유기도 하고 혹은 다른 사람에게 전달하는 방식으로 변화한 것이다. 즉, 인터넷 글쓰기라는 새로운 방식의 글쓰기가 등장한 것이다.

인터넷 글쓰기는 이메일과 같은 전자우편(e-mail), 홈페이지(homepage) · 블로그(blog) ·

카페(cafe) 등과 같은 인터넷 커뮤니티의 글쓰기, 트위터(twitter)·페이스북(facebook) 등과 같은 SNS(Social Networking Service)의 글쓰기, 원문에 대하여 짤막하게 쓰는 댓글 쓰기 등 한 정할 수 없을 정도로 다양하다.

이들은 인터넷 언어뿐만 아니라 그림, 음악, 사진, 동영상 등과 같은 다양한 요소들을 복합적으로 구성하는 방식으로 글쓰기를 수행한다는 특징을 가진다. 그러므로 인터넷 글쓰기를 잘 하기 위해서는 인터넷 언어의 특징과 각 매체의 특징에 대하여 아는 것이 중요하다. 이 장에서는 인터넷 언어의 특징에 대한 이해를 기반으로 이메일과 블로그를 통한 인터넷 글쓰기에 대하여 학습하기로 한다.

2) 인터넷 언어의 특징

일반적으로 언어는 문자언어와 음성언어로 구분된다. 이들은 의사소통의 근간이 되는 언어라는 측면에서는 동질적이지만 문자와 음성이라는 측면에서는 이질적이다.

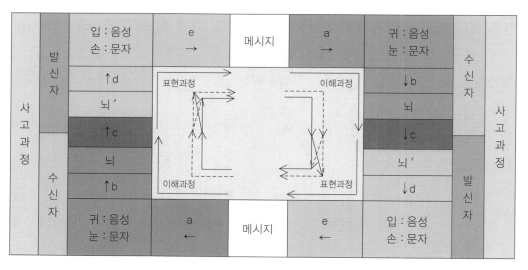

그림 1 언어수행 과정

문자언어가 기록성, 시각성, 지속성, 격리성 등의 특징을 지니는 반면 음성언어는 기억성, 청각성, 일시성, 대면성 등의 특징을 지닌다. 이로 인해 문자언어는 작가와 독자의 관계가 성립하지만 음성언어는 화자와 청자의 관계가 성립한다. 그래서 우리는 듣고서 말하기도 하고 읽고서 쓰기도 하며, 듣고서 쓰기도 하고 읽고서 말하기도 한다. 이러한 언어수행의 과정은 위의 그림(정규식, 2011)을 통해 잘 이해할 수 있을 것이다.

인터넷 글쓰기 역시 위에서 제시한 언어수행 과정을 따른다. 하지만 인터넷 언어는 문자언어와 음성언어의 특징을 동시에 지니고 있다는 점에서 기존의 언어들과는 조금 다른 측면이 있다. 인터넷 언어는 분명 문자로 기록되지만 마치 화자가 청자를 대면하고서 말하는 것처럼 문자를 주고받는다는 특징을 지닌다. 이러한 과정에 발생하는 가장 큰 문제는, 실제 서로가 대면하고 있는 상황이라면 불가능한 말(글)을 익명의 격리된 공간이라는 점을 이용하여 상대의 입장을 전혀 고려하지 않은 채 일방적으로 쏟아낸다는 점이다. 더불어 그것이 문자화돼 엄청난 속도로 전파되어 예기치 않은 피해를 양산하기도 하고 사회적 문제로 비화되기도 한다. 그러므로 인터넷을 통해 자신의 의견을 표현하기 위해서는 다음과 같은 점을 명심해야 할 것이다.

(1) 사실관계를 확인한 후 작성하라

인터넷 글쓰기에서는 사실관계를 확인한 후 작성하는 것이 중요하다. 인터넷은 누구에게나 열려 있는 공간이다. 인터넷 글쓰기도 마찬가지이다. 간단한 절차를 통해 회원으로 가입만하면 누구라도 자유롭게 글을 작성할 수 있다. 또한 대부분의 글들이 게시자가 직접 작성한 것이 아니라 이곳저곳에서 가져와서 게시하거나 부분적인 편집을 거친 후 게시한 것들이기 때문에 글의 저자 및 내용의 진위여부를 판단하기가 어려운 것들이 많다. 다시 말해 인터넷에 있는 글을 그대로 믿고 사실인 것으로 받아들인다면 잘못된 정보를 수용하여 그것을 사실로 믿는 우를 범할 수도 있다. 따라서 인터넷의 내용을 있는 그대로 믿고서 그것을 바탕으로 글을 작성하기 보다는 정확한 사실관계를 확인한 후 글을 작성해야 한다.

(2) 원문의 출처를 분명히 밝혀라

원문의 출처를 분명히 밝히는 것도 중요하다. 인터넷은 문자화된 글뿐만 아니라 그림,

음악, 사진, 동영상 등의 다양한 비문자 콘텐츠들이 풍부하게 제공되는 공간이다. 많은 경우, 인터넷 글쓰기는 이러한 자료들을 활용하여 이루어지는데 이때 원문의 출처를 명확히 밝히는 것은 아주 중요하다. 타인의 홈페이지나 블로그에서 사진이나 글을 무단으로 도용하는 것은 지적재산권 혹은 저작권에 대한 심각한 침해에 해당하므로 이를 위반하는 것은 바람직하지 않다. 인터넷 글쓰기에서는 이러한 행위가 너무나 빈번하게 발생하고 있어 주의가 더욱 요구된다. 남의 글을 훔치는 일종의 표절 행위는 인터넷 글쓰기에서도 반드시 지켜야 할 중요한 점이다.

원문의 출처를 밝히는 방식에는 대략 두 가지가 있다. 인터넷의 최종 사이트 주소를 명확히 제시하거나 검색 경로를 구체적으로 제시하는 것이 그것이다. 특히 검색 경로를 제시할 경우는 최종 게시자의 아이디도 제시하는 것이 좋다.

(3) 윤리의식을 갖춰라

인터넷 글쓰기는 윤리의식을 바탕으로 이루어져야 한다. 사이버 공간인 인터넷에서도 윤리성은 강조된다. 인터넷은, 익명성을 바탕으로 표현의 자유라는 권리를 행사하다 보면, 무질서한 곳으로 변질될 수 있는 사이버 공간이다. 이를 방지하기 위해 정부에서도 자율적인 인터넷 환경의 정화, 올바른 가치관 정립, 올바른 정보의 사용 및 정보화의 역기능으로 인한 피해 축소, 인터넷 이용자의 행동 양식 변화 등을 도모하기 위해 '네티즌 윤리강령'을 발표하기도 했다.(이송아, 2003)

〈네티즌 기본 정신〉
- 사이버 공간의 주체는 인간이다.
- 사이버 공간은 공동체의 공간이다.
- 사이버 공간은 누구에게나 평등하며 열린 공간이다.
- 사이버 공간은 네티즌 스스로 건전하게 가꾸어 나간다.

〈네티즌 행동 강령〉
- 우리는 타인의 인권과 사생활을 보호하고 존중한다.
- 우리는 건전한 정보를 제공하고 올바르게 사용한다.

- 우리는 불건전한 정보를 배격하며 유포하지 않는다.
- 우리는 타인의 정보를 보호하며 자신의 정보도 철저히 관리한다.
- 우리는 비속어나 욕설 사용을 자제하고 바른 언어를 사용한다.
- 우리는 실명으로 활동하며 자신의 ID로 행한 행동에 책임을 진다.
- 우리는 바이러스 유포나 해킹 등 불법적인 행동을 하지 않는다.
- 우리는 타인의 지적 재산권을 보호하고 존중한다.
- 우리는 사이버 공간에 대한 자율적 감시와 비판 활동에 적극 참여한다.
- 우리는 네티즌 윤리강령 실천을 통해 건전한 네티즌 문화를 조성한다.

위에서 제시한 것이 '네티즌 윤리강령'이다.(이송아, 2003) 인터넷은 주체인 인간이 누구나 평등하게 활동할 수 있는 공동체 공간이다. 그러므로 인권과 사생활을 존중해야 하며 정확하고 올바른 정보를 공유해야 한다. 또한 비속어나 욕설 등으로 타인을 비방하거나 공격하는 것은 건전한 인터넷 공간을 오염시키는 행위들이다.

인터넷 글쓰기 역시 위에서 제시한 윤리강령들을 준수하는 차원에서 이루어져야 한다. 사실관계를 확인하는 것, 원문의 출처를 밝히는 것 등도 사실은 윤리의식을 바탕으로 이루어지는 것들이다. 그러므로 인터넷 글쓰기에서 윤리의식은 중요한 근간이 된다.

3) 이메일 작성하기

인터넷의 활성화는 많은 사람들에게 이메일을 통해 다양한 의견이나 정보를 주고받을 수 있는 편리함을 제공하였다. 이메일은 이제 사적 영역뿐만 아니라 공적 영역에까지 확산되어 다양한 기능을 수행하고 있다.

이메일 작성의 기본적인 원칙은 존재하지 않는다. 엄청난 속도로 변화하는 인터넷 공간에서의 글쓰기인 이메일에 대한 작성 원칙을 일정하게 규정한다는 것은 무의미하다고 할 수도 있다. 하지만 다음과 같은 몇 가지 점은 이메일을 작성할 때 반드시 지켜야 할 부분들이다.

(1) 일정한 형식을 갖춰라

이메일은 일정한 형식을 갖춰야 한다. 대부분의 인터넷 글쓰기가 개방적이면서 공식적인 글쓰기인 반면 이메일은 폐쇄적이면서 사적인 글쓰기에 해당한다. 이메일은 홈페이지나 블로그처럼 방문객들에게 정보를 공개적으로 제공하는 글쓰기가 아니라 특정한 개인에게 메시지를 전달하기 위한 글쓰기이다. 이런 측면에서 이메일은 기존의 편지와 유사하다. 그렇기 때문에 이메일을 작성할 때는 일정한 형식을 지키는 것이 바람직하다. 기존의 편지와 이메일은 내용적 차원에서는 구분이 어렵다. 하지만 봉투가 없다는 점, 발신인을 직접 기재하지 않아도 된다는 점, 요금이 부가되지 않는다는 점 등과 같은 형식적 차원에서는 차이가 있다. 그러므로 이러한 차이를 감안하여 다음과 같이 이메일을 작성해보도록 하자.

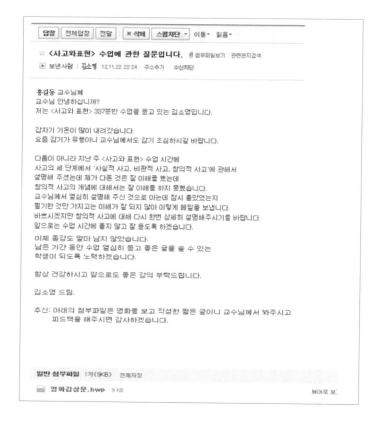

위의 자료를 통해 이메일의 일정한 형식을 다음과 같이 정리할 수 있다.

제목 : 내용에 적합한 제목을 단다.
보내는 사람 : 보내는 사람의 아이디를 기입한다.
            아이디는 본인의 실명으로 하는 것이 좋다.
본문1 : 첫인사―계절이나 날씨 등을 대상으로 간단한 인사를 한다.
본문2 : 목적―이메일을 보내는 이유나 목적을 간략하고 정확히 서술한다.
본문3 : 끝인사―글의 마무리로 인사를 하고 실명으로 서명을 한다.
본문4 : 추신―덧붙일 내용이 있을 경우 추가한다.
첨부파일 : 필요에 따라 파일을 첨부한다.
            첨부파일의 제목에 자신의 정보(이름, 학번 등)가 드러나도록 한다.

(2) 내용은 간단하고 명확하게 작성하라

이메일의 내용을 간단하고 명확하게 작성해야 한다. 이메일의 핵심은 분명한 내용 전달이다. 인사나 안부 등을 장황하게 기술하거나 사소한 부분을 길게 쓰면 읽는 사람에게 불편함을 줄 수 있다. 인사나 안부는 간단하게 처리하고 이메일을 작성하게 된 이유나 목적을 분명하게 기술해야 한다. 많은 학생들이 이메일을 통해 과제나 공결서 등을 제출할 때, 내용을 전혀 기술하지 않고 첨부파일만을 발송하는 경우가 있다. 이런 이메일 쓰기는 바람직하지 않다. 특히 학생으로서 선생님이나 교수님께 이메일을 보낼 때는 앞서 제시한 형식을 고려하여 본문의 내용을 적절하게 기술하여 발송하는 것이 좋다.

(3) 발송 후, 발신 및 수신을 확인하라

이메일을 보낸 후, 반드시 발신 및 수신을 확인해야 한다. 이메일은 발신자가 수신자에게 일방적으로 보내는 방식이므로 수신자가 인터넷에 접속하여 메일을 확인하지 않으면 메시지가 제대로 전달되지 않는다. 그러므로 이메일을 보낸 후에는 음성이나 문자 메시지 등으로 이메일 발신 여부를 상대에게 알려야 한다.

또한 이메일은 인터넷을 활용한 글쓰기이기 때문에 여러 가지 이유로 상대에게 전달되지 않을 가능성이 있다. 전산 상의 오류나 잘못된 이메일 주소에 의한 오류, 상대방 메일의 휴면으로 인한 오류 등 다양한 원인으로 메시지가 제대로 전달되지 않을 수 있으므로 수신이 잘 되었는지 확인해야 한다.

그리고 누군가에게 이메일을 통한 답변을 받았다면 그에 대한 감사의 회신을 보내는 것이 좋다. 특히 대학생들은 강의 내용에 대한 질문, 출석에 대한 문의, 성적 상담 등에 대하여 교수님들에게 이메일을 보내는 경우가 많은데 이럴 때는 교수님으로부터 답변이 왔으면 답변을 주셔서 고맙다는 내용의 간단한 회신을 보내는 것이 좋다.

이상과 같이 이메일을 작성할 때는 여러 가지 점에 주의하여 효율적이면서 바람직한 인터넷 글쓰기가 될 수 있도록 해야 한다. 누구나 한번쯤은 아무런 형식을 갖추지 않고 일방적인 내용만 담은 이메일을 받은 경험이 있을 것이다. 이러한 이메일은 결코 수신자를 즐겁게 하지 못한다. 인터넷이 활성화된 현대사회에서 이메일을 통한 불필요한 오해나 감정의 소모가 발생하지 않도록 제대로 된 이메일 쓰기를 익혀 잘 활용하도록 하자.

덤+

● **이메일에서 '참조'와 '숨은 참조'의 기능**

❶ **참조** : 받는 사람 이외에 메시지를 참고해야 할 사람이 있을 경우에 '참조'란의 사람도 메시지를 볼 수 있도록 하는 기능이다.

❷ **숨은 참조** : 메시지를 여러 명에게 보내더라도 '숨은 참조'란의 사람들은 다른 수신자들의 메일 주소를 볼 수 없기 때문에 마치 자신만 메일을 받은 것처럼 보이게 하는 기능이다.

보내는사람	홍길동 〈abcdefghi2@hanmail.net〉 ▾	! 네이버, 네이트 메일도 **Daum**에서 주고받자 ▸
받는사람	☐ 내게쓰기	
참조 ▭		
숨은참조		
제목		
파일첨부 ▭	내 PC　 🔲 클라우드　 × 삭제　 ↻ 기본모드 사용	

---

4) 블로그 글쓰기

블로그(blog)는 인터넷을 의미하는 웹(web)과 로그(log)가 합쳐진 말이다. 최근 들어 블로그에 대한 사회적 관심이 높아지고 있다. 블로그는 홈페이지에 비해 접근성이 좋고 제작도 간편하며 비용도 적게 들어 누구나 쉽게 활용할 수 있는 사이버 커뮤니티이다.

블로그는 경제적 효과를 창출하는 수단이 되기도 한다. 유명 블로그의 경우 활동성이나 인지도 등에 따라 공신력 있는 단체로부터 좋은 블로그로 지정받아 광고 수입을 올리기도 한다. 네이버(naver)나 다음(daum) 등과 같은 포털 사이트가 선정하는 파워블로그나 우수블로그 등이 대표적이다.

블로그는 경험과 정보의 공유와 소통이라는 근본적인 취지 위에 내용의 충실, 소통의 노력, 활동의 신뢰성 등이 바탕되어야만 많은 사람들이 활동하는 사이버 커뮤니티로 성장할 수 있을 것이다. 만약 이러한 것이 잘 실현된다면 해당 블로그 운영자는 자기 가치를 창출하고 경쟁력을 제고하여 파워블로거로서의 위상을 갖추게 되어 자신이 원하는 곳의 취업에도 일정하게 도움을 받을 수 있을 것이다. 이처럼 블로그는 인터넷 공간에서 다양한 기능을 하고 있다. 그러므로 인터넷을 이용하는 네티즌이라면 블로그 글쓰기를 통해 자신의 가치를 높이고 세상과의 소통을 시도해 보는 것도 좋다.

블로그는 인터넷 사용자들이 개인적으로 관심을 가진 영역이나 대상에 대하여 짧은 글을 자유롭게 작성하여 게시함으로써 그것을 다른 이용자들에게 소개하고 공유하는 방식이다. 그렇기 때문에 언어만이 아니라 사진, 그림, 음악, 동영상 등의 자료들을 활용하여 다

양한 방식의 글쓰기를 창출해 낼 수 있는 공간이라 할 수 있다. 따라서 이메일과는 달리 특별한 형식이 존재하지 않으며 기존의 형식 또한 수시로 변화하고 달라진다.

하지만 블로그 글쓰기의 경우에도 다음의 몇 가지 사항들을 참조하여 작성하는 것이 바람직하다.

(1) 가독성을 높여라

블로그 글쓰기는 가독성(可讀性)을 고려하여 작성해야 한다. 가독성이란 글이 쉽게 읽힐 수 있는 성질을 말한다. 사이버 공간에서 활동하는 인터넷 이용자들은 선형적인 텍스트보다는 비선형적 텍스트를 선호한다. 그러므로 적절하게 영역을 구분하고 각각의 항목들에 대해 적당한 분량으로 글쓰기를 해야만 이용자들이 쉽게 읽을 수 있을 것이다. 불가피하게 내용이 긴 글을 게시하려면 문단을 명확히 구분하여 가독성을 높이는 것이 좋다.

(2) 독창성을 살려라

블로그 글쓰기는 개성을 발휘하여 독창적으로 작성해야 한다. 블로그는 개인적인 관심사를 중심으로 글쓰기가 이루어지는 공간이다. 여행, 요리, 독서 등 일상적인 취미활동에 관한 다양한 경험이나 솔직한 느낌을 인터넷 이용자들에게 제시하고 공감을 이끌어내야 하는 것이 블로그 글쓰기의 핵심이다. 그러므로 자신의 개성을 바탕으로 독창성을 발휘해야 한다. 그러기 위해서는 사진, 그림, 음악, 시와 같은 문학 작품 등을 다양하게 활용하여 글쓰기를 하는 방법도 고려할 수 있다.

앞의 사례들은 각각 음악과 영화에 관한 블로그 글쓰기 사례들이다. 음악의 경우, 유명 기타리스트에 대한 간략한 소개와 느낌을 기록한 다음 기타리스트의 동영상을 첨부해서 방문자들의 관심을 더욱 환기시키고 있다. 영화의 경우, 영화에 대한 기본 정보와 포스트를 제시한 후 그 영화에 대한 전반적인 감상평을 제시하여 블로그 운영자의 독창성과 개성을 잘 표현하고 있다.

(3) 효율성을 최대화하라

블로그 글쓰기는 효율성을 최대화하는 방향으로 작성해야 한다. 블로그를 꾸미다 보면 이것저것 많은 자료들을 산만하게 나열한 후, 거기에다 지극히 의례적이면서도 단편적인 글을 작성하는 경우가 있다. 너무 많은 자료를 한꺼번에 게시하고 글을 작성하면 효율성이 떨어지게 된다. 그러므로 블로그를 잘 관리하여 자료들을 적절하게 게시하고 글쓰기 역시 거기에 맞도록 효율적으로 작성하는 것이 좋다.

서두에서도 밝혔듯이 인터넷 글쓰기에 대한 일정한 규칙을 제시한다는 것은 무의미한 시도일 수 있다. 시시각각 변화하는 사이버 공간에서의 글쓰기를 인쇄매체를 통해 설명한다는 것 자체도 모순이다. 변화의 방향과 속도를 알 수 없는 인터넷 세상은 앞으로 우리의 일상에 엄청난 변화를 가져올 것이며 그때마다 전혀 새로운 형식의 글쓰기가 등장하게 될 것이다. 결국 인터넷 글쓰기는 변화하는 사이버 공간의 질서에 적절히 적응하는 방식으로 발전하게 될 것이므로 변화된 특징에 맞는 글쓰기 방식이 절실히 요구된다.

참고문헌

안말숙 외(2010), 글쓰기와 의사소통, 새문사.
이송아(2003), 인터넷 사용자들의 정보통신 윤리의식 실태에 관한 연구, 홍익대학교 교육대학원 교육학과
　　　　　전산교육전공.
장미영 외(2010), 생각을 요리하는 글쓰기, 글느림.
정규식(2011), 한국고전문학 연구의 지평과 과제, 동아대학교 출판부.
정희모 외(2008), 대학 글쓰기, 삼인.
W. J. 옹 지음, 이기우 외 옮김(1995), 구술문화와 문자문화, 문예출판사
다음, 2011 다음 우수블로그 배경화면(운영자 : 오리진).
네이버, 파워블로그 선정 안내.

01 아래의 이메일에서 잘못 된 부분을 지적하고 바르게 고쳐보자.

| 답장 | 전체답장 | 전달 | ✕ 삭제 | 스팸차단 ▾ | 이동▾ | 읽음▾ |

☆ **1003000**　　　　**구비문학개론 과제 입니다.** | 관련편지검색

⊕ 보낸사람 : **핑키**　12.11.05 23:19 | 주소추가 | 수신차단

◍ **대용량 첨부파일** 1개(80MB)

⬇ Ⓝ 1003000　　　　.mp4 80MB

다운로드 기간 :　　　　～ 2012/12/05

02 자신이 운영하는 개인 블로그, 카페, 홈페이지 등을 소개하고 거기에 게시된 글을 바탕으로 토론해보자.

03 악성 댓글로 인한 사회적 문제를 조사한 후, 올바른 인터넷 문화를 조성하기 위한 방법에 대해 토론해보자.

학 번:	학과(부):
강의시간:　　　요일　　　교시	이 름:

☞ 학습목표
가. 에세이 쓰기의 기본 원리와 에세이에 대한 지식을 이해할 수 있다.
나. 에세이 쓰기를 통해 자기 성찰과 표출의 체험이 가능할 수 있다.
다. 에세이 쓰기를 통해 사물에 대한 감수성과 비판의식을 함양하고, 개성적 가치관
    을 배울 수 있다.

에세이는 모든 글쓰기 형식 가운데 가장 유연하고 융통성 있는 글이기에, 그 특성과
원리를 이해하면 누구나 쉽게 접근할 수 있다. 따라서 에세이의 의미와 특성, 쓰기의 원리
와 방법 및 전략을 습득하고 예문을 통해 좋은 글을 접한다면 각자의 체험을 떠올리며 에
세이를 쓸 수 있을 것이다.

1) 에세이의 의미와 특성

에세이(Essay)는 형식에 얽매이지 않고 생각나는 대로 자신의 체험이나 의견, 감상 등
을 적은 산문 형식의 글이다. 흔히 에세이를 수필과 같은 의미로 생각하기도 하나, 동양의
수필은 중국 남송 때 홍매의 『용재수필』과 박지원의 기행문 『열하일기』에 실린 「일신수
필」이라는 글에서 알 수 있듯, 서양의 에세이와는 비슷한 성격의 글이면서도 그 전통이
다르다. 수필(隨筆)은 한자의 뜻 그대로 '붓 가는 대로' 쓰는 글이라는 뜻이다. 하지만 무조
건 자유롭게 쓰는 것이 수필은 아니다. 수필은 마음의 글, 인생을 바라보는 성찰의 글이다.
오늘날 수필은 문학 글쓰기의 한 장르로 시, 소설과 함께 대표적인 문학 장르로 평가받기
에 문예적인 성격이 짙다. 에세이는 일반적으로 일기·서간·감상문·수상문·기행문 등
을 포함하는 광범위한 글쓰기이다. 특히 비평적 에세이는 논술이나 비평문까지 포함하기
에 그 범위가 무척 넓은 편이다.

한편, 수필을 에세이와 미셀러니(Miscellany)로 나누어 에세이를 굳이 지적(知的)·객관
적·사회적·논리적 성격을 지니는 글로 한정하기도 한다. 따라서 감성적이고 주관적인
글은 에세이가 아니라 미셀러니로 분류하기도 한다. 또 에세이를 중수필(重隨筆), 미셀러니

를 경수필(輕隨筆)로 부르기도 하며, 특히 에세이를 소론(小論)으로 분류하여 가벼운 논설이나 논문으로 이해하는 사람도 있다.

이 장에서는 에세이를 개인의 체험과 상념을 자유롭게 표현하는 비허구적 산문으로 정의하고자 한다. 에세이는 광범위한 산문양식을 포괄하며, 모든 글쓰기 형식 가운데 가장 유연하고 융통성 있는 글이다. 몽테뉴는 「에세이」에서 "내가 바라는 것은 그저 부드럽고 기교도 부리지 않으며, 애쓰지도 않고, 나의 있는 그대로의 수식 없는 모습이 나타나는 것이다. 내가 그려내는 것은 바로 나 자신이기 때문이다"라고 말하였다. 에세이는 '무엇이든지 담을 수 있는 용기'라 할 수 있으며, 그 성격에 따라 크게 서정적 에세이, 서사적 에세이, 비평적 에세이로 나눌 수 있다. 누구나 에세이를 통해 때론 시적이고 감성적으로, 때론 자신의 체험을 이야기로 펼치며 서사적으로, 때론 일상에서 신문, 책, 영화, 드라마 등을 보고 자기 생각을 지적이고 논리적으로 펼칠 수 있다.

현대 에세이는 다음과 같은 특징을 지닌다.

첫째, 대부분의 에세이는 일인칭의 시점에서 쓴다. 일인칭 시점에서 쓴다는 것은 에세이의 화자가 글 쓰는 이 자신이라는 것이며, 따라서 에세이의 내용은 고백적이고 자신의 경험과 심리를 표출하는 것이 된다.

둘째, 에세이는 자신을 솔직하게 드러내야 하는 글이다. '나는 이 글을 쓸 때 내 생활 이외의 것은 전혀 쓰려고 하지 않았다. 따라서 독자는 이 글에서 나의 사생활의 특징과 기쁨을 파악할 수 있을 것이다'는 몽테뉴의 『수상록』에 나오는 말이다. 에세이는 꾸며 쓰는 글이 아니라, 자신의 실제 삶이 고스란히 드러나는 글이어야 한다.

셋째, 에세이는 기교 부리지 않는 소박한 글이다. 그러므로 작가의 목소리가 어떤 윤색도 없이 드러나게 마련이다. 어떤 문학적 장치도 없으므로 그것은 오히려 감동적일 수 있다. 그러기에 에세이는 누구나 쓸 수 있는 글이기도 하다.

소박한 일상의 순간을 놓치지 않으면서 진실을 끌어내려는 힘이 에세이에는 있다. 그러나 에세이의 이러한 특성은 자칫 잘못 쓰이는 경우 함정이 될 수도 있다. 즉 진정성과 합일되지 않으면 필연성을 잃어버린 자기표현의 표출이 되고 말아 개인의 '넋두리'나 '수다', '하소연'에 그칠 수 있음을 경계해야 한다. 따라서 에세이의 구성 요소를 이해하고 쓰기 연습을 해야 할 것이다.

에세이의 구성 요소는 제재, 주제, 구성, 문장이다. 이 중에서 특히 중요한 것은 제재, 즉 글감이다. 좋은 글감을 얻기 위해서는 우선 평소 사물을 주의 깊게 관찰하는 습관을 길러야 한다. 일상에서 접하는 풍경, 사건, 책, 영화, 타인의 대화 등도 모두 글감이 될 수 있다.

다음으로, 솔직한 자기 눈, 즉 자기 마음으로 제재를 찾아야 한다. 독자에게 공감과 감동을 줄 수 있는 글감은 일상에 있다. 피천득의 「엄마」라는 글을 보면, 저자의 동심에 가까운 진실한 마음이 독자에게 감동을 준다.

또한, 자신만의 경험을 통해 자신 있는 글감을 택하는 것이 좋다. 초등학교나 중·고등학교에 다닐 때 있었던 일, 혹은 아르바이트 경험, 여행의 경험 등이 모두 좋은 글감이 된다. 체험에도 과거의 경험을 상기하는 '재생적 체험'이 있고, 과거와 과거, 또는 과거와 현재의 경험을 서로 접합하거나 반대로 분리, 분해함으로써 얻어지는 '창조적 경험'이 있다. 예컨대, 청소년 시절 경험했던 첫사랑에 대한 추억을 품고 있다, 어느 날 첫사랑의 상처를 담은 영화를 보고 자신의 체험과 영화 내용을 연결하여 한 편의 에세이를 쓸 수 있다.

끝으로, 글감을 항상 메모하고 정리하는 습관을 지녀야 한다. 그 어떤 영감도 휘발성이 강해서 금방 날아간다. 순간순간 기록할 때 그 기록들이 자시 재편되고 합성되어 좋은 글감이 된다. 신문을 읽다, 책을 읽다, 영화를 보고 라디오를 듣다, 문득 인터넷 검색 중에도 좋은 생각이나 구절이 있으면 기록해둔다.

2) 에세이 쓰기의 원리

(1) 경험 회상의 원리

에세이는 자신의 경험을 바탕으로 글을 쓰되, 자신의 경험 그대로를 무원칙하게 드러내는 것이 아니라 서술적 자아의 인식 속에서 선택되고 조직된 것을 드러낸다. 경험 및 체험을 회고하고 회상하는 과정은 단편적인 체험을 종합화하고 정리하도록 하며, 이를 통해 무의미하게 버려질 수 있는 경험에 특별한 의미와 가치를 부여한다.

(2) 의미 발견의 원리

에세이 창작은 단순히 경험을 쓰는 게 아니라 수많은 경험 가운데서 무엇인가를 '발견'하는 것이다. 글쓴이 주변에 존재하는 평범한 소재에서 가치 있는 의미를 이끌어내고, 이것에서 삶의 감동을 느끼는 것이 에세이의 강점이다. 따라서 에세이는 수많은 경험 속에서 가치 있는 경험을 선별하고 그것에서 특별한 의미를 발견하는 것이 중요하다.

(3) 경험 재구성의 원리

글쓴이는 자신의 체험을 회상하고 특정 경험에서 의미를 발견한다. 이 과정에서 이루어지는 것이 '경험의 재구성'이다. 지나간 경험을 글로 표현할 때, 그 당시의 경험대로 완전하게 재현할 수는 없다. 경험을 다시 구성하는 과정에서 경험적 자아와 서술적 자아는 분리된다. 경험적 자아와 서술적 자아 사이에 시간적 거리가 존재하고, 이를 통해 반성적 거리를 유지할 수 있다. 만약 이러한 거리가 없을 때, 서술적 자아의 글쓰기는 일상사를 그대로 쓰기만 하는 '잡문(雜文)'으로 전락한다. 따라서 서술적 자아는 경험 내용을 글 속에 무질서하게 나열하여 재현하는 것이 아니라, 회고적인 해석을 통해 걸러내고 재구성하는 과정을 거쳐 하나의 글을 완성해야 한다. 자신을 바라보는 또 다른 시각을 설정하여 에세이를 쓸 때, 새로운 인식으로 나아갈 수 있다.

(4) 자기 고백의 원리

에세이는 글쓴이의 사실적이고 진실한 체험을 바탕으로 자기 고백이 잘 형상화된 글이다. 이때, 자기 고백은 자신의 경험 및 체험 중 좋은 면만을 기술하는 것이 아니라 고통스럽고 힘들었던 감정까지도 드러낸다. 이렇게 진실성을 바탕으로 고백함으로써 에세이는 새로운 의미와 깨달음을 발견할 수 있다.

(5) 자기 성찰의 원리

개인적 체험을 심화하여 구체적인 깨달음에 이를 때, 우리는 이를 '성찰'이라 한다. 글쓴이가 경험을 회상하고, 그 경험 중에서 의미를 발견하며, 이를 자기 고백적으로 서술하고 재구성한다는 점에서 에세이는 자기 성찰의 글쓰기이다. 고백 없는 성찰은 없다. 즉, 에세이는 글쓴이를 그대로 비추어주는 거울로 작용함으로써 자기 성찰에 이르도록 한다. 글쓴이는 에세이 쓰기를 통해 넓고 깊은 자기 내면과 만날 수 있으며, 사고를 확장하고 삶에 대해 생각하고 음미하는 경험을 하게 된다.

3) 에세이 쓰기의 방법 및 전략

쓰기 전 Pre-writing	쓰기 Writing	쓰기 후 Post-writing

(1) 쓰기 전

① 에세이를 쓰는 목적 설정

에세이는 자신의 경험을 기록함으로써 자신의 뇌리에 더 강하게 남기고(일기, 블로그 등), 자신의 체험에서 비롯한 깨달음을 다른 이들에게 전하기 위해(인터넷 커뮤니티, 메일, 투고 등) 쓴다. 그 밖에, 이 에세이를 창작함으로써 성취하고자 하는 바가 무엇인가, 이 에세이를 통해 어떤 효과를 기대하는가, 이 에세이를 읽고 예상 독자가 무엇을 느끼고 생각하기를 바라는가 등의 물음을 통해 자신이 쓰는 에세이의 목적을 구체화할 때 효과적인 에세이 쓰기가 된다.

② 에세이의 독자 설정

에세이는 공감의 글이다. 따라서 예상 독자를 고려해야 한다. 특히 체험을 위주로 쓸 때, 자신과 같은 체험을 공유한 적이 있는지를 고려해야 할 것이다.

③ 에세이의 종류 정하기

에세이는 제재나 주제에 따라 서정적 에세이, 서사적 에세이, 비평적 에세이 등으로 구분할 수 있다. 각 종류의 특징을 이해한 후 써야 한다.

④ 생각 꺼내기

우선 특별한 자료 없이 머릿속에서 꺼내는 방법이 있다. 또한 연상하기, 즉 사진첩을 뒤지거나 일기, 블로그(Blog) 등을 다시 읽어보는 방법, 신문이나 잡지 등에서 자료를 찾는 활동을 통해 아이디어를 수집하는 방법, 주위 사람과의 대화를 통해 생각을 꺼내는 방법 등이 있다.

⑤ 생각 조직하기

아무리 많은 아이디어를 생성해도 그것을 적절하게 조직하지 못하면 소용이 없다. 아이디어 간의 관계를 파악하여 응집성(Cohesion)과 통일성(Coherence)을 확보해야 한다. 또한 생각 묶기를 통해 아이디어를 적절히 배열해야 한다. 서론, 본론, 결론으로 개요를 작성하는 획일적인 틀보다는, 자신이 쓴 글의 주제나 조직 방식 등을 고려하여 다양한 방법으로 시각화하는 게 좋다. 예컨대 다발 짓기(Clustering)를 통해 생성한 아이디어를 관련 있는 것끼리 묶는 활동이 있는데, 이를 통해 글의 뼈대를 만드는 얼개 짜기(Outlining)로 나아가야 한다. 얼개 짜기란 형식적인 단계가 아닌, 내용의 중복이나 누락을 미리 방지하고 주제의식을 구체화하기 위한 중요한 과정임을 잊지 말아야 한다.

에세이 쓰기에서 얼개 짜기는 '서사적인 에세이'와 '설명적인 에세이', '비평적인 에세이' 등으로 나누어 생각해볼 수 있다. 먼저 서사적인 에세이는 시간적 순서에 따른 구성, 공간의 변화에 따른 구성, 등장인물에 따른 구성 등으로 나눈다. 설명적인 에세이는 비교 또는 대조적 구성, 원인과 결과 구성으로 나누며, 비평적인 에세이는 주장과 논거로 구성한다.

(2) 쓰기

① 초고 쓰기

초고는 뒤에 고쳐 쓰기를 통해 다시 수정될 글이므로 처음부터 완벽한 글을 써야 한다는 강박감을 버려야 한다. 이 단계에서는 앞서 생성한 내용을 바탕으로, 의미에 초점을 두어 전체적인 흐름을 구성하도록 하는 것이 중요하다. 문법과 같은 형식적 요소에 크게 집착하지 않도록 하며 서두, 본문, 결말로 나누어 서술한다.

비교적 단문인 에세이는 '첫인상'인 서두의 비중이 크다. 표제로 시작하기, 주제를 압축하여 제시하기, 분위기나 상황으로 시작하기, 인용구로 시작하기, 때·장소·날씨 등을 제시하며 시작하기, 비유·암시로 시작하기 등의 서두 쓰기 방법이 있다. 본문 쓰기는 쓰기 전 단계의 '생각 묶기'를 참고하기 바란다. 에세이는 결말 부위의 한두 문장에 중심 사상을 농축하는 방법을 주로 사용한다. 따라서 공감을 유도하는 마무리, 이해나 반성을 촉구하는 마무리, 요약하여 결론을 제시하는 마무리, 여운을 남기는 마무리, 주제의식을 은유 혹은 상징하는 마무리, 생략·설의법을 활용하는 마무리 등의 방법으로 결말을 쓴다.

② 글다듬기

에세이가 다른 잡문과 구별되는 점은 감상이나 느낌의 나열이 아니라, 정제된 글이라는 점이다. 따라서 흔히 '퇴고'라고 하는 글다듬기 과정은 필수이다. 이 단계에서는 전체 내용을 훑어 읽기(Survey) 하되, 문법적인 요소보다 내용 위주로 수정하도록 한다. 에세이에서 중요한 것은 어떤 일을 경험했음이 아니라, 그 경험에 자신만의 특별한 관점과 시각을 어떻게 반영하고 있는지, 그 이해와 감상이 얼마만큼 깊이를 지니는지가 핵심이기 때문이다. 이 과정에서 계획하기 단계에서 자신이 설정했던 글의 주제나 목적, 예상 독자 등을 고려하고, 첨가·삭제·대체·재배열해야 하는 요소가 있으면 간단하게 표시를 하도록 한다.

(3) 쓰기 후

① 평가하기

자신이 창작한 글과 다른 사람의 글을 평가하는 과정을 통해 글의 내용이나 구성·표현 등을 더 깊이 있게 파악하고 좋은 에세이의 요건을 깨달으며, 좋은 글을 쓰고자 하는 의욕을 갖게 된다.

자신의 글을 평가하는 시간을 주어 자평하기, 다른 사람의 글을 평가하기, 교수의 평가와 학생의 평가를 합하여 우수 에세이를 선정하기, 선정한 표본 글을 재평가하기 등을 활용한다.

② 작품화하기

에세이 쓰기는 자신의 내면을 드러내는 글이며, 이러한 내면 고백을 글로 발표함으로써 글쓰기 능력은 더욱 향상된다. 학보, 교지 등에 게재하기, 인터넷 커뮤니티나 블로그(Blog)에 올리기, 개인 혹은 여러 명이 모여 에세이집 만들기, 신문이나 잡지에 투고하기, 정식 출판하기 등을 활용한다.

4) 에세이 쓰기의 실제

아래 제시하는 두 편의 에세이는 에세이 쓰기의 원리에 충실한 학생의 글이다. 두 편의 글은 무의미하게 버려질 수 있는 경험에 특별한 의미와 가치를 부여하는 관찰력과 통찰력이 뛰어나며, 이를 통해 의미를 발견하는 솜씨가 돋보인다. 글쓴이가 자신의 체험을 회상하는 과정에서 '경험의 재구성'이 이루어지며, 이를 통한 새로운 인식을 주제화하였다. 또한 진솔한 자기 고백이 잘 형상화된 글이며 이를 통해 자기의 내면과 대면하여 성찰하는 과정이 에세이에 자연스럽게 녹아 있어 감동과 공감을 이끌어낸다. 두 편의 에세이를 참고하여 자신의 글을 써보도록 하자.

> 스무 살이 되면 쌍꺼풀 수술을 하리라는 다짐을 한 건 여섯 살 때였다. 유치원에서 친구 얼굴 그려주기를 하던 날, 찬찬히 살펴본 친구들의 얼굴은 나와 달랐다. 사람은 다 다르게 생긴 게 맞지만 그들에게는 나에게 없는 무언가가 있었다. 바로 쌍꺼풀이었다. 더 충격이었던 것은 친구들이 그린 내 얼굴에서 눈은 동그라미가 아닌 일직선이었다는 것. 내 눈은 가로 본능, 가로로만 찢어져 있었던 것이다. 집으로 돌아와 엄마에게도 있는 쌍꺼풀을 보며 나도 쌍꺼풀 달라고 떼썼던 기억이 난다. 크레파스로는 쌍꺼풀을 만들 수 없다는 사실에 좌절했을 때, 스무 살이 되면 쌍꺼풀을 만들어 주겠다던 막내 삼촌의 말에 무작정 스무 살을 기다려온 어린 시절도.
> 학교에 들어가서도 쌍꺼풀을 향한 나의 마음은 사그라지지 않았다. 예쁜 여배우들은 대부분 짙은 쌍꺼풀을 가지고 있었고, 쌍꺼풀만 있으면 나도 여배우 뺨치게 예쁠 거라는 착각에 빠졌다. 쌍꺼풀 테이프, 쌍꺼풀 액 등으로 쌍꺼풀을 만들어 봐도 도무지 쌍꺼풀이 자리 잡을 공간을 허락하지 않는 두두룩한 내 눈두덩이 미웠다. 어릴 때부터 한국적으로 생겼다는 말을 참 많이 들었는데 그 말이 꼭 너는 눈이 작아, 라는 말로 들려서 무척 괴로워했다. 그 무렵 나는 눈이 큰 사람은 나보다 시야가 넓지 않을까 하는 생각도 했다. 아무래도 눈이 크니까 조

금 더 넓게 보이겠지? 나는 눈이 가로로 기니까 좌우로는 더 많이 보일 거야. 그리고는 내가 보는 모든 것들은 나에게만 이렇게 보이는 거란 확신을 했다. 보는 눈이 다르다, 는 말도 그때 야 조금 이해가 갔다. 쌍꺼풀이 생기면 나도 좀 더 넓은 세상을 볼 수 있을 것 같았다.

'어느 날 갑자기'는 정말로 어느 날 갑자기 찾아왔다. 스무 살이 되기도 전에 쌍꺼풀 수술의 기회가 온 것이다. 친구 엄마네 병원에 친구랑 같이 가면 파격적인 가격으로 쌍꺼풀을 가질 수 있다는 것. 열일곱 살 겨울방학, 어쩌면 내 오랜 기다림이 끝날지도 모를 시간이었다. 부모 님은 흔쾌히 허락하셨고 친구는 같이 날 잡자며 들떴다. 나도 무척 들떴지만 이상하게 마음 한구석이 찝찝했다. 지금까지 내가 보고 살아온 세상을 이제 다시는 볼 수 없다는 생각, 지금 얼굴도 나름 매력 있다는 생각에 한참을 고민했다. 결국 나는 아직 스무 살이 되지 않았다는 말도 안 되는 핑계로 수술을 거부했다. 얼마 후 친구 눈에는 짙은 쌍꺼풀이 생겼고 나는 조금 후회했다.

고등학교 때 나는 축제 도우미를 했었다. 당시 내가 하던 일은 교실 한 칸을 그대로 영화관 처럼 꾸며놓고 영화를 틀어주는 일이었는데, 생각보다 사람이 많이 오지 않아서 내가 관객이 되어 영화를 보게 되었다. 틀었던 영화는 아마 외국 영화였던 것 같은데, 그날따라 영화 내용 보다 더 눈에 들어온 건 영화의 스크린이었다. 아래위의 검은색 여백, 뭐지? 그러고 보니 영화 관에서 영화를 볼 때에도 그랬었다. 이유는 모르겠지만, 항상 그 검정 여백이 영화를 더 영화 처럼 느끼게 했었다. 여백의 정체에 대해 생각하느라 영화의 내용은 하나도 기억나지 않았다. 영화는 끝이 났고 나는 끝내 여백의 정체를 알 수 없었다.

그날 이후 나는 또다시 이상한 생각에 사로잡혔다. 어쩌면 처음으로 영화를 만든 사람이 나처럼 눈이 작았을지도 모른다는 생각, 그 사람도 나처럼 가로로 긴 세상을 봤을 거란 생각, 그 세상을 공유하고 싶어서 스크린을 그렇게 표현했을 거란 생각. 아무래도 영화의 그 검은 여백이 내 시야와 닮은 듯했다. 그리고 지금 내가 보고 있는 이 세상이 가장 영화 같은 세상이 아닐까 하는 생각도 들었다. 그렇게 생각하니 이제까지 내게 일어났던 모든 일이 정말로 영화 처럼 느껴졌다. 간밤에 꾸는 꿈들은 매일 상영되는 단편영화 같았고 지금 이 순간도 영화의 한 장면 같았다. 맙소사, 나는 영화인의 눈을 타고난 것이었다.

시간이 흘러 스크린의 검정 여백이 "레터 박스"라는 이름을 가졌다는 것과 영화를 볼 때 좋 은 화면 비율을 위해 레터 박스를 삽입한다는 걸 알게 되었다. 쌍꺼풀 수술을 한 친구를 통해 수술 전후의 시야가 다르지 않다는 것도 알게 되었으나 그 사실은 별로 중요하지 않았다. 나 는 내 눈을 좋아하게 되었고, 내가 보는 모든 것들이 아름답게 느껴졌다. 마치 시력을 잃었던 사람이 다시 앞을 보게 된 것처럼 말이다. 내 눈은 그대로인데 갑자기 이렇게 예뻐 보이다니. 그래, 사실은 눈보다는 마음의 문제였던 것이다.

"눈 뜬 거 맞나?"

"당연하죠. 저 지금 영화 찍는 중인데. 제 눈 보세요, 선배도 영화처럼 보인다니까요."

스물두 살이 된 지금, 나는 여전히 쌍꺼풀이 없다. 레터박스를 장착한 눈으로 지금도 한 시 절 한 장면을 살아가는 중이다. 쌍꺼풀 수술을 했다면 영영 몰랐을 이 아름다운 영화 속을 말 이다.

—현소정, 「여백의 미」

편견. 고정관념을 부수는 일은 그리 녹록지 않다. 하지만 때때로, 나에게 주는 강렬한 감동들은 그 편견들을 쉬 녹이곤 한다. 그런 영화 중 하나가 바로 <브로크백 마운틴>이다. 보는 것조차 망설였던 이 영화는 뜻밖에 나에게 진한 여운을 남겼다. 동성애. <브로크백 마운틴> 주인공들의 동성애는 내가 생각했던 그런 것이 아니었다. 정말 사랑이었다. 내가 생각하는 아름다운 사랑. 영화를 보며 한 소년이 떠올랐다. 유난히 덩치가 컸던 소년. 2교시가 끝나면 내게 와, 아이스크림을 먹자고 했던 그 소년.

고등학교 1학년 때부터 유명했던 그 소년이랑 같은 반이 된 건 고등학교 2학년. 내가 18살 때다. 낭랑 18세. 낭랑(朗朗)한 18살이어야 할 우리는 오히려 어둑했다. 그 소년은 '게이'였다. 이 소문이 진실인지 아닌지 굳이 밝히려는 사람은 없었다. 자신을 변호할 힘도 없는지 그 소년은 거의 말이 없었고, 모두가 그를 피했다. 나도 그랬다. 모두가 피하고 욕하니까. 그게 이유였다.

"아이스크림 먹을래?"

2교시가 끝나고 책상에 엎드리려던 나에게 그 소년이 물어보았다. 당황스러웠다. 내가 그 소년과 나눈 대화는 고작 샤프심을 빌려 달라 등의 사소한 이야기뿐이었다. 먹고 싶지만 잠이 너무 온다며 엎드렸다. 잠이 오지 않았다. 오던 잠이 다 달아나버렸다. 갑자기 나한테 왜 저럴까, 설마, 하는 생각마저 들었다. 그때 누가 내 등을 두드렸다. 돌아보니 그 소년이 서 있었다. 아이스크림과 함께. 학교 매점이 멀었기 때문에 아이스크림을 사온 건 나에게 꽤 감동이었다. 쉬는 시간에 맞추려고 뛰어온 듯 그 소년의 이마에는 구슬땀이 솟아있었다. 고마워. 말없이 웃으며 자리에 앉는 그를 보며 말했다. 하지만 그런 감정도 잠시. 점점 나는 불안했다. 머릿속에 기생하고 있던, 그 소년이 남자를 좋아한다는 소문이 나를 잠식했다. 혹시 그가 좋아하는 남자가 내가 된 게 아닐까란 생각에 이맛살을 몇 번이나 꿈틀거렸다. 다음 날, 그 소년은 똑같은 시간에 또 나에게 아이스크림을 먹자고 했다. 돈이 없다고 변명하자, 자기가 사겠다고 했다. 딱히 더 댈 변명도 없거니와 공짜로 아이스크림을 먹을 수 있다는 생각에 그를 따라 매점으로 향했다. 같이 갔다고 하나, 그 소년과 나에게는 두 발자국 정도의 거리가 있었다. 나는 그 거리만큼 그 소년을 기만하고 있었다. 자기가 좋아서 사주는 거니까. 그 소년에게 미안한 마음과 왠지 싫은 나 자신을 이렇게 위안했다.

세 번 정도 그 소년과 매점에 갔을 때 수군거리는 소리가 들렸다. 둘이 수상하다고. 나는 쉽게 이 오해에서 빠져나왔다. 다들 나랑 친했고, 그냥 얻어먹기 위해 만났다고 말하면 오히려 통쾌해했다. 너를 좋아하는 게 맞는 거 같다며 같이 밥 얻어먹자고 부추겼다. 너 훈상이 좋아하느냐면서 놀림당하고 있는 그 소년을 나는 감싸줄 수 없었다. 다만, 나는 2교시가 끝나면 그 소년이 오기 전 빠르게 다른 친구들과 어울렸다. 차마 너랑 매점 가기 싫다고 말할 순 없었다. 그 소년과 나는 그렇게 한 걸음씩 빠르게 멀어져갔다. 그리고 그 소년도 어느 순간 나에게 말을 걸지 않았다.

중간고사가 다가올 무렵, 소동이 벌어졌다. 갑자기 그 소년이 커터 칼을 자기 손목에 대며 죽는다고 소리를 질렀다. 모두 놀라 그 소년을 말렸다. 진정하라고 잡은 그의 손목엔 이미 많은 상처가 있었다. 마주친 그 소년의 두 눈은 슬픔이 글썽거렸다. 그 행동이, 그 상처들이, 그

슬픔이 너무 무서웠다. 그의 손목을 놓고 고개를 돌린 채 그 소년이 끌려가는 비명을 들었다. "이거 놔, 죽을 거야, 죽을 거야!" 나는 한참 고개를 돌리지 못했다.

며칠 뒤, 그 소년은 자퇴했다. 자퇴 소식을 들은 아이들의 반응은 제각각이었다. 많은 의견 속에 나의 의견은 침묵이었다. 그 소식에 나는 그저 멍했다. 어지러운 상황에서 담임선생님은 마지막으로 그 소년이 편지를 남겼다고 했다. 몇몇은 두려워했고, 몇몇은 궁금해했다. 뜻밖에 그 소년의 편지에는 단 한 줄도 다른 학생에 대한 서운함이 없었다. 자신은 자퇴하게 되었다고 담담하게 쓴 후, 10명 정도의 학생에게 따로 멘트를 적어놓았다. 그저 멍하게 듣고 있던 나는 그 10명에 들어가 있었다.

'항상 나에게 따뜻하게 대해주었던 훈상이, 고맙다.'

친구들은 정말 너를 좋아했다고 웃어댔지만 나는 웃을 수 없었다. 항상 따뜻하게. 내가? 정말 내가 저런 소리를 들어도 될까? 내 속엔 의문과 왠지 모를 적적함이 그날 종일 맴돌았다. 그 소년은 정말 나를 좋아했을까? 그런 것 같다. 하지만 아이들이 말하는 '사랑'은 아니었다. 그 소년이 정말 바랐던 건 친구였다. 친구. 나는 왜 그런 소문에 사로잡혀 그 소년의 친구가 되어주지 못했던 걸까. 가식적인 웃음으로 따뜻함을 전했다는 말을 들은 나는, 참으로 못난 놈이다. 그것이 더 내 마음을 후벼판다.

그 소년에 대한 기억이 끝나갈 즈음 <브로크백 마운틴>의 엔딩노래가 생각났다. Willie Nelson의 'He Was A Friend Of Mine'이라는 곡이다.

He was a friend of mine 그는 내 친구였네
He was a friend of mine 그는 내 친구였네
Every time I think of him 그를 생각할 때마다
I just can't keep from crying 울음을 참을 수가 없네
Cause he was a friend of mine 그는 내 친구였으니까

나는 그 소년을 차마 친구라고 부르지 못했다. 그 소년, 아니 이제 성인이 된 그가 이런 나를 친구라고 인정해 줄까? 하지만 그 예전, 2교시가 끝나면 나에게 아이스크림을 먹으러 가자고 했던 것처럼 왠지 그라면 나에게 손 내밀어 줄 것만 같다. 그리고 이 순간, 그를 생각하며 슬픔이 차오르는 것은 그가 내 친구이기 때문이 아닐까. 「브로크백 마운틴」의 끝자락에서 나는 그의 안부를 묻는다.

잘 지내니, 친구야!

―조훈상, 「2교시의 아이스크림」

● **에세이에 대해 더욱 자세하게 알고 싶다면 아래의 책들을 참고하자.**

강은교・이국환(2003), 사고와 표현, 동아대출판부.

손광성(2008), 손광성의 수필 쓰기, 을유문화사.

윤재천(2002), 나의 수필 쓰기, 문학관.

이인식(2001), 아주 특별한 과학 에세이, 푸른나무.

장영희(2009), 살아온 기적 살아갈 기적, 샘터.

조성연(2002), 수필 쓰기의 이론과 실제, 국학자료원.

주경철(2012), 히스토리아, 산처럼.

진중권(2012), 생각의 지도, 천년의상상.

홍성욱(2008), 홍성욱의 과학 에세이, 동아시아.

조지 오웰(2010), 나는 왜 쓰는가, 한겨레출판.

01 자신의 사진첩을 보고 추억을 떠올리며 생각을 정리해보자. 자신이 쓴 에세이에 사진을
   첨부하여 '포토에세이'를 써보자.

02 다음 제재 중에 하나를 골라 에세이를 써보자.

영화, 비, 인연

03 자신의 블로그(Blog)를 만들고 '친구'를 제재로 에세이를 써서 올려보자.

학 번:	학과(부):
강의시간: 요일 교시	이 름:

☞ 학습목표

가. 비평이 무엇인지 알고 비평의 가치와 의의를 이해할 수 있다.

나. 비평문 쓰기의 절차를 학습한 후 관심 있는 분야의 주제를 정해 비평문을 쓸 수 있다.

사실적(분석적) 사고와 비판적 사고, 창의적 사고 과정을 모두 거쳐 만들어 내는 결과물로 비평문만 한 것이 없다. 이것은 다른 말로 비평문 한 편을 쓰다보면 사실적(분석적)·비판적·창의적 사고하기를 연습할 수 있다는 말이며, 나만의 시각을 가진 사회적 글쓰기도 가능해진다는 말이다. 오늘날 비평문 쓰기는 단지 전문 비평가들만의 몫이 아니다. 우리는 비평문 쓰기를 통해 이 사회를 살아가는 구성원으로서의 나와 내 주변, 사회 각 부분을 깊이 있게 들여다보고 개입할 수 있다.

1) 비평의 개념과 필요성

비평이란 예술작품이나 다양한 문화현상, 시사적 쟁점 등을 대상으로 하여 그것이 지니는 의미를 해석하고 가치를 평가하는 행위를 말한다. 비평의 종류는 다양한데 크게 문화비평, 독서비평, 시사비평(정치비평), 교육비평으로 구분된다.

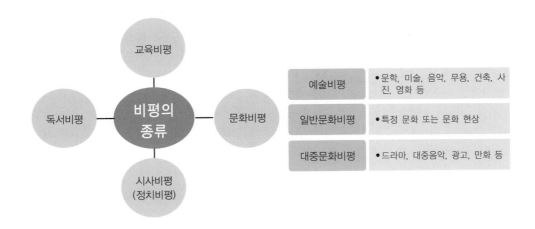

비평은 본래 비평가라는 전문적 성격을 띤 사람들의 전유물로, 그들은 주로 예술작품을 설명하고 해석함으로써 작품에 숨은 의미를 찾아내고 가치를 발견한다. 또한 작품을 평가하고 이론화하는 작업을 행한다. 이러한 일련의 과정을 통해 비평가는 작품 및 작가와 소통하고 독자의 이해를 도움으로써 작가와 독자와의 관계를 매개하는 역할을 한다. 더 크게는 다양한 작품들의 경향을 파악하고 정리하며 작가와의 협력 하에 예술사를 형성해나가기도 한다.

일반적으로 비평가는 작품에 대해 비판적 안목을 지닌다고 생각하지만 그보다는 그것의 긍정적 가치를 발견하는 역할을 더 많이 한다. 또한 이들은 작품 자체만을 다루는 것이 아니라 작품과 인간, 혹은 삶과의 관계, 작품과 사회, 세계와의 관계를 살피며 궁극적으로 인간의 삶과 세계가 더 나은 방향으로 가는 길을 모색한다. 다음 예문들에서 비평의 역할과 사명에 대한 비평가들의 생각을 엿볼 수 있다.

> 비평은 작품의 결에 이루 셀 수 없이 여러 갈래로 놓여 있는 목소리'들'을 찾아 그것들이 원래 가지고 있었을 힘을 부여해주는 작업일 것이다. 그 목소리'들'에는 절대적인 강자도 약자도 없다. 나에게 그 목소리'들'은 여러 갈래의 똑같은 목소리'들'이다.
>
> —박수연, 『문학들』(2004)

> 문학비평의 사회적 소임이란 무엇보다도 한 문화의 인간학적 혹은 인문문화적 가치를 보존, 계승, 발전시키는 기능과 역할을 말한다. 문학비평은 문학의 한 부문영역이면서 동시에 문학이라는 형태의 예술적 창조행위와 수용행위에 대한 비판적·반성적 사색이다. 그러나 문학의 생산과 수용, 그것의 유통과 향수의 제 과정은 정치경제적 국면들과 광역문화의 여러 기제(예컨대 교육, 언론, 출판)들을 포함하기 때문에 문학비평은 적어도 문학예술의 창조와 수용에 관계되는 문화의 넓은 국면들까지도 비판과 반성의 대상으로 삼아야 한다. 비판은 단순한 <반대>가 아니고 반성은 복고적 <퇴행>이 아니다. 문학비평이 수행하는 광의의 문화적 비판과 반성은 한 문화가 창조하고 보존하고 발전시켜야 할 가치들을 부단히 정의하고 확인하는 인문문화적 사색행위이다. 이 점에서 문학비평은 인문문화의 신경중추 가운데 하나이다. 그러므로 문학비평은 그것이 수행하는 많은 작업들 중에서도 한 문화의 건강성 여부를 끊임없이 진단하고 병적 징후를 감지하며 그 진단의 결과를 사회에 보고해야 하고, 이 과정에서 불가피하게도 <처방>을 모색해야 한다. 이것이 인문학의 한 갈래이자 사회문화적 제도로서의 문학비평이 수행해야 할 사회적 기능이다.
>
> —도정일, 『시인은 숲으로 가지 못한다』(1994)

오늘날 비평은 단지 비평가들만의 전유물은 아니다. 다양한 경로를 통해 수많은 지식과 정보가 쏟아지는 가운데 현대인은 비판적 안목을 지니고 정보를 선택적으로 수용할 수 있는 능력을 지녀야 할 필요성이 생겼다. 급변하는 생활방식 및 사회현상 속에서 자신의 가치관을 올바르게 정립하는 일 또한 반드시 필요하다. 비평문 쓰기는 바로 이러한 행위의 적극적 실천 방법 중의 하나이다. 비평적 관찰을 통해 우리는 대상에 대한 피상적 접근에서 벗어나 깊은 이해, 비판적 감상을 할 수 있게 된다. 또한 그것을 글로 정립시키는 과정을 거치며 폭넓은 지식, 개인 및 사회적 윤리의식 등을 습득하게 되며 궁극적으로 깊이 있는 세계관을 형성할 수 있다.

2) 비평의 특징과 비평문 쓰기 방법

비평문을 쓴다는 것은 작품 또는 문화·사회현상 등의 텍스트를 감상하고 파악하는 행위, 그것에 대한 단순한 감상을 넘어 깊이 있게 사고하는 행위, 그리고 관련 자료들을 참고하여 글을 쓰는 행위를 모두 포괄하는 성취도 높은 작업에 해당한다. 또한 이러한 비평문은 독자를 상정하기 때문에, 텍스트와 나 그리고 독자와의 소통의 중심이 되는 가치 있는 글쓰기 형태이다. 비평문은 대상에 대한 감상적 차원을 넘어서는 것이기 때문에 그것만이 지니는 특징들이 쓰기 과정에서 나타난다. 따라서 본 절에서는 비평문 쓰기의 절차를 따라가며 그 특징들도 함께 살펴보도록 하자.

(1) 비평 대상 텍스트 선정

비평문을 쓰기 위해서는 특정 작품이나 문화 현상, 시사적 이슈 등 자신의 관심사가 무엇인지 먼저 파악해야 한다. 어떤 글쓰기든 글 쓰는 사람의 관심사가 반영될 때, 나아가 즐길 수 있을 때 진정성이 담긴 글이 된다. 작품이나 특정 사회 현상은 그것 자체만의 문제가 아니라 나의 삶과 상관관계를 맺고 있기 때문에 관심의 대상이 되는 것이고 또 의미를 지니는 것이다. 비평문을 쓴다는 것은 결국 그 대상 텍스트를 통해서 인간의 삶, 더 구체적으로는 나의 삶을 파악하는 것이다. 따라서 특별한 관심의 대상이 없다는 것은 그만큼 자신이 주변이나 사회 전반, 그리고 자기 자신에 대해 관심이 없다는 뜻이므로 반성적 사고가 필요한 대목이다. 이번 기회에 자신의 관심사에 대해 본격적으로 파악해보자.

덤+

● **대상 텍스트를 선정하는 데 도움이 되는 질문들**
 ❶ 최근 접한 텍스트 중에 좋았던 것, 혹은 싫었던 것이 있는가?
 ❷ 힘든 시기에 있을 때 나에게 용기를 준 텍스트가 있는가?
 ❸ 삶의 의미를 다시 생각하게 한 텍스트가 있는가?
 ❹ 특별히 좋아하는 작가가 있는가?
 ❺ 최근 사회에서 일어나는 일 중에 특별히 재미있는 일, 혹은 이상하다고 생각되는 일이 있는가?

---

(2) 텍스트 감상 및 분석

대상 텍스트가 작품이라면 여러 차례 꼼꼼히 살펴보아야 한다. 일차적으로 텍스트에 대한 감상을 간단히 적으며 작품과 교감하는 시간을 갖는다. 책을 읽거나 영화를 보는 중간 중간 메모를 하는 것도 좋은 방법이다. 대상 텍스트가 문화적·사회적 현상이라면 그 현상에 대한 기사나 관련 서적 등을 면밀히 살펴보아야 할 것이다.

반복적 감상과 함께 보다 예리한 관찰과 깊이 있는 성찰을 통해 텍스트를 분석, 정리하는 작업이 행해져야 한다. 이 때 텍스트에 대한 의문을 제기하는 방법, 다른 텍스트와 비교하는 방법이 효과적이다.

덤+

● **모든 비평은 질문을 던지는 것으로 시작한다.**
 ❶ 나는 무엇을 주장할 것인가?
 ❷ 이 문제는 왜 중요한가?
 ❸ 다른 텍스트는 이 문제를 어떤 방식으로 다루고 있는가?
 ❹ 내 생각이 주관적 감정에 치우친 것은 아닌가?

---

(3) 비평 대상 텍스트와 관련된 자료 조사

비평문 쓰기는 결국 대상 텍스트에 대한 나의 해석과 가치평가의 타당함을 주장하고 독자를 설득시키고자 하는 행위이다. 그렇다면 그 주장에 대한 근거가 명확해야 할 것이다. 일차적 근거는 대상 텍스트에서 가지고 와야 한다. 그리고 그 주장을 좀 더 탄탄하게 하기 위해 관련 자료들, 또는 관련 이론들을 살피고 도움을 받아야 한다. 따라서 대상 텍스트와 관계된 참고도서 등의 자료를 찾고 정리하고 분석하는 절차를 거쳐야 한다.

비평문 쓰기의 과정은 대상 텍스트를 읽고 자료 텍스트를 참조하는 상호텍스트성에 기반을 둔다. 또한 대상 텍스트 및 자료 텍스트의 읽기와 비평 텍스트의 쓰기가 유기적이면서도 통합적으로 전개되는 활동이다.(박영민, 2003)

자료 조사 및 분석을 진행하면서 어떤 식으로 글을 전개시킬 것인가에 대한 고민을 구체화해야 할 것이다. 한 가지 주의해야 할 점은 텍스트에 대한 자기만의 생각이 서지 않은 상태에서 텍스트에 관한 다른 비평을 먼저 보는 것은 좋지 않다는 것이다.

(4) 텍스트 해석

비평문에 있어 중심 내용이 되는 것이 텍스트 해석에 있다 할 것이다. 비평문은 단순한 감상이나 이해의 차원을 넘어서 작품의 진정한 의미를 찾아내거나 작가의 숨겨진 의도를 밝혀 설명해내는 데 의의가 있다. 텍스트가 특정 현상이라면 그 현상의 원인을 규명하고 현상 뒤에 숨겨진 여러 가지 역학관계나 영향관계 등을 밝히는 것이 해석에 해당할 것이다. 이때 글 쓰는 사람은 주관적 관점을 객관화·보편화할 수 있도록 해야 한다. 이처럼 비평문은 텍스트에 대한 또 다른 텍스트로서 메타적 성격을 지니며 반성적 사고를 가능하게 하는 차원 높은 글쓰기 형태이다.

문학 등 예술작품 비평에 있어서는 작품의 내용이 전달하는 의미만 파악하는 것에 치중해서는 안 된다. 다음 수전 손택의 글은 그러한 경우를 경계하고 있다.

첫째로 필요한 것은 예술의 형식에 더 주의를 기울이는 것이다. 내용만으로 문학작품을 평가하는 편협한 태도는 해석의 오만을 야기하는 동시에, 형식에 대한 더욱 확장되고 더욱 철저한 설명을 간과하게 될 것이다. 우리에게 필요한 것은 형식을 위한 어휘, 규정적인 것이 아니라 묘사적인 어휘다. 흔치 않긴 하지만, 최상의 비평이라 함은 내용에 관한 언급 안에 형식에 대한 언급을 녹여낸 비평이다.

—수전 손택, 『해석에 반대한다』(2002)

(5) 텍스트에 대한 가치평가

해석의 과정을 거친 후에 텍스트에 가하는 가치평가 역시 비평의 핵심이다. 가치평가는 주관적 관점에서 행하게 되므로 전적으로 옳은 것이 아니라 다양한 관점에서 접근이 가능하다는 것을 인지해야 한다. 그러나 자신의 관점 및 판단 기준으로 독자를 설득시킬 수 있어야 한다는 것을 염두에 두어야 한다. 해석에서처럼 객관성, 보편성을 지녀야 한다는 것이다.

가치 평가는 작품의 경우 그 작품의 가치를 새롭게 발견하고 소개하는 형태가 되는 경우가 많다. 그리고 다른 한편으로는 비판적 입장이 되기도 한다. 비판적 입장이란 텍스트 자체에 대한 비판에 한정되는 것이 아니라 텍스트와 연계한 현재 사회의 문제에 대한 비판이 될 수도 있고 자기비판이 되기도 한다.

(6) 독자(동료) 평가 후 퇴고

출판, 게재 등의 방법으로 공공에 발표되는 글이 아니라면 독자의 위치에 있는 동료의 반응을 살펴 퇴고할 수 있다.

비평은 논문이나 보고서처럼 형식에 얽매이는 글쓰기가 아니므로 자신의 개성을 살려 자신만의 문체나 형식을 개발해 주체적으로 글을 쓸 수 있으므로 효과적인 방법을 고민해보자.

덤+

- 비평문을 쓸 때 자신에게 물어봐야 할 열 가지.(티모시 코리건, 2003)
  ❶ 논의하려는 텍스트를 이해하고 있는가?
  ❷ 쓴 내용이 텍스트의 여러 요소들을(영화비평의 경우 주요 이미지, 씬 등) 명확하고 완전하게 묘사하고 있는가?
  ❸ 머리말의 문장은 글의 논점을 이끌어낼 만큼 명확하게 구성되었는가?
  ❹ 주제 문장은 주제를 논리적으로 전개하고 있는가?
  ❺ 문단과 문장의 관계는 자연스러운가?
  ❻ 각 문단은 하나의 아이디어를 중심으로 일관되게 짜여졌는가?
  ❼ 각 문장은 의미가 명확하고, 다양한 구조로 이루어져 있는가?
  ❽ 보편적이고 추상적인 관점은 구체적인 예로 뒷받침되는가?
  ❾ 문법, 철자법, 인쇄상의 실수를 꼼꼼하게 교정하고 재검토했는가?
  ❿ 각주와 인용문은 정확하고 적절한 위치에 있는지 확인했는가?

---

3) 비평의 실제

비평문 쓰기 방법에 대해 파악하였으니 이제 실제 비평문을 분석하면서 앞서 살핀 이론을 구체화해 볼 것이다. 학생이 쓴 비평문을 한 편 살펴볼 것인데, 먼저 어떤 순서와 방법으로 비평문을 썼는지 분석해본 다음 실제 비평문을 보도록 하자. 비평문을 쓸 때는 자신의 관심사뿐만 아니라 읽는 사람의 관심사까지 반영할 수 있는 주제를 정하는 것이 좋은데 아래 학생의 글은 동아대학교 주변 카페 문화를 대상 텍스트로 잡아 흥미를 유발한다. 분석 대상이 되는 것이 동아대학교 학생들의 카페 문화이므로 이 글은 문화비평에 해당한다.

순 서	내 용
(1) 텍스트 선정을 위한 질문	최근 동아대학교 주변에 갑자기 카페가 많이 생겨나 카페 문화를 만들어 내고 있다. 갑작스럽게 카페 문화가 형성된 이유는 무엇일까?
(2) 이 문제의 중요성에 대한 질문	학생들의 경제적 사정이 풍족한 것도 아닌데 학생들이 밥값에 육박하는 음료를 판매하는 카페를 자주 이용한다. 이것은 개인의 문제를 넘어선 어떤 중요한 문제점이 있다는 것이 아닐까?
(3) 텍스트 분석을 위한 자료 조사	동아대 학생 100명을 대상으로 설문 조사를 실시해본다. ※ 설문 내용 만들기 ①귀하의 하루 커피 섭취량은? ②카페를 방문하는 목적은? ③카페를 이용할 때 가장 중요하게 생각하는 요소는? ④귀하가 주로 찾는 학교 주변의 카페는?(중복 선택 가능)
(4) 조사 결과물 해석 및 가치평가	아래 비평문 참고
(5) 글쓰기	아래 비평문 참고

위의 표와 같은 질문과 조사를 통해 학생은 설문을 그래프로 만들고 아래의 비평문을 작성하였다. 어떤 결론이 도출되었고 무엇을 주장하고 있는지 살펴보자.

| 문제 제기 및 현상 제시 | 언젠가부터 우리는 주변에서 카페를 쉽게 찾아 볼 수 있게 되었다. 이름을 외우기도 벅찰 정도로 많은 종류의 프랜차이즈 카페가 생겼고 거기에 일반 개인이 운영하는 소규모 카페들까지 더한다면 밥집보다 카페가 더 많은 느낌이 들 정도이다. 이러한 분위기 속에 우리 학교 주변에도 많은 수의 프랜차이즈 카페와 개인이 운영하는 소규모 카페가 공존하고 있다. 아래의 설문 조사 |

결과를 토대로 할 때, 카페의 수가 급격히 늘어난 원인은 수요의 증가에 따른 공급의 증가로 추측 가능하다.

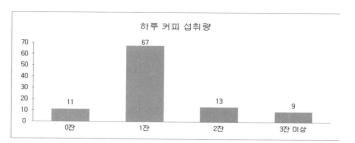

(단위 : % 표본 : 동아대학교 학생 100명)

조사결과 하루에 커피를 한잔 이상 마시는 사람이 89%를 차지하고 있다. 즉, 대다수의 학생들이 거의 매일 커피를 마시기 위해 주변의 카페를 찾고 있는 것이다. 이러한 결과는 카페 문화가 대학 문화라는 넓은 범위 안에서 큰 영역을 차지하고 있다는 의미로 해석 가능하다.

이렇듯 실제 대학생들의 생활에 큰 영향을 미치고 있는 카페 문화에 대해 좀 더 자세히 살펴보고자 학교 주변 카페들 중 학생들에게 인지도가 높은 편에 속하는 카페 여덟 곳을 선정하여 그 카페들에 대한 선호도를 조사하였다.

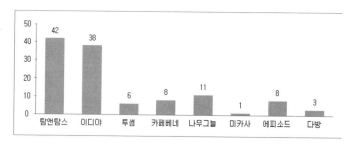

(단위 : % 표본 : 동아대학교 학생 100명 중복 선택 가능)

조사 결과 대다수의 학생들이 프랜차이즈 카페에 편향된 소비를 하고 있었다. 우리는 이러한 소비 행태의 원인을 살펴보기 위해 프랜차이즈와 개인 운영 소규모 카페를 여러 측면에 걸쳐 비교 분석해보기로 했다. (중략)

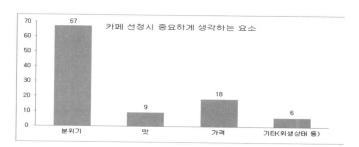

(단위 : % 표본 : 동아대학교 학생 100명)

문제
제기
및
현상
제시

자료
조사
및
분석

**자료
조사
및
분석**

위의 조사 결과를 통해 학생들은 분위기가 좋은 카페를 선호함을 알 수 있는데, 앞서 프랜차이즈 카페의 선호도가 월등히 높은 것과 연관지어보면 개인 운영 카페에 비해 프랜차이즈 카페의 분위기가 전반적으로 더 좋다는 결론을 얻을 수 있다. 이는 곧 개인 운영 카페가 분위기적인 요소를 보완해야 경쟁력을 확보할 수 있다는 근거가 된다.

또한 커피의 맛보다 분위기가 카페 선정에 가장 큰 영향을 미치는 것으로 미루어볼 때, 카페 문화가 활성화되고 학교 주위에 카페의 수가 급격히 늘어난 것이 단순히 커피의 소비량 증가 때문만은 아닐 것이라는 생각이 들었다. 그래서 좀 더 다양한 근거 확보를 위해 학생들에게 카페를 찾는 이유에 대한 설문조사를 실시해보았다.

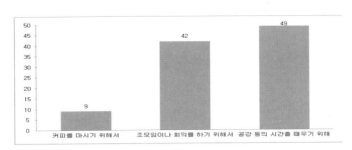

(단위 : % 표본 : 동아대학교 학생 100명)

그 결과 학생들은 단순히 커피를 마시러 가기보다는 조모임과 회의를 하거나 또는 공강 등의 시간을 때우기 위해 주로 카페를 찾는 것으로 나타났다. 그러므로 프랜차이즈 카페와 개인 운영 카페 모두 이러한 현실을 인지하여 주 고객 층인 학생들이 필요로 하는 비즈니스 룸과 같은 공간을 확충하거나 볼거리를 증대하는 등의 노력을 기울여야 할 것이다.

**해석
및
가치
평가**

이처럼 학생들은 자신이 머물만한 마땅한 공간이 없는 데다가 여가 시간을 보낼 곳이 부족하기 때문에 커피 값으로 비싼 돈을 지불하고서라도 카페를 찾게 되고, 그러므로 학교 주변의 카페 문화는 소비적인 형태로 발전할 수밖에 없었다. 이렇게 소비 지향적인 문화가 생겨난 데는 학교 측의 책임이 따른다. 학생들이 맘 편히 조모임이나 회의를 진행할 수 있는 공간은 물론이고 공강 등의 여가 시간을 효율적으로 보낼 공간 역시 마련하지 못했기 때문이다. 따라서 카페가 학생들의 편의를 위한 시설을 확충하기 이전에 학교 측에서 앞장서서 학생들이 필요로 하는 공간이나 시설을 마련하여 더 이상의 소비적인 문화가 확산되는 것을 방지하고 보다 생산 지향적인 카페 문화, 더 나은 대학 문화를 확립할 수 있도록 힘써야 할 것이다.

–박혜주, 「동아대 주변 카페 문화의 문제점」

위 글은 대학가 카페 문화가 급격히 형성된 이유에 대한 의문에서 시작하여 실제 카페를 이용하는 학생들을 대상으로 여러 가지 내용의 설문을 조사하고 그것을 바탕으로 학교 내의 편의시설 부족이라는 문제점을 도출해내며 카페문화에 대한 가치 평가를 하고 있다. 흥미로운 문제제기와 꼼꼼한 조사 및 분석이 돋보이며 비판의 내용 또한 명확하고 생산적이다.

　　그러나 이 학생은 중요한 한 가지를 놓치고 있는데, 그것은 바로 설문 조사를 할 때 학교 내의 카페를 이용하는 학생 수에 대한 조사를 하지 않은 것이다. 하루에 한 잔 이상 커피를 마시는 학생들 모두가 매일 외부 카페를 이용하는 것은 아니기 때문이다. 현재의 결론이 전혀 엉뚱한 것은 아니지만 설문 등의 방법으로 자료를 조사할 때, 의도하는 바에 만 치중한다면 다양한 현상을 놓칠 수 있고 심하게는 원하는 결론으로 유도했다는 인상을 줄 수도 있다는 것을 항상 염두에 두어야 한다. 여러 가지 오류를 최소화하기 위해서 서적 이나 기사 등의 전문 자료를 살피는 일도 필요한데 위 글이 그 부분을 놓치고 있는 것도 사실이다.

　　다음으로 평론가가 쓴 비평문을 살펴보며 어떤 구조로 글이 쓰였는지 파악해보자. 좋은 비평문을 면밀히 살펴보는 것을 통해 비평문을 쓰는 데 큰 도움을 받을 수 있다. 아래의 글은 남성 화장품 광고에 스며든 신자유주의 논리를 비판하고 있다. 대상 텍스트가 광고이므로 이 글은 문화비평 중 광고비평에 해당한다.

주의 환기 및 문제 제기	우르오스(UR · OS)는 '윤기를 주다', '삶을 윤택하게 하다'는 뜻을 가진 남성 스킨케어 화장품이다. 이 제품을 만든 회사는 배우 차태현을 TV광고 모델로 내세워 본격적인 마케팅에 돌입했다. "김과장은 오~빠, 이과장은 아저씨, 차이는 피부야 우르오스 오르오스. 피부전진! 우르오스." 귀에 쏙쏙 들어오는 가사를 차태현이 직접 노래하고, 차태현의 재치 있는 표정에 경쾌한 댄스동작까지 더해진 이 광고는 보는 이들의 이목을 사로잡는다. 왜 그럴까?	우르오스 광고가 보는 이의 이목을 사로잡는 이유에 대해 의문을 제기하고 있다.
시각 확대	얼핏 보면 이 광고는 젊고 탄력 있는 피부를 갖고자 하는 남성들의 욕망을 자극하는 광고로 보인다. 여성들에게 오빠로 불리기 위해서는 피부를 잘 관리해야 하는데, 여기에는 화장품 선택이 중요하다는 메시지를 전하는 광고가 아닌가 싶다. 그러나 자세히 보면 여기서 신자유주의의 경쟁논리가 일상 깊숙이 잠식해버린 현실, 남성의 외모마저 중요한 경쟁품목이 되어버린 이 시대 삶의 양상을 읽을 수 있다.	화장품 광고에서 이 시대의 경쟁논리로 시각을 확대시키고 있다.
분석① -배경 살피기 (자료 조사)	『친밀한 적』(김현미 외)에서 잘 지적하고 있듯이, 신자유주의는 경제 정책에만 국한되지 않고 일상의 모든 영역을 잠식한다. 신자유주의에서 경쟁은 체제의 발전과 인간의 자유를 보장하는 필수적인 미덕으로 간주된다. 개인들은 신자유주의가 미덕으로 내세운 경쟁논리를 내면화하여, 노력만 하면 자유와 성공을 쟁취할 수 있다는 환상 아래, 승자독식과 적자생존의 무한	

분석① –배경 살피기 (자료 조사)	경쟁 속에 뛰어들게 된다. 한편 신자유주의는 미래에 대한 안정성을 보장하지 않는다. 유례없는 구조조정과 실업률은 개인들에게 가혹한 적자생존의 법칙을 각인시켰다. 유연한 자본주의 시스템 하에서 언제 정리해고 될지 알수 없게 된 개인은 다음 직장을 구할 준비가 되어 있어야 한다. 이러한 환경 속에서 성공하고 살아남기 위해 개인들은 일중독의 상태로 노동해야 하고, 자신을 끊임없이 계발하고 관리해야 한다. 자신의 능력뿐만 아니라, 자신의 능력을 상대방에게 효과적으로 어필할 수 있는 외모, 심지어는 사회적으로 성공한 이들이 가졌다는 긍정적인 인성을 갖기 위해 내면마저 계발과 관리의 목록에 포함시켜야 한다. 즉 자신을 관리할 수 있는 객체로 바라보고, 자신의 전반적인 부분을 시장 가치로 환산하여 계발 관리하는 일을 지속해야 한다. 이러한 경쟁 속에서 타인은 연대하거나 관계를 맺어나갈 이들이 아니라 적대적 타자로 간주되고, 개인들은 각자의 영역에서 원자화된 채로 치열하게 살아가야 한다. 그리고 경쟁에서 실패하게 되면 개인의 역량이 부족하거나 자기계발의 노력이 충분하지 않았기 때문이라고 자책해야 한다. 다수의 낙오자가 양산될 수밖에 없는 사회구조적 문제를 개인의 능력 탓으로 돌리게 되는 것이다.	광고 분석을 위해 이러한 광고가 탄생하게 된 원인으로 신자유주의를 분석한다. → 신자유주의는 경제 영역을 넘어 일상의 모든 영역을 잠식해버렸다.
분석② –광고 분석	이러한 현실을 맥락으로 깔고 보면, 이 광고가 전하는 메시지는 다음과 같다. 먼저 자기 계발의 메시지다. 이 광고에 출현하는 이들은 직장 남성들이다. 이 광고는 이들에게 경쟁이 일상화된 이 시대에 살아남기 위해서는 이전에는 신경 쓰지 않았던 피부까지 관리해야 한다는 메시지를 전한다. 외모와 같은 섬세한 부분마저 자신의 역량으로 삼을 수 있는 자가 적자생존의 무한경쟁에서 살아남을 수 있다. 그렇게 못하는 자는 경쟁에서 도태되어 루저가 될 것이다. 이 광고는 직장 남성들에게 이러한 자기계발의 필요성과 경쟁에서의 탈락이라는 불안감을 유포시킨다. 이 광고가 긍정적인 정서를 강조하는 점 역시 주목할 필요가 있다. 이 광고에서 차태현은 시종 얼굴에 미소를 머금고 자신의 감정을 조절하고 있다. 부정적인 정서를 치유해야 할 질병처럼 취급하는 사회에서, 자신은 고통스럽고 우울하고 무기력한 표정을 짓는 루저들과는 다른 존재라는 점을 과시하듯이, 차태현은 유쾌한 미소로 자신의 긍정적인 정서를 과잉되게 표출한다. 이는 역동적으로 팔을 흔들며 전진해나가는 춤동작에서도 엿보인다. 이 광고는 이 시대 성공하는 개인들의 중요한 덕목이 되어버린 긍정적인 정서가 상품 소비를 통해 피부를 말끔하게 가꾸는 데에서부터 가능하다는 메시지를 전파한다. 대인관계에서 유쾌한 웃음을 주고 타인의 반응에 호응할 줄 아는 것은 물론, 자신의 삶을 역동적으로 개척해가는 인물이 가진 긍정적인 정서, 그것은 피부 자신감에서 유래한다. 이 광고가 타인을 어떻게 재현하는가 하는 점 역시 주목할 필요가 있다. 이 광고는 김과장을 오빠로, 이과장을 아저씨로 차별화한다. 그리고 아저씨로 호명된 이과장은 오빠 피부를 가진 김과장을 부러워한다. 여기서 알 수 있듯이 이 광고에서의 자기계발은 타인에 대한 배제와 함께 진행된다. 나의 피부가 오빠 피부로 전진해나갈 때, 상대방은 아저씨의 이미지를 간직한 채 뒤처져 있어야 한다. 여기서 직장동료들에 대한 동반성장이나, 우애·신뢰·배려를 찾을 수 없다. 나와 친밀한 관계에 있는 이들조차 나와 경쟁하	광고 문구, 광고 배경, 등장 인물의 표정과 동작, 노랫말 등을 분석한다. →자기 계발, 긍정적인 정서 강조, 차별화 및 타인 배제 등의 메시지를 읽어내고 있다.

분석② -광고 분석	는 적대적 타자일 뿐이다. 이렇게 이 광고가 타깃으로 삼는 대상은 신자유주의가 일상화된 팍팍한 현실에서 불안해하면서도 경쟁에서 탈락되지 않기 위해, 친밀한 이들마저 경쟁상대로 삼고 거기서 이기기 위해 자기 계발과 관리에 몰두하는 남성들이다.	
가치 평가	이 시대 남성들에게도 외모 관리가 중요해지면서 화장품 산업에서 남성 소비자가 차지하는 비중이 커지고 있다. 한국에서 남성 화장품 시장은 매년 15-20% 고성장을 보이고 있으며 올해 매출은 1조 원을 돌파할 것이라고 한다. 일반적인 남성화장품 광고는 모델의 외모와 피부를 중점적으로 보여주며 수용자의 모방욕망을 자극하는 데에 초점이 맞춰져 있었다. 그러나 이 광고가 남성 화장품 시장을 공략하기 위해 택한 전략은 모델보다는 자기계발, 긍정적인 정서, 적대적 경쟁, 불안감 조성 등과 같이 개인들의 내면을 잠식한 신자유주의의 경쟁논리다. 한국사회에 신자유주의가 일상 깊숙이 뿌리를 잘 내린 만큼, 여기에 동의해버린 많은 이들이 이 광고의 호명에 적극적으로 응답할 것이기에, 이 광고의 마케팅 전략은 꽤나 성공을 거둘 것으로 보인다. 이 광고가 이목을 사로잡는 이유는 신자유주의의 논리에 동의해버린 개인들의 심리를 자극하기 때문이다. —허정, 「오빠 피부, 아저씨 피부」, 교수신문, 2012.5.14	우르오스 광고를 신자유주의의 경쟁 논리를 그대로 보여주고 있는 광고로 가치 평가를 하고 있다. →광고 비판을 넘어 시대상에 대한 비판과 이 시대 속의 개인에 대한 비판으로 확장된다.

참고문헌

김정은(2003), 대중문화 읽기와 비평적 글쓰기, 민미디어.
박영민(2003), 과정중심 비평문 쓰기, 교학사.
수전 손택, 이민아 옮김(2002), 해석에 반대한다, 이후.
테리 배럿, 임안나 옮김(2003), 사진을 비평하는 방법, 눈빛.
티모시 코리건(2003), 영화 비평, 어떻게 쓸까?, 시공사.
홍문표(1993), 문학비평론, 양문각.

01 문학작품, 미술작품, 영화, 음악, 드라마, 광고, 건축물 등의 공간, 특정 사회현상 등 관심 있는 분야의 작품이나 주제를 선정하고 관련 자료들을 찾아보자. 먼저 텍스트를 면밀히 살펴본 후 자료를 정리하고 성과물에 대해 친구들과 이야기를 나누어보자.

02 1번 활동을 바탕으로 비평문을 작성해보자.

학 번 :	학과(부) :
강의시간 : 요일 교시	이 름 :

제5장 말하기의 실제

01 발표하기

> ☞ 학습목표
> 가. 청중의 시선을 끄는 효과적인 시각자료를 만들 수 있다.
> 나. 자신 있고 유창하게 발표를 할 수 있다.

발표란 공적인 자리에서 주어진 시간 내에 일정한 주제에 대해 주장을 펼쳐 청중을 설득하거나 아는 바를 설명할 목적으로 이뤄지는 말하기이다. 이는 제품설명회, 팀 미팅, 업무 브리핑, 보고서 발표, 면접, 각종 세미나, 워크숍, 연설 등과 같이 공식적인 자리에서 주로 이뤄지기에 일반적으로 '프레젠테이션(presentation)'이라는 용어로 많이 지칭된다. 따라서 성공적인 프레젠테이션을 위해 '시각자료 작성과 발표'라는 두 가지 측면에 대한 철저한 준비와 연습이 필요하다.

1) 시각자료 만들기

'프레젠테이션' 하면 대부분은 파워포인트를 이용해 슬라이드를 작성하는 행위를 먼저 떠올린다. 그만큼 발표 시 청중에게 뭔가를 보여줘야 한다는 것을 인식하고 있는 것이다. 그러나 생각대로 작성되지 않아 시간만 보내거나 자신이 전달할 메시지를 효과적으로 전달할 수 없는 파워포인트 자료를 만드는 경우가 많다. 이러한 실수를 저지르지 않으려면 어떠한 점에 유의해야 할까? 그 해답은 바로 슬라이드가 발표자가 보고 읽기 위한 자료가 아닌 발표내용의 핵심을 청중에게 보여주기 위해 만들어진 것이라는 점에 있다. 따라서 청중이 잘 이해하고 집중할 수 있도록 다음의 3가지 원칙을 준수해 시각자료를 만들어야 한다.

(1) 단일성(One Slide, One Idea)

① 현란하고 복잡한 슬라이드 작성은 금물이다

아래의 슬라이드는 FTA관련 광우병 논란에 대한 주제 발표 내용의 일부분이다. 슬라이드는 청중의 이해를 돕는 동시에 청중의 궁금증을 유발해 발표에 집중할 수 있도록 만들어야 한다. 그러나 위 슬라이드와 같이 한 눈에 볼 수 없을 정도로 많은 내용을 복잡하게 담아내면 청중은 물론 발표하는 사람도 진땀을 뺄 수밖에 없다. 그러므로 슬라이드는 청중이 한 눈에 쉽게 발표 내용을 알아볼 수 있게 핵심만 전달하도록 만들어야 한다.

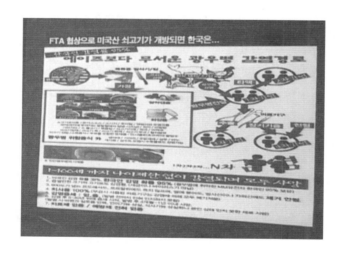

② 한 장의 슬라이드에 많은 내용을 한꺼번에 담지 마라

아래의 슬라이드에는 '다문화가족에 대한 차별 여부, 다문화가족의 출신국과 인종에 따른 차별 태도, 다문화가족에 대한 차별의 부정적 측면, 다문화가족이 한국생활에 적응하기 어려운 이유'의 4가지 내용이 한 장의 슬라이드에 한꺼번에 담겨져 있다. 이럴 경우 한 장의 슬라이드를 펼쳐놓고 발표자가 네 가지의 내용에 대한 설명을 길게 하게 된다. 그리고 청중은 이미 눈으로 슬라이드에 담겨진 도표의 핵심을 이미 한 눈으로 파악했기 때문에 더 이상 발표자의 말에 귀를 기울이지 않게 된다. 따라서 청중이 다음의 발표 내용을 궁금해 하도록 만들기 위해 한 장의 슬라이드에는 반드시 하나의 내용만 담아야 한다.

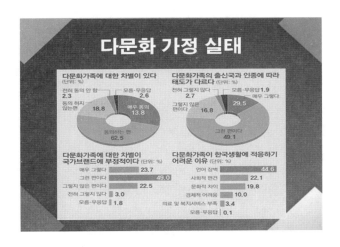

(2) 단순성(Simple)

① 텍스트는 개조식으로 표현하라

슬라이드를 작성할 때 가장 많이 이용하는 것이 바로 텍스트이다. 그러나 텍스트를 사용해 슬라이드를 작성할 때 가장 많이 실수하는 것이 바로 설명식 슬라이드를 작성하는 것이다.

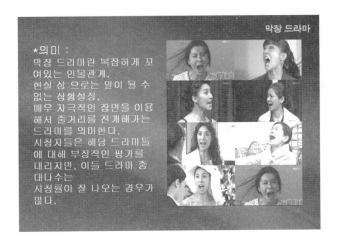

앞의 슬라이드처럼 설명식 슬라이드를 청중이 접할 경우, 청중의 눈은 순간 빽빽한 텍스트를 읽느라 바빠지기 시작한다. 또 다른 청중은 빽빽한 텍스트 읽기를 포기해 버린다. 슬라이드가 청중의 이해를 돕기 위해 제공되는 시각 보조 자료라는 점을 감안해보면, 전달할 내용이 무엇인지 확실하게 드러나도록 만들어야 한다. 따라서 아래와 같이 개조식 슬라이드로 작성해야 한다.

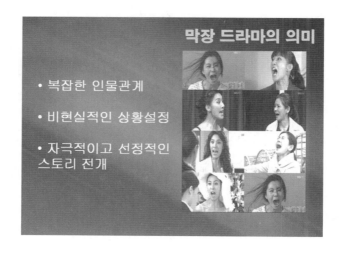

개조식이란 글을 쓸 때 앞에 번호를 붙여 가며 짧게 끊어서 중요한 요점이나 단어를 나열하는 방식을 말하는데, 이렇게 개조식 슬라이드를 만들 경우, 텍스트 나열은 5~6줄 이내로 한정해서 작성해야 한다. 6줄을 넘기면 한 슬라이드에 많은 내용을 담게 돼 청중의 이해를 흐릴 수 있기 때문이다. 결국 전달해야 하는 핵심 정보만 담아내는 것이 슬라이드 작성 원칙이다.

② 전달력을 높이기 위해 그림·그래프·표·동영상을 이용하라

인간은 시각적인 존재다. 시각은 인간에게 가장 강력한 감각기관이어서 이미지를 넣은 메시지가 담긴 디자인은 사람들의 관심을 끄는 데 효과적일 뿐 아니라 그 내용을 이해하고 기억하도록 만든다. 그러므로 텍스트 위주로 슬라이드를 작성하기보다는 이미지를 활용한 요소들로 이뤄지도록 슬라이드를 작성하는 것이 좋다.

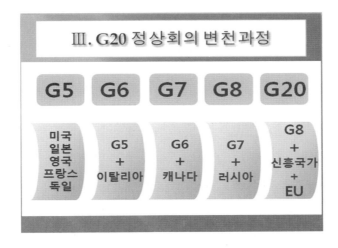

위 슬라이드는 청중들에게 'G20 정상회의의 변천 과정'을 설명하기 위해 작성된 것인데, 단순히 텍스트로 풀어 설명하는 것보다 도표로 한 장의 슬라이드에 제시함으로써 청중들의 이해를 더 효과적으로 돕고 있다.

③ 사진은 크게 보여줘라

슬라이드 화면에 사진을 보여주는 이유는 텍스트보다 청중의 시선을 끄는 효과를 활용하기 위해서이다. 그런데 이때 사진은 슬라이드 화면에 크고 꽉 차게 보여주는 것이 좋다. 큰 사진은 작은 사진보다 9배 더 전달력이 있기 때문이다.

위의 사진은 세계에서 가장 아름다운 프린세스 줄리아나 국제공항을 소개하기 위해 사

용한 것이다. 그런데 왼쪽 사진과 오른쪽 사진을 볼 때 어느 사진에 더 눈이 가는가? 아마도 오른쪽 사진에 눈이 더 갈 것이다. 이처럼 사진을 슬라이드에 삽입할 때에는 화면에 꽉 차게 보여줘야 한다.

④ 이미지는 기호로 제시하라

보통 슬라이드에 그림을 넣을 경우 깔끔하지 못한 그림을 넣는 바람에 전달력이 떨어지는 경우가 더러 있다. 그러므로 이미지를 보여주고자 할 때에는 '픽토그램'이나 'PNG, 512×512' 그림을 사용하는 게 좋다. 픽토그램이란 '그림(Picto)+전보(telegram)'의 합성어로, 사람들이 쉽게 알아볼 수 있게 상징적으로 표현한 일정한 그림문자를 말하며, 'PNG, 512×512'은 'jpg, gif' 그림 파일과 같은 이미지 파일로, 인터넷에 이용하기 위해 만들어진 그래픽 포맷으로 기본적으로 트루컬러를 지원하고 비손실 압축을 사용하여 이미지 변형 없이 원래이미지를 웹상에 그대로 표현할 수 있도록 만들어진 그림이라 깔끔한 시각적 효과를 얻을 수 있다.

픽토그램

PNG, 512×512

⑤ 인터넷 자료를 인용할 경우 다시 그려 보여줘라

데이터 내용을 전달하기 위해 그래프를 사용할 경우 '진실을 전달'하는 것 외에도 '꼭 필요한 내용만 전달'해야 하는 점을 잊어서는 안 된다. 단순하게 슬라이드를 만든다는 것은 '절제, 생략, 강조의 원칙'을 적용해 청중에게 강조점과 중요성을 제대로 전달할 수 있는 단순하고 간결한 화면을 제시한다는 것을 의미한다. 따라서 발표자가 청중에게 전달하고자 하는 핵심이 잘 드러나도록 고민해서 그래프를 만들어 넣어야 한다.

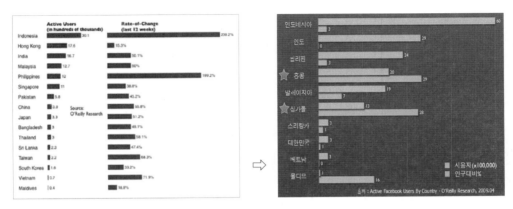

2009년 아시아 FaceBook 사용자

한편, 최근에는 청중들을 더욱 몰입시키기 위해 단순한 사진 이미지보다 동영상을 활용하는 경우가 많다. 발표 주제와 어울리는 동영상을 잘 활용하면 청중의 주의를 환기시키면서 발표에 더 깊이 빠져들게 할 수 있기 때문이다. 이렇게 동영상을 슬라이드에 삽입할 때에는 제공될 동영상 내용을 잘 드러낼 만한 사진을 이미지로 깔고, 그 속에 동영상을 삽입해 동영상이 플레이되도록 하면 청중의 관심을 환기시키는 데 효과적이다. 그러나 동영상이 지나치게 길거나 동영상이 여러 개인 경우 그리고 주제와 밀접한 관련이 없는 동영상을 삽입할 경우에는 오히려 역효과가 나므로 주의를 해야 한다.

(3) 시각성(Optical effects)

슬라이드가 포스터나 옥외 간판과 유사한 점은 '눈에 띄어야 한다는 것, 무슨 말인지 이해되어야 한다는 것, 기억에 남아야 한다는 것'이다. 화면상의 시각 요소는 관심을 불러 일으키고 청중을 끌어들이는 역할을 한다. 그러므로 시선을 끌 수 있는 요소들을 활용해 시각 자료를 만들어야 한다.

① 배경은 너무 튀지 않게 만들어라

메시지를 던져 관심을 끌려면 다양한 기법을 사용해야 한다. 그러나 이러한 기법들이

빛을 발하려면 배경은 튀지 말아야 한다. 즉 배경은 단순해야 한다. 만일 사진을 배경 이미지로 사용하려면 메시지에 부합하는 것이어야 하고, 메시지를 효과적으로 강조하기 위해 문양이 너무 튀지 않는 것을 선택해야 한다. 그리고 발표 장소가 어두운 경우라면 어두운 배경색을, 밝은 경우라면 밝은 배경색을 선택하는 것이 좋다.

② 한 슬라이드에 강조색은 3가지를 넘기지 마라

슬라이드를 작성할 때, 청중에게 핵심을 강조하고자 기본 메시지 텍스트의 색과 다른 색상을 선택하게 되는데, 이때 강조색이 3가지를 넘지 않도록 주의해야 한다. 보통 강조색은 보색대비 효과를 사용하게 되는데, 되도록이면 연한 색보다 빨간색처럼 진하고 강렬한 계열의 색을 사용하는 것이 좋다. 그리고 이들 강조색은 전체 슬라이드 내에서 통일성을 갖춰야 청중에게 강렬한 메시지를 남길 수 있다.

③ 글자는 굵고 크게 만들어라

슬라이드 작성 시 대부분의 사람들은 예쁜 것을 선호하는 경향이 있다. 그러나 슬라이드는 청중의 이해를 돕기 위한 자료이기 때문에 청중이 잘 볼 수 있도록 만들어야 한다. 이때 배경에 어울리는 글자색도 중요하지만 그것보다 청중의 시선이 잘 머물러 관심을 가질 수 있는 글자체를 선택하는 것이 더 중요하다. 명조체 계열의 경우는 글자 공간 한 칸에 많은 여백을 두기 때문에 빠른 읽기에 적합한 반면 고딕체 계열의 경우 글자 공간 한 칸을 꽉 채우기 때문에 청중의 시선을 머무르게 하는 효과가 있다. 따라서 슬라이드에는 고딕체나 헤드라인체와 같이 네모 반듯하고 굵은 글씨체를 선택하는 것이 좋다. 그리고 청중이 잘 볼 수 있도록 글자의 크기도 최소 24포인트 이상 크게 만들어야 한다.

④ 신문기사나 캡처 화면을 제공할 때 강조표시를 하라

요즘 발표 자료를 만들 때 인터넷 기사나 동영상 캡처 화면들을 많이 활용하는 경향이 있다. 이는 청중이 아는 내용을 통해 청중의 주의를 환기시키기 위해서다. 그러나 이러한 발표자의 의도가 효과적이려면 캡처 화면에서 강조하는 부분에 표시를 함으로써 핵심 내용만 전달되도록 시각적으로 표현해야 한다.

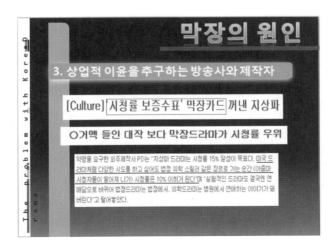

위 슬라이드처럼 텍스트에 밑줄을 긋거나 박스처리하기 또는 블록설정 후 화면을 캡처하기 등이 강조표시를 하는 방법이 될 수 있다.

⑤ 요점 강조를 위해 애니메이션을 활용하라.

슬라이드를 볼 때 첫눈에 들어오는 것은 가장 크거나 가장 화려한 색상을 가진 요소이다. 하지만 또 하나 결코 무시할 수 없는 요소는 움직이는 요소이다. 인간을 포함한 거의 모든 동물들에게는 움직임을 포착하려는 본능이 있다. 그러므로 요점을 강조할 경우 애니메이션을 적절히 활용한다면 많은 도움이 될 수 있다.

덤+

● 슬라이드에서 애니메이션을 사용하는 이유
❶ 자료의 일부분을 강조하기 위해
❷ 한 요소에 주의를 끌기 위해
❸ 요점을 순차적으로 제시하기 위해
❹ 다음 단계로 넘어갈 때 변화를 주기 위해

슬라이드 상의 모든 요소에 애니메이션을 적용할 이유는 없지만 복잡한 도표나 도식의 경우 단계적으로 표시하면 보는 이의 이해를 도울 수 있으므로 애니메이션을 활용하는 게

좋다.

2) 발표하기

프레젠테이션에서 슬라이드 작성만큼 중요한 것이 발표다. 발표는 자신의 생각을 주장하여 청중을 설득하거나 정보를 설명하기 위해 하게 되는데, 이때 대부분의 학생들은 말하기가 아닌 읽기의 방식으로 발표를 진행하는 실수를 범한다. 그 이유는 '발표가 익숙지 않아서', '발표 내용을 완벽하게 이해하지 못해서', '연습을 충분히 하지 않아서'이다. 이러한 이유로 발표자들은 발표불안증을 겪기 일쑤며, 그래서 대체로 발표 요약문을 작성하게 되는데, 이때 요약문은 읽기 위한 것이 아닌 핵심을 잘 말하기 위한 자료라는 것을 명심하고 작성해야 한다.

그렇다면 과연 내가 발표를 할 때 어떠한 현상을 보이는지 점검해보고, <서론부−본론부−결론부>의 3부분으로 이뤄지는 발표의 각 순서에서 무엇을 어떻게 말해야 하는지를 알아보자.

나의 말하기 점검하기

항　　목	체크
동료들 앞에 서면 머릿속이 백지가 된다.	
말을 할 때 나도 모르게 더듬는다.	
손을 어디다 두어야 할지 모르겠다.	
어디를 쳐다봐야 할지 모르겠다.	
당황하면 나도 모르게 말이 빨라진다.	
목소리가 작다.	
'어, 이제, 그러니까' 등의 군더더기 표현을 많이 한다.	
말을 하면서 자꾸 머리나 얼굴을 만진다.	
나도 모르게 얼굴 표정이 굳어진다.	
부끄러워서 자꾸 실없이 웃는다.	

- 발표 불안증을 극복하는 최선의 방법은 '연습'
  ❶ 모두가 겪는 현상임을 인지하라.
  ❷ 복식호흡을 하여 긴장을 이완시켜라.
  ❸ 심장이 떨리면 손으로 심장부분을 쳐라.
  ❹ 실수해도 괜찮다고 스스로 마인드 컨트롤을 하라.
  ❺ 불안감을 솔직하게 드러내라.
  ❻ 성공적인 발표를 상상하라.
  ❼ 큰 목소리로 연습을 많이 하라.
  ❽ 일찍 가서 분위기에 적응하라.
  ❾ 주면을 둘러보며 미소를 지어라.
  ❿ 인사말을 또박또박 천천히 하라.
  ⓫ 첫 문장만큼은 외워 청중을 보고 하라.

(1) 서론부

서론부는 첫인상과 같은 역할을 하는 것으로서 발표를 듣는 사람의 호기심과 긴장도를 유도하는 중요한 역할을 하는 단계이다. 대개 인사와 함께 발표 내용의 목적에 대해 개괄적으로 소개하는 부분으로 청중의 관심을 끌기 위해 신경 써야 하는 부분이다.

서론부에서는 보통 다음의 단계를 거치게 되는데, 청중의 관심과 집중을 유도하는 중요한 단계이므로 발표자는 강한 자신감을 표출해야 한다. 그러기 위해 서론부만큼은 발표 요약문을 보고 말하지 않도록 완벽하게 준비해야 한다.

① 인사와 자기소개(팀구성원 소개)하기
② 발표의 목적(배경)과 이점 제시(결론) 하기
    ⇨ 발표 배경 설명 시 청중의 관심 끄는 방법 : 인용하기, 질문하기

> **예) '동물학대'에 대한 발표 배경 설명하기**
> 여러분! 오늘 화장품을 바르고 온 사람 손들어 보세요. 지난 일주일 동안 닭고기나 돼지고기, 소고기를 한 번 이상 먹었던 사람 손들어 보세요. 옷장 속에 오리털 점퍼 하나쯤 가지고 있는 사람 손들어 보세요. 여기 계신 대부분이 손을 들었는데요, 바로 여러분들이 동물학대의 주범들입니다. 우리는 알게 모르게 동물학대를 자행하고 있는 것입니다. 얼마나 우리가 동물학대를 하고 있는지 그 심각성을 알리고 그에 대한 해결책은 무엇일지에 대해 오늘 말씀드리고자 합니다.

③ 발표 진행 순서 소개하기
④ 서론부 마무리하기
⇨ 마무리 표현 : "질문은 발표가 끝나고 한꺼번에 받도록 하겠습니다. 그러면 지금부터 ○○○에 대한 발표를 시작하겠습니다."

덤+

● **시작부에서 피해야 할 멘트!**
❶ 아는 것도 별로 없는 제가
❷ 여러분과 같은 전문가들 앞에서 감히 제가
❸ 준비가 부족해서 죄송합니다.
❹ 긴장이 많이 돼서

---

(2) 본론부

본론부는 준비한 발표를 순서대로 차근차근 발표하는 부분이다. 발표 진행을 위해 특별히 정해진 표현이 따로 있는 것은 아니고, 다만 다음과 같은 부분에 신경을 쓰면서 발표를 해야 한다.

① 간단명료하게 전달하기 위해 단문으로 잘라서 말하라.
② 단문과 단문 사이에 접속사를 넣어 논리성을 더하라
③ 발표 요약문을 읽지 말고 청중과 대화하듯 말하라.
④ 청중에게 시선을 골고루 주며 말하라.
⑤ 발표 내용에 맞게 적절한 몸짓언어를 사용하라.
⑥ 군더더기 표현을 삼가라.
⑦ 격식에 맞지 않는 '-요'체를 삼가라.
⑧ 상황에 맞게 말의 속도와 억양, 강세, 톤을 조절하라.

(3) 결론부

서론부가 첫인상이라면 결론부는 끝인상에 해당한다. 그러므로 본론부의 발표를 마치고 아무런 말없이 발표를 마친다거나 '이상으로 발표를 마치겠습니다'라고 말하는 것은 공중에서 시동을 끄고 비행기가 착륙하는 것과 같이 돼 버리므로, 결론부에서는 발표 내용을 요약하고 전망, 제언 등을 말함으로써 발표를 마무리하고, 질의응답 시간을 맞이하는 멘트를 말해야 한다.

그러나 만약 주어진 발표 시간을 다 써서 결론부에서 언급해야 할 내용들을 말할 시간이 부족하다면 "결론은 발표로 대신하도록 하겠습니다."라고 말하고 발표를 마친 뒤 질의응답 시간을 갖도록 해야 한다.

(4) 질의 응답하기

발표가 끝나고 질문을 주고받는 것은 발표자와 청중들 사이의 긍정적인 상호작용을 유도하고, 발표 내용에 대한 청중들의 잘못된 이해를 바로 잡기 위해서이다. 그러나 발표자의 입장에서는 청중의 질문이 긍정적인 측면도 되는 반면 예상치 못한 돌발 상황을 유발하는 계기가 될 수 있다는 점에서 부담스러운 존재다. 따라서 발표자는 미리 예상 가능한 질문에 대한 응답을 준비하여 돌발 상황이 발생되지 않도록 준비해야 한다.

① 질문 개시 발언하기

발표가 끝나고 나면 청중과 질의 응답하는 시간을 가져야 하는데, 이때 무턱대고 "질문하세요!"라고 말을 할 수는 없는 노릇이다. 프레젠테이션은 공식적인 말하기이기 때문에 격식을 갖춰 질문을 받아야 한다. 따라서 발표자는 종결부의 발언이 모두 끝나면 "제(저희 조)가 발표한 내용과 관련하여 질문사항이나 의문사항이 있으면 질문해 주시기 바랍니다"라고 말한다.

덤+

● **질문이 없을 경우 이렇게 대처하자!**
❶ 재치 있는 이유를 대며 질문자 지목하기
❷ 질문이 없을 시를 대비해 동료에게 질문 부탁해 놓기

---

② 질문자 선택하고 질문 듣기

질문자가 손을 들면 여러 질문자 중 먼저 손을 든 사람을 선택해 질문을 경청해서 들

는다. 만약 질문자의 질문이 너무 길 경우 질문을 메모하며 듣거나 질문을 끊어가며 답을 하는 게 좋다.

③ 질문에 대한 감사 표현과 질문 확인하기

질문을 경청해서 다 듣고 나면 질문자에게 "질문해 주셔서 고맙습니다."라는 감사의 표현과 함께 질문자의 질문을 다시 한번 정리해서 말함으로써 질문을 확인하는 것이 좋다. 경우에 따라서 질문자의 질문이 발표장 전체 청중에게 전달되지 못하는 경우가 있는데, 이 때 발표자가 질문을 반복해서 확인하게 되면 청중의 주의를 환기시키는 효과를 가져온다. 그리고 질문자의 질문 의도를 정확하게 이해했는지 여부를 확인시켜 주는 의미도 있다.

④ 응답하기

질문을 받고 응답을 할 경우에는 질문자 이외의 청중에게도 반드시 시선을 돌려가면서 대답을 해야 한다. 그렇지 않을 경우 자칫 전체 발표가 발표자와 질문자 사이의 개인적인 문제해결 분위기로 흐르게 될 수도 있다. 질문에 대한 응답을 한 후에는 질문자에게 "질문에 대한 대답으로 만족하셨는지요?"와 같은 표현을 하여 질문자의 만족도를 확인해야 한다.

한편, 응답에 대해 질문자가 수용하지 않고 반론을 제기할 경우, 발표자는 일단 질문자의 의견에 대해 '그럴 수도 있다'는 자세를 보이고 나서 다시 한번 자신의 의견을 충분히 설명하도록 해야 한다. 그러나 설명을 했는데도 의견이 좁혀지지 않을 경우에는 절대 흥분하지 말고 재고해 보겠다고 하고 응답을 마무리하는 게 바람직하다.

덤+

- **질문에 응답하기 어려울 때는 이렇게 하자!**
  ❶ 답변 내용을 잊어버린 경우
  　"좋은 질문입니다"라고 말하면서 발표 요약문을 재빨리 보고 대답할 말을 찾아 응답하기
  ❷ 생각해서 답변을 할 수 있을 경우
  　질문을 요약해서 시간을 벌고, 그래도 불가능하다면 청중이나 질문자에게 역으로 질문하기
  ❸ 대답할 수 없는 경우
  　"죄송합니다만, 그 질문에 대해서는 미처 생각지 못했습니다. 추후에 검토해서 답변해 드리겠습니다."와 같이 말하기

⑤ 다른 질문받기와 발표 마무리하기

한 사람의 질문을 받고 나면 또 다른 질문이 없는지 묻고 또 다시 다른 질문자의 질문을 받고 위의 순서대로 질문에 응답을 하면 된다. 그렇게 몇 개의 질문에 응답을 하고 더 이상의 질문이 나오지 않는 경우 "더 이상 질문이 없는 것 같습니다. 그러면 이것으로 저(저의 조)의 ○○○에 대한 발표를 마치도록 마겠습니다. 들어주셔서 감사합니다."와 같은 발언을 통해 발표를 마무리한다는 것을 알리고 발표를 마친 후 자신의 자리로 돌아오면 된다.

덤+

● **발표, 이것만은 피하재!**
❶ 목소리가 작다.
❷ 발표시간을 준수하지 않는다.
❸ 말의 속도가 너무 빠르다.
❹ 요약문이나 슬라이드를 읽는다.
❺ 청중과 아이콘텍을 하지 않는다.
❻ 공식적인 말하기에 어울리지 않는 '-요'체를 쓴다.
❼ 발표 진행이 매끄럽지 못하고, 격식이 없게 진행한다.
❽ 손을 슬라이드에 갖다 댄다.
❾ 서두나 끝맺음이 깔끔하지 못하고 흐지부지하다.
❿ 슬라이드 한 장을 오랫동안 놓고 발표한다.
⓫ 연습이 안 돼 발표가 미흡하다.
⓬ 청중과 상호작용이 없이 전달만 한다.
⓭ 가만히 서서 발표를 한다.
⓮ 적절한 몸짓언어를 사용하지 못한다.

참고문헌

가르 레이놀즈, 정순욱 역(2011), 프리젠테이션 젠 디자인-눈길을 사로잡는 심플한 디자인 원리와 기법, 에이콘.
강성숙·김주현·김혜정(2011), 생각을 키우는 글쓰기, 인제대학교출판부.
정호연, 조동영, 황인갑, 전오성, 유규선, 장미영(2010), 공학인을 위한 글쓰기, 도서출판 동화기술.

01 다음 슬라이드를 개조식 표현으로 간단명료하게 작성해보자.

◆ 본론

1. 청소년 왜 담배를 피우는가?

한국 청소년의 경우 평균 17세로 잡을 수 있으나 그 연령은 점차 내려가는 추세에 있다.

유형별로 살펴본 흡연기는 다음과 같다.

☞ 막 한 대만 될까? 호기심형

담배에 대한 막연한 관심을 가져 본다. 흡연에 대한 경고나 위험성이 강조되는 데도 많은 사람이 담배를 피우는 것을 보고 "담배에겐 뭔가 특별한 것이 있다"고 느낀 후 담배를 접하게 된다.

☞ 걸맛든 풀생풀사형

영화나 드라마에서 담배를 입에 문 주인공은 고독에 빠져 연기를 내뿜고 잔잔한 음악이 깔린다. 그걸 본 풀생풀사군은 아버지의 주머니를 뒤적인다.

☞ 고민이나 스트레스

여러 가지 고민이나 스트레스에 쌓여 있을 때 도피처를 찾고 싶어진다. 가장 접하기 쉬운 담배에 "막 한 대만 피워보자"하고 시작하지만 한 대가 한 갑 되는건 한댈이면 족하다.

☞ 어른풍경

청소년의 심리중에는 괜히 어른인척 보이고 싶은 심리가 있다. "나도 담배 피울 수 있어! 나도 다 컸어!"하고선 객기를 부린다.

→

본론 I - 청소년 흡연의 원인

02 다음 소재 중 하나를 택해 시각자료를 만들어 5분 주제발표를 해보자.

만원의 행복, 기발한 아이디어, 잊을 수 없는 기억, 한국문화

▌발   표: _____   ▌평   가: _____

▌주   제: _____

구 분	평가항목	평가척도
주 제	발표의 주제가 명료하고 한정되었나?	/5
	목적이 명료한가?	/5
태 도	발표 자세와 동작은 적절한가?	/5
	발표 시 시선 처리는 적절한가?	/5
	발표 속도, 어조, 성량, 유창성, 쉼 등은 적절한가?	/5
	발표 시 청중과 상호작용을 원활하게 하는가?	/10
내용/조직	발표의 중심내용을 분명히 언급·강조하나?	/5
	발표 내용은 논리적이고 타당한가?	/5
	발표를 뒷받침하는 자료는 충분한가?	/5
	발표의 끝맺음이 분명한가?	/5
언어표현	발표 상황에 적절한 형식의 표현을 사용하는가?	/10
	발표 시 내용 전달이 명료한가?	/10
기 타	PPT 자료가 잘 작성되었는가?	/10
	청중의 질문에 적절하게 응답을 하였는가?	/10
	발표 시간을 잘 준수하였는가?	/5
총 점		/100

의견 :

발표 평가표

| 발 표: _____ | 평 가: _____ |

| 주 제: _____ |

구 분	평가항목	평가척도
주 제	발표의 주제가 명료하고 한정되었나?	/5
	목적이 명료한가?	/5
태 도	발표 자세와 동작은 적절한가?	/5
	발표 시 시선 처리는 적절한가?	/5
	발표 속도, 어조, 성량, 유창성, 쉼 등은 적절한가?	/5
	발표 시 청중과 상호작용을 원활하게 하는가?	/10
내용/조직	발표의 중심내용을 분명히 언급·강조하나?	/5
	발표 내용은 논리적이고 타당한가?	/5
	발표를 뒷받침하는 자료는 충분한가?	/5
	발표의 끝맺음이 분명한가?	/5
언어표현	발표 상황에 적절한 형식의 표현을 사용하는가?	/10
	발표 시 내용 전달이 명료한가?	/10
기 타	PPT 자료가 잘 작성되었는가?	/10
	청중의 질문에 적절하게 응답을 하였는가?	/10
	발표 시간을 잘 준수하였는가?	/5
총 점		/100

의견 :

▌발　표:_____　▌평　가:_____

▌주　제:_____

구　분	평가항목	평가척도
주　제	발표의 주제가 명료하고 한정되었나?	/5
	목적이 명료한가?	/5
태　도	발표 자세와 동작은 적절한가?	/5
	발표 시 시선 처리는 적절한가?	/5
	발표 속도, 어조, 성량, 유창성, 쉼 등은 적절한가?	/5
	발표 시 청중과 상호작용을 원활하게 하는가?	/10
내용/조직	발표의 중심내용을 분명히 언급·강조하나?	/5
	발표 내용은 논리적이고 타당한가?	/5
	발표를 뒷받침하는 자료는 충분한가?	/5
	발표의 끝맺음이 분명한가?	/5
언어표현	발표 상황에 적절한 형식의 표현을 사용하는가?	/10
	발표 시 내용 전달이 명료한가?	/10
기　타	PPT 자료가 잘 작성되었는가?	/10
	청중의 질문에 적절하게 응답을 하였는가?	/10
	발표 시간을 잘 준수하였는가?	/5
총　점		/100

의견 :

❙발 표: _____ ❙평 가: _____

❙주 제: _____

구 분	평가항목	평가척도
주 제	발표의 주제가 명료하고 한정되었나?	/5
	목적이 명료한가?	/5
태 도	발표 자세와 동작은 적절한가?	/5
	발표 시 시선 처리는 적절한가?	/5
	발표 속도, 어조, 성량, 유창성, 쉼 등은 적절한가?	/5
	발표 시 청중과 상호작용을 원활하게 하는가?	/10
내용/조직	발표의 중심내용을 분명히 언급·강조하나?	/5
	발표 내용은 논리적이고 타당한가?	/5
	발표를 뒷받침하는 자료는 충분한가?	/5
	발표의 끝맺음이 분명한가?	/5
언어표현	발표 상황에 적절한 형식의 표현을 사용하는가?	/10
	발표 시 내용 전달이 명료한가?	/10
기 타	PPT 자료가 잘 작성되었는가?	/10
	청중의 질문에 적절하게 응답을 하였는가?	/10
	발표 시간을 잘 준수하였는가?	/5
총 점		/100

의견 :

▌발　　표:＿＿＿＿＿＿＿＿＿＿＿　　▌평　　가:＿＿＿＿＿＿＿＿＿＿＿

▌주　　제:＿＿＿＿＿＿＿＿＿＿＿＿＿＿＿＿＿＿＿＿＿＿＿＿＿＿＿＿＿

구 분	평가항목	평가척도
주 제	발표의 주제가 명료하고 한정되었나?	/5
	목적이 명료한가?	/5
태 도	발표 자세와 동작은 적절한가?	/5
	발표 시 시선 처리는 적절한가?	/5
	발표 속도, 어조, 성량, 유창성, 쉼 등은 적절한가?	/5
	발표 시 청중과 상호작용을 원활하게 하는가?	/10
내용/조직	발표의 중심내용을 분명히 언급·강조하나?	/5
	발표 내용은 논리적이고 타당한가?	/5
	발표를 뒷받침하는 자료는 충분한가?	/5
	발표의 끝맺음이 분명한가?	/5
언어표현	발표 상황에 적절한 형식의 표현을 사용하는가?	/10
	발표 시 내용 전달이 명료한가?	/10
기 타	PPT 자료가 잘 작성되었는가?	/10
	청중의 질문에 적절하게 응답을 하였는가?	/10
	발표 시간을 잘 준수하였는가?	/5
총 점		/100

의견 :

▍발 표: _____   **▍평 가:** _____

▍주 제: _____

구 분	평가항목	평가척도
주 제	발표의 주제가 명료하고 한정되었나?	/5
	목적이 명료한가?	/5
태 도	발표 자세와 동작은 적절한가?	/5
	발표 시 시선 처리는 적절한가?	/5
	발표 속도, 어조, 성량, 유창성, 쉼 등은 적절한가?	/5
	발표 시 청중과 상호작용을 원활하게 하는가?	/10
내용/조직	발표의 중심내용을 분명히 언급·강조하나?	/5
	발표 내용은 논리적이고 타당한가?	/5
	발표를 뒷받침하는 자료는 충분한가?	/5
	발표의 끝맺음이 분명한가?	/5
언어표현	발표 상황에 적절한 형식의 표현을 사용하는가?	/10
	발표 시 내용 전달이 명료한가?	/10
기 타	PPT 자료가 잘 작성되었는가?	/10
	청중의 질문에 적절하게 응답을 하였는가?	/10
	발표 시간을 잘 준수하였는가?	/5
총 점		/100

의견 :

▌발　표: _____　▌평　가: _____

▌주　제: _____

구　분	평가항목	평가척도
주　제	발표의 주제가 명료하고 한정되었나?	/5
	목적이 명료한가?	/5
태　도	발표 자세와 동작은 적절한가?	/5
	발표 시 시선 처리는 적절한가?	/5
	발표 속도, 어조, 성량, 유창성, 쉼 등은 적절한가?	/5
	발표 시 청중과 상호작용을 원활하게 하는가?	/10
내용/조직	발표의 중심내용을 분명히 언급·강조하나?	/5
	발표 내용은 논리적이고 타당한가?	/5
	발표를 뒷받침하는 자료는 충분한가?	/5
	발표의 끝맺음이 분명한가?	/5
언어표현	발표 상황에 적절한 형식의 표현을 사용하는가?	/10
	발표 시 내용 전달이 명료한가?	/10
기　타	PPT 자료가 잘 작성되었는가?	/10
	청중의 질문에 적절하게 응답을 하였는가?	/10
	발표 시간을 잘 준수하였는가?	/5
총　점		/100

의견 :

발표 평가표

┃발　표: _____ ┃평　가: _____
┃주　제: _____

구　분	평가항목	평가척도
주　제	발표의 주제가 명료하고 한정되었나?	/5
	목적이 명료한가?	/5
태　도	발표 자세와 동작은 적절한가?	/5
	발표 시 시선 처리는 적절한가?	/5
	발표 속도, 어조, 성량, 유창성, 쉼 등은 적절한가?	/5
	발표 시 청중과 상호작용을 원활하게 하는가?	/10
내용/조직	발표의 중심내용을 분명히 언급·강조하나?	/5
	발표 내용은 논리적이고 타당한가?	/5
	발표를 뒷받침하는 자료는 충분한가?	/5
	발표의 끝맺음이 분명한가?	/5
언어표현	발표 상황에 적절한 형식의 표현을 사용하는가?	/10
	발표 시 내용 전달이 명료한가?	/10
·기　타	PPT 자료가 잘 작성되었는가?	/10
	청중의 질문에 적절하게 응답을 하였는가?	/10
	발표 시간을 잘 준수하였는가?	/5
총　점		/100

의견 :

> ☞ 학습목표
> 가. 면접은 질의응답이 아닌 상대방과 소통하는 대화라는 점을 인지할 수 있다.
> 나. 다양한 면접의 특징과 기술을 익혀 실생활에 활용할 수 있다.

면접이란 직원 채용과정에서 구직자와 면접위원이 직접 대면하여 질문과 대답을 통해 구직자의 잠재적인 능력, 책임감, 인내력, 사고력, 창의력, 업무 추진력, 대인관계, 성격 등을 알아보는 절차다. 서류전형을 통과하고 면접까지 올라온 대부분의 지원자들은 비슷한 자격요건을 갖추고 있는데 면접은 짧은 시간에 이루어진다. 따라서 면접자는 면접위원에게 짧은 시간에 보다 인간적으로 매력적이고 생기가 넘치며 회사와 잘 어울릴 만한 느낌, 즉 좋은 인상을 남기는 것이 매우 중요하다.

1) 면접의 유형

(1) 단독면접

가장 보편적인 면접으로 한 명의 면접관과 한 명의 지원자가 '1 : 1' 질의응답을 하는 형태로 면접이 진행된다. 한 명씩 면접을 보다보니 시간이 많이 소요되고, 면접관의 주관이 개입될 가능성이 있지만 한 명에게 집중할 수 있어 지원자의 특성을 자세히 관찰하기에 적절한 방법이다. 단독으로 보는 면접이라 지원자에겐 큰 부담이 될 수 있지만 긴장을 하지 않는다면 다른 면접에 비해 자신을 솔직하게 내보이기가 쉬워 자신만의 능력으로 좋은 결과를 얻어낼 수 있다.

(2) 심층면접

심층면접은 다수의 면접관이 한 명의 지원자를 대상으로 질의응답을 하는 '일 대 다수'의 면접방식이다. 면접관이 한 사람일 때보다 다양한 형태의 질문이 가능하기 때문에 지원자의 다양한 측면을 끌어낼 수 있다는 장점이 있다. 심층면접에서는 솔직하고 간결하게 대답을 하는 것이 좋다. 한 면접관으로부터 질문을 받으면 여러 면접관을 두루 보고 대답을 하지 말고 질문을 한 면접관만 바라보고 대답을 해야 한다. 보통 심층면접에서는 면접관들이 모두 서류를 다 읽고 나오는 것이 아니기 때문에 면접 시작 시 간략한 자기소개를 요구하는 경우가 많으므로 이를 준비해 가는 것이 좋다.

(3) 집단면접

집단면접은 다수의 지원자와 다수의 면접관이 모여 질의응답을 하는 형태의 면접이다. 여러 명을 대상으로 한꺼번에 면접이 이루어지기 때문에 시간이 절약되고 다른 사람과 있을 때의 태도가 비교가능하다는 장점이 있지만 지원자 한 명 한 명의 특성을 파악하기 어렵다는 단점이 있다. 또한 집단면접은 같은 질문을 여러 명에게 하기 때문에 다른 사람의 대답보다 좀 더 세련된 대답을 해야 하는 부담감도 있다.

이러한 집단면접 시 다음과 같은 점에 유의해야 한다.

❶ 경쟁에서 이기고자 하는 모습은 보여서는 안 된다.
❷ 지나치게 말을 많이 하여 분위기를 흐트리지 말아야 한다.
❸ 흔들림 없이 차분하게 상대방이 하는 이야기를 충분히 들은 후 자신의 의견을 간결하게 밝히는 것이 좋다.
❹ 전체 분위기를 리드한다는 느낌을 주는 것이 좋다.

덤+

● **인성면접(단독면접, 심층면접, 집단면접)에 대해**

인성면접은 '우리 회사에서 열심히 일하면서 크게 기여할 사람인가, 주위 동료와 상사, 후배들과 원만하게 잘 지낼 사람인가, 어려움을 주도적이고 창의적으로 해결할 수 있는 사람인가'를 테스트하기 위해 실시되는 면접이다.

● 인성면접에서 주로 묻는 질문 10가지
❶ 우리 회사에 지원하게 된 동기는 무엇인가?
❷ 지원한 직무와 관련하여 일을 해 본 경험이 있는가?

❸ 본인 성격의 장단점은 뭔가?

❹ 입사하게 되면 5년 후(혹은 10년 후) 포부는 무엇인가?

❺ 조직경험이 있는가? 그리고 조직 내에서 어려움을 극복한 사례가 있는가?

❻ 사회활동 경험을 말해 보시오.

❼ 당신을 꼭 뽑아야 하는 이유는 무엇인가?

❽ 취미나 특기는 있는가?

❾ 마지막으로 하고 싶은 말이 있다면?

(4) 토론면접

토론면접은 지원자의 논리력, 협동심, 리더십, 조직적응력, 문제해결능력, 의사소통능력 등을 평가하기 위한 면접법으로, 지원자 5~8명 내외로 조를 형성하여 하나의 주제로 30분~1시간 정도 토론을 벌이는 과정으로 이뤄진다. 이 과정을 면접관이 관찰·평가하는데, 주로 설득하는 모습이나 주어진 문제 상황을 해결하는 과정을 평가한다. 이때 면접관은 지원자의 발언 내용, 태도, 제스처, 경청태도 등을 유심하게 살펴, 논리적이고 객관적이지 못하더라도 상황 대처능력을 함양하고 있는지, 실무에 배치됐을 때 얼마나 정확히 업무에 대해 이해할 수 있는지를 평가한다. 그렇기에 토론면접에서는 적극적이되 자기주장을 고집하기보다는 그룹에 융화되는 모습을 보여야 하며, 절대 흥분하거나 감정적이어서는 안 된다.

이러한 토론면접 시 사용되는 화법에는 '논리적 화법, 쿠션화법, 대안제시화법, 매듭화법'의 4가지가 있는데, 이를 알아두면 토론면접에 도움이 될 수 있다.

① 논리적 화법

논리적 화법은 다음과 같이 간단한 질문에 근거를 제시하면서 말하는 방법이다.

> **질문**: 좋아하는 과일과 그 이유는?
> **대답**: 네, 제가 좋아하는 과일은 오렌지입니다. 왜냐하면 첫째, 비타민이 풍부하고, 둘째, 구하기 쉽고, 셋째, 맛이 좋기 때문입니다. 그래서 저는 오렌지를 좋아합니다.

② 쿠션화법

쿠션화법은 상대방 의견을 존중해 주면서 내 주장을 펴는 화법으로서, 직설적이지 않고 부드러운 스타일로 의견을 개진함으로써 항상 상대방의 이야기를 경청하고 있고, 그에 대해 생각하고 있다는 표시를 함으로써 주관은 있으되 상대방의 말에 경청할 수 있는 여유를 표현하는 화법이다. 쿠션화법에 사용되는 표현은 다음과 같은 것들이 있다.

● 배려와 존중을 드러내는 단어와 문장 구사
죄송하지만, 힘드시겠지만, 안타깝지만, 실례가 되지 않는다면, 불편하시겠지만, 어려우시겠지만 등

● 인격을 드러내는 단어와 문장 구사
아. 그러시군요, 저와는 조금 다른 생각을 가지고 계시군요, 그렇다면 이런 부분도 있지 않겠습니까?

③ 대안제시화법

대안제시화법은 주장과 의견을 교환한 후 대안을 제시하는 화법으로, 문제의 해결방안을 제시하거나 다른 의견이나 두 가지 대안을 제시하는 방법으로 말을 하는 것이다.

상황 : 뜨거운 여름 날, 근무를 마치고 직장동료들과 회식을 하려 하는데, 일행 중 몇 명은 회를 먹으러 가자고 제안하고 일부는 이를 반대한다.
찬성 : 피부에 좋음, 시원한 음식, 좋아하는 사람 많음
반대 : 여름이라 별로, 산란기라 식중독 위험, 좋아하지 않음
대안 : 두 의견이 팽팽합니다. 산란기라 회가 위험하기도 하지만 그와 반대로 회를 좋아하고 먹고 싶어 하는 사람도 있습니다. 제 생각에는 회식 음식을 투표로 결정하거나 1, 2차로 나눠 1차는 회를 먹으러 가고 2차는 다른 것을 먹으러 가는 것도 괜찮을 것 같은데, 어떻습니까?

④ 매듭화법

매듭화법은 의견을 정리해서 결론을 도출함으로써 마무리하는 화법으로, 매듭을 짓기 위해 팽팽한 의견을 조율하고, 의견을 낸 사람과 경청한 자를 조율하며 모두가 인정하고

있음을 알려주면서 결론을 말하는 방법이다. 이러한 화법에서 사용되는 표현에는 다음과 같은 것들이 있다.

- 지금까지 세 가지 의견이 나왔습니다. 혹시 다른 의견이 더 있습니까?
- 시간이 10분이나 흘렀습니다. 5분 정도 남았는데 2가지 중 하나로 결정을 지을까요?
- 자 그럼, 규칙에 따라 발표자 선정을 하겠습니다.
- 자, 우리의 발표 주제를 정리합니다.

한편, 토론면접에 임할 때는 다음의 사항을 준수하는 것이 좋다.

첫째, 결론부터 말하라.

둘째, 현실성 있는 대안을 내놓아라.

셋째, 자신의 발언이 정답이라고 우기지 마라.

넷째, 상대방의 의견에 귀 기울여라.

다섯째, 부분적으로 반론을 제시하고 논리적인 근거를 구체적으로 제시하면서 자신의 의견을 주장하라.

여섯째, 절대 흥분하지 말고 친근한 태도를 유지하라.

덤+

● **기업에서 실시한 토론면접 기출문제**

❶ 회사의 조직문화 활성화를 위한 이벤트 추진과 관련한 대안 <LG전자>
❷ 65세 정년 의무화에 대한 찬반 토론 <삼성생명>
❸ 한국 증시에 외국인 투자비율이 높아지는 상황에 대한 견해 <삼성증권>
❹ 은행 수수료 인상에 대한 은행 측 입장과 소비자 측 입장 <우리은행>
❺ 광고가 사회에 미치는 영향력 <제일기획>

---

(5) 압박면접(스트레스 면접)

압박면접은 면접관이 지원자의 약점을 의도적으로 공격하고 압박하여 심리적 스트레스를 극도로 높여 그 상황에 어떻게 대처하는지를 평가하는 면접이다. 면접관이 일부러 지원자가 싫어할 만한 일을 묻거나 면접관이 화를 내는 경우도 있다. 때로는 아무런 질문도 하지 않고 계속 기다리게 하기도 한다. 또한 응시자의 대답과 무관한 질문을 지속적으로 하거나 지원자의 말꼬리를 잡음으로써 지원자를 당황하게 만들기도 한다. 이러한 스트레스 면접은 장시간 긴장을 요구하는 기업에서 의도적으로 실시하는 경우가 많은데, 주로 유통업체에서 많이 시도한다. 지원자에게 불쾌감을 주면서 자제력과 인내성, 판단력 등의 변화를 관찰, 평가하는 것이므로 당혹스런 표정을 짓지 말고, 인내심을 갖고 차분히 대처하는 모습을 보여주어야 한다.

덤+

● **기업에서 실시한 압박면접 기출문제**

❶ 로또 복권 1등에 당첨된다면 가장 먼저 하고 싶은 일은 무엇입니까?
❷ 부산 시내버스는 몇 대 정도라고 생각합니까?
❸ 지구상에 바퀴벌레 수는 몇 마리나 됩니까?
❹ 3차 대전이 일어난다면 살아남아야 할 사람은 누구라고 생각합니까?
❺ ○○ 씨, 들어오세요. (들어오면) ○○ 씨, 앉으실 필요 없어요.
　저희가 실수로 불렀네요. 죄송합니다.

---

(6) PT면접

PT면접은 프레젠테이션 면접으로 전문성 있는 주제에 대해 자신의 의견과 지식 등을 조리 있게 발표하여 면접관들이 이를 평가하는 방식으로 진행되는 면접이다. 보통 프레젠테이션 면접은 수차례의 면접이 있을 경우나 하루 내내 면접을 볼 경우에 많이 쓰이는데, 특정한 주제를 주고 이에 대해 자신이 발표할 내용을 정리하는 시간을 준 뒤, 면접관들 앞에서 발표를 하게 된다. 짧은 시간 안에 지원자 개인의 특성이 최대한 발휘될 수 있기 때문에 실무능력과 창의성, 전문성 등을 파악하기 좋다. 이때 부적절한 용어사용이나 무리한 주장, 근거가 약한 주장은 하지 않도록 주의해야 한다. 또한, 설득해야 할 대상이 무엇인지를 생각하고 무엇을 원하는지를 파악하는 것이 중요하며, 처음부터 끝까지 의문을 허용하지 않는 자세로 진행해야 한다. 따라서 내용이 빈약한 인상을 주지 않으려면 틈틈이 지원 업종과 시사문제에 관심을 기울여 두는 것이 좋다.

- **면접 준비 시 알아두어야 할 지원회사 관련사항**

❶ 회사 연혁
❷ 회장 또는 사장 이름, 그의 출신학교와 전공
❸ 회장 또는 사장이 요구하는 신입사원의 인재상
❹ 사훈, 사시, 경영이념, 창업정신
❺ 회사의 대표적 상품과 특색
❻ 업종별 계열 회사 수
❼ 해외지사 수와 위치
❽ 신제품 개발에 대한 기획 여부
❾ 자기 나름대로 회사를 평가할 수 있는 장단점
❿ 회사의 잠재적 능력개발에 대한 제언

2) 면접화법

면접관과 면접응시자 간의 질의응답이라는 대화 방식을 통해 이뤄지는 면접에서는 면접응시자의 적응력, 조직융화력, 소통능력 등을 평가한다. 따라서 일반적인 면접 방식에서는 면접관과의 관계에서 예의 바르고 자신감 있는 모습을 보여주는 것이 중요하다. 그러면 면접상황에서 응시자가 시작부터 끝까지 어떻게 말하고 행동해야 할까?

(1) 면접실로 들어서서 인사하기

① 면접실로 들어설 때부터 첫인상 평가가 시작되므로 어깨를 펴고 당당하게 걸어 들어가 '반갑습니다'라는 가벼운 인사로 대화문을 연다.

(2) 앉으라는 권유가 있을 때까지 잠시 서서 기다리기

① 대부분 인사를 하면 면접관이 "앉으세요"라고 말을 하지만 면접관이 면접응시자의 서류를 정리하느라 바쁠 경우 앉으라는 소리를 하지 않을 경우도 있다. 이때 무턱대고 자리에 앉으면 예의가 없는 이미지를 심어주기 때문에 절대 "앉으세요"라는 말이 있기 전까지 서서 기다려야 한다. 만일 시간이 지체될 경우에는 용기를 내어

"앉아도 되겠습니까?"라고 묻고 허락을 받은 뒤 자리에 앉으면 된다.

② 외국기업의 경우 외국인 면접관들이 일상적인 인사와 함께 악수를 청하는 경우도 있으니 차분한 태도로 부드럽게 상대방 눈을 쳐다보며 자연스럽게 응하면 된다.

(3) 미소 띤 얼굴로 면접관의 질문에 경청하기

① 긍정적인 태도로 질문을 들어야 긴장감을 낮출 수 있다.

② 면접관의 입장에서 생각해 질문의 요지를 찾는다.

③ 눈으로 면접관을 보면서 경청하는 모습을 보여야 한다.

④ 끝까지 질문을 다 듣고 나서 침착하게 대답해야 한다.

⑤ 질문 내용이 이해가 잘 되지 않으면 그 자리에서 다시 묻는 용기를 내어야 한다.

(4) 자신감 있는 말투로 묻는 질문에 대답하기

① 떨리고 작은 목소리나 불분명한 발음, 지나친 사투리, '-요'체와 같은 격식 없는 말투는 감점 요인이 되므로 정확한 발음과 자신감 있는 말투로 예의 있게 말해야 한다.

② '네, 아니오' 대답이나 '단답식' 대답은 금물이다.

③ 대답 시 결론을 먼저 말하고 자신의 경험이나 구체적 예시를 들어 설득시켜야 한다.

④ 대답하는 동안에는 질문을 던진 면접관의 눈을 주시하거나 얼굴 부분 부분을 돌아가며 침착한 시선으로 쳐다보며 답해야 한다.

⑤ 집단 면접의 경우 자신에게 질문의 기회가 올 때까지 다른 사람의 답변을 성실히 경청하는 태도를 보여야 한다.

⑥ 면접관이 여러 명이라고 해서 이쪽저쪽을 두리번거리면서 답하면 질문을 던진 면접관을 무시하거나 자신감이 없다는 인상을 줄 수 있으니 주의해야 한다.

⑦ 미소 띤 밝은 얼굴로 면접에 임하고 질문에 대답을 못하거나 대답이 잘못됐다고 느끼더라도 시종일관 침착하고 밝은 표정을 유지해야 한다.

⑧ 당황한 나머지 아는 척하거나 우물쭈물 얼버무려서는 안 된다.

⑨ 답변이 미흡하거나 경쟁자들보다 못했다는 느낌이 들더라도 포기하지 말고 마지막

질문까지 최선을 다하는 모습을 보여야 한다.

⑩ 지극히 평범한 대답은 피하고, 현실감 있게 얘기하되 자신의 경험이나 추론을 근거로 독창적으로 얘기하는 것이 좋다.

⑪ 외운 정답을 읊을 경우 말이 빨라지고 눈을 치켜뜨게 되며, 음성이나 표정이 부자연스러워 표시가 나 설득력이 떨어지므로 주의해야 한다.

(5) 면접이 끝나면 자리에서 일어나 인사하고 나가기

① 면접이 끝나면 상황의 좋고 나쁨을 떠나 끝까지 자신감을 잃지 말고, "수고하셨습니다, 다시 뵙길 바랍니다" 등의 인사를 통해 예의바른 모습을 보여 끝인상도 좋게 평가되도록 노력해야 한다.

덤+

● **면접 시 유의할 사항 ➪ NG 사례**

❶ 시선 : 질문한 면접관만 바라보되, 면접관의 눈과 코의 삼각형 지점 내에 3~4초가량 시선 이동을 하며 쳐다보기 ➪ 면접관 골고루 바라보기/바닥이나 허공 쳐다보기

❷ 표정 : 미소짓기 ➪ 실실 웃기, 화난 표정 짓기, 혀 내밀기

❸ 다리 : 무릎을 붙이고 앉기 ➪ 다리 쩍 벌리기, 다리떨기

❹ 손 : 책상 위나 허벅지 위에 가지런히 놓기 ➪ 얼굴로 손 가져가기, 머리 만지작거리기

❺ 목소리 : 끝까지 크고 힘 있게 말하기 ➪ 개미 목소리, 유아처럼 말하기

❻ 태도 : 상냥하고 진실 되게 말하기 ➪ 건들거리며 말하기, 퉁명스럽게 말하기, 처음 대답할 때는 씩씩하다가 끝날 때는 자신감 없게 말하기, 타면접자가 대답하는 동안 멍하게 앉아 있거나 심하게 고개 끄덕이기

❼ 억양 : 표준 억양으로 말하기 ➪ 너무 심한 사투리 억양으로 말하기

❽ 자세 : 허리 똑바로 세우기 ➪ 허리를 구부려서 어깨 움츠리기, 좌우로 몸 흔들기

❾ 표현 : 교양 있고 올바른 어휘선택하기 ➪ 군더더기표현(헛기침, 쯥, 허허, 어, 그, 저, 이제)하기

❿ 대답
　　㉠ 지어내지 말기
　　㉡ 간결하고 명확하게 말하기
　　㉢ 대답을 한 후 "이상입니다"라는 말 붙이기

ⓔ 격식을 갖춰 대답하기 : '-입니다'(○) ⇨ '-데요, 구요'와 같이 비격식적인 말투 사용하기

ⓜ 자기소개와 입사포부를 혼동하지 말기

ⓗ 자기소개 시 출신대학과 전공 언급하지 말기

ⓢ 또박또박 말하되 글을 읽듯이 말하지 말고 감성을 실어 상냥하게 말하기

ⓞ 너무 빠르거나 느리지 않게 적정속도를 유지하며 말하기

ⓩ 공통질문에 대한 대답 시 타인의 대답을 그대로 모방하여 읊지 말기

ⓒ 발화 시간을 충분히 활용하기 ⇨ 짧게 대답하기

ⓚ 개인주의적 성향이 드러나는 대답이나 억지 주장 자제하기

ⓣ 피해야 할 대답 : 죄송합니다. 너무 긴장이 돼서 생각이 안 납니다, 면접 준비를 잘 못
했습니다.

ⓟ 모르는 질문에 대한 대처법

－요청하기 : 죄송합니다만 다시 한 번만 말씀해 주시겠습니까?

－솔직히 말하기 : 죄송합니다. 미처 생각지 못했던 질문이라 대답하기가 힘들 것 같
습니다. 면접이 끝난 후 곰곰이 생각해 보겠습니다.

⇨ 죄송합니다, 잘 모르겠습니다.

01 자신이 지원하고자 하는 회사의 기본적인 정보사항과 면접유형을 조사해보자.

02 최근 기업은 단순 인재보다 창의적인 인재를 원한다. 다음의 질문에 창의적으로 대답해
보자.

❶ 동전 세는 일을 시키면 잘 할 수 있습니까?
❷ 종이에 자신의 목표를 그림으로 그린 뒤 이유를 설명하세요.
❸ 차바퀴가 5개라면 이를 어떻게 사용하겠습니까?
❹ 자신의 단점에 대해 이야기해 보라.

03 다음은 압박면접에서 주어진 질문이다. 이에 적절한 대답을 해보자.

❶ 당신은 이 업무에 소질이 없어 보이는데요.
❷ 얼굴이 예쁘지 않은데 사회생활에 지장이 없느냐?
❸ 결혼했는데 아프리카 오지로 발령 난다면 어떻게 하겠는가?
❹ 장례식에 빨간 옷을 입고 가서는 안 되는 5가지 이유를 말해 보시오.

04 팀을 나눠 한 팀은 면접관이 되고 다른 한 팀은 면접자가 되어 모의면접을 해보자.

면접자				
평가항목	착안점	예	아니오	평가척도
복장 · 태도 등 외모	• 옷차림이 단정한가 • 침착한가 • 호감을 주는 인상인가 • 자세가 바른가 • 대답하는 태도는 착실한가	☐ ☐ ☐ ☐ ☐	☐ ☐ ☐ ☐ ☐	1 2 3 4 5
표현력	• 용어가 적절한가 • 간결하고 정확하게 표현하는가 • 유창하게 말하는가 • 목소리가 명료한가 • 자기 생각을 충분히 전달하는가	☐ ☐ ☐ ☐ ☐	☐ ☐ ☐ ☐ ☐	1 2 3 4 5
판단력	• 정확하게 이해하는가 • 판단이 빠른가 • 결단력이 있는가 • 금방 이해하는가 • 판단이 논리적이고 합리적인가	☐ ☐ ☐ ☐ ☐	☐ ☐ ☐ ☐ ☐	1 2 3 4 5
적극성	• 남이 싫어하는 일도 자진하여 수행할 것인가 • 곤란한 상황을 극복할 수 있는가 • 젊은이다운 패기가 있는가 • 옳다고 생각하는 일을 행동으로 옮길 것인가 • 어려운 일도 거침없이 잘 해낼 수 있는가	☐ ☐ ☐ ☐ ☐	☐ ☐ ☐ ☐ ☐	1 2 3 4 5
견실성	• 성실한가 • 주관이 분명한가 • 자신감이 있는가 • 신뢰할 수 있는 사람인가 • 젊은이다운 순수성이 있는가	☐ ☐ ☐ ☐ ☐	☐ ☐ ☐ ☐ ☐	1 2 3 4 5
종합의견 :		종합평가		/ 25
		면접관		

면접자					
평가항목	착안점	예	아니오	평가척도	
복장 · 태도 등 외모	• 옷차림이 단정한가 • 침착한가 • 호감을 주는 인상인가 • 자세가 바른가 • 대답하는 태도는 착실한가	☐ ☐ ☐ ☐ ☐	☐ ☐ ☐ ☐ ☐	1 2 3 4 5	
표현력	• 용어가 적절한가 • 간결하고 정확하게 표현하는가 • 유창하게 말하는가 • 목소리가 명료한가 • 자기 생각을 충분히 전달하는가	☐ ☐ ☐ ☐ ☐	☐ ☐ ☐ ☐ ☐	1 2 3 4 5	
판단력	• 정확하게 이해하는가 • 판단이 빠른가 • 결단력이 있는가 • 금방 이해하는가 • 판단이 논리적이고 합리적인가	☐ ☐ ☐ ☐ ☐	☐ ☐ ☐ ☐ ☐	1 2 3 4 5	
적극성	• 남이 싫어하는 일도 자진하여 수행할 것인가 • 곤란한 상황을 극복할 수 있는가 • 젊은이다운 패기가 있는가 • 옳다고 생각하는 일을 행동으로 옮길 것인가 • 어려운 일도 거침없이 잘 해낼 수 있는가	☐ ☐ ☐ ☐ ☐	☐ ☐ ☐ ☐ ☐	1 2 3 4 5	
견실성	• 성실한가 • 주관이 분명한가 • 자신감이 있는가 • 신뢰할 수 있는 사람인가 • 젊은이다운 순수성이 있는가	☐ ☐ ☐ ☐ ☐	☐ ☐ ☐ ☐ ☐	1 2 3 4 5	
종합의견 :		종합평가		/ 25	
		면접관			

면접자				
평가항목	**착안점**	**예**	**아니오**	**평가척도**
복장 · 태도 등 외모	• 옷차림이 단정한가 • 침착한가 • 호감을 주는 인상인가 • 자세가 바른가 • 대답하는 태도는 착실한가	☐ ☐ ☐ ☐ ☐	☐ ☐ ☐ ☐ ☐	1 2 3 4 5
표현력	• 용어가 적절한가 • 간결하고 정확하게 표현하는가 • 유창하게 말하는가 • 목소리가 명료한가 • 자기 생각을 충분히 전달하는가	☐ ☐ ☐ ☐ ☐	☐ ☐ ☐ ☐ ☐	1 2 3 4 5
판단력	• 정확하게 이해하는가 • 판단이 빠른가 • 결단력이 있는가 • 금방 이해하는가 • 판단이 논리적이고 합리적인가	☐ ☐ ☐ ☐ ☐	☐ ☐ ☐ ☐ ☐	1 2 3 4 5
적극성	• 남이 싫어하는 일도 자진하여 수행할 것인가 • 곤란한 상황을 극복할 수 있는가 • 젊은이다운 패기가 있는가 • 옳다고 생각하는 일을 행동으로 옮길 것인가 • 어려운 일도 거침없이 잘 해낼 수 있는가	☐ ☐ ☐ ☐ ☐	☐ ☐ ☐ ☐ ☐	1 2 3 4 5
견실성	• 성실한가 • 주관이 분명한가 • 자신감이 있는가 • 신뢰할 수 있는 사람인가 • 젊은이다운 순수성이 있는가	☐ ☐ ☐ ☐ ☐	☐ ☐ ☐ ☐ ☐	1 2 3 4 5
종합의견 :		**종합평가**		/ 25
		면접관		

면접자					
평가항목	착안점	예	아니오	평가척도	
복장 · 태도 등 외모	• 옷차림이 단정한가 • 침착한가 • 호감을 주는 인상인가 • 자세가 바른가 • 대답하는 태도는 착실한가	☐ ☐ ☐ ☐ ☐	☐ ☐ ☐ ☐ ☐	1 2 3 4 5	
표현력	• 용어가 적절한가 • 간결하고 정확하게 표현하는가 • 유창하게 말하는가 • 목소리가 명료한가 • 자기 생각을 충분히 전달하는가	☐ ☐ ☐ ☐ ☐	☐ ☐ ☐ ☐ ☐	1 2 3 4 5	
판단력	• 정확하게 이해하는가 • 판단이 빠른가 • 결단력이 있는가 • 금방 이해하는가 • 판단이 논리적이고 합리적인가	☐ ☐ ☐ ☐ ☐	☐ ☐ ☐ ☐ ☐	1 2 3 4 5	
적극성	• 남이 싫어하는 일도 자진하여 수행할 것인가 • 곤란한 상황을 극복할 수 있는가 • 젊은이다운 패기가 있는가 • 옳다고 생각하는 일을 행동으로 옮길 것인가 • 어려운 일도 거침없이 잘 해낼 수 있는가	☐ ☐ ☐ ☐ ☐	☐ ☐ ☐ ☐ ☐	1 2 3 4 5	
견실성	• 성실한가 • 주관이 분명한가 • 자신감이 있는가 • 신뢰할 수 있는 사람인가 • 젊은이다운 순수성이 있는가	☐ ☐ ☐ ☐ ☐	☐ ☐ ☐ ☐ ☐	1 2 3 4 5	
종합의견 :		종합평가		/ 25	
		면접관			

> ☞ 학습목표
> 가. 대화의 중요성과 진정한 소통의 의미를 이해할 수 있다.
> 나. 대화의 기본 원리와 기술을 익혀 실생활에 유용하게 활용할 수 있다.

한국 사람들은 말하는 기술이 서툴다. 그 이유는 서양은 고대로부터 말 중심의 수사학이 발달해 왔는데 비해, 동양은 쓰기 중심의 서체가 발달해 왔기 때문이다. 그러나 현대 생활에서는 소통이 필요하다. 현대는 '정착에서 유목, 집단에서 개인, 통합에서 분화'라는 생활양식으로 변화되어 있어 소통의 필요성이 증가되었다. 기존의 가족 중심의 혈연 사회에서 가족 해체로 인한 타인과의 관계 중심 사회로의 변화로 인해 이제는 말을 잘 주고받지 못하면 제대로 살아남기 힘들다.

1) 대화의 중요성

대화란 나와 상대방이 서로 말을 주고받는 행위로, 말하기와 듣기로 이뤄지는 행위의 연속체이다. 단순히 상대방과 말만 주고받으면 대화가 되는 것이 아니라 상대방을 배려하는 마음가짐을 지니고 좋은 말, 용기를 북돋워주는 말 등 긍정적이고 필요한 말을 주고받을 때 진정한 대화가 이뤄진다. 그러나 대부분은 상처를 주는 말, 비난하는 말 등 부정적인 말을 주고받는 경우가 많다. 이러면 상호간의 신뢰와 관계에 금이 가게 되고 말한 당사자의 이미지 또한 부정적으로 평가받아 심리적·사회적으로 피해를 보는 경우가 많다. 그러므로 말은 신중히 해야 한다. 내가 하는 말은 곧 나 자신은 물론 내 인생과도 밀접한 관련이 있기 때문이다.

(1) 말은 인격을 재는 바로미터

대학생은 초등·고등학생이 아니다. 그런 만큼 상대방에게 자신의 의견을 받아들여지지 않는다고 해서 때를 쓰거나 우기거나 협박하거나 욕설을 남발해서는 안 된다. 대학생은 지성인이고 교양인인 데다가 앞으로 사회인으로서 생활해 나갈 사람이다. 그러므로 대학생답게 대학생에 어울리는 말을 구사해야 한다. 예를 들어, 식당 종업원이나 배달원 그리고 처음 보는 나이 어린 사람에게 반말을 하거나 비하 혹은 무시하는 말을 할 경우 그 사람의 인격은 심히 의심될 만하다. 따라서 직위가 낮거나 하위 종사자라고 해서 말을 함부로 하는 것은 자신의 취약한 인격을 드러내는 행위이므로 격이 높은 말을 하려고 노력해야 한다.

(2) 말실수는 관계유지의 적

인간관계는 두 사람이 얇은 유리를 맞들고 있는 것과 같아서, 잘 관리하면 관계가 오래 유지되지만 자칫 잘못하면 깨져 버려서 더 이상 되돌릴 수 없게 된다. 인간관계를 새로 맺는 것은 시간이 소요되지만 인간관계를 끝내는 것은 순식간이다. 따라서 말은 항상 조심해 한다.

인간관계를 끝내지 않기 위해서는 인간관계를 유지하는 것에 신경을 써야 하는데, 가장 쉬운 방법이 '인사를 제때 건네는 것'이다. 반드시 격식을 갖출 필요는 없다. 상황에 맞는 가벼운 인사말이면 충분하다. '오랜만입니다, 그동안 잘 지내셨어요?, 날씨가 이제 시원해졌습니다. 그죠?' 등 일상생활에서 이뤄지는 인사말이면 그만이다. 그러나 너무나 솔직하게 인사말을 건네면 안 된다. 예를 들어 오랜만에 만난 사람에게 "아니, 왜 이렇게 살이 많이 찌셨어요?", "오늘 얼굴이 왜 이래요?"와 같이 부정적인 인사말을 건네는 것은 좋지 않다.

이 외에도 각 상황에 맞게 '의례적인 표현'으로 상대방의 말에 적절하게 응대하는 것도 인간관계를 유지하는 좋은 방법이다.

(3) '아' 다르고 '어' 다르다

불편한 상황에서 대화가 이뤄질 때 사람들은 대개 자신의 감정에 치우쳐 상대방에게 독이 되는 표현으로 말을 건넨다. 그로 인해 상대방도 불쾌하게 되고 둘 사이의 감정도 나

빠져 말싸움으로까지 번지는 경우가 다반사다. 그러므로 상대방에게 불만을 얘기하더라도 좋게 말을 하는 것이 필요하다. '아 다르고 어 다르다'는 말이 있듯이 대화가 상대방과의 공감과 소통에 의미가 있는 것이라는 점을 각인하고 '아'라고 얘기할 수 있으려면 대화의 기술이 필요한 법이다.

'아 다르고 어 다르다'라는 것과 관련해 한 가지 쉽게 바꿀 수 있는 표현에는 우리가 자주 쓰고 있는 '호칭'이 있다. 직장 내에서는 '언니, 형님'과 같은 친족 호칭어를 쓰는 것보다 사람의 이름이나 성 뒤에 직급을 붙이거나 '선배님', '~씨'와 같은 호칭을 직위의 상하관계에 따라 적절하게 골라 쓰면 된다. 그리고 판매자는 여성 고객을 '어머니, 언니'가 아니라 '손님', '고객님'이라고 부르고, 택시기사에게는 '아저씨'가 아닌 '기사님'을, 식당과 같은 가게에서는 손님에게 '사장님'이라는 호칭을 써주면 상대방도 기분이 좋고 말하는 자신도 대접을 받을 수 있다.

2) 말하기

「임금님 귀는 당나귀 귀」라는 이야기에 잘 나타나 있듯이 인간의 표현 욕구는 본능적이라고 할 수 있다. 그러나 이러한 표현 욕구를 있는 그대로 표출해서는 안 된다. 본의 아니게 자신이 의도하고자 하는 바와 다르게 받아들여지는 상황도 많고 말 한 마디로 인해 오해를 사는 경우도 많이 있다. 심지어 잘못된 말 한마디로 인해 목숨까지 잃을 수도 있다. 그만큼 말하기란 참으로 어려운 일이다.

'말이 씨가 된다, 말 한마디로 천 냥 빚을 갚는다, 낮말은 새가 듣고 밤말은 쥐가 듣는다'라는 속담이 있다. 이러한 속담이 우리에게 전하고자 하는 바와 같이, 말을 함부로 내뱉거나 쓸데없는 말을 많이 하는 사람 그리고 남 욕을 즐겨하는 사람이 되어서는 곤란하다. 그러므로 말을 잘하는 사람으로 거듭날 수 있도록 말하기 능력을 기를 필요가 있다.

덤+

● 말 잘 듣는 사람이 말하기의 고수다!

　　말 잘하는 사람 = 말 잘 듣는 사람

　　　≠　　　　　 ↳ 눈으로 듣기(시선 마주치기), 귀로 듣기

말 많이 하는 사람

❶ 의심을 받는다.
❷ 가볍게 보인다.
❸ 따돌림을 받는다.
❹ 시간과 체력 낭비다.
❺ 실언의 원인이 된다.
❻ 상대에게 본심을 들킨다.

(1) 언어로 말하기

① 상황에 맞게 말하기

대화에서는 상황이라는 요소가 개입된다. 만일 결혼식장에 가서 신부대기실에 있는 신부에게 "어, 내가 알던 그 남자가 아니네."라고 말하는 것은 적절한 표현이 아니듯이, 눈치있게 상황에 맞는 말하기를 하는 것은 매우 중요한 일이다.

② 상대가 듣고 싶어 하는 말하기

말이라고 하는 것은 들어주는 사람이 있어야 의미가 있다. 그러므로 상대방이 듣기 싫어하는 말보다 듣고 싶어 하는 말을 하려고 노력해야 한다. 예를 들어, "이 옷 괜찮지, 안괜찮아?"라고 두 번 반복해서 묻는다면 "어, 그래 괜찮네."라는 말을 그냥 해주면 된다. 그리고 오랜만에 만난 친구가 "나, 살 많이 쪘지?"라고 묻는다면, "아니, 모르겠는데."라고 해주는 게 좋다. 이것을 상대방은 듣고 싶어하니까 말이다.

③ 상대를 배려하는 말하기

인간관계는 상호성에 기인한다. 그렇기 때문에 대화를 할 때 항상 상대방이 뭘 의도하고 말을 하는지, 뭘 원하는지에 대한 안테나를 세우는 게 좋다. 그것이 바로 상대방을 배려하는 행위의 시작이기 때문이다. 상대방을 배려하는 행위는 '나와 너' 둘만의 관계뿐 아니라 나아가 사회 구성원간의 조화를 이끌어내는 바람직한 모습이다. 따라서 말하는 사람이 상대방과 대화를 시도하고 싶지 않다고 "참견하지 마", "너나 잘 하세요", "나가 주세요"라며 상대방의 기분을 배려하지 않고 기분대로 말을 건넨다면 관계에 문제가 발생될 수 있으므로 주의해야 한다.

덤+

- 말하기 싫게 만드는 말 베스트 10
❶ 네가 뭘 몰라서 그래.
❷ 설마~ 언제 어디서 누가 그랬는데?
❸ 내가 그건 잘 알아, 내 친한 친구 아버지가 그쪽 권위자야.
❹ 에이 그래도 당신은 나보다 낫지.
❺ 몰라, 몰라. 어쨌든 내 생각에는 변함이 없어.
❻ 그건 그렇고. 다른 건 어떻게 되고 있지?
❼ 글쎄, 그런가보지 뭐.
❽ 거봐, 넌 그게 문제야.
❾ 아니야. 그건 중요한 게 아니야.
❿ 치, 웃기고 있네.

(2) 준언어로 말하기

똑같은 말이라도 사람의 감정에 따라 상대방에게 전달되는 메시지는 다르다. 화가 나면 목소리가 격앙되고 커지며 억양도 높아지고 빨라진다. 게다가 목소리의 톤도 냉랭하거나 분노가 담긴 톤으로 재현된다. 반대로 기분이 좋으면 목소리 톤이 가볍고 활기차며 억양도 화려하게 변화를 보인다. 이처럼 꼭 말로 표현하지 않아도 상대방의 '목소리 톤, 강세, 빠르기, 성량의 크기, 억양'에 따라 말하는 사람의 감정이나 기분을 파악할 수 있다. 그러므로 불쾌한 상황일 때 상대방에게 부정적인 준언어로 말을 한다면 대화자 상호간에 냉랭한 분위기를 조성할 수 있으므로 주의해야 한다.

(3) 비언어로 말하기

말로는 화 안 났다고 하고서는 인상이나 말투는 화가 나 있다면 어느 것이 진짜일까? 정답은 '화났다'이다. 말은 이성적으로 컨트롤될 수 있어도 비언어적인 부분은 숨길 수 없도록 인간은 설계되어 있다. 그러므로 상대방의 '눈빛, 표정, 제스처, 동작, 거리' 등을 고려하여 상대의 마음을 읽어 내는 노력이 필요하다. 또한 말하는 사람도 웃는 얼굴로 대화하려고 애써야 하며, 상대방의 눈을 보고 말을 해야 한다.

덤+

● **눈살을 찌푸리게 하는 비언어적 메시지**
❶ 다른 사람들에게 손가락질 한다.
❷ 말을 할 때 혀를 내밀거나 혀로 입술을 핥는다.
❸ 손을 쥐고 비틀거나 비비면서 말한다.
❹ 몸을 흔든다.
❺ 무섭고 딱딱한 표정을 짓는다.
❻ 시선이 허공이나 바닥을 쳐다본다.
❼ 앉아 있으면서 발로 바닥을 친다.
❽ 팔짱을 끼거나 다리를 버티고 서서(꼬기, 떨기) 말한다.
❾ 허리를 뒤로 뻣뻣하게 세워, 상체를 뒤로 기댄다.
❿ 턱을 괴고 말하거나 머리카락을 만지작거리면서 말한다.
⓫ 친하지 않은 사람에게 신체적 접촉을 하면서 말한다.
⓬ 손톱을 깨물면서 말한다.

---

(4) 말하기의 방법

① 나-전달법

'나-전달법(I-message)'은 상대방의 말이나 행동 때문에 내가 불만을 느낄 때, 상대방을 비난하지 않으면서도 불만을 표현해 다시는 그 행동이 일어나지 않기를 바랄 때 바람직한 말하기 방법이다. '나-전달법'으로 얘기할 때는 다음의 '3요소'가 담긴 메시지를 전달해야 한다.

　㉠ **행동** : 자신에게 문제를 야기한 상대방의 특정한 말이나 행동에 대한 진술
　㉡ **영향** : 상대방의 행동이 나에게 어떠한 영향을 미쳤는지에 대한 진술
　㉢ **느낌** : 문제의 결과로 인해 내가 경험한 감정에 대한 진술

이러한 '나-전달법'은 반드시 부정적인 상황에서만 사용하는 말하기 방법만은 아니다. 상대방의 행동에 대해 칭찬을 하거나 고마움을 표현할 때도 사용할 수 있으며, 상대방의

행동을 예방할 때도 사용하면 좋다. 예를 들어, "네가 일을 도와줘서 오랜 시간이 걸릴 일이 금방 해결돼서 정말 좋다."와 같이 긍정적인 '나-전달법'도 가능하며, "내가 피곤해서 잠깐 잘 건데 네가 조용히 해주면 좋겠다."와 같이 예방적 '나-전달법'도 가능하다. 이처럼 '나-전달법'은 자신의 생각을 상대방에게 오해 없이 자연스럽게 전달하기 때문에 상호적인 관계의 유지에 많은 도움이 된다.

② 자기 주장적 행동

사회를 살아가는 동안 누구나 남에게 요청이나 요구를 하게 마련이다. 하지만 모든 사람들의 요청을 받아들이며 살 수는 없다. 나에게는 내 인생이 있기 때문이다. 따라서 상대방으로부터의 요청을 거절하지 못하면 자기 권리를 주장할 수 없고 궁극적으로는 자기인생을 컨트롤할 수 없게 된다. 그렇다고 해서 모든 요청을 거절하라는 말은 아니지만 때로는 자신의 생각이나 마음대로 상대방에게 전달해야 내가 살아가는 세상이 편하다.

'자기 주장적 행동'은 '아니오'와 '예'를 솔직하게 표현할 수 있는 능력, 남에게 요청하거나 거절할 수 있는 능력, 마음의 문을 열고 직접적으로 감정과 생각을 나타낼 수 있는 능력을 기를 수 있는 좋은 말하기 방법이다. 그러나 우리는 아래의 표에서와 같이 '소극적인 행동'이나 '공격적인 행동'으로 상대방에게 자신의 생각을 전달하는 일이 잦다. 지금부터라도 주장적 행동을 하려는 연습이 필요하다.

	소극적 행동	공격적 행동	주장적 행동
의미	자신을 희생시키며 상대방을 우선적으로 생각하고 자신의 생각이나 감정, 욕구 등을 솔직하게 잘 표현하지 못하는 행동	자신의 권리만을 내세우기 위해 다른 사람의 입장을 전혀 생각하지 않고, 심지어는 다른 사람을 괴롭히면서까지 자기의 생각이나 감정, 욕구 등을 내세우는 행동	상대방을 불쾌하게 하지 않으면서 자신의 생각이나 감정, 욕구 등을 솔직하게 표현하는 것
특징	• 자신의 입장을 무시한다. • 상대방의 입장만 생각한다. • 자신의 입장을 밝히지 않는다.	• 자신의 입장만 고집한다. • 상대방의 입장을 무시한다. • 폭력적인 행동을 하게 된다. • 분노로 표현한다.	• 자신의 입장을 있는 그대로 이야기한다. • 상대방에게 자신의 입장을 설명한다.

특징			• 상대방이 내 입장을 받아들이지 않더라고 화내지 않는다. • 상대방의 입장을 들으면서 내 입장을 이야기한다.
보기	공부하기 싫어도 공부하겠다고 약속한 후 공부를 하지 않는다.	공부하라는 말에 공부하기 싫다고 큰소리로 말하고 화를 내며 문을 쾅하고 닫는다.	지금은 공부가 잘 되지 않으니 조금 쉬었다 한다고 말한다.

3) 듣기

얼굴에서 '눈, 귀, 콧구멍, 눈썹'은 두 개인데 왜 입은 하나일까? 그것은 아마도 말을 많이 하기보다 다른 사람의 말을 더 많이 들어야 한다는 것을 담은 자연의 이치가 아닐까? 그만큼 의사소통에서 말하기보다 듣기가 더 중요하다. 남 얘기를 전혀 듣지 않거나 자신의 말만 너무 많이 한다든가 반대로 말이 너무 없으면, 사람들과 단절되어 왕따가 된다. 그러므로 듣기에 대한 기술을 제대로 배울 필요가 있다.

(1) 듣기의 과정

① 들리기

들리기는 그야말로 '히어링(hearing)'으로, 말소리의 음파를 귀로 받아들이는 단계를 말한다. 예컨대, 소리가 들려오는 곳을 확인한다든지, 말소리와 말소리가 아닌 것을 구분하고 말소리에 초점을 맞추어 지속적으로 그 말소리만을 받아들이는 것을 뜻한다.

② 주의

귀에 들어온 말은 생리학적 구조상 3~4초 동안 머무르게 되는데, 이때 듣는 사람은 자신의 의지에 따라 말을 통과시킬지 차단할지를 선택하게 된다. 주의를 통해 상대방의 한 말 가운데 우선적으로 높은 정보에는 귀를 기울이고 우선순위가 낮은 정보는 무시하게 되는 것이다. 이 주의의 단계에서 '칵테일파티 현상(cocktail party phenomenon)'이 자주 일어나는데, 이는 사람들이 북적대는 방에서 일반적인 소음을 무시하면서 어떤 사람과 이야기를 나누고 있을 때, 자기의 이름이 들리는 곳에 주의를 기울이게 되는 현상, 즉 특별히 유의미한 어떤 것을 감지하면 주의는 그 쪽으로 이동하는 현상을 말한다. 이런 현상이 발생하지 않도록 주의를 확보하려면 상대방이 듣기를 원하는 즉 공감하는 이야기를 꺼내면 된다. 결국은 내가 하고 싶은 말보다 상대방이 듣고 싶어 하는 말을 해 주어야 귀를 기울인다는 점을 명심할 필요가 있다.

③ 지각

상대방이 하는 말에 관심을 가지고 주의를 기울이다 보면 어느 순간 메시지를 받아들이고 자료를 수용하며 입력된 자료를 평가하는 활동이 일어나는데 이 단계가 바로 지각단계이다. 그런데 이 단계에서도 '지각 방어현상(perceptual defense)'이라는 심리적인 현상이 일어난다. 이는 어떤 말을 잘 듣지 않으려는 현상으로, 자신의 믿음과 상반되는 말에 대해 자신을 보호하고자 하는 심리가 작용해서 생기는 것으로, 예를 들어 술집에서 상대방의 얘기가 재미없을 때 옆 테이블의 재미있는 얘기에 주의를 집중하는 일이 바로 그것이다. 또한 상대방의 생각이 나와 일치하지 않을 때 건성으로 흘러듣는 행위도 이에 해당된다. 그러므로 상대방이 듣고 싶어 하지 않는 반응을 보일 때에는 화제를 돌리거나 듣고 싶어 하는 말로 관심을 집중시키는 노력을 해야 한다.

④ 의미부여

의미부여 단계는 메시지를 수용하고 평가하는 주의 단계와 동시에 자신의 머릿속에 정립된 사고나 가치관 등과 결부시켜 메시지의 의미를 분류하고 체계화하는 과정이다. 즉 스키마의 활동과정이 일어나는 단계를 말한다.

⑤ 반응

주어진 메시지에 대한 스키마 활동이 일어나면 정보를 저장하고, 기억할 것을 고르고, 기억할 것을 시각화하고, 정보를 연상하는 등의 활동을 통해 상대방의 말에 대해 언어, 준언어, 비언어로 자신의 생각이나 느낌을 표현하게 되는데 이것이 바로 반응이다. 이 단계에서는 '아, 와, 저런, 아이구, 정말' 등과 같이 맞장구치기, '그래서, 그리고, 어째서, 왜'

등의 촉발질문 던지기, '-맞습니까?'와 같은 확인질문 던지기 그리고 상대방의 메시지에 대한 자신의 생각 말하기와 같은 반응을 하게 된다. 그러나 이러한 반응의 단계에서도 '함구효과(mum effect)'라는 심리적 현상이 때론 발생하는데, 개인적인 무능이나 약점을 나타낼 때뿐만 아니라 부정적인 정보 속에 나타나 있는 문제들이 자신과는 아무런 상관이 없을 때에도 메시지의 전달자가 되지 않으려는 데서 기인한 현상으로, 나쁜 소식은 늦게 전달되는 이유가 바로 여기에 있다.

(2) 바람직한 듣기

① 듣기 자세

　　㉠ 상대방의 말을 중간에 절대로 끊지 않는다.
　　㉡ 이야기를 잘 듣고 있다는 표시로 고개를 끄덕인다.
　　㉢ 듣고 있다는 표시로 간단하게 말을 한다.(아 그래, 그랬구나, 저런…)
　　㉣ 상대방의 이야기에서 표면적인 내용뿐만 아니라 그가 전달하려고 하는 깊은 마음까지 이해하려고 노력한다.
　　㉤ 상대방이 말을 마친 후에 들은 것을 되새겨 본다.(그러니까 네 말은…라는 것이구나.)

② 듣기 태도

　　㉠ 상대가 하려는 말을 듣고 싶어 해야 한다.
　　㉡ 상대의 특정한 문제에 관해 진정으로 도움이 되길 바라야 한다.
　　㉢ 상대의 생각이 어떤 것이든 진심으로 받아들일 수 있어야 한다.
　　㉣ 상대가 자기감정을 다스리고 문제를 해결할 만한 능력을 가지고 있다는 것에 대해 깊은 신뢰를 가지고 있어야 한다.
　　㉤ 자신의 생각과 감정을 누르고 상대의 입장이 되어야 한다.

③ 공감적 경청

　공감적 경청이란 상대방의 입장이 되어서 처한 상황이나 느낌 또는 감정을 느껴본 다음에 객관적인 입장에서 상대방을 이해하고 있다고 표현해 주는 것으로, 상대방의 마음을 어루만져주는 행위이다. 이에는 '적극적 경청'과 '소극적 경청'이 있는데, 우선, '적극적 경청'은 상대방의 말을 재진술하는 표현을 통해 듣는 것으로, 음성, 어조, 자세, 눈 움직임

등을 통한 공감적 감정 표현도 함께 이뤄지는 듣기의 방법이다. "너는 이것에 대해서 많이 화가 난 것 같구나.", "너는 어떤 것에 대해서 매우 당황한 것 같구나.", "너는 그 사실에 대해서 매우 걱정이 되는 것 같구나."와 같이 상대방의 메시지에 담긴 말이나 행동의 사실 부분을 언급하고 나서 상대방의 심리적 상태를 이해했음을 표현하는 것이 적극적 경청에 해당된다. 그리고 '소극적 경청'은 맞장구치기, 눈 마주치기, 고개 끄덕이기, 미소짓기 등의 방식으로 상대방의 말을 잘 듣고 있음을 표현해 주는 것이다. 이러한 공감적 경청은 상대방과 마음을 소통하는 가장 좋은 방법일 뿐 아니라 인간관계의 친밀감을 확인하고 유지시키는 최선의 방법이다.

덤+

● **최고의 듣기 기법, 경청!**

L : Listen	귀담아 들어주기
I : Ing	중간에 말 끊지 않기
S : Smile	웃으며 화답하기
T : Touch	마음으로 공감하기
E : Eye Contact	눈 맞추며 대화하기
N : Nodding	고개 끄덕이기

01 말이 '소음, 잔소리'와 다른 점이 무엇인지 생각해보자.

....

....

....

....

....

....

....

....

....

02 아래의 짧은 대화문에서 B의 대답은 적극적인 경청이 아니다. 적극적인 경청이 되도록
고쳐보자.

❶ A : 에이, 내가 싫어하는 애랑 같은 조가 되어서 너무 짜증난다. 걔는 뭐든 하기 싫대.
   B : 그래도 어쩔 수 없잖아. 네가 참는 수밖에.

☞ ....

....

....

❷ A : 저녁 먹기 싫어요.
   B : 왜 먹기 싫은데. 남들은 못 먹어서 난리인데.

☞ ....

....

....

❸ A : 아야, 손 뎄어! 아~ 아파라.
　　B : 보자, 에이 살짝 데였네. 그 정도는 괜찮아.

☞
_____

_____

_____

○3 아래에 제시된 '너—전달법'을 '나—전달법'으로 바꿔 말해보자.

'너' 전달법	'나' 전달법
왜 이렇게 늦었니? 네가 틀렸어. 설명을 제대로 하지 않으시네요. 너는 왜 항상 늦는데! 네가 나한테 말 안 했잖아.	

○4 다음의 상황에서 상대방에게 할 수 있는 '자기 주장적 행동'을 해보자.

　　지연이는 수업시간에 충실하기로 자타가 공인하는 모범생이다. 그러나 과 친구
인 영선이는 쾌활하고 호탕한 성격으로 자주 수업에 지각하고 수업시간에 핸드폰
을 갖고 노느라 노트필기를 제대로 안 한다. 중간고사를 앞두고 영선이는 지연이에
게 강의노트를 빌려달라고 했고, 지연이는 내키지 않았으나 성적에만 매달리는 이
기적인 아이로 왕따 당할 것이 두려워 노트를 빌려주었고, 덕분에 영선이는 중간고
사에서 좋은 성적을 거둘 수 있었다. 학기말고사가 다가오자 영선이는 또 지연이에
게 노트를 빌려달라고 요구하고 있다. 당신이 지연이라면 어떻게 반응할 것인가?

_____

_____

_____

_____

_____

_____

| 학 번: | 학과(부) : |
| 강의시간 : 요일 교시 | 이 름: |

> ☞ 학습목표
> 가. 토론의 정의, 의의, 유형, 원칙, 핵심과정을 이해함으로써 토론이 무엇인지를 이
>   해할 수 있다.
> 나. 토론의 준비과정에 대해 숙지할 수 있다.
> 다. 실제 토론 방법을 익힐 수 있다.

토론은 두 사람 이상의 토론자가 특별한 논제를 두고 정해진 형식을 따라 서로 반대되
는 입장을 개진하는 말하기로, 현 사회에서 가장 많이 이뤄지는 의사소통 방식의 하나다.
토론이 일반화된 사회에서 토론의 정의, 토론의 의의, 토론의 유형, 토론의 원칙, 토론의
방법과 유의점 그리고 토론의 준비과정에 대해 알아보고, 실제 토론을 대비해보자.

1) 토론이란?

(1) 토론의 정의

일상생활에서 토론은 '문제해결을 위해 여러 사람이 모여 이야기하는 여러 가지 방식
의 대화'를 포괄하는 넓은 의미로 사용된다. 그것은 때로는 토의(討議)의 의미로, 때로는
논쟁(論爭)의 의미로도 사용된다. 하지만 이것은 교육에서 정의하는 엄밀한 의미의 토론(討
論, Debate)과는 거리가 있다. 교육에서의 토론은 다음과 같이 엄밀하게 정의해야 한다.

토론은 두 사람 이상의 토론자가 특별한 논제를 두고 정해진 형식을 따라 서로 반대되
는 입장을 개진하는 말하기이다. 토론은 '상호 대립적인 말하기'라는 측면에서 상호협력적
인 토의와 다르고, '엄격한 규칙 아래 근거를 가지고 상대방을 논리적으로 설득하는 말하
기'라는 측면에서 규칙 없이 상대방을 비방하는 논쟁과 다르다.

● **토론은 토의·논쟁·디스커션과 어떻게 다른가?**

❶ 이정옥(2008)은 일상생활에서 토론이 토의·논쟁과 혼용되는 점을 문제로 삼으며, 아래의 표에서와 같이 토론의 개념을 토의·논쟁과 비교하며 엄밀하게 규정한다.

토의	토론	논쟁
● 의견 교환을 통한 최선의 방안을 모색한다. ● 상호 협력적이다. ● 의견 교환의 과정이다. ● 대체적인 형식이 있다.	● 자기주장을 설득한다. ● 상호 대립적이다. ● 주장/반박과 질의/응답의 과정으로 구성되어 있다. ● 토론에서는 규칙이 엄격하다.	● 자기주장만 내세우고, 상대방을 격렬하게 비판한다. ● 상호 대립적이다. ● 주장과 반박의 과정으로 구성되어 있다. ● 규칙이 없다.

❷ 케빈 리(2011)에 따르면 토론을 지칭하는 영어식 표현에는 디스커션(Discussion)과 디베이트(Debate) 두 가지가 있다. 이 중에서 형식적인 제약도 없고 찬반의 입장으로 갈리지 않는 것은 디스커션이다. 반면에 디베이트는 찬반이 확실한 논제를 선택하여 토론을 하며, 미리 정해진 발언순서와 시간을 지켜야 하는 형식적 제약이 있다. 그래서 케빈 리는 엄밀한 의미에서의 토론은 디베이트라고 말하며, 디베이트를 "①특별한 주제를 놓고, ②청중들 앞에서, ③두 사람 이상의 사람이, ④서로 반대되는 입장을 개진하는, ⑤형식이 분명한 토론"이라고 정의내린다.

(2) 토론의 의의

의사소통의 방법에는 토의, 토론, 논쟁, 대화, 회의, 협상 등 여러 종류가 있다. 그런데 이 중에서 유독 토론이 강조되는 이유는 어디에 있을까? 그 이유는 토론을 하게 되면 다음과 같은 다양한 능력을 키울 수 있기 때문이다.

① 자료조사능력 향상

토론을 하게 되면 자료조사능력이 향상된다. 논제가 주어지면 토론자들은 토론에 임하기 위해 자료조사를 해야만 한다. 즉 온라인이나 오프라인을 통해 논제에 적합한 자료를 찾고, 정확성·참신성·신뢰성을 바탕으로 조사한 자료를 평가·분석하고, 그 자료를 논거 카드에 체계적으로 정리하는 작업을 수행해야 한다. 이러한 작업을 하다 보면 자료 찾기, 자료 분석, 자료 정리와 같은 자료조사능력이 향상된다.

② 듣기능력 향상

토론을 하게 되면 듣기능력도 향상된다. 우리 주위에는 여러 사람이 모인 자리에서 남의 이야기는 듣지 않고 이야기를 독점하려는 이들이 있다. 그리고 엉뚱한 생각을 하다가 동문서답을 하는 이들도 있다. 어떤 경우에는 말허리를 자르고 들어오는 이들도 있다. 모두들 듣기 훈련이 안 되어서 그렇다. 이런 사람들끼리 모여 회의를 한다면 5분도 안 되어 고성이 난무하는 난장판이 될 것이다.(케빈 리, 2011)

그런데 토론 순서에는 남의 말을 경청해야만 하는 시간이 있다. 이때 내가 끼어들면 토론규칙을 어기게 된다. 또 들을 때는 경청하면서 상대방 발언의 주장과 근거를 메모해야 한다. 그래야만 다음 순서 때 상대방 논리의 허점을 반박하며 확인질문이나 반론을 무리 없이 펼칠 수 있다. 이러한 경청과정을 통해 듣기 능력을 향상시킬 수 있다.

토론에서 배양하려는 비판적 사고능력을 상대방을 격렬하게 비방하거나 싸움닭처럼 사사건건 상대방에 시비를 거는 행위로 오해할 수도 있다. 그러나 비판적 사고능력은 문제해결을 위해 상대방 이야기를 경청하면서 근거를 가지고 자기주장을 논리적으로 전개시키는 과정에서 배양되는 것임을 명심해야 할 것이다.

③ 스피치능력 향상

토론을 하게 되면 스피치 능력이 향상된다. 정해진 시간 안에 자기 생각을 체계적으로 정리해서 발언해야 하기 때문에 논리적 말하기 능력이 향상된다. 어법에 맞는 말로 정확하게 표현해야 하기 때문에 정확한 용어사용능력도 향상된다. 효과적인 전달을 위해 목소리의 크기와 속도, 음색, 그리고 억양의 고조와 강약을 조절하여 청중들이 지루하지 않게 받아들일 수 있도록 표현하는 방법도 익히게 된다. 나아가 상대팀의 인격을 존중하면서 예의 있게 말하는 방법도 배우게 된다.

④ 원만한 갈등해결능력 배양

토론은 의견의 불일치나 대립이 일어나는 갈등의 지점에서 시작된다. 이러한 갈등은 종종 폭력사태나 권위에 기대어 누가 누군가를 강압적으로 억누르는 양상으로 귀결되곤

한다. 이 지점에서 토론의 방법을 택하면 물리적인 폭력이나 강압적인 태도에 빠지지 않고 갈등을 평화적으로 해결할 수 있다. 그래서 토론자는 토론을 통해 갈등을 원만하게 해결하는 방법을 배울 수 있다.

⑤ 유연성과 주체성 배양

토론은 서로 다른 견해를 가진 사람들이 합리적으로 문제를 해결하는 의사소통방법이다. 나와 다른 생각을 가진 이들과 대화를 나누는 과정은 흔히 대화의 단절이나 고성이 오가는 언쟁으로 귀결되기 쉽다. 토론은 토론자 자신의 의견이 언제라도 비판당할 수 있음을 인지시켜주며, 상대방의 비판에 정색을 하거나 흥분하지 않고 차분하고 조리 있게 대응하는 능력을 길러준다. 이렇게 토론은 비판에 유연하게 대처하는 능력을 키워준다. 이것은 서로 다른 견해와 생각, 가치와 믿음을 가진 다양한 사람들로 구성된 다원화된 사회에서 필수적으로 요구되는 능력이다.

뿐만 아니라 토론은 수동적인 방관자로 있던 이들을 적극적인 참여자로 바꾼다. 상대 팀의 말을 경청하고 여기에 맞서 자기주장을 논리적으로 펼치는 방법을 습득한 이들은 일상생활의 문제에도 적극적으로 개입하여 이를 해결하려는 자세를 보이게 될 것이기 때문이다.

⑥ 타인에 대한 이해력 증진

토론은 나와 다른 견해를 가진 타인의 주장과 근거를 경청하게끔 짜여져 있다. 그리고 토론자는 교육토론에서 나의 소신과 상반되는 입장을 맡아 토론에 임하기도 한다. 이러한 과정 속에서 타인이 왜 저렇게 사고하고 표현할 수밖에 없는지를, 타인의 입장 역시 설득력 있는 입장임을 이해하게 된다. 그리고 역지사지(易地思之)의 태도로 타인의 입장이나 의견을 이해하는 관용적 태도가 싹트게 된다. 이를 통해 자신만이 절대적으로 옳다고 생각하는 독선적인 태도에서 빠져나오게 된다. 그래서 토론은 타인을 인정하는 태도를 배우는 방법, 이를 바탕으로 어떤 사안에 대하여 깊이 있고 균형 잡힌 안목을 획득할 수 있는 방법이기도 하다.

⑦ 협력정신 배양

토론의 과정에서 협력정신도 배양된다. 스포츠의 복식경기처럼 대부분의 토론은 2명 이상의 토론자가 한 팀을 이룬다. 팀원들은 공통의 목표와 과제를 해결하기 위해 입장과 의견을 함께하고, 힘을 합쳐서 전략을 짜고, 각종 정보를 교환하고, 역할을 분담하고, 서로 양보하며 토론에 참여하게 된다. 이 긴밀한 협력과정을 통해 토론자는 협력정신의 존귀함, 나아가 나보다는 우리라는 단위의 소중함을 깨닫게 된다.

(3) 토론의 유형

토론은 일반적으로 교육적 목적으로 시행되는 '교육토론('아카데미토론'이라고도 함)', TV토론이나 패널토론·난상토론 등과 같이 실제 생활에서 행해지는 '현장토론'('응용토론', '자유토론'이라고도 함)으로 나뉜다.

일상생활에서 이루어지는 현장토론은 같은 편 토론자 사이에도 입장이 다를 수 있고 중간에 그 입장이 바뀔 수도 있다. 그리고 규칙이나 절차도 엄격하지 않고 승패를 분명하게 가르지도 않는다.(이정옥, 2008) 그래서 토론의 방법을 익히기 위해서는 상호대립적인 입장이 분명하며, 토론의 절차와 형식을 엄격하게 정하고 있어 토론의 본령에 해당하는 교육토론을 통해 그 방법을 익히는 것이 좋다. 전술했듯이 케빈 리가 한국에서 토론이 지나치게 광범위하게 사용되고 있다며, 디베이트라는 용어로 좁혀 지칭하고자 했던 토론은 바로 교육토론을 지칭한 것이다. 일상생활에서 이루어지는 현장토론은 교육토론의 방법을 숙지한 후에, 이를 현장토론의 방법에 맞게 응용하면 대처 가능하다.

교육토론은 일명 아카데미토론(Academic debate)이라고도 하는데, 이는 토론교육을 목적으로 형식과 규칙을 엄격하게 적용한 토론 방식이다. 교육토론은 찬성과 반대의 입장이 분명하게 대립하고, 발언시간과 규칙이 엄격하게 정해져 있으며, 토론결과에 따라 승패의 판정이 내려진다. 그 종류에는 ①링컨-더글러스식 토론, ②의회식 토론, ③칼 포퍼식 토론, ④CEDA식 토론 등이 있다. 각 토론의 구체적인 내용은 4항에서 알아보기로 하고, 우선 다음 두 가지만 살피기로 한다.

교육토론은 발표순서와 시간을 엄격하게 제한한다. 그 이유는 토론자들에게 동등한 기회를 주기 위해서이다. 그렇게 하지 않으면 발언권을 얻지 못한 이들은 발언할 수 없게 되고, 특정 토론자가 발언을 지배하게 된다. 그리고 토론의 규칙이 사라지면 토론은 서로가 자기주장을 관철시키기 위해 고성을 지르고 떼를 쓰는 아우성의 장으로 전락할 것이다. 그래서 교육토론은 토론자들에게 발표순서와 시간을 엄격하게 제한한다.

교육토론은 토론자들이 찬성과 반대 입장 둘 모두 준비할 것을 요구한다. 한상철(2006)에서 언급했듯이, 토론교육의 목적은 어느 한 입장에서 상대팀을 깔아뭉개는 데 있는 것이 아니라, 찬반 양 입장을 충분히 알고 균형 잡힌 시각에서 판단과 결정을 내리는 훈련을 하는 데 있기 때문이다. 또한 여기에 대해 숙명여자대학교(2010)에서는 교육토론의 목적이 주장을 논리적으로 전개하는 과정을 통해 타인을 효과적으로 설득하는 능력을 습득하는 데에 있기 때문에, 토론자는 자신의 기본입장과 상관없이 두 입장을 모두 준비해야 한다고 밝힌다. 결국 교육토론의 목적은 토론자의 신념을 펼치는 데에 있는 것이 아니라, 다양한 입장에서 타인을 논리적으로 설득하는 능력과 균형 잡힌 시각을 갖게 하는 데에 있기 때문에, 토론자는 찬성과 반대 두 입장 모두를 준비해야 한다.

(4) 토론의 원칙

토론이 성립되기 위해서는 몇 가지 기본 원칙들이 있다. 논제 관련성, 추정의 원칙, 입증의 의무, 반증의 의무, 평등의 원칙, 의사소통의 원칙, 규정준수의 원칙 등이 그것이다. 여기서는 찬반의 입장 정하기와 관련하여 토론자들이 꼭 알아야 하는 다음 3가지 원칙만 살피기로 하자.

① 추정의 원칙

'추정의 원칙'은 '변화의 필요성이 충분히 제기되지 않으면 현 상황이 나은 것'으로 추정하는 원칙, 즉 현 상황을 지지하는 원칙이다. 이는 '대부분의 사람들이 어떤 상황이나 제도에 대해 명확하게 반대할 만한 증거가 제시되기 전까지는 현재의 상황이나 제도를 유지하려는 심리적 경향이 있음'을 전제한다. 변화는 비용과 위험을 수반하기 때문에 문제를 제기하는 측은 변화의 필요성을 충분히 제기해야 한다. 특히 찬성팀은 그러한 변화가 최소한의 부작용으로 최대한의 이익을 가져온다는 것을 증명해야 한다. 그렇지 않으면 추정의 원칙에 의해 변화하지 않는 것이 낫다는 전제를 인정하는 것이 되고 만다.

② 입증의 의무

찬성팀은 '입증의 의무'가 있다. 토론에서 찬성팀은 현재의 상황이나 제도에 문제가 있다고 판단하고 문제제기를 하는 개혁파의 입장을 맡는다. 그리고 토론에서는 찬성팀이 먼저 발언하도록 되어 있다. 문제를 제기하는 사람이 먼저 발언하기 때문이다. 즉 문제를 제기하는 자는 왜 변화가 필요한지(변화의 필요성), 변화가 없을 때는 어떠한 문제가 있는지(증거), 어떻게 해결해야 하는지(해결방향) 등을 분명하게 밝혀야 한다. 이렇게 찬성팀은 그 변화의 타당성을 입증할 책임을 갖게 된다.

③ 반증의 의무

반대팀은 '반증의 의무'가 있다. 반대팀은 현재 상황을 유지하려는 보수파의 입장을 맡는다. 반대팀은 찬성팀의 입장이 타당성이 없음을 반증해야 한다. '현재의 상황은 크게 문제가 되지 않는다' 또는 '문제가 있다손 치더라도 새로운 제도를 만드는 것이 더 큰 문제를 유발한다' 등과 같이, 수긍할 만한 근거를 내세워 찬성팀의 주장이 타당하지 않음을 증명해야 한다. 이를 '반증의 의무'라고 한다.

2) 토론의 핵심과정

토론의 핵심과정은 입론, 확인질문, 반론, 최종발언 네 과정으로 압축된다. 이 과정들이 다양한 방식으로 조합되어 다양한 형식의 토론을 만들어낸다. 그래서 이 네 과정을 잘 터득하면 어떤 종류의 토론이든 잘 수행해낼 수 있다. 이정옥(2008) · 한상철(2006) · 황연성(2011) · 최형용 외(2009) · 숙명여자대학교(2010) 등을 참조하여 각 단계의 방법과 유의점을 살피면 다음과 같다.

(1) 입론

입론(立論)은 논제에 대해 자기팀의 입장을 담은 논점(주장)을 펼치는 과정이다. 입론은 이후의 과정을 전개시키는 토대이기 때문에, 이후의 과정을 염두에 두고 논점을 잘 세워야 한다. 입론의 방법과 유의점은 다음과 같다.

- **논제를 가지고 토론해야 하는 이유나 논제를 둘러싼 사회적 배경을 말한다.**
  - 찬성팀은 이 논제가 토론을 해야 할 만큼 사회적 이슈가 되고 있다는 점을 말함으로써 논제가 토론할 가치와 필요성이 충분히 있음을 강조해야 한다. 즉 논제가 사회적으로 큰 문제가 되고 있고, 어떤 조치를 취하지 않으면 심각한 폐해를 낳게 되므로 문제에 즉각적인 관심을 기울여야 한다는 점을 밝혀야 한다.

- **핵심용어의 개념을 정의한다.**
  - 핵심용어의 정의는 토론을 겉돌지 않게 잡아준다. 핵심용어의 정의는 자기팀의 입장이나 논점을 받쳐주는 기반이 되기도 한다.
  - 토론에서 찬성팀이 먼저 발언하기 때문에 개념 정의 역시 찬성팀이 먼저 내린다. 만약 반대팀이 여기에 동의하지 않는다면 반대팀은 용어의 개념을 재정의할 수 있다.
  - 정의해야 할 핵심용어는 대개 논제 안에 담겨 있다. 가령, '체벌교육은 폐지되어야 한다'는 논제에서는 체벌이 핵심용어에 해당한다. 이 논제에 찬성하는 쪽이라면, 체벌을 '학생의 인격을 무시한 강압적 통제수단'으로 정의할 수 있다. 반면 반대하는 쪽이라면 이 정의를 따르지 않고 체벌을 '교육적인 목적으로 신체에 직접적인 고통을 가해 벌하는 것'으로 재정의할 수 있다.

- **논점을 3~4개 항목으로 정리한다.**
  - 논점(주장)이 너무 많으면 내용을 기억하기도 어렵고 산만할 뿐 아니라 중복되는 경우도 생긴다. 그래서 논점은 3~4개 항목으로 정리하는 것이 좋다. 단, CEDA식 토론과 같이 두 번의 입론이 있을 경우, 각 입론의 논점은 2개 정도가 적당하다.
  - 논제에 대한 주장을 첫째, 둘째, 셋째 등으로 넘버링(Numbering)을 하면서 한 문장으로 간략하게 말한 뒤, 각 논점을 지지해주는 논거를 제시해야 한다.
  - 가장 핵심 되는 논점부터 먼저 제시한다.

- **기대효과를 열거한다.**
  - 자기팀의 주장대로 한다면 문제를 해결할 수 있을 것이라는 식으로 내용을 정리한다. 기대효과는 청중들에게 자기팀 입장의 타당성을 각인시키는 효과가 있다.

(2) 확인질문

확인질문(Cross Examination)은 입론을 마친 토론자에게 상대팀 토론자가 말한 내용을 확인하는 질문이다. 토론자들이 각자 자신의 주장에만 신경을 쓰고 다른 사람의 주장을 듣지 않았기 때문에, 1970년대 이후 CEDA식 토론, 칼 포퍼식 토론에서 확인질문을 도입하게 되었다. 상대팀이 말한 바를 조사한다고 하여 '교차조사', '상호질문', '심문'이라고도 하는데, 확인질문이라는 용어가 쉽고 그 의미를 비교적 정확하게 반영한다고 판단하여 이 용어를 사용하기로 한다. 확인질문의 방법과 유의점을 질문자와 응답자로 나누어 살펴보면 다음과 같다.

① 질문자

- 확인질문을 하기 위해서는 우선적으로 상대팀의 입론을 주의 깊게 경청하면서 질문할 거리를 메모해야 한다. 그 과정에서 상대팀의 논점이나 논거의 허점을 찾아내어 이를 집요하게 파고들어야 한다. 하여 다음 단계인 반론의 발판을 만들어야 한다.

- 상대팀이 발언한 내용에 대해서만 질문한다.

- 발언내용을 단순히 확인하는 질문보다는 자신의 입장을 옹호하고 상대팀을 반박할 수 있는 질문을 한다.

- 순발력 있는 대응이 필요하다. 상대팀의 입론을 듣자마자 그것을 분석해서 바로 확인질문에 들어가야 하기 때문에 평소 순발력 있는 대응능력을 키워야 한다.

- 질문자는 상대팀에게 예의 있는 태도로 질문해야 한다. 확인질문에서는 상대팀을 위협하는 호전적인 태도나 인신공격적인 발언보다는, 재치와 순발력을 발휘하여 핵심을 찌르는 질문을 던지고 답변을 잘 유도하는 유연한 태도가 요구된다.

- 상대팀이 발언한 내용을 모두 검토하려 하지 말고, 상대팀이 제시한 논점 중 가장 취약한 부분이나 논리적 허점에 대해 질문한다.

- 논점을 뒷받침하는 논거의 타당성에 대해 질문한다. 자료를 지나치게 자의적으로 해석한다든지, 또는 일부에 해당하는 사례를 전체인 양 말하지는 않는지, 주장은 있되 근거가 분명하지 않은지 등을 질문한다.

- 상대팀 토론자들 사이의 의견 불일치에 대해 질문한다. 특히 초보 토론자들은 자료나 의견 교환이 원활하게 이루어지지 않아서 의견이 일치하지 않는 경우가 많은데, 이 지점을 파고드는 질문을 한다.

- 짜임새 있게 단계별로 질문한다. 상대팀의 문제점을 찾아내기 위해서는 문제점을 한 번에 지적하기보다는 짜임새 있게 몇 개의 질문으로 나누어 단계별로 접근하는 것이 효과적이다. 그리고 전체적으로 원하는 결론에 도달할 수 있도록 질문을 구성하는 것이 좋다.

- 질문자는 확인질문 시간을 주도할 권한이 있다. 응답자가 발언을 많이 하거나 도리어 질문자에 대한 역질문으로 그 시간을 이용하도록 허용해서는 안 된다.

- 답변이 길어지는 개방형 질문(Open question)을 피한다.
  - 답변이 길어지면 질문자가 질문할 기회가 그만큼 줄어들고, 상대팀의 문제점을 부각시키기도 어려워진다. 그리고 응답자가 장황하게 대답을 하게 되면 오히려 상대팀의 주장이 강화되는 경우가 발생하게 된다. 따라서 질문자는 답변이 길어지는 개방형 질문을 피하여, 되도록 '예'나 '아니오'로 짧게 답변할 수 있도록 질문을 여러 개로 나누어서 단계별로 질문한다.
  - 만일 응답자가 길게 대답하려고 한다면, 질문자는 "감사합니다. 이미 하신 말씀만으로도 저의 질문에 대한 대답이 충분히 되었습니다" 혹은 "감사합니다. 그 정도면 찬성/반대팀의 입장이 충분히 밝혀졌습니다"라고 정중하게 말한 뒤, 다음 질문으로 넘어간다.

- 자료나 사실 확인 등은 '예/아니오'로 대답할 수 있는 단답형의 질문이 좋지만 설명이 필요한 경우에도 응답자가 '예/아니오'로 대답할 것을 강권하는 것은 바람직한 태도가 아니다. 상대가 짧게 답할 수 있도록 질문을 미리 개발하는 것이 좋다.

② 응답자

- 응답자는 순간적으로 머리에 떠오르는 대로 답할 것이 아니라, 당황하지 말고 자신의 논지와 잘 연관시켜 질문에 간단명료하게 답하는 지혜가 필요하다.

- 응답자는 꼭 '예' 혹은 '아니오'로 짧게 대답할 필요는 없다. 응답자는 자신의 응답에 대해 부연 설명을 할 수 있다. 예를 들면, "예, 그렇습니다. 하지만…"의 형태로 답할 수 있다.

- 응답자는 모호하거나 복합적인 질문에 대해서는 질문의 정확한 의미를 질문자에게 다시 확인할 수 있다.

- 응답자는 답을 모를 때는 "모르겠다고"고 솔직하게 인정해야 한다.

(3) 반론

반론은 상대팀 주장의 허점이나 부족한 점을 지적하고, 왜 잘못되었고 어떤 점이 오류가 있는지를 밝히는 부분이다. 토론은 서로 다른 입장을 전제로 대립된 의견을 논의하는 말하기이므로, 반론은 토론에서 매우 중요한 단계에 해당한다. 반론의 방법과 유의점은 다음과 같다.

- 상대팀이 내세운 논점이 논제에서 벗어나지 않았는지 검토한다.
  - 상대팀이 내세운 논점이 논제에서 벗어났다면, 어떤 점에서 어떻게 벗어나고 있는지를 조리 있게 반박한다.

- 상대팀 근거의 신뢰도와 타당성을 검토한다.
  - 상대팀 논점을 지지하는 논거의 신뢰도와 타당성을 꼼꼼하게 확인해야 한다. 여기서 반박할 점을 발견하면, 왜 반박되어야 하는지 그 이유를 차근차근 밝혀야 한다.

- 입론에서 제시하지 않은 논점을 들어 반론을 해서는 안 된다. 교육토론에서는 토론의 효율성을 위해 입론에서 거론하지 않은 논점을 반론에서 새롭게 제시하지 못하도록 규정하고 있다. 돌발적인 논점제기에 의해 토론방향을 예측할 수 없는 상황으로 끌고 가기보다는, 이미 제기된 논점만을 집중적으로 검토하면서 토론하는 방법을 배울 수 있도록 하려는 취지에서이다.

- 토론에서는 상대팀이 제시한 논점에 대해 비판하지 않거나 또는 그에 대해 자기팀의 입장을 말하지 않는다면 그 논점을 받아들이는 것으로 간주한다. 그러나 상대팀이 제시한 논점을 조목조목 다 반박하려면 시간이 부족할 뿐 아니라 반박의 내용도 부실해져서 허술한 반론이 되기 쉽다. 이는 다음의 방법으로 해결하면 좋을 것 같다.
  - 우선, 중요한 논점부터 집중적으로 반박할 필요가 있다. 반론이 두 번 있는 토론의 경우, 첫 반론에서는 상대팀의 논점 중 가장 취약한 점을 공략하고 두 번째 반론에서는 첫 반론에서 빠진 내용을 반박하는 것이 효율적이다.

- 찬성팀 첫 번째 토론자의 입론은 토론 이전에 작성된다. 그러나 그 외의 나머지 순서는 미리 준비했던 자료를 읽어갈 것이 아니라, 자료를 참조하되 상황에 맞게끔 융통성 있게 대처해야 한다. 반론 역시 상황에 맞게 유연성 있게 행해져야 한다.

(4) 최종발언

최종발언은 지금까지 토론한 내용을 간략하게 요약·정리하고, 토론 논제에 대한 자신의 입장을 청중들에게 다시 한 번 선명하게 부각시키는 단계에 해당한다. 최종발언의 방법과 유의점은 다음과 같다.

- 논제에 대한 팀의 입장과 논점, 상대팀의 오류나 허점을 간략히 밝힌다.

- 상대팀의 반박을 간략히 정리하고, 이에 대한 팀의 입장을 밝힌다.

- 자기팀이 요청한 사안에 대하여 상대팀이 답하지 않은 부분이 있으면 이를 재확인하여 듣는 이에게 각인시킨다.

- 자기팀의 주장이 상대팀의 주장을 압도하는 이유, 자기팀의 논점대로 하면 문제가 순조롭게 해결될 것이라는 점 등을 청중들에게 어필한다.

- 토론 내용을 압축적으로 담을 수 있는 비유나 일화 등을 활용하여 청중을 설득하는 것도 좋다.

(5) 숙의시간

교육토론은 발언순서가 정해져 있기 때문에 각 순서로 들어가기 전에 숙의(熟議)시간(작전타임)을 요청할 수 있다. 숙의시간을 잠시 쉬는 시간으로 생각하기 쉽지만, 숙의시간은 다음 단계의 진행을 결정짓는 중요한 역할을 하는 팀별 소통과 협의의 시간이다. 대개 토론팀은 상대팀의 반론이나 질문을 미리 예상하고 이에 대비한다. 그러나 상대팀이 예상과는 다른 입론이나 반론을 펼칠 경우 당황하게 된다. 이때 숙의시간을 요청하여 팀원과 숙의를 하면 유용하다. 제한된 숙의시간을 가능한 한 효과적으로 활용하기 위해서는 팀원 간에 키워드나 눈빛만으로 소통할 수 있도록 토론내용을 서로 공유해야 한다.

3) 토론의 준비

토론의 준비 과정에는 논제분석, 자료조사, 토론 개요표 작성이 있다. 실전토론에 자신감 있게 임하기 위해서는 이 세 가지 과정을 잘 준비해야 한다.

(1) 논제분석

논제(Resolution)는 토론의 목적과 의도가 드러나도록 토론거리를 잘 다듬은 문장을 의미한다. 논제는 '~는 ~이다' '~는 ~해야 한다'와 같이 주어와 술어가 갖추어진 문장으로 제시해야 한다. 토론자들은 이 문장에 대해, 반드시 '예'(찬성팀) 또는 '아니오'(반대팀)

로 답을 해야 한다.

논제분석에서는 먼저 논제가 어떤 성격을 지니는지, 무엇이 쟁점이 되는지를 살펴야 한다. 그래야 자신이 토론에서 어떤 입론과 반론을 택할 것인지 확실해진다. 한상철의 견해(2006)를 바탕으로 논제분석방법 네 가지만 제시하면 다음과 같다.

① 연관된 다른 문제의 해결책으로 논제가 제시된 것인지 살핀다.

예를 들어 '담뱃값을 인상해야 한다'는 논제는 '한국인의 흡연율을 낮추어야 한다. 흡연율이 지나치게 높다'는 문제 때문에 제기된 것이다. 따라서 담뱃값 인상이라는 해결책이 한국인의 높은 흡연율이라는 문제를 어떻게 해결할 수 있을 것인지를 논하는 것이 이 토론의 주요 쟁점이 되어야 한다.

② 논제에 언급된 주요개념의 상위개념이나 하위개념이 있는지 살핀다.

'법인의 정치자금기부를 합법화해야 한다'는 논제에서 핵심용어인 '정치자금기부'라는 유(類)개념 속에는 현행 합법화되어 있는 '개인의 정치자금기부'와, 불법으로 간주되고 있는 '법인의 정치자금기부'라는 종(種)개념이 있다. 위의 논제에 대한 토론에서는 정치자금기부라는 행위는 동일한데, 왜 행위주체에 따라 (회사를 포함한) 법인의 정치자금기부는 불법으로 간주하고, 개인의 정치자금기부는 합법으로 간주하는지가 주요 쟁점이 되어야 한다. 일반적으로 행위 자체가 합법성 여부의 구별기준이 되지, 행위주체에 따라 불법인지 합법인지를 따지지 않는다. 누구는 해도 되고 누구는 해서는 안 된다는 것은 사회적 합의가 없는 한 용납하기 힘들다. 현실적으로도 (법인인) 재벌이 (개인인) 임원이나 직원들의 이름으로 정치자금기부를 하고 있기 때문이다.

③ 논제가 실행되기 위해 먼저 전제되어야 하는 것이 있는지 살핀다.

'자립형 사립고를 도입해야 한다'와 같은 논제는 이미 '고교 평준화를 폐지해야 한다'는 것을 전제하고 있다. 고교 평준화 폐지에 대한 대안 중의 하나로 자립형 사립고교와 같은 특수학교를 허용해야 한다는 주장을 하는 것이기 때문이다. 그러므로 '자립형 사립고를 도입해야 한다'는 논제를 토론할 때는 왜 고교 평준화가 폐지되어야 하는지 어느 정도 해명되지 않으면 안 된다.

④ 논제가 내포하고 있는 관점이 무엇인지 살핀다.

'인터넷 실명제를 폐지해야 한다'는 논제의 경우, 찬성팀은 정보보호나 표현의 자유와 같이 사용자의 입장을 대변하고, 반대팀은 대개 인터넷 소문으로 피해를 본 사람들의 입장을 대변한다. 따라서 찬성팀은 사용자의 권리와 편의를 최대한 보장하면서 피해를 최소화하는 방안을 제시하고, 반대팀은 피해자들의 피해를 최대한 설명하면서 사용자의 불편을 최소화하는 방안을 강구해야 한다.

덤+

● **논제의 조건**

❶ 중심과제는 하나이며, 단문으로 명확하게 제시해야 한다. 중심과제가 둘 이상일 경우 토론이 산만해지기 때문에, 한 가지 중심과제를 명확하게 담아 단문으로 제시해야 한다.

❷ 논제는 대립축이 분명해야 하며, 찬성팀의 입장이 반영된 긍정문으로 제시해야 한다. 추정의 원칙에 따라 찬성팀이 먼저 문제제기를 하기 때문에, 논제는 찬성팀의 주장을 반영해야 한다. 즉 찬성팀은 '예/그렇다', 반대팀은 '아니오/그렇지 않다'고 답할 수 있는 논제가 되어야 한다.

❸ 구체적으로 입증할 수 있는 과제를 담아야 한다. 구체적이지 않는 과제는 토론을 산만하게 이끈다. 그리고 입증할 수 없는 과제는 무수한 주장들을 난무하게 하고, 토론을 주장 우기기의 장으로 이끌 우려가 있다.

❹ 토론자들의 생활과 연관된 시사(時事)적인 쟁점을 선택하는 것이 좋다. 이런 논제의 경우, 토론자들은 흥미를 갖고 적극적인 자세로 토론에 참여하게 된다. 그리고 자신들의 일상 속에서 논점이나 논거를 창의적으로 생성해내고, 논제를 생활과 연결 지으면서 진지한 자세로 토론에 임하게 된다.

❺ 찬반의 논거가 풍부하고 양쪽 논거의 비중이 균등한 것이 좋다. 논거가 충분하지 않으면 토론이 매끄럽게 진행되지 않고 주장만 난무하게 된다. 그리고 양쪽 주장의 근거가 불균형을 이루면 어느 한쪽에 유리하기 때문에 그 비중이 균등한 것이 좋다.

---

(2) 자료조사

논제분석이 끝나면 이를 바탕으로 논거가 될 만한 자료를 조사해야 한다. 자료조사가 충분치 않으면 주장을 효과적으로 펼치지 못하고 타인을 설득할 수도 없다. 자료조사는

①어떻게 자료를 찾을 것인가?(자료 찾기) ②어떤 자료를 선택할 것인가?(자료평가) ③어떻게 자료를 정리할 것인가?(자료정리) 세 측면에서 이루어진다.

① 자료 찾기와 자료평가

자료 찾기에는 크게 온라인 방법과 오프라인 방법이 있다. 현재는 인터넷이 일반화되어 있기 때문에 오프라인 방법보다는 온라인 방법을 우선적으로 활용하는 것이 좋다. 인터넷을 통해 자료를 찾아본 후, 인터넷 상에서 자료화되어 있지 않은 나머지 것들을 오프라인 상에서 확인해보는 것이 좋다. 그리고 자료가 불충분할 경우, 설문조사나 인터뷰 방법을 활용할 수도 있다. 자료 조사가 끝나면 자료평가에 들어간다. 자료는 정확성, 참신성, 신뢰성이라는 평가 기준에 따라 필요한 자료를 선별하도록 한다. 자료 찾기와 자료평가는 '표현의 절차와 방법' 중 '글감찾기'에서 소개한 내용과 대동소이하므로 자세한 것은 그 부분을 참고하기 바란다.

② 자료정리

자료평가까지 끝났다면, 이제 자료를 체계적으로 정리하는 일이 남았다. 이때 논거카드를 이용하면 토론에서 자료를 효율적으로 활용할 수 있다. 논거카드는 조사한 자료를 메모카드에 일목요연하게 정리한 것을 말한다. 논거카드를 만들지 않으면, 토론에서 짧은 시간 내에 필요한 자료를 빨리 찾아내어 적재적소에 효율적으로 활용하기가 어렵다.(이정옥, 2008) 열심히 발로 뛰어다니면서 찾아낸 자료를 정말 중요한 시점에 제대로 활용하지 못한다면, 논제분석을 잘하고 아무리 열심히 조사했다 하더라도 자료는 한갓 종잇장에 지나지 않게 된다. 논거카드를 만드는 방법은 다음과 같다.

㉠ 알아보기 쉽고 정확하게 기입한다.
㉡ 토론에서 실제 활용할 수 있도록 손에 쥐고 보기 적당한 크기로 만든다.
㉢ 논점별로 카드 색을 구분하여 서로 섞이지 않게 한다.
㉣ 한 장의 카드에 하나의 논거가 들어가도록 정리한다. 카드를 절약하기 위해 한 장에 두 개 이상의 자료를 정리하게 되면, 이용에 불편을 겪게 된다.
㉤ 입론에서 주장할 논점의 근거자료들을 정리하고, 반론에서 반박할 근거자료들을 체계적으로 정리한다.

찬성논점 1 : 체벌은 폭력성을 조장한다.
제목 : 체벌에 중독된 교사
출처 : 부산신문(2012.12.6.)
부산의 ○○중학교 A교사는 체벌을 학급 질서를 유지시키는 교육적 수단으로 생각하고, 중등교원 임용 이후 5년 동안 학생들에게 체벌을 가해왔다. 체벌이 최선의 교육적 수단이 아님을 알면서도 초기에는 체벌이 갖는 확실하고 빠른 효과 때문에, 망설이면서도 체벌에 의지하여 학급을 관리해왔다. 하지만 최근에는 그러한 망설임도 없이 체벌을 가한다. A교사는 "체벌의 강도를 점점 높여가고 있"으며, 이제 자신이 "체벌에 중독된 것 아닌지 모르겠다"라는 말을 하였다. 이러한 증언은 더 나은 교육방법을 고민하지 않고 체벌을 손쉬운 교육방법으로 남용하는 현실, 나아가 폭력성을 학습하도록 조장하고 있는 학교교육의 현장을 여실히 보여준다.

덤+

● **보드(Board)판을 활용한 증거자료 만들기**

❶ 시각자료는 제한된 시간에 많은 정보를 효과적으로 전달한다. 논거 카드를 만드는 가운데, 토론에서 중요한 논거로 활용할 수 있는 통계자료·도표·사진·그림 등이 있으면, 크게 확대하여 보드판 등에 붙여 토론에서 활용하면 유용하다.

❷ 이때 자료는 심사자와 청중들이 볼 수 있도록 선명하게 만들어야 한다.

❸ 자료를 너무 많이 만들 필요는 없다. 자기팀의 논점이나 상대팀의 허점을 결정적으로 뒷받침할 수 있는 자료 위주로 만들어야 한다.

❹ 토론대회와 같이 시간을 다투는 토론에서는 빔 프로젝트를 사용하지 않는 것이 좋다. 증거자료로 제시하는 과정이 복잡하고 시간이 많이 소요되기 때문이다. 증거자료는 신속하게 제시할 수 있는 형태로 만드는 것이 좋다.

자료출처 밝히기

❶ 토론에서 상대팀이 자료의 출처를 물을 수도 있다. 이때 토론자는 여기에 응해야 한다.

❷ 출처를 밝히지 못하면 논거의 정확성과 신뢰성에서 의심을 받기 때문에, 자료조사를 할 때 출처를 정확하게 기입해놓아야 한다.

❸ 자기팀의 논점을 유리하게 하기 위해 자료를 왜곡하거나 조작하는 행위는 금지한다.

(3) 토론 개요표 작성

토론 개요표는 토론의 전체적인 흐름을 예측하여 한눈에 파악하기 쉽게 정리한 것이다. 토론 개요표를 작성하면 토론의 흐름을 전체적으로 조망하는 안목을 키우고, 토론전략을 체계적으로 세우며, 상대팀의 반론에 효과적으로 대응하는 데에 도움을 준다. 토론 개요표에는 찬반의 논점과 논거, 예상되는 반론, 반론에 대한 대책 등을 기록한다. 그리고 각 논점의 논거에 대해서는 논거카드에 상세히 정리한다. 하여 실제토론에서는 토론 개요표와 논거카드를 유용하게 활용할 수 있어야 한다. 토론 개요표의 사례는 이정옥(2008)에 잘 소개되어 있다. 이를 좀 더 알아보기 쉽게 수정하여 제시하면 다음과 같다.

논제		체벌교육은 폐지되어야 한다.	
		찬성팀	반대팀
입론	논점①	체벌은 폭력성을 조장한다.	체벌은 지속적인 효과가 높다.
	논거①	부산신문 인터뷰(체벌에 중독된 교사)―한 교사의 "체벌에 중독되는 것 같다"는 증언은 폭력에 익숙해지고 무감각해진 교육 현장에서 더욱 강한 형태의 체벌이 유발될 가능성을 보여준다. 또한 체벌은 다른 학생들에게 폭력성을 학습하도록 조장하는 위험이 있다.	잘못된 행동의 통제수단―교육학자 페스탈로치는 가장 단순한 방법으로 확실하고 빠르게 어떤 목표로 이끄는 데 체벌이 필요하다고 인정했다. 그래서 체벌을 통해 수업을 효과적으로 진행할 수 있다.
	논점②	체벌은 지속적 효과가 없다.	체벌은 현재와 같은 다인수 학급의 질서유지에 효과가 높다.
	논거②	심리학자 스키너의 조작적 조건화 이론―체벌은 일시적으로 행동을 억제시키는 효과는 있으나, 바람직하지 못한 행동을 제거하는 데는 비효과적인 방법이다.	통제를 통한 간접 효과―효율적이고 쾌적한 학교환경을 만들려면 질서가 필요하다. 체벌은 질서유지에 도움이 되고, 다른 학생들의 비행을 간접적으로 통제하는 효과를 높일 수 있다.
	논점③	체벌이 아닌 대안 대안처벌을 통해 잘못을 바로잡아야 한다.	교사는 교사로서의 권한을 가지고 학급을 바르게 이끌어갈 의무가 있다.
	논거③	대안 처벌의 효과―대안처벌은 학생 스스로 자신의 행위를 성찰하고 행동 변화를 이끌어내는 효과를 가진다. 봉사활동은 특히 그러한 효과가 높다. 그리고 교사와 학부모, 학생 모두 50% 이상 봉사활동을 선호함으로써, 봉사활동은 이미 그 필요성을 입증받았다.	교사의 권한―체벌은 교사의 책임을 수반하는 '권한'이다. 초중등교육법 제18조 1항은 교사가 체벌을 교육적으로 사용할 수 있는 권한을 인정하고 있다.
반론	예상 반론①	교사와 학생의 위치는 대등하지 않다. 학생의 인권을 지나치게 중시한 나머지 교사의 인권이 무시될 수 있다.	교사는 강압적인 통제로 교육을 실시해서는 안 된다.
	대책①	교사도 사람이기에 체벌을 가하는 과정에서 감정적이 될 수 있고, 체벌 시기와 정도 판단에 있어 문제 발생의 소지가 있다. 교사와 학생의 위치가 다르다고 하여 교권이 학생들의 인권보다 우선시될 수 없다.	체벌을 통한 질서 형성은 학생들을 획일적으로 만들지 않는다. 체벌은 효율적이고 쾌적한 학교환경을 만드는 데 꼭 필요하다.
	예상 반론②	체벌은 교육적 목적을 달성하기 위한 정당한 교육적 수단이다.	체벌의 효과는 체벌을 가하는 순간에만 존재할 뿐, 지속적이지 못하다.
	대책②	교육의 목적은 교사와 학생 간의 믿음을 바탕으로 한 상호 교류에 있다. 체벌의 폭력성은 교육의 목적을 달성시키지 못한다는 점에서 옳은 교육법이 아니다.	체벌의 즉각적인 효과는 학급을 운영하는 데 효율적이다. 지속성이 없더라도 문제가 발생할 때마다 즉시 대처가 가능하다.

반론	예상 반론③	체벌의 효과는 즉각적이고 효율적이라는 점에서 긍정적이다.	체벌을 가하는 교사도 사람이기에 객관적 거리를 유지가 어렵다.
	대책③	체벌의 효과는 일시적이고, 실제 교육 현장에서 교육적 범위를 벗어난 경우가 비일비재하다. 학 생들이 받아들이는 체벌의 의미 역시 인지적·정 서적 측면에서 부정적 영향을 미친다.	교사는 여러 과정을 거쳐 교육받은 사람이다. 따 라서 체벌이 필요한 적절한 시기와 그 정도에 대 한 판단력과 분별력을 갖추었다.

4) 교육토론의 종류와 실제

여기서는 교육토론의 종류와 그 방식을 간략히 살펴본 다음, 대학생들에게 어떤 토론 방식이 적합한지를 살피기로 한다.

(1) 교육토론의 종류

① 링컨- 글러스식 토론

이 토론형식은 1858년 일리노이주 상원의원 선거캠페인 중 에이브러햄 링컨과 스테판 더글러스가 벌인 노예해방제도에 관한 토론에 기원을 둔 것으로, 양쪽 다 각기 한 사람이 토론에 참가하는 방식이다. 1:1 토론의 형태를 취하고 있으며, 1980년 미국 전국 토론대회 (NFA)에서 발표시간을 한정시킨 유형이 채택되면서 유행하기 시작했다. 1 : 1토론은 주장 과 반박의 부담이 지나치게 토론자 한 사람에게 집중되어 학교토론에서는 그다지 많이 채 택되지 않는다.

② 의회식 토론

1820년대 옥스퍼드와 케임브리지대학 학생회가 행하던 토론형식에 기초를 둔 것으로, 한쪽 팀이 2~3명으로 구성된다. 그 중 각 한 명(여당 대표, 야당 대표)이 두 번의 발언기 회를 갖고 다른 한 명(여당의원, 야당의원)은 한 번의 발언기회를 갖는다. 한쪽 팀이 세 사 람일 때는 각 한 번씩의 발언기회를 갖는다. 토론 중에 인쇄된 자료나 증거를 사용할 수 없고, 토론 중간에 준비시간도 없다. 대신 토론 중 상대팀이 발언하는 동안 상대팀의 양해 를 얻어 보충질의, 의장의 양해를 얻어 의사진행발언이나 신상발언 등을 할 수 있다.

의회식 토론의 가장 큰 특징은 논제가 대회 직전에 주어진다는 점이다. 토론 참가자들은 10~20분 전에야 논제를 알 수 있다. 그래서 이 토론은 평소에 다양한 상식을 접해본 학생들, 토론을 충분히 연습해본 학생들, 순발력 있는 학생들에게 유리하다.

③ 칼 포퍼식 토론

과학철학자인 포퍼는 우리가 인식하고 있는 앎은 언제나 잠정적인 가설에 가깝기 때문에 우리는 완전한 진리에 도달하지 못한다고 보았다. 그래서 합리적인 비판을 통해서 오류를 줄이는 것이 진리에 가까이 가는 길이라고 생각했다. 포퍼의 이러한 견해를 기초로 '열린사회 연구소'와 '소로스 재단 네트워크'가 1994년에 만든 토론방식이 바로 칼 포퍼식 토론방식이다.

각 팀은 기본적으로 한 번의 입론 기회, 그리고 두 번씩의 확인질문과 반론 기회를 갖는다. 입론은 단 한 번에 그치지만, 확인질문과 반론에 입론의 두 배에 해당하는 시간을 할당하고 있는 것이다. 이러한 시간 배분에는 무엇을 주장하느냐보다는, 그 주장의 근거를 충분히 검토하겠다는 의도가 담겨있다. 많은 주장을 하기보다, 적게 주장하더라도 충분히 검증된 주장을 하도록 하기 위해서 질문과 반론 시간을 길게 한 토론방식이 칼 포퍼식 토론이다.

④ CEDA식 토론

CEDA는 '교차질문형 토론협회(Cross Examination Debate Association)'의 약자이다. CEDA식 토론은 이 협회의 이름을 따서 '교차질문형 토론'이라고도 한다. CEDA식 토론은 미국에서 대학은 물론 중·고등학교에서도 많이 활용되고 있는 토론유형으로, 우리나라에서도 이 방식을 많이 채택하고 있다. 교차질문형 토론협회는 1947년에 창설되었던 미국의 '전국토론연맹'이 제시한 토론 방식을 비판하면서 1971년 미국에서 발족되었다. 이 협회는 전국토론연맹의 토론방식이 주장과 반박으로만 이루어져 있어서 토론자들이 각자 자신의 주장만 내세우고 상대팀의 말을 전혀 듣지 않는 토론이 이루어지고 있다고 비판했다. 교차질문형 토론협회는 이 점을 보완하여 토론자들끼리 원활한 의사소통이 가능하도록 상대팀이 주장한 내용에 대해 질문하는 시간을 넣어야 한다는 주장을 제기했다. 그리하여 상대팀이 질문하는 시간을 삽입하는 새로운 방식을 제시했는데, 이 방식이 바로 CEDA식 토론이다. 이 유형이 상대팀의 주장을 비판적으로 듣는 데 효과가 있다는 점이 입증되자, 1975년 미국의 전국토론연맹에서도 이를 수용하였다. 이로서 CEDA식 토론은 미국에서 널리 활용되는 토론 유형으로 자리를 굳혔다.

(2) 대학생과 교육토론

과연 네 가지 교육토론 중에서 어떤 토론이 대학생들의 토론능력을 키우는 데에 적합할까?

먼저 '링컨-더글러스식 토론'은 1 : 1로 진행되기 때문에 토론자 개인의 능력을 키우는 데에는 도움이 된다. 그러나 이 토론은 토론자의 부담이 많고 팀워크를 훈련하는 데에도 좋지 않다.

다음으로 '의회식 토론'은 10~20분 전에야 논제를 공개하기 때문에 토론자들의 상식이나 순발력을 키우는 데에는 도움이 된다. 그러나 논제 분석의 시간이 거의 없고, 자료조사·논거카드·토론 개요표 작성 등과 같은 준비를 할 수 없기 때문에, 논제를 깊이 있게 토론할 수 없다.

다음으로 '칼 포퍼식 토론'은 상대팀 주장의 근거를 치밀하게 검증하는 능력을 키우고, 역으로 책임 있는 주장을 유도한다는 이점이 있다. 그러나 입론이 제한되어 있어 논제의 다양한 측면을 다각적으로 조명하는 데에는 한계가 있다.

마지막으로 CEDA식 토론은 4차례의 입론과정에서 논제의 다양한 측면을 조명할 수 있다. 상대팀 입론의 오류와 문제점을 집중적으로 부각시키는 4차례의 확인질문을 통해 토론자는 순발력을 키울 수도 있다. 4차례의 반론을 통해 상대팀의 주장을 논파하고 자기팀 주장의 타당성을 입증하는 능력 역시 키울 수 있다. 논제가 미리 공개되기 때문에 토론준비를 충실하게 할 수 있다는 이점도 있다. 그래서 CEDA식 토론은 대학생의 토론능력을 향상시키는 데 효율적인 토론방식이라고 할 수 있다.

그러나 CEDA식 토론은 토론의 핵심과정이자 네 번째 단계인 최종발언이 없기 때문에, 팀의 논점을 정리할 기회가 없고 토론이 격앙된 상태에서 종결되는 단점이 있다. 그래서 이 글에서는 다음과 같이 CEDA식 토론을 약간 변형하여 그 단점을 보완한 방식을 제안한다.

① CEDA식 토론의 변형

CEDA식 토론은 입론, 확인질문, 반론으로 진행된다. CEDA식 토론은 상대팀 논점이나 논거를 반박하는 반론에서 끝나기 때문에, 토론이 격앙된 상태에서 끝나기 쉽다. 그리고 팀의 입장을 효과적으로 정리하는 최종발언 시간이 없기 때문에, 청중들에게 전하고자 하는 바를 마무리 부분에서 선명하게 각인시키는 데에도 어려운 점이 있다. 그래서 CEDA식 토론에 '팀의 논점을 정리할 기회를 부여하여 더욱 완결된 형식으로 토론이 마무리될 수 있게끔' 최종발언을 추가할 필요가 있다. 참고로 CEDA식 토론에 최종발언을 추가한 이 방식은 동아대학교 대학생 토론대회 방식으로 진행되고 있음을 밝힌다. 이 토론은 두 명이 한 팀을 구성하며, 엄격한 규칙에 따라 진행된다. 토론의 순서와 시간은 다음과 같다.

❶ 찬성팀 첫 번째 토론자의 입론	5분(10분)	
❷ 반대팀 두 번째 토론자의 확인질문	3분(3분)	
❸ 반대팀 첫 번째 토론자의 입론	5분(10분)	
❹ 찬성팀 첫 번째 토론자의 확인질문	3분(3분)	
❺ 찬성팀 두 번째 토론자의 입론	5분(10분)	
❻ 반대팀 첫 번째 토론자의 확인질문	3분(3분)	CEDA식 토론
❼ 반대팀 두 번째 토론자의 입론	5분(10분)	
❽ 찬성팀 두 번째 토론자의 확인질문	3분(3분)	
❾ 반대팀 첫 번째 토론자의 반론	4분(5분)	
❿ 찬성팀 첫 번째 토론자의 반론	4분(5분)	
⓫ 반대팀 두 번째 토론자의 반론	4분(5분)	
⓬ 찬성팀 두 번째 토론자의 반론	4분(5분)	
⓭ 반대팀 첫 번째 토론자의 최종발언	2분(5분)	최종발언
⓮ 찬성팀 첫 번째 토론자의 최종발언	2분(5분)	

㉠ 각 팀은 다음 순서로 들어가기에 앞서 필요할 경우 숙의시간을 요청할 수 있다. 숙의시간은 팀원 간 작전시간으로, 1회 최소 1분이며 분 단위로 분할하여 사용할 수 있다. 숙

의시간은 보통 각 팀별로 5분씩 쓸 수 있지만, 전체 진행시간을 고려하여 변동 가능하다.

ⓛ 괄호 안의 시간은 최대한 안배될 수 있는 시간이다. 실제 대학생 토론대회에서는 전체 진행시간을 고려하여 입론이나 반론의 시간을 줄여 대회를 진행한다. 괄호 앞의 시간은 대회진행을 고려하여 동아대학교 대학생 토론대회에서 채택하고 있는 시간이다.

ⓒ 토론에서 논제에 대해 현상변경의 필요성과 문제를 제기하는 찬성팀이 먼저 발언하고 반론을 나중에 한다. 반면 현재 상황을 유지해야 하는 입장을 맡은 반대팀은 입론을 나중에 하고 반론을 먼저 한다. 이 토론방식 역시 입론의 경우 찬성팀이 먼저 하고(❶❺), 반대팀이 나중에 한다(❸❼). 반론의 경우 반대팀이 먼저 하고(❾⓫), 찬성팀이 나중에 한다(⓰⓬).

덤+

● 'CEDA식 토론의 변형'의 진행순서

	찬성팀 토론자1	찬성팀 토론자2	반대팀 토론자1	반대팀 토론자2
입 론	①	⑤	③	⑦
확인질문	④	⑧	⑥	②
반 론	⑩	⑫	⑨	⑪
최종발언	⑭		⑬	

(3) 교육토론의 실제

아래의 표를 통해 토론의 진행순서, 토론자의 역할과 유의할 점을 숙지하도록 하자.

순서	역할과 주의할 점
① 찬성1 입론	● 논제를 가지고 토론해야 하는 이유나 사회적 배경에 대해 간략하게 언급하여 현 상황의 문제점을 드러낸다. ● 찬성팀에서 규정하는 핵심 용어의 개념을 정리하여 제시한다. ● 입론은 논제에 대한 자기팀의 입장 표명이다. 논제를 왜 찬성하는지를 논점으로 제시하고, 각 논점을 지지해주는 분명하고 명료한 논거를 제시한다. ● 논점은 2개 정도가 적당하고, 가장 핵심적인 논점을 먼저 제시한다. ● 기대효과를 열거한다.

순서	역할과 주의할 점
② 반대2 확인질문	• 확인질문은 반론의 발판을 만드는 단계로, 상대팀의 논점이나 논거의 허점을 예리하게 찾아내는 과정이다. 논제에 대해 찬성하는 이유와 이를 지지하는 논거가 논리적으로 적절하고 신뢰할 만한지를 따져보고, 이에 대해 집중적으로 질문한다. • 찬성팀이 입론에서 언급하지 않은 내용을 질문하면 안 된다. • 가장 핵심적인 문제점부터 질문한다. • 찬성팀이 되도록 짧게 답변할 수 있는 질문을 던진다. 답변이 길어지는 개방형 질문을 피하여, 되도록 '예'나 '아니오'로 짧게 답변할 수 있도록 여러 개의 질문을 나누어서 단계별로 한다. 질문자가 시간을 이끄는 통제권을 가지기 때문에, 상대팀의 답변이 길어질 경우, 답변을 끊고 다음 질문으로 넘어갈 수 있다.
③ 반대1 입론	• 반대팀의 첫 입론은 토론을 생산적으로 만드는 데 매우 중요한 역할을 한다. 찬성팀 논리의 취약한 부분을 중심으로, 찬성팀의 개념 정의나 입론에 반대하는 입론을 펼친다. • 논제에 대해 반대하는 논점을 들고, 이를 지지해주는 논거를 든다. 역시 논점은 2개 정도가 좋다.
④ 찬성1 확인질문	• 찬성 입장에서 ②와 같은 요령으로 질문한다.
⑤ 찬성2 입론	• 찬성 입론1과의 연계성을 고려하면서 1이 언급하지 않은 논점과 각 논점을 지지하는 논거를 제시한다. 역시 논점은 2개 정도 제시하는 것이 좋다. • 토론해야 하는 이유, 용어 정의 등을 재론할 필요는 없다.
⑥ 반대1 확인질문	• ②와 같은 요령으로 한다. • 찬성1의 입론과 2의 입론이 연계성이 있는지, 어떻게 다른지에 대해서 비교해본다.
⑦ 반대2 입론	• ⑤와 마찬가지로 반대1이 다루지 않은 논점을 2개 정도 제시하고 각 논점을 지지해주는 논거를 제시한다. • 논점 사이의 연계성을 염두에 두되, 반대팀에서 취할 수 있는 논점을 고루 언급한다.
⑧ 찬성2 확인질문	• 찬성 입장에서 ⑥과 같은 요령으로 질문한다.
⑨ 반대1 반론	• 반론은 상대팀 주장의 허점이나 부족한 점을 지적하고, 왜 잘못되었고 어떤 점에서 오류가 있는지를 밝히는 부분이다. 찬성팀이 제시한 여러 논점들 중 가장 효과적으로 논파할 수 있는 논점을 택하여 집중적으로 반박한다. 첫 반론에서는 상대팀의 논점 중 가장 취약한 점을 공략하고, 두 번째 반론에서는 첫 반론에서 빠진 내용을 공략하는 것이 효율적이다. • 찬성팀의 논점이 지닌 문제점, 논점을 지지하는 논거에서 설득력이 약하거나 타당하지 않은 점을 비판하면서 자신들의 논점이 타당함을 입증한다. • 반론에서는 새로운 논점을 제시하면 안 된다.
⑩ 찬성1 반론	• ⑨와 입장이 바뀌었을 뿐 역할은 동일하다.
⑪ 반대2 반론	• 반대팀의 논점을 기반으로 하여 ⑨에서 언급하지 않은 찬성팀의 논점과 논거를 반박한다.

순서	역할과 주의할 점
⑫ 찬성2 반론	• ⑪과 입장만 바뀌었을 뿐 역할은 동일하다.
⑬ 반대1 최종발언	• 논제에 대한 팀의 입장과 논점, 상대팀의 오류나 허점을 간략히 밝힌다. • 상대팀의 반박을 간략히 정리하고, 이에 대한 팀의 입장을 밝힌다. • 자기팀의 주장이 상대팀의 주장을 압도하는 이유, 자기팀의 논점대로 하면 문제가 순조롭게 해결될 것이라는 점 등을 청중들에게 어필한다. • 토론 내용을 압축적으로 담을 수 있는 비유나 일화 등을 활용하여 청중을 설득하는 것도 좋다.
⑭ 찬성1 최종발언	• 찬성팀의 입장에서 ⑬과 같은 요령으로 발언한다.

5) 토론평가

교육토론은 경쟁을 통한 시합의 형태로 진행된다. 토론자들은 주어진 논제에 대해 찬성과 반대의 입장에서 주장을 펼치고 이를 심사자가 판단하여 승패를 가리게 된다. 토론 방식에 따라 세부적인 심사방식이 다르나 어떤 방식을 택하든 교육토론에서는 승부를 반드시 가리도록 되어 있다. 토론평가에서 요구되는 심사자와 토론자의 자세에 대해서 간략히 살핀 다음, 동아대학교 대학생 토론대회의 토론심사표를 제시하기로 한다.

(1) 심사자의 자세

토론에서 심사자가 판단해야 할 항목은 많다. 그러나 무엇보다도 심사자는 토론이 전개되는 순간순간마다 토론자가 제기한 논증이 타당한지를 판단해야 한다.

교육토론에서 토론자는 찬성과 반대의 입장 중 어느 입장이든 맡을 수 있기 때문에, 심사자는 토론자 개인의 신념을 평가하기보다는 논증의 타당성 여부에 초점을 맞추어 평가해야 한다. 더불어 논제에 대한 선입견을 바탕으로 심사자의 입장에 맞는 주장을 펼친 토론자에게 좋은 점수를 부여해서도 안 된다.

심사자는 토론자의 토론결과에 대하여 코멘트를 해야 한다. 이 코멘트로 인해 승리하거나 패배한 팀은 그 이유를 수긍하게 된다. 그리고 이 코멘트는 토론자들이 자신의 토론 능력을 향상시켜나갈 귀중한 교육적 자산이 된다.

만약 무승부일 경우, 심사자는 반대팀의 승리로 판정한다. 찬성팀은 먼저 발언함으로 인해 핵심개념 정의와 쟁점을 자신들에게 유리하게 이끌 수 있다. 그리고 반론이나 최종 발언을 나중에 하기 때문에, 마지막 발언에서 반격을 가해도 반대팀이 더 이상 대응하지 못하는 후미효과 역시 찬성팀은 누릴 수 있다. 이렇게 유리한 조건에서 듣는 이를 설득하지 못한 것은 현 상황 변화의 필요성에 대한 논증을 충분히 하지 못한 것이기 때문에 찬성팀이 패배한 것으로 판단한다. 무승부를 막기 위해 교육토론에서는 심사자를 홀수로 구성하는 것이 좋다.

(2) 토론자의 자세

토론자는 패배하더라도 심사자의 판단을 존중하여 결과에 승복해야 한다. 토론의 목적은 승리에 있다기보다는 서로의 기량을 견주어보는 과정에서 비판적인 사고능력, 상황에 맞는 표현능력, 문제해결능력을 배양하는 데에 있기 때문이다. 토론자는 이러한 점들을 심사자들에게 효과적으로 전달하지 못했음을 인정하고 설득력을 높일 수 있는 방법을 모색해보아야 한다. 토론에서 이길 때도 무엇인가를 배우지만, 질 때도 많은 점을 배운다는 점을 상기하고, 거기서 배움의 계기를 발견하는 자세가 필요하다.

(3) 토론심사표의 짜임

토론심사표에서 토론자의 위치는 실제 토론의 좌석배치를 반영하고 있다. 토론에서 먼저 발언하는 팀은 채점표와 좌석에서도 왼쪽(청중과 심사자 기준)에 자리를 잡는다. 그래야만 심사자가 팀을 혼동하지 않고 채점표를 정확히 작성할 수 있다. 실제 토론에서 좌석배치는 개혁적인 입장을 가진 찬성팀이 왼쪽에, 보수적인 입장을 가진 반대팀이 오른쪽에 앉는다. 정치에서 개혁적인 성향을 가진 이를 좌파라고 하고, 보수적인 성향을 가진 이들을 우파라고 한다. 이것은 1792년 프랑스 국민의회에서 유래한 말이다. 당시 의장석을 중심으로 오른쪽에는 온건 지롱드파가, 왼쪽에는 급진 자코뱅파가 자리했다. 좌파와 우파는 여기서 유래했다. 이런 관습에 따라 토론의 좌석배치 역시 개혁적인 입장이 왼쪽에, 보수적인 입장이 오른쪽에 앉는다.

참고문헌

김주환(2009), 교실 토론의 방법, 우리학교

숙명여자대학교 의사소통능력개발센터(2010), 세상을 바꾸는 발표와 토론, 경문사.

신광재 외(2011), 토론을 알면 수업이 바뀐다, 창비.

이정옥(2008), 토론의 전략, 문학과지성사.

최형용·김수현·조경하(2009), 열린 세상을 향한 발표와 토론, 박이정.

케빈 리(2011), Debate, 한겨레에듀.

한상철(2006), 비판적 사고를 활용한 토론 분석과 응용, 커뮤니케이션북스

황연성(2011), 신나는 디베이트, 이비컴.

01 아래의 논제들 중에서 하나를 택한 뒤, 찬성팀과 반대팀은 각각 어떤 입장을 취해야 할지 알아보자.

> ❶ 인터넷실명제를 폐지해야 한다.
> ❷ 원자력발전소는 폐기해야 한다.
> ❸ 반값등록금, 전면 실시해야 한다.
> ❹ 희망버스를 지지한다.
> ❺ 강력범죄자의 인권을 보호해주는 법은 폐지되어야 한다.
> ❻ 이주노동자에 대한 지원정책은 확대되어야 한다.

02 선택한 논제를 다음의 순서에 따라 토론을 실시해보자.

> ❶ 사회자를 비롯하여 토론에 필요한 인력과 역할을 정한다.
> ❷ 자기팀의 이름을 정한다.
> ❸ 찬반 양 팀을 정한다.
> ❹ 자기팀의 논점과 논거를 준비한다.
> ❺ 반대팀의 논거를 예상하고, 그것을 반박할 수 있는 논거를 준비한다.
> ❻ 논거카드와 토론 개요표를 만든다.
> ❼ 'CEDA식 토론의 변형' 방식으로 토론을 진행한다.

03 실제 토론을 해본 뒤, 입론·반론·확인질문·최종발언 중 어떤 점이 가장 어려웠는지를 쓰고, 이 점을 보완하려면 어떤 준비를 해야 하는지 구체적으로 적어보자.

04 예상했던 결과와 실제토론의 결과를 비교해보고, 예상했던 대로 토론이 진행되지 않았던 이유를 분석하여 그 원인을 다섯 가지로 요약해보자.

05 토론심사표를 바탕으로 다른 조에서 실시하는 토론을 평가해보자.

토론 평가표

▮심사결과 [　　　　　] 측 승
▮심사위원 :　　　　　　 (서명)

평가 기준		찬성팀 :		반대팀 :	
		첫 번째 토론자	두 번째 토론자	첫 번째 토론자	두 번째 토론자
공통 항목	• 토론 예절 및 토론 규칙을 준수하였는가? • 언어표현이 명료하고 적절했는가? • 팀원 간의 협력과 역할 분담은 유기적으로 이루어졌는가? • 시간을 준수했는가?	①~⑭를 채점할 때, 공통항목의 평가기준을 반영하여 채점해주십시오.			
입론	• 토론의 쟁점을 잘 포착하고 명확하게 표현했는가? • 주장에 대한 논거는 적절했는가? • 논거는 참신하고 신뢰할 만한가?	① 최상-상-중-하-최하 (5) (4) (3) (2) (1)	⑤ 최상-상-중-하-최하 (5) (4) (3) (2) (1)	③ 최상-상-중-하-최하 (5) (4) (3) (2) (1)	⑦ 최상-상-중-하-최하 (5) (4) (3) (2) (1)
	• 확인질문에 효과적으로 답변했는가?	상――중――하 (+1) (0) (−1)	상――중――하 (+1) (0) (−1)	상――중――하 (+1) (0) (−1)	상――중――하 (+1) (0) (−1)
확인 질문	• 상대팀 논점이나 논거의 허점을 적절히 추궁했는가? • 토론의 쟁점을 명확히 하는 데에 도움이 되었는가?	④ 최상-상-중-하-최하 (5) (4) (3) (2) (1)	⑧ 최상-상-중-하-최하 (5) (4) (3) (2) (1)	⑥ 최상-상-중-하-최하 (5) (4) (3) (2) (1)	② 최상-상-중-하-최하 (5) (4) (3) (2) (1)
반론	• 상대팀 논점의 문제점을 효과적으로 밝혔는가? • 상대팀 논거의 문제점을 잘 비판했는가? • 상대팀 지적에 대해 적절히 응수했는가?	⑩ 최상-상-중-하-최하 (5) (4) (3) (2) (1)	⑫ 최상-상-중-하-최하 (5) (4) (3) (2) (1)	⑨ 최상-상-중-하-최하 (5) (4) (3) (2) (1)	⑪ 최상-상-중-하-최하 (5) (4) (3) (2) (1)
최종 발언	• 토론의 흐름을 잘 요약했는가? • 자신들의 주장을 효과적으로 부각시켰는가?	⑭ 최상-상-중-하-최하 (5) (4) (3) (2) (1)		⑬ 최상-상-중-하-최하 (5) (4) (3) (2) (1)	
	팀별 합계				
총평					

■ 심사결과 [　　　　　] 측 승

■ 심사위원 :　　　　　　(서명)

평가 기준		찬성팀 :		반대팀 :	
		첫 번째 토론자	두 번째 토론자	첫 번째 토론자	두 번째 토론자
공통 항목	•토론 예절 및 토론 규칙을 준수하였는가? •언어표현이 명료하고 적절했는가? •팀원 간의 협력과 역할 분담은 유기적으로 이루어졌는가? •시간을 준수했는가?	①~⑭를 채점할 때, 공통항목의 평가기준을 반영하여 채점해주십시오.			
입론	•토론의 쟁점을 잘 포착하고 명확하게 표현했는가? •주장에 대한 논거는 적절했는가? •논거는 참신하고 신뢰할 만한가?	① 최상-상-중-하-최하 (5) (4) (3) (2) (1)	⑤ 최상-상-중-하-최하 (5) (4) (3) (2) (1)	③ 최상-상-중-하-최하 (5) (4) (3) (2) (1)	⑦ 최상-상-중-하-최하 (5) (4) (3) (2) (1)
	•확인질문에 효과적으로 답변했는가?	상--중--하 (+1) (0) (−1)	상--중--하 (+1) (0) (−1)	상--중--하 (+1) (0) (−1)	상--중--하 (+1) (0) (−1)
확인 질문	•상대팀 논점이나 논거의 허점을 적절히 추궁했는가? •토론의 쟁점을 명확히 하는 데에 도움이 되었는가?	④ 최상-상-중-하-최하 (5) (4) (3) (2) (1)	⑧ 최상-상-중-하-최하 (5) (4) (3) (2) (1)	⑥ 최상-상-중-하-최하 (5) (4) (3) (2) (1)	② 최상-상-중-하-최하 (5) (4) (3) (2) (1)
반론	•상대팀 논점의 문제점을 효과적으로 밝혔는가? •상대팀 논거의 문제점을 잘 비판했는가? •상대팀 지적에 대해 적절히 응수했는가?	⑩ 최상-상-중-하-최하 (5) (4) (3) (2) (1)	⑫ 최상-상-중-하-최하 (5) (4) (3) (2) (1)	⑨ 최상-상-중-하-최하 (5) (4) (3) (2) (1)	⑪ 최상-상-중-하-최하 (5) (4) (3) (2) (1)
최종 발언	•토론의 흐름을 잘 요약했는가? •자신들의 주장을 효과적으로 부각시켰는가?	⑭ 최상-상-중-하-최하 (5) (4) (3) (2) (1)		⑬ 최상-상-중-하-최하 (5) (4) (3) (2) (1)	
팀별 합계					
총평					

✎＿ 생각하기

❏ 집필진

김명우 동아대학교 교양교육원
김소은 동아대학교 교양교육원
김영선 동아대학교 교양교육원
김혜정 동아대학교 교양교육원
박기현 동아대학교 교양교육원
안태형 동아대학교 교양교육원
이국환 동아대학교 문예창작학과
이소연 동아대학교 교양교육원
임지아 동아대학교 교양교육원
정규식 동아대학교 교양교육원
허 정 동아대학교 국어국문학과

사고와 표현 – 인문 · 사회계열

초판 1쇄 발행 2013년 2월 20일
초판 2쇄 발행 2014년 2월 20일
지은이 김명우 · 김소은 · 김영선 · 김혜정 · 박기현 · 안태형 · 이국환 · 이소연 · 임지아 · 정규식 · 허 정
펴낸이 이대현
책임편집 박선주 | **편집** 권분옥 이소희
디자인 이홍주
마케팅 박태훈 안현진 이덕성
펴낸곳 도서출판 역락 | **등록** 제303-2002-000014호(등록일 1999년 4월 19일)
주 소 서울시 서초구 동광로 46길 6-6(문창빌딩 2F)
전 화 02-3409-2058, 2060
팩 스 02-3409-2059
이메일 youkrack@hanmail.net
ISBN 978-89-5556-025-1 03800

정가 12,000원
* 잘못된 책은 구입처에서 교환해 드립니다.